阔木人间·独鹤与飞

编者序·散木闲心

　　北京郊区的一间平房，藏着周默先生四十年所集之木材标本，三面顶天立地的木架已无虚席，地上堆叠着大大小小、形态各异的枯木。枯木和怪石，一直是中国传统艺术中两大根本元素。陆游说"石不能言最可人"，而在周默先生这里，则是木虽不能言，"许我为三友"。宋有东坡《枯木怪石图》，元有子昂《枯木竹石图》，明有老莲《枯木茂藤图》，古代的艺术家们均借"枯木"点亮活泼泼之生命精神，而标本室亦有枯木生华之春意。

　　每次随周默先生走进标本室，都会见他目光炯然，流出笑意，拿起一块标本便能随口说出木材的材性、特征、产地以及与之相关的记忆。其所藏标本囊括了中国古代家具所用木材全部种类，亦有同种木材不同产地之别，其中有先生于田野考察时带回，有朋友们千里迢迢从世界各地背回，还有陌生人相赠……一块块标本叠加，既构筑了先生大半生的波澜壮阔，也藏着别人的故事，有艰险、喜悦、苦难，更有人间之温情。于是希望能将满屋的标本及背后的故事整理成册，才发现这绝非易事。整个夏天，我们都在标本室挥汗如雨，当一块块标本被擦拭，与手心的温度相合，才发现他们是那么美，甚或超越人工雕琢之艺术品，刻着时间的痕迹，其背后的故事则赋予每一块标本以新的意义——可以读到先生用生命书写的放旷，于利害得失中超拔出的生命精神，亦印证着四十年之时代变迁。

周默先生著作等身，虽长于考据，但他绝不是书斋中的学者，停留在史料中的学问多少带着些虚弱。周默先生是在用脚步、用生命做学问：走遍每一种木材的故乡，亲见其生长环境，与百岁乃至千岁的树木对话。用知识分析出的学问是枯瘦的，加上体证或许能更饱满。熟悉了先生的经历自会联想到诗仙李白，只有走过大漠、渡过大海、翻过高山才会有"奔流到海不复回""呼儿将出换美酒，与尔同销万古愁"的气魄与胸襟；也只有经过苦难、历过生死，才会有"永结无情游"这一对生命意义极致的思考。想来，当一个人在森林中一条羊肠小道越走越远的时候，他的身边一定没有同伴，只有他和那个敞开的世界。正如东坡高歌着：

> 与谁同坐
>
> 明月清风我

本书内容整理自周默先生口述的千余分钟录音及几十万字笔记。打开先生十几个各式各样的笔记本，随着笔记内容，不停从北京出发，从长白山西坡的国境线到滇西北的国境线，那是野生红豆杉在我国的两个分布点；从俄罗斯到南太平洋群岛，那是桦树的故乡和花梨最后生长的地方；从印度、尼泊尔到缅甸、老挝、越南、泰国的丛林中都有先生的足迹；他在欧洲、美国的博物馆里寻找中国古代经典家具的踪迹；在日本的山间古寺探访榉木，于家庭传承式的作坊中了解黑柿木制品的传统工艺；在伊豆肯定没看见舞女，但看见了那把赠给懵懂爱情的木梳……还有很多陌生的、在地图上都找不到地方，先生都曾抵达数次。本想在地图上标注一下先生所走的路线，但最终放弃了这一想法。如果用线条勾勒，地图上最后一定只留下色块，不会有线条。在脑海里重走了先生四十年走过的路，笑一阵，再流一行泪；叹息一声，再赞叹不已；或拍案，或起立致敬……疲累、舒心、困顿、释然、彷徨、坚定、收获、空无，所有的一体两面在笔记的结尾处消失，如照片中的那一行远山。

是什么驱使周默先生一次、又一次、再一次前往木材原产地，甚至冒着生命危险？想来读者自能在书中找到答案。

每一个笔记本里都夹有若干树叶和果荚标本：有的褪去了色彩，有的依旧鲜亮，泛着金属光泽；有的韧性十足，如一张上好宣纸，有的一碰就碎了……整理完笔记，仍旧让他们停留在原来的位置，保持原有的姿态。笔记本里除了标本，也夹着很多张不同时间段的医院挂号单，几次坠落山崖导致的病痛从未消失过。笔记中除了考察记录，还抄写着很多诗词和《庄子》。1999 年，那是先生生命中最困顿的一年。笔记本中一张便条滑落，上面抄写着王维的两句诗："行到水穷处，坐看云起时。"在生命最艰难的时候，他看到的却是天地的宽广，给世间留下鼓励带着温度的句子。

在先生的世界里，生命就这样发生着，没有好与坏、喜欢或厌恶。如果只欣赏"好"，也只是咀嚼生命单薄的一部分罢了。

那天，北京下起了初春第一场细雨，翻到先生在俄罗斯所拍契诃夫雕像的照片，契诃夫的文字是沉浸式的，读他的文字会让你成为那个角色，读先生的文字亦然，只是字里行间没有任何抒情、评判的痕迹，只有事件、地点、人名、木材、尺寸……跟着先生穿过森林，掠过海滩，看见不同的树，与人相遇，经历他们不同的命运。笔记里能读到日本人鄙视的目光，也能读到先生如何赢回了尊重；在被狼群包围的夜晚，先生仍与满天星辰对话；在甩掉毒蛇、爬出深潭后，先生一边在满是青苔的石头上晒肚皮，一边念着杜甫的诗"坦腹江亭暖"；在大雨磅礴的缅北山区，遭遇持枪劫匪后，先生会发一个信息给朋友：这里的榴莲太好吃了——也许这是生命另一种意义上的解放。在布满炮弹的村庄，看到同样有血有肉的人却被置于如此困境，我不知先生是否伤感，但在笔记里读到先生至今惦念那位被迫漂洋过海，常常面朝北方，向着一望无际的南太平洋高声朗诵中文的瘦削男子……

人在某一个时间点，应该热泪盈眶。

在这个没有英雄亦无诗歌的时代，不知道还会不会有人像肯尼迪那样，在就职大典上邀请诗人罗伯特·弗罗斯特（Robert Frost，1874—1963）朗诵诗歌。在如今所谓的被段子、网络新造词和碎片化阅读充斥的新媒体时代，读先生的笔记似乎是在阅读一部长诗——用生命书写的长诗。

在整理录音的过程中，不免惊叹于周默先生的记忆力：一千多分钟的对话中，他记得几十年前事件发生的具体时间，记得东南亚深山中村镇名字的土语发音，与笔记对照时不差分毫。当然，先生能随口拼读木材的拉丁文，甚至说出每种木材的气干密度、含油量，精确到小数点后两位。从先生多年的影像资料中，可以看到先生既能享用五星级酒店的早餐，也能在尘土飞扬的街巷品尝路边摊的美味；既能穿上西装在大学讲演，也能在地图上都找不到的小村庄中做朴实且不为人知的普通人。有时候觉得周默先生更像一位人类学学者。

本书未着重收录先生对木材研究的成果，只将与标本相关的知识点杂糅进了先生的经历中，并增添了一些有趣的部分，如海上贮木场、蚂蚁对木材的影响、黑柿木纹理的形成、树与人的关系等一系列未见于先生专业著作中的内容。相信熟悉、热爱先生其他著作的读者在本书中必能有新的发现。当然，这一千多块标本对于中国古代家具用材研究的价值也不必赘述。

《庄子·人间世》有一则关于"散木"的故事：一位经验丰富的木匠带着徒弟途经一地，见一棵被奉为"神树"的巨大栎树，茂密的树冠可为千头牛蔽荫，高如山峰，树干有百尺粗，能造船的侧枝就有十来根。树旁围满了来观看的人，如集市般热闹。木匠却看都不看一眼，径自走了。徒弟不解，问师父，这么好的木材为什么看都不看就走了。师父说，这是散木，一点用都没有，造船会沉，做成棺材很快会腐烂，做立柱会生虫，因其无用所以能长寿。想必庄子不是要与我们讨论什么是有用、无用的木材，因为"有用"与"无用"皆是以功利为目的的判分。庄子故事里的"散木"超越了"用"与"无用"。我们如何看待木材，又如何看待这世界？是用知识、逻辑思维去分析、判断，还是弃分别之见与功利之欲望走进世界、融入世界，回到"本然"。这是两千年前庄子给后人的启迪，亦是周默先生借此书向我们提供的一个趋近本相的途径。

国外记者采访美国著名历史学家、中国史研究专家史景迁时曾问道："你最希望活在人类历史的哪个时空？"答曰："中国晚明的苏州。"我也曾好奇地问周默先生同样的问题，先生说："我不想，我只想活在现在，没有一个历史的片刻是值得亲吻的。"想来这就是周默先生以不将不迎之心截断时间与万物为一的绰绰风姿，是先生的"闲心"。在《长白山西坡的一片月》中，先生写道："今日回望四十年前的山林生活，似乎才读懂王维诗中的那份与万物同优游的闲在，或'人闲桂花落'，'云霞成伴侣'或'清川带长薄，车马去闲闲。流水如有意，暮禽相与还。'而王维世界的'闲'，也只有经历过奔波劳苦再转回头才能体会。"先生理解王维的"闲心"，是与万物同优游的心；但先生的闲心，不是远遁山林什么都不做的"空闲"，而是"不知栋里云，去作人间雨"。

无论是在中国古代家具研究这一庞大的体系中，还是在先生四十年的辉煌叙事中，这些标本似乎微不足道，有的标本就只有一枚硬币那么大，却一块块累叠，叠出一个圆满宇宙。这些标本于先生是一份记忆，是与这人世间相关的记忆，是他生命的脚步；于外人看来却是一种温情，是人与物之间、人与人之间的暖意。块块标本，是树之一截面，亦可"一滴净山河"；是人生之须臾，亦可"一念万年"。超越了大小、时空的局限，我们看一块标本不正是千秋如对……

"终日无心长自闲……君但能来相往还？"这本书便是周默先生以其"散木"与"闲心"邀请我们一起来体悟这份自在无碍的人间闲情。正如苏轼唱完"与谁同坐，明月清风我"后，他接着唱："别乘一来，有唱应须和。还知么。自从添个。风月平分破。"

全书均以先生的笔记内容为主，只稍添连贯的词句，未增修饰。当内容足够精彩，则一切装点都是多余。尝试了几种不同的体例，最终索性按时间顺序分辑，在同一个时间段中兼顾地域的统一，阅读时不至因地域的不断转换而茫然。有些文章会有时空颠倒，希望读者体会颠倒的理由。人生本就是一场颠倒的旅行，不如随着周默先生的脚步回到世界中，在真实的体验中，所谓生命的意义便能浮现。编辑成册后仍留有很多内容无法编入，也许还能有机会再另编一辑。所辑也定有疏漏，只能倾心尽力，望不负读者的阅读时光。

崔　憶

2023 年 11 月 1 日

四十年，我与树木为伴，"森林"就是我的家；出版了几本不成熟的书，不敢说完成了"作品"；研究了一些史料，做了些田野考察，不敢说自己在"做学问"。或许我只是走了一程"路"，在这条路上做了一些"路标"，而所谓"路"不是固定的，而是可修改的，是可供人继续开拓的。

閱木

周默四十年田野考察笔记

周默 ◎ 著

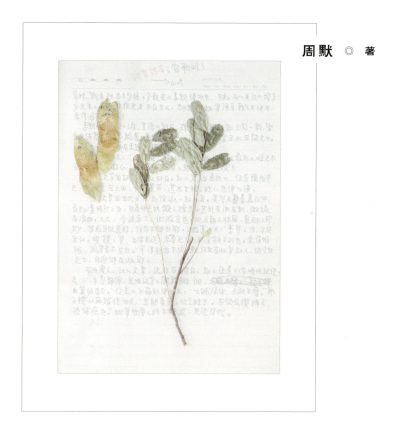

團結出版社

图书在版编目（CIP）数据

阅木 / 周默著 . -- 北京：团结出版社，2023.12
ISBN 978-7-5234-0813-1

Ⅰ.①阅… Ⅱ.①周… Ⅲ.①纪实文学－中国－当代
Ⅳ.① I25

中国国家版本馆 CIP 数据核字（2024）第 012806 号

出　版：团结出版社
　　　　（北京市东城区东皇城根南街 84 号　邮编：100006）
电　话：（010）65228880　65244790（出版社）
　　　　（010）65238766　85113874　65133603（发行部）
　　　　（010）65133603（邮购）
网　址：http://www.tjpress.com
E-mail：zb65244790@vip.163.com
　　　　tjcbsfxb@163.com（发行部邮购）
经　销：全国新华书店
印　装：三河市东方印刷有限公司

开　本：170mm×240mm　16 开
印　张：28.25
字　数：399 千字
版　次：2023 年 12 月　第 1 版
印　次：2023 年 12 月　第 1 次印刷

书　号：978-7-5234-0813-1
定　价：99.00 元

目录

四十年田野考察履历

1983—1993	长白山及张广才岭	山槐木、红松、水曲柳、柞木
	南太平洋斐济、巴布亚新几内亚、所罗门群岛	檀香木、印度紫檀及其他阔叶材
	海南岛	黄花黎、陆均松、母生
1994—2003	日本	考察家具博物馆、最新木材加工技术与设备，研究日本珍稀木材的拍卖、识别与开锯、利用
	浙江、江苏	园林中的家具陈设研究，黄杨木、红豆树
	湖南、贵州、广西、云南	榧木、红豆杉、榉木、云杉、铁杉、樟木
	缅甸	原始踏查，采伐、集材与运输方式的研究。花梨、柚木、酸枝
	海南岛	黄花黎田野调查，深入林区、黎寨、苗寨，研究花黎的历史与文化
	印度	深入印度南部、东南部，研究紫檀、檀香、乌木及其他珍稀木材
2004—2013	海南岛	调查与收集有关海南的民俗、风物、建筑、日常用具及黄花黎相关的文字、实物资料
	印度	多次赴印度安得拉邦及泰米尔纳德邦考察紫檀
	缅甸、泰国、越南、柬埔寨、老挝	越南黄花梨、花梨、老红木、酸枝、柚木及其资源分布、现状、采伐、运输、交易与走私
	瓦努阿图	檀香木
	印度	紫檀天然林、人工林的分布调查
	欧洲（英、法、比、德、奥）、美国	博物馆及文物市场，中国家具与其他文物
2014—2023	日本	考察日本古代建筑、博物馆、调查与研究唐代遗存于日本的中国家具，特别是紫檀、黑柿。研究隋唐时期中日交流史，中国工艺输日、家具输日的途径及对日本文化的影响
	东南亚	珍稀树木的分布、历史与文化，古代建筑及博物馆
	海南岛	深入林区调查研究海南黄花黎及相关植物，了解其在本地的利用习惯与历史
	俄罗斯	博物馆、原始林区（桦木、水曲柳、柞木、榆木）
	福建	鸂鶒木

我们出发去寻找她的那一刻，其实是去寻找我们自己。她拯救了我们。

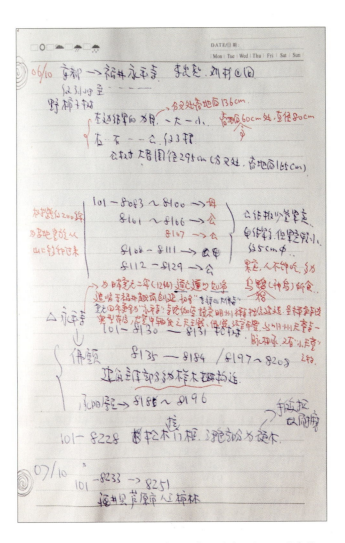

疲累、舒心，困顿、释然，彷徨、坚定，收获、空无，所有的一体两面在笔记的结尾处消失，如照片中那一行远山。

崔憶 绘

四十年间，我看过参天大树倒下，也看着一棵花黎小树苗长大，而我
始终留意于世界各地的枯立木。

枯树或立或伏，叶尽、皮摧，用历经苦难之后的坚韧将自己的一生活成一部
伟大的艺术作品，也许我们也能将自己的人生，活成一部作品。

一块标本，就是一段记忆、一处山水、一羽阳光。
一块块标本叠加起我的人生，也藏着别人的故事，
有艰险、喜悦、苦难，更有人间之温情。

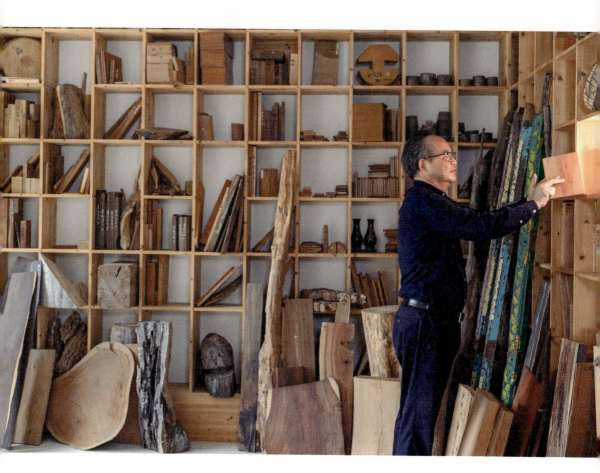

我用四十年鲜活的生命踏寻了各种树木的故乡，两
鬓斑白时，是该回到自己的"故乡"了。人之一生
只需不疾不徐，慢悠悠行走，按自己的意向、步伐、
节奏。而无论在何时何地，我们只需冷静、从容地
打开窗户，邀纳寒风与阳光。

希望当生命的残灯开始忽闪的时候，
还能在某种传统中为这个世界新栽一棵向下扎根、向上生长的小树。

第一辑　远山长，海岛孤

　　1983 年，大学毕业，被分配到林业部的我还满怀着对人生的憧憬，不久即被派往吉林延边朝鲜族自治州敦化林业局锻炼。敦化，当时于我是一个陌生的地名，不知与"小德川流，大德敦化"中的"敦化"有无关联，还特意买了本地图，搜寻那即将要去工作、生活的地方。在地图上，"敦化"是那么小的一个点。那天，我穿上心爱的的确良衬衫，带着对未来的期盼与犹疑，战战兢兢又义无反顾地坐上了那辆冒着浓烟的绿皮火车。

　　1986 年，忽而降落在南太平洋的小岛上，此地距离长白山八千多公里，日子从裹着棉袄、窝在炕上变成赤条条站在椰子树下，每日的食物从土豆和整块的牛羊肉变成了顿顿海鲜配各式各样的新鲜瓜果，工作也从出口变成了进口，终日相望的木材也从高寒地区的红松、山槐、柞木、水曲柳变成了热带的印茄木、桃花心木、贝壳杉……前几年的冰天雪地、荒漠与漫山长满青苔的枯树如一场梦。

1989 年，从海岛回到中国，改革开放已如火如荼。又多次往返张广才岭、敦化，继续出口柞木、山槐，又辗转于海南、云南、贵州、湖南、广西等地，继续向日本出口榧木……恍惚间，又觉在海岛生活的三年才是梦，青春也随着不停的迁徙，一晃就过去了。

恰如庄子说："梦饮酒者，且而哭泣；梦哭泣者，且而田猎。"我在梦中把酒言欢，白天的生活却让我哭泣；我在梦里悲伤哭泣，醒来时又欢天喜地去打猎。想来人的一生最不确定、最不能把握的便是自己游来荡去的情感。"且有大觉而后知此其大梦也，而愚者自以为觉，窃窃然知之。"想必我就是那愚者，不曾醒来。

从长白山开始，我收集所到之地的木材标本，或为珍稀树种，或与我所遇之人相关。各种形状、颜色、纹理与人之千差万别的命运勾连，如一张张标签钉在人生不同的时间点。当然，那时的我并不热爱森林与木材，也未见中国古典家具之美，更未曾计划让我的一生与木头纠缠不清。

1. 长白山西坡的一片月

对于学经济学的我来说，初到长白山腹地之林场，看着满山不认识的参天大树，多少有些迷茫，尤其那时正值冬季。

茫茫大雪中，一排半新不旧的红砖房被樟子松、臭松、青杨包围着，屋内只有一排大炕、一张桌子和两个凳子。没有电视，有收音机但是没信号，半个月能看上一次报纸。整个林场只有一个盆，盆的颜色已无法辨认，首先需要学会"一盆多用"：清晨用来洗脸，中午摇身一变成为一口炖肉的锅，晚上洗脚。每次用完还是要洗的 —— 用雪擦一擦。食物有三种：牛肉、羊肉、土豆；做法只有一种：煮；作料也只有一种：盐。每天喝酒，一喝就是一晚上，不喝的话当地人就觉得你清高。每天除吃饭、喝酒外，只有"晚上看门"这一项工作可做。这才理解了东北话说"糗着"的意思 —— 整个冬季就这么终日"糗"在炕上。不幸的是，长白山的冬季特别长。不过，当地的姑娘是真漂亮，都是朝鲜族，又高又美。刚报到时就被"警告"：如果在当地恋爱，就只能留下，不能回北京。

生活的艰苦还是其次。那时的我对林业、木材一点兴趣都没有，看着森林里的日出、日落也毫无感觉，偶尔开车去林场转，或许是因为树种单一，开出去几个小时，仿佛仍在原地。毫无变化的景色与毫无生气的日子，周而复始，连一个可以聊天的人都没有。出发前我准备了一个高级红皮箱，装着《资本论》以及一些哲学、历史书。从酒醉中醒来时就读书，醉意涛涛时就在心里默念东坡先生那一首《临江仙》：

夜饮东坡醒复醉，归来仿佛三更。家童鼻息已雷鸣。敲门都不应，倚杖听江声。

长恨此身非我有，何时忘却营营。夜阑风静縠纹平。小舟从此逝，江海寄余生。

那时的东坡先生被贬黄州，虽感叹做不得此身的主，但仍持平宁之心；而身在长白山西坡的我，长夜望孤月，仍"拣尽寒枝不肯栖"，只想抓紧那一叶小舟，甚至想，最好能换一条船。

春天山花烂漫时，我借工作之便回了趟北京，申请考研，那时的我一门心思就想当老师。部里领导却不同意，见到我就把桌子一拍，说："考什么考，好不容易要了个名额，找到你这么个学经济学的，你要走了，我怎么办，一个萝卜一个坑，乖乖回去，该干嘛干嘛。"

那年的夏天，我走遍了长白山的西坡，因历史原因，东坡已归入朝鲜版图。东坡向阳，受西太平洋的雨水和阳光浸润、滋养，植物、动物种类

一张日伪时期长白山林区贮木场的老照片

繁多，特别是全世界最好的柞木、水曲柳、红松、山槐等都生长在那里。西坡为阴坡，柞木、水曲柳的干形、质量也是非常好的，如露水河、三岔子、敦化、安图、红石等林业局。自伪满州国或更之前，日本人便将长白山当作自己的资源供应地与"后花园"，修建小火车道，直通长白山腹地，将地上的原始林、地下的煤炭源源不断地运往日本。如今还有弃于山野没来得及运走的径级很大的红松、水曲柳、柞木、桦木，没有痛苦地静静腐卧于山野，布满青苔的躯干上其他小树已经开始生长，成为别的植物的乐土与营养源。我曾花大价钱买到一张日伪时期东北长白山林区贮木场的老照片——积雪铺山，原木遍地，与所见并无太大区别。多年后我才知道，当年我所见的红松、柞木是日本人刨切后用于室内装饰、贴面最好的选择。他们是那么的漂亮，主干正圆、饱满、顺直，心材色浅、干净且年轮均匀……

终于要离开长白山了，记得那天早上四点多的火车，来送行的有一百多人，他们骑着自行车，在车厢边哭。而我将去之地是河北承德围场满族蒙古族自治县内的塞罕坝，1984 年的塞罕坝不是今天的旅游区，那里更荒凉，生活比长白山更苦。

"塞罕坝"一词是蒙古语和汉语的组合，意为"美丽的高岭"，曾是木兰围场的中心地带。这里在清康熙、乾隆时期依然水草肥美，是狩猎的地方。经过多年战乱，无休止的采伐，两百多年后的塞罕坝已成一片沙漠。当地流传着一句顺口溜："尘沙飞舞滥石滚，无林无草无牛羊。"1961 年，林业部国营林场管理总局当时的局长荀世昌、副局长刘琨先后三次至塞罕坝踏勘。同年 11 月，刘琨副局长在冰雪覆盖的沙漠中发现了一棵活着的落叶松，他激动地说："这棵松树少说有一百五十多年，它是历史的见证，活的标本，证明塞罕坝可以长出参天大树。今天有一棵松，明天就会有亿万棵松。"于是开始了沙漠治理，固沙植树。今时能见到的一万多公顷树林，就是那时一棵一棵种起来的。

我们初到塞罕坝就被老百姓围观，一位老大爷拉着我左右看，再扒拉着我前后看，说："这些首都来的人真是不一样，他们的头上没有虱子，细皮嫩肉的，脸都没有开坼。""开坼"是当地方言，意思就是脸上没有裂口。

因当地风沙大且寒冷，老百姓的脸上均有网格一样的裂口。围场是滦河发源地，我常骑着马奔跑在那片康熙时期发生过多次战役的草原，跑一天都看不到边际，滦河上游完全淹没在草原中。当地人提醒我们出去转一定要骑马，因为暗河藏在很深的草中，表面看起来只有一条缝，却很深，如果趴着听，动静如千军万马，掉下去不知冲到何处。然而马是很聪明的，距离暗河很远就停下来不走，或直接跳过去。塞罕坝海拔 1900 米，每年 9 月就已是冰天雪国。一场雪后，出入林场就变得困难，有时需要履带拖拉机来拖车。1984 年的雪特别大，气温持续保持在零下四十度或更低，如果我们在户外聊上几句，则需不停跺脚，不然就冻僵。当时只有一个小卖部，榨菜都已变色，饼干、沙丁鱼罐头都鼓成小球。一次，我们下山去纤维板厂，厂里为我们准备了一只烧鸡！我们把肉吃掉后，一位原籍上海的工程师则把骨头拿回去煮，煮了三遍。附近的棋盘镇每月有一次集市，老百姓都把鸡抱在怀里卖，十来斤重的小猪也抱着卖，价格就用毛笔写在猪肚子上。通常这样的鸡、小猪都是买回去继续饲养、繁殖，能买到一斤猪肉就已经很幸运了。当地老百姓非常淳朴，对我们这些"外地人"非常照顾，虽然他们自己的生活也是捉襟见肘，但常常做了土豆粉就分给我们，尽管土豆粉吃起来非常牙碜。因为风沙大，土豆粉里通常有大量的沙子。冬天实在没东西可吃，当地人就教我们打猎。打野鸡、野兔比较考验技术，鸟的种类也很少，只有松鸡子、沙鸡子。松鸡子就是歇在鱼鳞松、黄花松上的一种鸟，一只一斤左右，恐因雪太大了，鸟也冻呆，不用瞄准，一打就有。沙鸡子则更呆，五只排成一排，四只睡觉一只放哨，如果打了放哨那只，下一只自动醒来继续放哨。

1985 年 5 月，扛着塞罕坝老乡为我准备的一大捆土豆粉回到北京，部里分配我从事木材出口工作。大学毕业后第一次有正经活儿可干了——向法国出口两集装箱、约 34 立方米的山槐木。山槐木有着特殊的纹理，端面生长年轮为咖啡色，非常明显，年轮之间的木材则如玉石一般；弦切面有射线斑纹，深色条纹组成半圆弧形图案或层次分明的峰纹。法国人用来做工艺品，刀把、烟斗等。我与法国木材商走了五六个林场，最后选择了吉林延边从朝鲜族自治州汪清林业局的山槐木，颜色干净、年轮清晰。当时出口山槐木的 FOB 价（离岸价）为每立方米 457 美元，有很严格的条款，包括尺寸，长 1—2 米，尾径 10—20 公分；不能蓝变等等。所谓蓝变，即木材发乌、发霉。山槐、枫木这样的木材因含糖量高，都属于特别容易蓝变的种类。我们将采伐好的山槐木两端抹上乳胶，即装箱运往大连港。当时正值冬季，大连到马赛的船并不多，海运需 40 天左右，再加上等待货船的时间，这批山槐木到达马赛港已是春暖花开的四月。随后，法国木材商发来附有图片的传真，这批山槐木全部蓝变，皮与边材之间已经生虫。原来因我们没有经验，木材两端被胶封死后致使水分不能排出，从而发霉、生虫。

木材的采伐与运输也是一门学问，当时却无任何资料可寻。木材采伐之后，先晾两到三天，使其排水，再用透气性佳的毛边纸将木材两个端面封住，只可以在边缘抹少量的胶，这样使木材缓慢排水不至发霉又不会干燥开裂。这些常识与经验却是几年后从日本人那里学来的。

今日回望四十年前的山林生活，似乎才读懂王维诗中的那份与万物同优游的闲在，或"人鸟不相乱""人闲桂花落""云霞成伴侣"或"清川带长薄，车马去闲闲。流水如有意，暮禽相与还。"而王维世界的"闲"，也只有经历过奔波劳苦再转回头才能体会。

山槐木标本

2. 斐济：爱情岛与"枪杆子里面出政权"

　　到斐济一年后，经过几番艰难的试验，海上贮木场终于搭建成功，第一船胶合板材（树种有 15 种）将运回祖国。兰比岛（Rabi Island，斐济东北部外岛）那天风和日丽，我们举办了木材装船出口仪式。斐济国民银行行长乘坐的飞机快降落时发生故障，我们眼睁睁看着飞机直插海中礁石。事后，相关部门组织人员进行打捞，只发现了机体的部分残骸。救援人员说，人已被鲨鱼抢食，也许仅仅在数分钟内。

　　那天是 1987 年 3 月 13 日，一个黑色星期五。

　　空难、海难在这里常常发生，海岛的热烈与惊险冲击着从长白山大雪中走出来的我。

　　1986 年，正是中国改革开放初期，木材、石油、矿产等资源需求量很大。南太平洋群岛的森林资源非常丰富，所以当时我受原国家林业部委派，赴南太平洋岛国斐济做森林调查，开发森林。在海岛生活的三年，所历之事与所遇之人至今不曾忘记，如入无人行走过的原始森林，用砍刀在一棵一棵树上刻下的还有汁液渗出的新鲜印记，长长的，一望而成串。

　　初到海岛，湛蓝的海水、银白的沙滩、温暖的气候，前几年还在东北的冰天雪地里吃着土豆，转眼间就来到成片的椰子林、芒果树下。楠迪（Nadi）国际机场到斐济首都苏瓦（Suva）约两个多小时车程，每隔一段路，路边就出现一茅棚休息站，棚边立着长把的弯刀、钩子，渴了可以自己钩椰子，芒果、木瓜也是随便吃。在楠迪，我们总在一家名叫"中山餐馆"的地方用餐，老板为第四代华人，几乎不会普通话，讲的是很古老的中山话，现在的香港人也听不懂。所谓中餐实为蹩脚的印度菜，无论炒菜或炒饭，最后一个步骤一定是在饭菜的表面泼上一勺生椰油。一次，我跟老板商量："我来教你做一道菜，成本又低，还可卖一个好价钱。"老板一脸茫然，我看他有粉丝、榨菜、小红尖辣椒、鲜牛肉，可以做正宗的"蚂蚁上树"。于是先将牛肉切成片，用刀背井字捶，又斜网捶，然后切成肉沫，章法井然，程式清晰，简单易学。一盘香喷喷的"蚂蚁上树"立刻打开了餐厅每一个人的味蕾，都要尝。我说不行，先交钱，再给你们炒。老板兴高采烈地将此菜命名为"Zhou's Noodle"且毫不犹豫地定价为每份28美元。

苏瓦的酒店基本都为木结构，没有钢筋水泥，走廊都是藤编，顶棚则由树叶、树皮覆盖，一年一换。斐济的国花是扶桑，更多的是随处盛开的鸡蛋花，人们都会于清晨别一枝鸡蛋花在耳畔。斐济的男人也喜戴花，看着满大街戴花的男人如回唐宋，那时我们的祖先也有男子簪花的习俗："牡丹芍药蔷薇朵，都向千官帽上开"，只是斐济的男子不怎么爱戴帽子，但他们穿裙子，当地人称"Solo"。

我们跑遍了南太平洋的岛国，也走遍了斐济周边的岛屿，最后把主要

在中山餐馆制作了一道"蚂蚁上树"，老板兴高采烈地将此菜命名为"Zhou's Noodle"

工作地定在了兰比岛。那天我们随使馆领导（当时的大使为冀朝铸先生，曾任毛主席、周总理的英文翻译，后从斐济调任为驻英国大使和联合国副秘书长）来到岛上，小岛的居民只有约一千七百人。兰比岛的议会主席、副主席等数人前来机场迎接我们。人群中有一瘦削男子，中等身材、赤脚、面色黝黑，带着些许木讷，双眼噙满泪水，与我相握的手都有些颤抖。他将一本没有封面的长方形中文小书揣在胸口——一本翻了无数遍的《毛主席语录》，用不太连贯的中文问我们："伟大的毛主席、周总理他老人家还好吗？"我们面面相觑，两位伟人早已去世十年，怎么会有人问这个？

此人姓李，广东人，20 世纪 60 年代因出身不好，受尽欺凌，便抱着一根木头从广东泅渡到了香港。到香港后，其兄说当地也有红卫兵，比广东的还凶，于是为他找了一条从香港至悉尼的货船，让他去澳大利亚生活。谁知船行至澳大利亚东北部，台风大作，将船吹到斐济，老李被人捞起送到这个小岛，那是 1969 年。从此他定居于此，娶妻生子，没见过一个中国人，只有面朝北方的太平洋，独自大声讲中国话。

老李初到兰比岛，以为自己"穿越"回了广东——岛上的人长得怎么跟我们广东人一样呢，要不就是广西人！兰比岛上的居民在 20 世纪 40 年代由赤道附近南纬 5° 的大洋岛（Ocean Islands）移民而来，二战时英国人发现了该岛，岛上有几十米甚至上百米厚的鸟粪及鸟粪积累而成的可以用作化肥的磷矿资源，这是最好的天然有机肥料，可用于种植高级花卉、蔬菜等农作物。英国人认为发现了宝贝，便买下该岛并将岛上的鸟粪运回国或分装后出口美国等地。买岛时，英国人将当时岛上的居民迁至南纬 18° 的兰比岛，并给岛民 3 千万英镑，成立了基金，每年合理分配；每人一出生便可分到 17 棵椰子树，椰干出口澳大利亚。有专家学者考证大洋岛的原住民（如今兰比岛居民）最初来自中国。兰比岛上的人从此不需再为生活而奔忙，其中一位议会副主席分了不少钱，就去首都苏瓦看看，看见苏瓦的人们有别墅、电视、冰箱，于是就买了个冰箱回岛，可是没东西可放——水果都在树上，鱼都在海里，一切都是新鲜的。于是他专门为冰箱盖了一敞篷"房子"，再在冰箱里放上一双拖鞋。

海岛的热烈与惊险冲击着从长白山大雪中走出来的我

　　在兰比岛生活了近二十年的老李成为了我们的翻译兼司机，每月工资300美元，他俨然已与当地土著没有区别。在一些无人居住的岛上考察，他给我们提供了很多保障。茂密的原始森林中充满各种不可知的危险，比如毒蛇，我们为此准备了很多蛇药。后来才发现斐济多个岛屿都没有蛇和老鼠，原因是岛上生活着一种叫"獴"（当地人称"Mongoose"）的动物。树林中、草丛中到处都是，外形有些像松鼠，但比松鼠大比黄鼠狼小，全身灰麻色，眼睛特别有神，尾巴长而翘，特别机灵，永远保持准备搏击的姿势。獴不是斐济的"原住民"，他们都来自非洲，也是英国人带来的。18世纪，英国的 J·库克船长发现了群岛东南段的小岛，随后英国海军便踏上了这块土地，发现岛上盛产檀香木，于是10年左右的时间，檀香木几乎被挖干净。因为当时有很多毒蛇、老鼠，给他们采伐檀香木造成了很大困难，所以英国人才把在非洲发现的獴——这种可以吃掉比它个头大百倍的蛇的动物——带到了南太平洋，逐渐遍布各个岛屿。獴繁殖很快，动作敏捷，与蛇战斗的策略是跟蛇玩，上蹿下跳，一会儿上树，一会儿钻入草丛，蛇则期待一招制敌。玩上一两小时后，蛇已精疲力尽，獴便一下咬住蛇的喉咙，吸干蛇血。獴也用同样的方法对付老鼠。

　　1987 年 5 月 13 日，当地的黑人朋友说，我带你们去海上钓鱼吧，也可在荒岛上烤鱼喝酒 —— 太诱人了。我们租了一条快艇，朋友特地绕到离苏瓦较远的一个海上孤岛，岛上植物茂密，周围石壁环绕，似乎只有飞鸟可以栖歇。朋友说，此岛名叫爱情岛。30 年前，一个酋长 15 岁的女儿看上了外岛的一个平民小伙，酋长不同意，抓住男孩并将其捆绑，准备抹上泥巴烧熟分食，女孩用计将其救走，一起划独木舟逃到这座孤岛上。岛上有天然的香蕉、木瓜、椰子，他们长年生活在孤岛密林之中，过往的渔船知道了这个凄美的爱情故事，都会往岛上扔吃的，也不知这一对苦难的少男少女能否收到？时间长了，各种传说都有，只要渔船、游艇航行至此，都会行注目礼，也希望能看到他们。那天我们一直等到月升才离开爱情岛，傍晚的海霞格外绚烂。

　　第二天，爱情岛坚贞的爱情故事还在我脑海里回荡，斐济却发生了政变。领导者是三十多岁的兰布卡少校，后来他写了一本书，开篇第一句就是："枪杆子里面出政权。"

　　斐济曾沦为英国殖民地。19 世纪末，英国为了振兴斐济的经济，从同为英国殖民地的印度移入六万多名契约工到斐济种植甘蔗，至今占斐济总人口 53% 的印度裔人就是那时契约工的后裔。七十多万人口的斐济，土著只占约 40%。斐济有一风俗叫"一人有饭大家吃"，所以斐济本地人不能开商店，如果有一人开了商店，全村的人都可以随便来拿东西。正因为如此，斐济的商店都是印度人开的，印度人掌握着当地的经济命脉。虽然斐济的法律规定只有斐济本地人才能拥有土地，但斐济本地人自己不种地，而将土地出租给印度人来种，自己则靠收地租生活，但地租收入毕竟有限。而印度人则善于经营，比较富有。1970 年，斐济独立并成为英联邦的一员后，总督是女王任命，但军队由斐济人控制，斐济政府也由代表斐济人利益的联盟党执政。1987 年 4 月举行大选，代表印度族裔的民族联合党大胜而出任总理，引起斐济人不满，发生全国骚乱。为了推翻由印度人占大多数的政府，兰布卡以恢复斐济人的生活方式之名，发动政变。政变后兰布卡全面掌权，引起英国、澳大利亚、新西兰及美国的不满，后因内外交困，此次政变失败。兰布卡认为斐济军队的士兵太少，当时他只有两百个士兵，包括海军、空军、陆军。他的兵都穿着裙子，打着赤脚。海军连一条独木舟都没有，海军司令经常带着他的二十几个兵在海边巡察，走走看看。兰布卡一看兵太少了，马上扩招，不要印度人，只招土著。兵是招到不少，但也不训练，很多士兵连枪都不会拿，他们经常坐在街边的柴油桶上，美其名曰"站岗"。因为都光着脚，常会把脚指头放在扳机上，枪管顶在自己的下巴上，走火事件每天发生。9月23日，两党达成协议，由印度族和斐济族共同执政。兰布卡更加不满，认为斐济族人的权利并未得到尊重，于9月25日再次发动政变并完全掌握政权，宣布斐济为共和国，他想要斐济族人统治自己国家的理想终于得以实现。当时，驻斐济的大使冀朝铸先生即将调任英国，正赶上政变，总督被推翻了，总理也被抓起来了，他走的时候都不知道跟谁告别。

我与斐济总统府卫兵

　　政变后的斐济人民依然过着悠闲自在的日子，爱情岛的故事还在流传，老李自从有了我们这几个"家乡人"的陪伴，精神面貌大有改善，普通话也说得利落了。后又安排他回广东中山探亲，探亲回来后他说还是习惯了海岛的生活。而这一切只是我海岛生活的开始，直到 1989 年我才回北京。2010 年我再次来到斐济，途经楠迪，没有找到中山餐馆，听说老板凭"Zhou's Noodle"赚了不少钱后便移民澳大利亚墨尔本了。但那次我没有机会前往兰比岛，也不知老李如今怎么样了。

1987 年与 2010 年的斐济

3. 海上贮木场与檀香树下的金矿

1987 年，眼看雨季就要到来，兰比岛的海湾处还漂浮着最后十个长方形的木垛，在等待货船的到来。我们终日提心吊胆，时时盯着天气预报，深恐飓风突袭。

南太平洋的飓风非常凶猛，连风灾的保险费都更高。兰比岛及其他外岛均没有正规码头，货船无法泊岸，只能建海上贮木场。所谓海上贮木场，即是将采伐之木材捆绑成立方体，抛锚后使其漂浮于海面。当货船抵达近海，便用马力比较大的船牵引海上贮木场至货船，再用吊机将木材吊上船。

这批木材不装上船，我们便不得安生。第一次搭建的海上贮木场便被飓风吹得七零八落，一部分不知漂往何处。待飓风停息，我们开始收拾残局，用快艇将木材一根一根拽回来，整整打捞了半个月。大径级的木头漂浮于海面会对独木舟、货轮及其他船只造成威胁，所以要尽快打捞。此外，打捞时还要面对鲨鱼的威胁。

当时的中国从来没有在海外开采木材的经验，海上贮木场对于我们更是一个全新的课题。于是请来南京林业大学木材学专家龚耀乾教授、一位马来西亚的采伐专家以及林业部多位专家（陈正杰、周沪生等）一起研究如何建立海上贮木场。最后定下方案：首先在木材的两端打水眼，水眼即贯通眼，再用耐海水腐蚀的缆绳将其捆扎。有些木材比重大，入水即沉，所以需将比重轻的木头放在最底下，把重的木头放在上面。总结几次失败的经验，我们也深知此非万全之策，但也没有更好的替代方法。如果飓风太大，不论什么样的绳子，何种捆扎方法，海上贮木场都会被吹散。企图以人力对抗大自然的力量往往都是徒劳，只能求老天保佑。

　　好在这一次货船比飓风来得早。十个海上木垛顺利装船后，兰比岛的雨便以更猛烈、频繁的姿态降临，我们修筑的集材山道完全被冲毁，什么也干不了了，其他人回首都苏瓦休养，岛上只留下我和台湾来的孙丰盛先生。

　　老孙精瘦矮小，一头卷毛外翘如风帽，思维缜密而行动敏捷，其枪法、刀法精湛，出手即赢，海上船只及陆地驾驶技术高超，反应很快。他原为台湾竹联帮的大佬之一，因事被当局追捕，在竹联帮的掩护下逃至日本，后至阿根廷再转至斐济。他和斐济总督及各部部长、有影响的大酋长都很熟悉，当时也是我们的林业开发顾问，出口每立方米木材给他 5 美元佣金。

　　兰比岛有一种弯曲细小的木材，开路机开山时便将其连根拔起掩埋于烂泥斜坡之中，散发出的香气让人神清气爽。老孙和我们谈判："能否将这种芳香的不值钱的木材全给我？"我们认为那种木材如此细小，不能做地板、单板或家具，很痛快地答应了，并安排印度伐木工专门为他采伐挑选，将树皮、边材刨干净，打包外敷黄油，裹上帆布放在货船的底部运往基隆港等地。

　　我和老孙住在兰比岛一小海湾右岸尖角突出的悬崖峭壁之上，一排以石头为墙、石片为瓦、内置椰子树叶的平房，在雨雾中遥望如悬浮于海面一般。门口有一大棵野生的芒果树，芒果如鸡蛋大小。当地人告诉我们，千万不要在芒果树下睡觉，特别是起风的时候，海风一吹，芒果就"噼里啪啦"往下掉，会砸伤人。我们吃的主要有当地人散养的鸡、各种当天钓到的海鲜和从苏瓦空运过来的蔬菜。当地人抓鸡很有趣，鸡在沙滩或树上，他们看也不看，很利索地将砍刀扔出去，鸡便应声倒下。海钓也很让人不可思议，斐济人用整棵大树挖空做成独木舟，将两艘独木舟用坚韧的树枝或古藤绑在一起，中间留约三十公分空隙，可以在大海中维持平衡，以抗击风浪。土著坐在独木舟上钓鱼，如果一家有五口人，每人一天吃一条鱼，那便只钓五条，如果钓上来了六条，他肯定挑选受伤最轻的、属于多余的第六条放回大海。我们不解，问："为何要放回去？多吃一些或送人不是更好吗？"答："大海即冰箱，我们是放回冰箱，明天过来再拿。送人不行，自己不钓鱼，怎么能吃鱼呢？"有一次，我们提前几天向一垂钓高手预订了一条大石斑鱼和一只大龙虾，说好了小的不要，以备我们宴请用。早上，远远便看到独木舟向我们的小平房划过来，我们马上跑下海滩，钓鱼的老兄递给我们一条刚钓上来的青绿色石斑鱼，足足有二十斤左右；另外一只大龙虾张牙舞爪，约一人高，我们费了九牛二虎之力才将大龙虾弄回去。当时斐济的 *Sun*（《太阳报》）有一记者在岛上，报道了这只长约一百七十公分、连本地人都罕见的大龙虾。这一新闻还登上了当地多家报纸的头版，轰动一时。我们采用多种吃法，美美地享受了半个月！

　　晚上我们请议会主席一家人晚宴，鱼、虾派上了用场。酒过三巡，议会主席说："中国人对我们太好了，你们将山上的树木采伐后，我们本计划放火烧山，然后种植可可，但现在不必种了，转交澳大利亚金矿主开采黄金，这个岛上黄金储量丰富，品位很高。你们只要木材，黄金给澳大利亚人，我们上午刚签完开采合同。"按当地规定，地上树木由我们采伐，地下金矿也应归我们，至少我们有优先开采权。

　　那一晚，龙虾不再有滋味，我也彻夜未眠。

斐济、瓦努阿图等南太平洋岛国都使用这种两艘独木舟并列的小船，以抗击风浪

　　事后我们才知道，老孙索要的那些细碎小木头是论斤称的且严禁出口的珍贵斐济檀香木，檀香精油含量高达 6.4%，与印度产老山檀的出油率一样。檀香心材的品质取决于精油的含量及精油中檀香醇的含量，含量的多少与树木不同部位、树龄、心材、色泽均有关系。这些被我们"拱手让人"的压舱檀香木比一整船大径级的地板材、家具材要值钱很多倍。等我们明白了，也要回国了，兰比岛上的檀香木也全部被老孙运走了。18 世纪初澳大利亚沦为英国殖民地后，悉尼的商人从斐济等地收购檀香，寻求交换中国的茶叶、丝绸等。1805 年 4 月，Simen Dillon 将第一批檀香木从斐济运至悉尼，至 1808 年其获利三万英镑，而当时澳大利亚的总督年薪仅五百英镑。

　　去斐济前，我到图书馆查找过关于斐济的资料。当时能找到的资料很少，只有苏联 20 世纪 50 年代出版的《斐济地理》，并一一抄录。事实证明，那些印刷在纸上的有限资料，不足以应付真实生活中的际遇，而且因为自己不是搞林业出身，对木材并不敏感，亦没有相应的知识储备。

　　山上最值钱的檀香木被老孙免费拿走了，地下的金矿又给了澳大利亚人，我们的角色仅仅是开路者和清道夫！无知的代价是完全可以量化与换算的，可惜我们还不认识老孙，也不认识自己。

　　多年以后，我才明白，凡是山上有如紫檀、檀香、乌木、老红木、黄花黎（如海南东方、昌江）等珍稀树木的地下，必有高品位的铜矿、金矿和铁矿，二者相生相伴，如郭璞在《山海经图赞》所述："磁石吸铁，琥珀拾芥，气有潜通，数亦冥会。物之相感，出乎意外。"

　　檀香（*Santalum album*）为檀香科檀香属中的一种常绿小乔木或灌木，英文为"Sandalwood, true sandal, sanders, white sandalwood"。边材白色，心材淡黄褐色，有人称为"鸡蛋黄"。纹理直，结构细，质重，气干密度一般为 0.84—0.93g/cm³，边材无香气，心材芳香，富含白檀油（Sanders oil），一般用于檀香油的提炼、制作燃香及工艺品，由于其特殊的香味而很少用于制作家具。檀香产地主要为印度南部的卡纳塔克邦（Karnataka）、泰米尔纳德邦（Tamil Nadu）、安得拉邦（Andhra Pradesh），印度尼西亚、东帝汶、澳大利亚及南太平洋岛国如斐济、巴布亚新几内亚、瓦努阿图、汤加及夏威夷群岛等地。檀香木与海南黄花黎、紫檀一样有自己的生物群落，包括蕨类植物、攀援植物、灌木、乔木及苔藓等。檀香木是寄生树种，不能通过光合作用自我生长，其根有一个类似"吸盘"的营养转运站，搭在其他树的树根上，通过伴生树吸收营养，否则无法生存，故檀香木长得好一定要有与之生长相适应的植物伴生。20 世纪50 年代中国从印度引种的檀香木，在湛江、海南等地栽种，到第二三年就死了，都是成片栽种，没有伴生树种所致。檀香木的伴生植物有三十多种，其中之一就是斐济男人喜戴的鸡蛋花。鸡蛋花生长于赤道南北的热带地区，雪白圣洁，除了用于庭园、城市绿化及插花、烹饪菜品、装饰外，在南太平洋岛国，特别是斐济、瓦努阿图、大溪地等地，年轻男女早晨喜插鸡蛋花于耳旁，或左或右，左为未婚，右为已婚，据花之位置选择追求对象与方式。斐济土著称，森林茂密的原始岛屿，凡有野生鸡蛋花处，必有檀香树，二者相随相伴，从未分离，不难怪鸡蛋花有清远的檀香味。这也是寻找稀罕的檀香木之秘籍。

　　所谓聪明或愚蠢，并没有一条可以看得见的界线，聪明与愚蠢也是相生相伴的。

4. 天堂在左，斐济在右

在兰比岛闲待了五十多天，无聊得不行，经请示可以回苏瓦。那两天直飞苏瓦的飞机没有了，需乘快艇到 Taveuni Island 转机，是次日上午九点的航班。

我们常常往返于兰比岛与苏瓦之间，没有船，只能乘坐飞机，每周一趟航班，飞行约一小时。兰比岛的机场没有跑道，飞机从海边的草地上起飞，机长还经常忘了关门。飞机也很小，只有三十多个座位，而斐济人胖子居多，两百多斤算苗条的，三百斤左右为正常，为了保证不超重，所以办理登机手续时要称体重，然后在登机牌上标注。有时一架飞机只能坐十来个人，其他上不了飞机的人，就要等到下个星期。有一次在苏瓦机场遇到一印度人在候机厅哭，他往返苏瓦与外岛之间做生意，说："我等了三个星期，还没能上飞机，我的鸡也死了，我的菜也扔了。"

那天得知第二天 Taveuni Island 有前往苏瓦的飞机，老孙立刻包了一艘快艇，从兰比岛至 Taveuni Island，约两小时可到，然后乘坐九点的飞机至苏瓦，岛上留老李夫妇看守。

我们五点多就上了船，黎明之际的南太平洋海水深蓝如墨，成群的鱼追着我们，有的还蹦到船上，落在我们的怀里。驾船的小伙子叫 Sam，一手操纵船舵，一手拿着一个烧糊的还冒着白汁的大芋头，一边开船一边吃，惬意得很。

海上日出没有如期而至，滚滚的乌云不知从何处来，两边的海岸消失在我们的视线之外。风生浪起，三米长的小艇左右摇晃，既无安全带也没救生衣，船弦又如泥鳅背浑圆，手指无论如何也抠不住。此时已至深海，黑色的巨浪前后包围，遮挡住天空，如坠无底深渊。曾在台湾竹联帮呼三喝四，见过大阵仗的老孙此刻也面如土灰，两眼紧闭，求生的本能让他一直紧抓我的皮带，勒得我喘不上气。谁知这只是"惊涛大冒险"的序幕。

眼前两百米处，巨浪中升起一片一片成排的帆篷，如不可穿越之高墙，来不及思考那是什么，耳畔响起 Sam 的喊叫声："Whale，Whale，Whale！"声嘶力竭、断断续续，随后被巨浪淹没。我们仨都明白，在大海深处，这艘巴掌大的小船遇到鲸鱼阵，必死无疑，逃脱的机会为零！鲸鱼并不伤人，但是如果一群鲸鱼突然一起掉头，这样的小艇直接就会被掀翻。Sam 的芋头不知何时已经掉入海中，他终于两手操控起了方向盘，但即便如此，他俨然已失去了作为水手应有的判断力，茫然无措间大哭起来。想掉头往回开也已经来不及了，身后依然是一群群的鲸鱼——我们被鲸鱼包围了。我一拳挥向老孙，让他振作起来，赶紧接替呆若木鸡的 Sam。老孙的海上驾驶技术一流，反正是死，赌一把运气。老孙彻底缓过来了，当年逃离台湾直奔冲绳的勇毅爆发，操控小艇左突右冲，甩掉了令人魂飞魄散的鲸鱼阵。

船到 Taveuni Island 已是中午，潮水已退，露出尖锐的礁石，船无法靠岸，我和老孙不擅长在礁石上行走，而 Sam 是当地人，从小就不穿鞋，走这样的礁石如履平地，他分别将我们背上了岸。付了钱，我们站在沙滩上挥手和 Sam 告别，他和他的小艇越来越小，直到海水天色将其淹没。此时的海面如此平静，闪着光斑，有海鸥在盘旋。

被"惊涛大冒险"这一耽搁，飞机早走了，我们干脆住下来，反正也没别的地方可去。老孙在 Taveuni Island 有朋友，他为酋长准备了最受欢迎的印度神油及台湾壮阳药。晚上酋长请客，备了岛上的美味，现场调制一种如黄泥汤的土酒，名叫"Yanguna"，很容易麻醉。这酒太适合此时喝，什么巨浪，什么鲸鱼都只是一场梦。

斐济人非常喜欢 Yanguna，每有客人到访，必用 Yanguna 招待。这是一种用类似胡椒的植物根茎研成粉末再用水调配而成的饮料，更为传统做法则应是由一位处女把新鲜的植物根茎嚼烂后吐在盆里加水后饮用，现在改为粉末。那晚的宴请非常隆重，斐济人从不吝啬他们的热情。酋长赤着上身盘腿坐着，身上涂的椰子油闪闪发光，后面站着一个手持大木棍的武士，也赤着上身。酋长把 Yanguna 粉末倒在面前的一个大木盆里，再倒入水，用一团麻线在盆里搅拌，一边搅拌一边念念有词，然后把麻线拧干在自己身上抹几下，再放入盆里搅拌，如此反复数次，盆里的水已如黄泥水。然后武士用椰子壳做成的碗盛着这种"黄泥水"送到了我的面前，老孙提醒我必须一口气喝完，然后鼓掌三下。我喝完后，武士用同一个椰子壳盛着 Yanguna 送到下一个人的面前。我记不清自己喝了几杯，直到眼冒金星，舌唇麻木。

第二天醒来，我拍了拍自己的脸，能醒来不就是人生最快乐的事吗，何况我醒在地球的第一缕阳光下。国际日期变更线从 Taveuni Island 穿过，我就活在昨天和今天之间。我像游客一样在 Taveuni Island 畅游，先去看了好莱坞名片《重返蓝色珊瑚礁》的拍摄地布马瀑布（Bouma Fall），再俯瞰蓝色海岸那一条纯白的珊瑚砂。虽然岛上的森林已经被英国人、澳大利亚人采伐过，尤其是檀香木、印度紫檀（花梨木）连树根都挖走了，但 Taveuni Island 依然是斐济 332 个岛屿中最美的。这天，我乘印度裔出租车司机的车经过村庄，有一头大黑猪站在公路中间，可能有两百多斤，司机很兴奋，一头撞过去，猪应声倒地，他要我帮忙将猪放在后备箱后便跑到村里找猪的主人，村民当然没有人肯承认，司机怏怏而归，幸好车还可以开。斐济当时还是英联邦国家，法律大致近似英国，凡经村庄的公路，两边均装有铁丝网以防牛、猪、鸡或人上路，如被撞死撞伤，不仅被撞的牛猪鸡归车主，牛猪鸡的主人还得赔偿误工费、修车费。

第三天仍没有等到飞机，但是等来了飓风，不能出海钓鱼，只能喝椰子水，吃椰子肉。我们找酋长要了几根香肠和腌黄瓜，但肯定都属于过期食品，因为我和老孙吃完以后上吐下泻，最后只能啃两口芋头。斐济著名的大芋头土名叫"Daro"，四季遍地均生，不需人工种植，大者有十多斤，挖出来直接放在火里烧，烧糊了一家人轮流吃，因为芋头太大，经常外面熟了里面还是生的，所以芋头啃到咬不动的地方，就又放回去烧，一家人的温饱也就解决了。但是常年摄入过多的淀粉，那时斐济有很多二十多岁的男性突发腹痛倒地而亡。澳大利亚、新西兰及中国均派了不少医生及流行病专家去调查研究，认为营养过于单一是其高死亡率的主要原因之一。斐济的很多岛都有规定，如果外岛的男子喜欢上本岛的女孩，一定要结婚，结婚后一定要生孩子，孩子长到15岁之后，男子才可以离开这个岛。为我们开推土机的一位印度人，因为与岛上的小姑娘纠缠，他的推土机上每天都坐着四五个斐济本地人，看着他，怕他逃跑。

过了几个月，我从苏瓦回到兰比岛，一直没有找到Sam，从此谁也没有再见到他。

2003年，老孙的夫人黄女士从上海到北京，告诉我，老孙走了，走时还在念叨"小默默"。老孙对我很好，讲义气，见我总是高兴得像小孩子一样满面芙蓉。老孙要求将骨灰的一部分想办法捎回台湾，他的爸爸妈妈、儿子还在那里；一部分撒入黄浦江的入海口，他想重回斐济，终归大海！回忆，有时伤感落泪，很久回不过神来。老孙的名字总在换，原有的真名是什么，估计他也不愿想起。

生死枯荣，聚散开合，花开花落，一呼一吸之间矣。

5. 只是一个棋盘

1989 年，我回到中国，继续做木材的出口工作，主要负责日本、韩国及中国台湾还有香港地区的市场，出口之木材以红豆杉、柞木、榧木、水曲柳为主。

日本认为其民族生来与森林为伴，死亦与树木为一。对于树木之尊敬，对于木材的利用与研究水平，曾让我高山仰止又深生惭愧。在那个年代，我们只将树木作为一种资源，还谈不上对木材深层次的研究，即并未在木材的合理利用方面下足功夫。这也是敦促我不断学习的动力之一 —— 从小事做起，从小处着眼，则无不至大、至精而光亮自己、光亮世界。

日本人偏爱榧木，从中国进口的榧木棋盘料存量估计一百年都用不完。榧木心材杏黄或黄褐色，气味清香，纹理顺直平滑，是制作围棋棋具最好的材料。日本市场最好的榧木棋盘毛坯料每块市价 8000—9000 美元，制作好的棋盘最高价可卖到 20—30 万美元。榧木又称香榧、玉榧、杉松果、赤果、玉山果、柀子，属于红豆杉科。日本也是榧木的主产地之一，且质量非常好。他们早已不采伐本土的野生榧木，且严加保护，让其继续生长，只从国外大量采购，同时也采购红豆杉、榉木、红心松等珍稀木材。日本政府给采购木材的企业贷款为零利息，如能进口高品质木材，政府还给一些奖励。

日本人采购之香榧木多用于围棋棋盘的制作，故挑选榧木有一套自己的经验：原木一定要椭圆的，正圆的原木价格稍低一些。因为椭圆树木的树心长在外缘，采用十字切法，所得之毛坯料的四个面出直纹的几率比较大。做棋盘的木材纹理一定要是直直的，棋盘大面必须要是直纹，其余几

榧木纹理（上）

榧木棋盘端面
（下）

个看面如果是直纹则更佳，且不能有任何疤结或乱纹，下棋之人才能心静
如水；如果拿黄花黎做棋盘绝不可取，花纹复杂会使下棋之人心乱。

　　1990 年，日本一株式会社来传真说希望进口中国的榧木，用于围棋棋
具的制作。部里领导也不知榧木产于何处，后经我们查找资料得知浙江、
福建、江西、云南多地都有分布。回复日方，他们说只要产于云南的，其
他地方的不要。打电话至云南省林业厅办公室，工作人员肯定地回答："云
南不产！"我又与日方来回电传，最后日本人说，在大理以西约八十公里
的某山某村即盛产他们所需的榧木，资料详实具体。于是我们赶往大理，
经向当地研究地方志的专家请教，即今红旗林业局、剑川、丽江、维西，
均生长着野生云南榧木，其树干呈椭圆形。过了几个月，我和日本客人见
面，酒过三巡，我问："你们没去过云南，怎么知道得如此详细？"他们说，

1887 年前后，一批日本的矿产专家、植物学家、社会学家从缅北一直深入云南南部、西部，将所到之地的地貌、矿产、植物及人口分布、民族与习性等一一记录、绘图，然后整理成系列资料。2015 年，国家图书馆出版社出版了日本东亚同文会编纂的《中国省别全志》，东亚同文会是日本著名的间谍机构，从 1900 年成立至 1945 年抗日战争结束，四十多年来该校始终让其学生对中国进行实地调查，前后约有四千名日本学生分成近七百个小组参加了调查旅行，调查内容涉及中国各地经济状况、经商习惯、地理形势、民情风俗、多样方言、农村实态、地方行政组织等多方面，因为是为日本侵略中国服务，其调查之细致，范围之广泛，统计数据之精确令人毛骨悚然。

　　1991 年枯冷的 11 月，我与日本木材专家山田父子（我们称呼他们为老山田、小山田），在浙江富阳的山沟里待了一个多月，从山的东面走到山的西面，又从北坡走到南坡，满山遍野的野生香榧树是我们追踪的目标。我们住在老乡家，每日吃简单的饭菜，直到手脚长满冻疮，山田父子也只选中了四棵榧木。

　　山田父子亦为师徒，祖祖辈辈都经营榧木。老山田 1947 年毕业于东京帝国大学农学部，其毕业论文为《论榧木采伐与运输之正确途径》，足足 27 万字。小山田那年已经五十岁了，还没有出师，每月拿 23 万日元的工资，相当于日本一位刚毕业的大学生的平均水平。老山田说，"观木"是一辈子也毕不了业、出不了师的学问，他认为儿子用心的程度没有达到他的标准，"我没死，他永远不能出师。"小山田虽是徒弟，但专业水平很高，在师父面前依然非常谨小慎微，基本一句话都不说，只是侍立其旁或递尺子，仔细看师父如何测量，或一边倾听师父的分析，一边做着笔记。

　　野外挑选活立木是一门非常艰苦而又专业的学问，我当然不会错过这样难得的学习机会。山田父子挑选的这四棵榧木均生长于山之阳坡，其中一棵在主干离地面一米左右的地方有虫眼，我当时判断有虫眼意味着里面肯定有空洞、腐朽之处，很明显这是选材、用材之大忌，他们为什么会挑选这一棵？浙江的冬天阴雨连绵，很难见到晴天，山田父子就一直等，等晴天，也等蚂蚁。只有晴天暖和时才有少量蚂蚁出没，温度低是不可能有蚂蚁的。天一放晴他们就在树的周围生火，蚂蚁便开始在树上不停歇地反复上下。我没看出名堂，老山田则不断在树干上画上红色的标记。过了不久，我才大悟，蚂蚁上下行进的路线就是它离不开的故乡，其缠绵不舍的地方，必定是呈蜂窝状的树心——原来他们在计算树心的腐朽位置与大致长度。

老山田根据这四棵树生长的位置、环境、尺寸进行分析、计算，最后判断出这几棵树木里面的样子，如透视一般；同时计算出四棵榧木能分别做成比赛级、训练级的棋盘各多少块，其中比赛级的棋盘厚度为26cm，所有看面均为直纹且纹路间的距离相等。其判断毫无误差，这完全凭经验，用仪器也测不出来。

山田父子开始做采伐方案，首先分析主根的方位，再计算挖出树苑需刨土的半径，需要挖多深，从何处做支撑，树从哪个方向倒下，不能压倒或碰撞其他树，更不能碰到老百姓的房屋等等。原来，采伐榧木不能锯，不能砍，而是要将树苑一起挖出。如果锯或砍，树直接倒下会损伤木材和破坏纤维，尽管我们肉眼看不见。榧木的比重只有0.57左右，不硬不软，下棋落子时棋盘会下凹一点，声音干脆、不粘不滞，如稳稳地被吸住一般，收子时则干净利落，如果木材纤维被破坏则不能有如此效果。树挖出来后，用新的麻袋包住，再用铁箍箍上，往麻袋喷水保持一定湿度，保证树皮不能脱落，否则树皮掉了就不能在运输过程中起到保护作用。最后在端头封上从日本带来的毛边纸。

最终这四棵径级近一米的榧木被运回日本。临别的前一天晚上，小山田郑重地递给我厚厚的一叠纸，说这一次的采购非常顺利，向我表示感谢，这份他们绘制的榧木测量与采伐方案送给我，共27页。几年后，我多次到东南亚国家考察，发现有一种产于老挝、越南的柏木，市场上称其为"越桧"，树干通直粗大，心材米黄色，与云南产香榧木之颜色、纹理极其相似。木材表面干净、滑腻，纹理清晰、排序整齐，可以用于工艺品雕刻及装饰用材或围棋棋盘的制作。也有人用缅甸或云南产铁杉、云杉制作棋盘与棋具，名为"新榧"。

　　珍稀树木的采伐、运输有其特殊性，在木材加工时更要考虑不同地域的气候条件。有一次，日本专做围棋棋盘的黑田先生来北京找到我，说他最近非常苦恼，原因是从日本运到北京的棋盘45%都会开裂，甚至有整个棋盘炸开的现象，而在日本制作的棋盘从不开裂。黑田先生家世世代代制作棋盘，有四百多年历史，很多围棋名家都用他制作的棋盘。我对黑田说："日本是一个海洋性气候的岛国，湿度比较大，而北京冬天非常干燥，到了夏天湿度变大，必须要考虑不同地区在不同季节空气中水分的饱和度问题。在北京木材干燥，其含水率应该是8%左右。在这样的气候条件下，特别是大厚板，你用日本先进的木材干燥法肯定是不行的，只能用我们中国的古老方法——生石灰覆盖法。"所谓生石灰覆盖法，就是先在室内用砖或石头根据毛料的尺寸砌一个外径大于原材的池子，底层与地面分隔，底层先铺约十厘米厚的生石灰，然后放木板，再在木板上覆盖同木板同样厚度的生石灰，如此上码，最后覆盖石灰结束密封。石灰能够连续且平均地吸收木材中的水分，但并不是迅速抽干木材的水分。一般经过整一年后才能开封，木材的材性稳定，材性不变，材色也不变，也不会开裂或翘曲。第二年，黑田先生来电话，说此法非常有效。

榧木棋墩，梓庆山房制作

当时做出口工作每年都有一定的创汇与利润任务。1992 年做一笔亏一笔，眼看一年过半，任务是完不成了，一筹莫展间，我与几位日本商人到香格里拉、丽江玉龙、维西和大理考察当地的木材资源。

那时的香格里拉普达措附近全是遮天蔽日的原始森林，穿行期间，白天都必须打着强光手电筒。这里主要生长着云杉、铁杉，古藤环绕，青苔、松茸遍地。云杉、铁杉的纹理非常优美且均匀，日本人常用来做乐器、高级包装盒，而新疆天山的云杉是做钢琴最好的木材。云杉、铁杉的颜色、纹理与榧木很像，所以人们给他取了个名字叫"新榧"。当时上千年树龄、直径一两米的云杉、铁杉，一立方米只卖几百人民币。

玉龙纳西族自治县塔城乡洛固村距离丽江市约有一百六十公里，村庄就在一片原始林中。该村是一个纳西族、藏族、傈僳族等多民族混居地区，在历史上就是游牧民族与农业民族经济文化交流的通道，村民日常说纳西语。我们一行人在原始森林里穿行了五六个小时，明明是一个阳光明媚的天气，深入林中却太阳不见，暗无天日，然后就开始"下雨"，其实只是湿气凝结的"雾雨"。一身潮湿，一路泥泞，黏黏的泥巴让人抬不起脚，鞋子常被泥巴吸住无法前行。行至海拔 2800 米左右的地方，道路变成了羊肠小

通往塔城乡洛固村的羊肠小道

道，布满青苔，旁边就是万丈深渊。此时遇到一位放羊的老奶奶，八十多岁。老奶奶经常上下山，我问她："这么险的路有人掉下去过吗？"她说："有啊。"又问："羊掉下去怎么办？"她说："羊不会掉下去，只有人会掉下去。"最后一段狭长、陡峭的山坡是老奶奶拿着一根细细的棍子牵着我过去的，半个身子都在悬崖外。抵达村庄，我们到一户藏族人家休息。村民很友好，还请我们喝酒。日本木材商看到满山的参天大树、村民的木屋非常兴奋，在与老乡的聊天中，反复教他们木材的制材方法，如何径切、又如何旋切。无奈双方汉语都讲得不太好，说半天还是云山雾罩，藏族老乡听得不耐烦，他直接把日本人拉到屋外，指着自己家的屋顶说："你看我们的木瓦，不就是直纹的吗？我不懂你们说的什么切、又怎么切，反正我们用木材做瓦时，木纹必须是直的，因为这样下雨时水流得比较快，你不用教我，我们老祖宗很早以前就会了。"日本人又回到屋里，干了好几碗青稞酒。所谓木瓦，即用刀或斧头将原木砍成方材，再砍成规格大小一致的径切木块，即木瓦。木瓦上多用石块压实，后也有用天然片石替代木瓦的。云南北部、西藏南部建筑房屋多用红心松、铁杉、云杉为木瓦。云杉，隶松科云杉属；红心松为马尾松之别称，隶松科松属，以生长于福建三明市林区及西藏林芝等地野生的马尾松为佳，因其年轮为红色亦称红筋，且纹理顺直，材色干净，具有松节油香味，日本人进口红心松多用于地板或其他装饰材料。

洛固村民居与木瓦

大理喜洲往西几十公里也是榧木的产地。当地还有一处南天财神庙，据说灵验得不得了，同行的人都准备了炮竹和各色供品前往祈福。我自然不信，烧香拜神就能签下订单吗！我只在山脚等待，同伴们久久不回，我实在不耐烦又想着完不成的任务，于是朝财神庙方向做了一些不敬的动作。到了年底，还是没有订单，有朋友相邀就去了澳门，朋友给了我赌场的1500个码子，两次下注，均赢，一共赢了几千块，最后一把输了。我想着输了就输了吧，本来也不是我的，没有要翻盘的心思。出了赌场与朋友宵夜，席间来了一个澳门"神算"，他问我是不是最近做啥啥不成，赌场里是不是赢了？我不屑地答："输了"。神算又说："那你肯定是先赢后输，那你还不算贪，这就是你的转折点，马上就能有生意。"

年底的最后几天，我又去了昆明，一日本商人在昆明金龙饭店等我，希望进口云南的榧木原木。我们在昆明郊外凉亭看完了一批榧木，约五百立方米。客户犹豫不决，又提出了一些苛刻的条件，经过几番艰难的谈判都未果。于是我拿出山田父子的方案再次学习并为日本客户一根一根做了详细计算，算这批香榧木能做多少个比赛级棋盘，多少个训练级棋盘，运回日本后的大致利润。天快亮了，日本商人使劲敲我的房门，激动地说："东京来电话，同意购买这批原木。"

"神算"算的是"命"，而"运"的"计算"还是要靠自己。算命没有用，不如会计算木材。

6. 神树，砍？不砍？

湘西北的大庸（现名张家界）有三棵古老的榉树，村民讨论了三天三夜，是否要以一百万的价格卖掉——村子的保护神。

1991年，一百万人民币是一个天文数字。当时的村民还过着没有电也没有自来水的日子。小学校的墙都有洞，连窗户都没有，孩子们到了冬天都不喜欢上学，因为太冷。

大庸所处的喀斯特地貌分布带，是榉木最喜欢的生长环境。榉木又称椐木、血榉、黄榉、红榉、白榉、鹨鹈榉、南榆，属于榆科榉属。榉木分布很广，从云南、广西、四川、贵州、重庆、湖南、湖北一直延伸至伊朗、高加索一带，陕西安康、汉中，安徽、江苏、浙江也有一定数量的分布。其中最好的榉木产自贵州、湘西、重庆三地交界的地方，其材色浅、干净，含石灰质较少，木材韧性强于其他产地的榉木，被称为白榉。黄榉主要产自云南文山下辖的丘北县。红榉产自太湖周围，含石灰质较多，材性脆。还有一种所谓血榉，指的是树龄大而材色偏红的榉木，苏州及太湖周围分布较广。苏州西山的周新军先生称，本地所产榉木色正，纹理清晰，花纹美丽，且含石灰质较少，质量明显优于其他产地的榉木。

大庸这三棵古树生长在村旁水库对面的山包上，在很远的地方都能看到，姿态婀娜，三棵树互相依偎，相顾相盼，枝叶在风中轻舞。日本人看上了这三棵高十来米，径级都在一米左右的古树。如果卖掉这三棵树，村里就可以改善基础设施，修路、通电、通水，修缮学校，每一户村民还可以分到几百块钱。在那个年代，几百块钱对于村民来说，也绝对是一笔不小的收入。

听说这一消息，村民大多数都很兴奋，从党支部书记到小孩，但有些老人则认为这三棵树就是村里的神，如果将树砍掉，整个村子会遭殃，村里还有一位道士也认为不能砍。经过几天的讨论，仍未果。党支部书记对村民说，我们不能迷信，但也尊重大家的意见，所以大家来投票。当时有人买通了道士，然后树神就变成了树怪，村里谣言四起，投票的结果自然是同意卖。道士做了三天法事，吹吹打打。老板则干脆利落地先给了两万元定金，村民大吃大喝了三天，鱼、肉、酒管够。

卖掉这三棵古树已是定论，问题是谁来砍。

道士不敢，书记不敢，村民也不敢。于是找了外地人来挖，挖了十几天，最后轰然倒在水库中。村民事先用绑好的油桶做浮坪，可以将树托着运到村口路边。树倒下的瞬间将浮坪砸飞，道士被砸伤，掉入水中，但他爬出来仍接着做法事。

榉木倒下，散发出甘蔗般香甜的气味。

1994年的秋天，于湖南湘西永顺县一山野餐馆，我与日本专营榉木的商人吃湘西火锅。火锅底料为土鸡熬制的汤，溪水里的活鱼、鲜肉、山坡上的蔬菜皆为佳肴。煮火锅的炉子为陶土所制，形制与几千年前的一样。炉中炭火炸响，汤汁味道鲜美，日本木材商夫妇说这是他们在中国吃到最好的美味。饭后，日本老夫妇围着炉子转了几圈，研究火锅、炉子，用卷尺量其尺寸，包括高度、内径、外径，并详细询问了成器之原料，用何种

与日本商人于永顺县一山野餐馆吃火锅

木材烧制的炭，炭的尺寸、成色都做了记录。我们酒后开玩笑，不是锅或炉子的原因，主要是食材好，离开这里，味道就不行了。关于食材、火锅、炉子、木炭，老人拍了不少照片，记录、绘图，足足写满了七八页纸。日本夫妇从吉首木材商手中买了一棵产自贵州铜仁的大叶榉，原木长 16 米，尾径 1.4 米。这棵榉木从铜仁运到吉首火车站花了整整两年时间。运至日本后，在东京新木场拍卖，新木场是全世界木材销售加工的集中地，当时有七百多家世界最先进的木材加工厂。榉木的拍卖如赌石般"赌木"，一片一片拍卖，片片惊变，锯锯穿心，紧张、激烈而让人表情转换如洞庭湖七月的天空。据说，这一根榉木让研究、记录火锅、炉子、木炭尺寸的日本夫妇足足赚了近三百万人民币。

　　榉木颜色纯净，纹理清晰、多变，与海南黄花黎相似，对称的"宝塔纹"（也称峰纹）常出现于弦切面，局部会有鹭鸶纹；径切面具浅褐色或咖啡色细条纹，成片的布格纹十分明显。而在中国古代家具的研究中，经典的榉木家具是很重要的一个篇章，榉木家具在明代文人中享有很高的地位，苏州经典的榉木家具应该说是明式黄花黎家具的模范，研究明式家具或黄

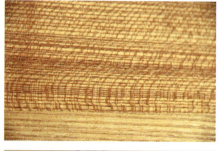

榉木宝塔纹（左）

榉木布格纹（上）

呈鹭鸶纹的榉木局部（下）

花黎家具一定要研究经典的榉木家具。老的榉木家具则因长期与空气、人接触，常变为浅褐色。

1992 年，福建南平，村民 24 小时轮流值班，守卫一棵红豆杉。

当地有一种很有名的南方红豆杉，叶子尖尖的，非常漂亮。其中有一棵径级 2—3 米，被日本人看中，日本视红豆杉为神木，用于房屋建筑以镇宅避邪。

红豆杉别称紫杉、赤柏松、血柏，日本人称其为水松、一位，隶红豆杉科红豆杉属。原产于日本、朝鲜、中国及欧美等北半球地区。南方红豆杉是红豆杉中的一种，其他还有：东北红豆杉（又称日本红豆杉）、西藏红豆杉、云南红豆杉。红豆杉的心材为橘红黄色或玫瑰红，有的浅黄透红，多漩涡纹。中国江西、浙江、福建等地用其制作圆桌、橱柜、供案。日本民居中所使用的红豆杉，小头直径在 26 厘米左右，长 2.4—3.0 米，置于房屋比较醒目的地方，因红豆杉名贵稀少，不可能大量采用，一般安设两根，镇宅辟邪。红豆杉也用于茶具，茶台等。红豆杉的新鲜树叶、树皮可用于提炼阻止癌细胞分裂增殖的紫杉醇，而树干或根部几乎不含紫杉醇，故没有药用价值。

红豆杉的叶与果

南平的村民知道日本人要购买红豆杉古树的消息后，一致且坚决不同意出售，并表示无论多少钱都不卖。村民认为这棵树是他们村的标志，如果从外地回来，远远看见这棵树，就心安，就知道自己到家了。村民在树旁搭了一个棚子，24 小时轮流值守。刚开始的几天晚上还打着火把，值守的人还拿着刀。就这么僵持了近一年。古老的文化中都有树木崇拜，是祖祖辈辈传下来的信念与寄托。村民认为树就是他们的祖先，祖先的灵魂就住在树里面，外人来了，惊醒了他们，甚至将他们赶跑了，怎么可以呢？

庄子云："山林与，皋壤与，使我欣欣然而乐与！乐未毕也，哀又继之。哀乐之来，吾不能御，其去弗能止。悲夫，世人直为物逆旅耳！"人不过是外物的旅店，常被物所左右，人与物均互为奴役。何时，我们臻至"物物而不物于物"之境？

大庸的村民如今过着怎样的日子？南平的那棵红豆杉是否还在原地？

7. 长白山头芦管声

来自长白山黑水的清兵一路南下入关，攻入中原腹地，明王朝兵溃如黄河泻沙，洛阳城的黎民百姓在秋风怒号中战栗。明末著名琵琶演奏家朱乐隆在太湖一侧的太仓梅园演奏，面对山河破败、生灵涂炭，诗人吴伟业写下《听朱乐隆歌》：

> 长白山头芦管声，秋风吹满雒（洛）阳城。
> 茂陵底事无消息，迤逻檀槽拨不成。

读此诗，想起 1991 年 12 月 28 日，与吉林省土产进出口公司一科长陪同日本客户一行三人从长春坐火车去延边朝鲜族自治州，洽谈木材加工的合资项目，并验收用于出口日本的柞木原木。当晚，延边负责经贸的副州长宴请客人。副州长是朝鲜族，工于朝鲜语、汉语、日语，口语流利。宴会气氛热烈，喝了不少酒，人人兴奋。第二天早晨九点在州政府外宾接待室由州长正式接见、会谈。我们一行西服革履，早早便到了接待室恭候。但至 11 点仍不见州长，也找不到人，接待办的人如热锅上的蚂蚁，日本人一直很规矩地耐心等待。两个小时后，可以看出日本人已非常气愤，但仍保持风度忍耐着。

下午，按原计划前往离延吉约五十公里的一林业局贮木场验收出口日本的柞木原木，规定小头直径 40 厘米以上，长 4 米以上，正圆，还有不少质量方面的约定，合同上写得清清楚楚。柞木的材色干净，浅白透黄，纹理清晰、均匀，极少有复杂的花纹。日本人喜将柞木用作装饰，电梯、办公室内饰、家庭墙板等，通常还将其置于最显眼的地方，认为这种淡雅且纹理顺直的木材能让生活于其中的人安静祥和。柞木也被称为高丽木，是以树木的产地命名之一例。主要分布于东北的黑龙江、吉林，尤以长白山东西两侧所产柞木为佳。据史书称，汉末扶余人高氏开始统治朝鲜，改国号为高丽，居乐浪（今平壤）。雍正朝有关家具史料均以"高丽木"称谓。

雪乡的原野，大雪数十公分厚，天地为一，纯白一片，如浑沌未开之世界。无暇顾景，因为车根本开不了，我们不得已在离目的地约十公里处下车，刨雪爬行，一身结冰。至货场，一根木材也没有，一场骗局！当时正值岁末，日本人要赶回国和家人新年团聚，定好了长春至北京再转机东京的机票，我们必须于第二天早上九点前到达延边火车站。我一再叮嘱，明早的车今晚必须停在楼下，再也不能出问题了！没想到，第二天车子始终没来，火车耽误了，飞机也会耽误。日本人下跪恳求，最后州里安排两辆军用吉普将我们直接送到长春机场。而这一路我们却走了一天一夜。大雪一直不停，新雪压在旧雪上，公路已成冰道，在翻越张广才岭时，车子几次打滑差点翻入万丈深渊，我们就这么在生死之间拉锯。最危险的一刻，一个轮胎已斜出悬崖，车上所有人包括日本人均将大衣脱下铺在雪地上，我们用绳子将车往后拉，车子慢慢倒，后退的车轮压在昂贵的大衣上，才使车不至于顺着山坡溜下去。

1989 年发生过同样的事，同样的大雪，相隔两年似乎一切都未曾改变。那年回到挂职锻炼的延边，与日本客户五人验收柞木。两边码放着一两千根的柞木，日本人如同将军检阅士兵一样，一根一根挑选木头，脚都冻僵了。一眼望不到头的两排木材里，只挑了两根。我们还嘲笑日本人，这么好的柞木他们才挑两根。日本人则十分气愤，因为我们完全没有按照合同规定来采伐木材，合同上分明写着：树干正圆，不能有腐朽、环裂、空洞、径切材，同时规定了一厘米有多少道年轮。而我们不管三七二十一地成片采伐，没有任何专业知识来判断哪些是符合条件的、能够采伐的木材，结果砍下来那么多不合格的木材，令人非常痛心。

过了几年，我在汉城（今首尔）一酒店又见到了那位州长，他早被撤职了，没有往日如斗鸡般的高昂，非拉着我喝一杯韩国烧酒，回忆往事，他也泪流满面，一直道歉。

吴伟业的诗，长白山的芦管声，至今还在呜咽！

20世纪90年代，日本商人麇集于长白山挑选原木，价格在500—800美元/立方米。而黑龙江所产的柞木、水曲柳，干形不圆，年轮宽窄不一，材色暗闷，不受日本市场欢迎。日本人做家具的木材多采用颜色淡雅、纹理清晰且间距一致者，这样的家具与人相伴才能使人安静平和。这种喜好也是受近代西方文明的影响，而日本在唐宋时期使用木材的习惯则与中国相同，喜深色且有花纹的原材。西方人多用橡木，橡木与柞木属同类木材，都是壳斗科，其特征特点基本一样，英文名均是Oak，木材学则称为"栎木"。在木材贸易界，源于黑龙江的柞木平均价格每立方米比长白山的低100—200美元。故黑龙江、吉林两地的商人将黑龙江的木材运到长白山掺于本地木材中出口。贵州、云南的榉木也是如此，云南文山的榉木含石灰质多，木材色深，材性脆，价格低于贵州、湘西的榉木，部分商人将优劣木材混合在一起或将榔榆（近似于榉木，同科不同属）掺于榉木之中出售。"天地不仁，以万物为刍狗；圣人不仁，以百姓为刍狗。"上天并不会眷念一地，偏爱一山，仁爱一水。

那个年代，对家具用材及木材本身的辨识都是模糊且混乱的，例如柞木家具，其历史记录并不长，但并不能否认柞木用于家具制作的历史。柞木家具的集中表现，还是满人入关以后，主要以炕上矮型家具为主，如炕桌、凭几等。雍正十三年使用高丽木制作器物主要有：高丽木箱子、包安簧錽银金饰件高丽木桌、象牙把高丽木鞘小刀、花梨木包镶樟木高丽木宝座拖床、高丽木矮宝座、衣帽架、都盛盘、文具匣、太平车、暖轿、压纸、围棋盘。高丽木除与花梨木混用外，也与紫檀木相配，如雍正四年三月十三日做高丽木栏杆紫檀木都盛盘、高丽木边紫檀木心一封书式炕桌。而史料中的所谓高丽木家具，经收集古代家具残件分析也并不仅指柞木（*Quercus mongolica* Fisch.）一种，还有辽东栎（*Quercus liaotungensis*）、粗齿蒙古栎（*Quercus mongolica*.var.*grosserrata*），甚至也有栎木类。时间久远，这些木材的表面特征模糊、趋同，故均认为是一种木材。山西、河北也有不少高丽木家具，大型屏风、槅扇、案、柜、桌、椅，精致雅丽者不少。那个年代谁也不知什么是紫檀，至于产于何处，书上有五花八门的说法，有说产于广西、广东、云南、东南亚、非洲等等。1994 年，中国从马达加斯加首次进口了一批类似于紫檀的原木，表面特征与产于印度的紫檀木非常相似，有人便以印度紫檀木的价格卖掉了这批原木，靠这批木材发了大财。同时，很多专家亦错把这批木材认定为紫檀，还送了一部分到故宫和上海博物馆。最后马达加斯加的林业部给我国林业部来信，说马达加斯加根本不产紫檀属的檀香紫檀，那批木材为黄檀属，林科院开始做更正。很多人买错了，血本无归。那时还有不少古代的紫檀和黄花黎家具残件，为了转换成外汇，直接出口。当时我们并未认为家具是文物，只当作普通物品变卖。

于是，我开始系统梳理多年来收集的木材及其采伐、运输等相关知识，将古文献包括古代诗词中提及的木材与产地相对应，后又前往东南亚、俄罗斯等地做更多的田野调查，多年后将其汇集成册，就是 2006 年出版的《木鉴》。

来自白山黑水的最勤奋的诗人皇帝乾隆《驻跸吉林境望叩长白山》一诗曰：

> 吉林真吉林，长白郁嵚岑。
>
> 作镇曾闻古，钟祥亦匪今。
>
> 邻岐经处远，云雾望中深。
>
> 天作心常忆，明禋志倍钦。

从这首诗里，我们能悟出什么样的道理？

我的青春从长白山开始，亦在长白山结束。记得 29 岁那年，有一次喝酒，新来的领导看了我半天，非常惊讶地说："老周同志，你不到 50 岁，怎么显得那么年轻？是怎么保养的？"

我脱口而出："大碗喝酒，天天读书。"

第二辑　梅炸见新

《清宫内务府造办处档案》（乾隆朝）中有一反复出现的词：梅炸见新。意指将古或旧的金属器重新收拾，使其干净、新亮，这一工艺被称为"梅炸"或"梅洗"。每一个人在不同的年龄段也完全有必要进行一次或多次"梅炸"或"梅洗"，从容颜至内心发生让自己不致失望的蜕变。

20世纪80年代，我入职林业部便一头钻进长白山林区，又在斐济三年，回北京后从柞木、水曲柳、红桦、山槐木及南方的红豆杉、榧木、大叶榉、黄花黎，国外的紫檀、花梨、酸枝的辨识、检测开始学习研究，极为难苦。因为没有现成的专业书，也鲜有具实践经验的老师，完全靠向林区的老师傅、外商学习。这之后，自己再不断摸索、总结，收集标本。以至于今天，又回炉学习，重操旧业。

1999年，是我人生的转折点。那些年我困于缅北和滇西南，不停在国境线两侧穿梭，看到人世间有那么多不同命运的相同苦难，也经历着自己人生的种种不堪，不成想在腾冲这座边陲小城完成了我的"梅炸"。腾冲是一个文化底蕴相当深厚的地方，古城保留完整，很多村庄都保留着祠堂，有很多藏书家。逗留腾冲的日子里，我读了很多书：刻版的"四书""五经"及《老子》《庄子》等，间中认识了几位才子，都有着传奇的经历。

离开腾冲后我又去了很多地方，在缅甸、老挝、柬埔寨等东南亚国家进行木材原始踏查、采伐、集材与运输方式的研究；深入印度安得拉邦及泰米尔纳德邦、尼泊尔、瓦努阿图等地，研究紫檀、檀香及其它珍稀木材；在欧洲（英、法、比、德、奥）、美国各大博物馆及文物市场考察中国家具与其它文物。

我于2002—2006年分别参与故宫倦勤斋、恭王府多福轩的修复工作，撰写了数万字的修复方案，又部分协助曾幼荷（又名佑和）女士（著名的东方学学者古斯塔夫·艾克之妻）将其七件经典的明式家具捐赠给恭王府，成为恭王府永久收藏之重要藏品。曾幼荷女士希望我能重新翻译其先生艾克所著的《中国花梨家具图考》一书，而这一工作直至15年后才完成。也是在这几年的工作与学习中，我产生了对中西方家具相互影响与作用的研究兴趣。

在阅读、研究诸如《中国花梨家具图考》和其他国外文化学者以中国古代家具为主题的著作（包括很多英文版、日文版）过程中，我发现其中有很多关于木材方面的专业知识有待商榷，随之产生了更多疑问：中国古代家具所用木材究竟源于何地，即原产地在哪里？相对应的植物分类学学名是什么？所用木材的中文名，特别是古代文献及不同地区的木材商、制作商、收藏家、家具商或木匠又有何不同的习惯性称谓？每一种木材的本性或固有特征是什么？

1990年至2000年间我看到众多的老家具，发现人们对老家具的描述与实物不匹配。植物学家依据树木的叶、花、果、皮的异同确定树木的属、种；木材学家通过科学仪器辨析木材的宏观特征与微观特征，并与标本库中的标本进行比对来得出结论；文博界则常以经验的积累即所谓"眼学"来判断所用木材之名称，以其外表特征如颜色、纹理来命名；三种途径，常得出不同的结论。

王世襄先生在其生命的最后时刻写有《求知有途径，无奈老难行》一文，认为研究中国古代家具须从四个方面下功夫："首先要研究新的进口材料，把木材来源、不同类型或同一类中不同的名称都弄清楚。现在有好些像紫檀又不是紫檀的木材，说不出它名称。……现在研究家具，一定要先辨认木材的种类，特别是新出现的品种及其产地。"（《明式家具研究》，三联书店，2007 年，第 411 页）。

于是我开始关注这方面的问题，并在一些专业的杂志发表一些不成熟的小文章，试着纠正一些错误认知，例如《中国花梨家具图考》中错误的翻译等。文章引起了很多专家的重视，随即便开始了《木鉴》的写作。这当然是希望将史料中的木材与现实中的木材一一对应，将拉丁名、英文名、学名与俗称对应，当然也更希望能在中国古代家具研究中走得更深。要完成这项工作，我知道仅仅读遍所有的书也是不够的，必须去看看树木的故乡，亲眼看见他们的样貌及他们生长的环境，也必须让自己"见新"。

1994 ——————————————————— 2003

8. 缅北的大象与滇西的孔雀

自 1992 年开始，我便频繁往来于缅北与滇西之间。高黎贡山分支于西藏念青唐古拉山脉，自北向南横亘于云南西部中缅北边境地区，尾部山脉延伸至云南德宏傣族景颇族自治州。德宏以南是缅甸的莱别山，属掸邦高原；缅甸东、北、西三面均为山脉环绕，最北端靠近中国边境、海拔 5881 米的开卡博峰为全国最高峰。独龙江流入缅甸称恩梅开江（伊洛瓦底江的源头之一），怒江流入缅甸称萨尔温江，澜沧江是湄公河上源，出境后是缅甸、老挝的界河。国境两边都居住着独龙族、佤族、景颇族，语言相通、习俗相似。缅甸有 135 个民族，其中 8 个是大族，非常复杂。好在缅北基本通行汉语，云南方言更是日常通用语，交流无碍。缅北的部分地区在历

只能单车通行的
怒江桥

史上为中国领土，唐代属南诏国，宋代属大理国，元代先属镇康路、后分属孟定路与木连路，明代分属孟定府、孟琏司、孟艮府，均为傣族世袭土司封地。清中期，阿佤山部分地区脱离原傣族土司控制。缅北是富矿区，产量最大的是锡矿，也是缅甸花梨木的主产地之一。

1992 年 6 月，我第一次进入缅甸克钦独立军的布防区域。

我们一行六人，开了两辆吉普车，由昆明出发，过保山、腾冲到盈江，再从盈江昔马乡（今昔马镇）出境至缅甸。清顺治十六年（即南明永历十三年，1659 年），南明皇帝朱由榔由昆明撤到永昌（今云南保山），又由永昌退到腾越（今云南腾冲），由腾越逃到缅甸曼德勒，被缅甸王收留。我们也沿着朱由榔当年逃亡的路线西行，不知他出了腾冲后，是走哪条线路进入缅甸的？我们算好了出发的时间，照例到保山怒江红旗桥吃午饭——著名的黄焖鸡。吃完饭，再往盈江赶。那时没有高速公路，还得在腾冲过一夜，翻越海拔 3600 米的高黎贡山，走到下午三点多，还盘旋在半山腰，还能看见怒江，保山城也依然在视线内。山下阳光灿烂，穿件短袖仍觉热，越往上行就越冷，森林渐渐遮挡了阳光，浓雾覆盖了道路，带着湿漉漉的寒意，到了山顶穿棉袄也不为过，高黎贡山的气候变化就是这么大。高黎贡山，是景颇族的名字。"高黎"是景颇族中一个大家族的名字，"贡"在景颇语中就是"山"的意思，即"高黎家族的山"。待我们磨蹭到山顶，却看见了一场车祸：一辆小车挂在悬崖边，被一棵大树挡住，两个轮子悬在空中，下面是万丈深渊，半个车身挡住了原本就不宽的公路，车主就这样被一棵树救了命。但此时，却发现我们有一辆车刹车失灵了，那么陡的山，要下坡没刹车可不行。不过没有刹车已经不是此刻的问题，我们有的是时间修车，因为车祸，狭窄的盘山路被堵死，前进不能，后退无路。我们只有半斤白酒，两斤毛桃，寒雨纷纷，又冷又饿，就这么熬到凌晨四点多才又缓慢出发。下到半山，见一亮灯的民房，敲开了门，善良的老乡给我们炒了一碟肉和一盘蛋炒饭，尽管饭是馊的。

从腾冲到盈江，过了昔马乡便是大片的森林，道路蜿蜒曲折，通过拉扎口岸，进入克钦地界，通过七八道岗哨的盘查，我们到达克钦邦的司令

部。这里是掸邦高原的北端,山区气候多变。一个约莫十三四岁的小女孩
手持步枪在门口警卫,光着脚穿着羽绒服。到了司令部,眼前是一排排矮
小的房屋,财政部部长将我们请到他们的财政部叙话,克钦邦的几位领导
都说一口流利的英语,标准的英国腔,人均学位为博士。财政部只是一间
十来平米的木屋,以酸枝木为立柱,树叶、树枝为顶。我们进到屋内就傻
眼了,房顶上悬挂着藤编的筐,筐里是一叠叠崭新的美元,树杈上还悬吊
着各色各样的玉石、蓝宝石、红宝石。粗粗估算,草屋里至少有十多亿的
美元。克钦邦当然也掌握着大量珍稀木材,如缅甸花梨、酸枝木、柚木等,
缅北的小伙子在拿起枪之前很多都是优秀的象夫。

　　缅北山区的木材运输与老挝一样,都是依靠大象完成的。大象虽然有
好几吨重,但大象不仅有力量还相当敏捷,被称为"活的起重机"。象夫的

劳作中的大象

工作没有想象中那么简单，他们要通过大象的肢体语言理解、掌控它的心情，独创一种只有自己和大象能理解的口令来指挥大象。大象经象夫的训练后可从事复杂山地的原木运输，在原始森林中利用大象运输比新建一条路运输更省成本且不会破坏大片的森林。大象开始工作前必须先给它喂饱盐水泡过的谷子，不然大象就会不停在路上觅食。采伐下来的原木都要先在端头打眼，以便穿绳让大象拉，当地人称这种贯通眼为"象眼"。大象很聪明，它们根据不同的地形或用头、鼻子拱，或拖动木材；遇到陡峭的地形还可以跪下前行，但这无疑对体重硕大的象来说是一种身体伤害；如有沙滩、乱石的地面，大象拖动木材就会更费力；如果有很多弯路，大象还可以用头开路。这种繁重又超常的劳动，让大象苦不堪言，于是有人给大象吸食毒品，大象兴奋后便能不知疲倦地使劲干活。那天看见几头进山运

缅北森林采伐现场（上）

劳作中的大象（下）

送原木的大象，其中一头大象肩部受伤，行进困难。好在，这应该是今年最后一次运输，雨季马上就能到来，雨季通常不伐木，是大象的假期。

缅北的民居多使用酸枝木搭建，当地也用酸枝木建造桥梁、船舶或制作农具。酸枝木的防腐、防潮、防虫及承重性能均十分优异，故多用于建筑；有一部分缅甸、老挝、泰国的寺庙也采用酸枝木建造，包括地板及室内装修。酸枝的学名为奥氏黄檀（*Dalbergia oliveri* Gamb），豆科黄檀属，产于缅甸东北部尤其是缅甸与老挝交界林区的酸枝木花纹最为明显、清晰，纹理几近于海南产黄花黎（广州一带也称其为"土酸枝"），故有"花枝"之称。产于缅甸其它地区且径级较大的木材则纹理较粗而模糊。酸枝木年轮清晰，刨光打磨后光泽明显，但不如老红木持久，有部分木材表面发暗。

每次从缅北回国，都会先到瑞丽口岸，口岸中成堆码放的基本多为缅甸的酸枝、柚木。距离瑞丽不远的芒市也是我常去的地方，每次去都去看望奇人寸建强以及他养的孔雀。

缅北民居

　　瑞丽、芒市都属德宏傣族景颇族自治州，与缅甸克钦邦、掸邦接壤，山水相连，德宏被称为"孔雀之乡"，是绿孔雀的原生地。

　　寸兄是中国最早从印度把紫檀运回来的木材商，从印度经缅甸，再进关至瑞丽。他进口的紫檀品质相当高，几乎没有空洞。那时他进口的柚木还有花梨木也都是最好的。寸兄还曾从泰国运回不少长于14米的交趾黄檀（老红木），在那个年代也是难得一见。后来木材生意不好做了，寸兄就开始做木化石生意；当做木化石的商人开始多起来后，寸兄又改行经营起了他的"理想国"——勐巴娜西。

　　"勐巴娜西"是"美丽""富饶"的意思，园子里移栽了各种古树名木，千年桂花、千年黄杨、千年紫薇，从印度请回来的三棵菩提树也种于园内。园子里还收藏着寸兄多年收集的奇石、树化石、亿年硅化木玉石、黄蜡玉、木材标本及大型根雕。寸兄在"勐巴娜西"散养了不少孔雀，他认为鸟也如人，应该是自由惬意而神清气爽地活着，不可圈养，只为它们提供一片舒适的栖息地就足够。勐巴娜西的孔雀就经常飞到野外吃百姓的菜与果，傣族认为孔雀是吉祥、幸福之鸟而欣喜也不责难，但从事野生动物保护的工作人员不高兴了，拿着省林业厅的文件说："你的孔雀飞到山里和野孔雀谈恋爱，把我们本地的种都弄得不纯了，你必须把他们关起来。"寸兄机锋立见："我们这里的塔长王二相是傣族，他老婆是景颇族，生的小孩漂亮又聪明，你们是否把王二相夫妇抓起来关笼子？"工作人员无语，只好回去，任凭"孔雀生活作风不端正"！

　　寸兄看起来憨厚木讷，其实是少有的语言表达方面的天才，妙语连珠且自成体系，更擅长编一些可爱故事。他常去景颇山寨扶贫，山人从不刷牙洗脚，于是寸兄劝他们还是洗一洗，景颇兄弟则说："溪流中的石头天天被流水冲洗，不照样长满青苔而无变化？"寸兄之为人，"岩岩若孤松之独立"，"朗朗如日月之入怀"。从商几十年，从来不欠人一分钱，帮助无数人也从不提回报。当地政府有关旅游文化、佛教事务，乃至失地农民就业等问题都找他商量，他从不回绝，不讲条件而尽其所能满足政府及大众的要求。我们相识三十年，友情深厚，无话不说，人之一生能如寸兄，足矣！

寸兄从不与俗务纠缠，特立独行，如溪水拂石，从不淤滞，欢快向大海！所谓财富、官阶、地位，不如行走无疆的孔雀。

唐朝诗人常建的《燕居》也许是寸兄和他的"勐巴娜西"最好的写照："青苔常满路，流水复入林。远与市朝隔，日闻鸡犬深。寥寥丘中想，渺渺湖上心。啸傲转无欲，不知成陆沉。"

寸兄最初萌生建造"勐巴娜西"珍奇园的想法，也跟当时西双版纳到德宏州一带大面积种植桉树有关。云南本是一个植物基因库，而大面积种植桉树对整体生态环境有影响。1996年至2005年，云南总计种植桉树十多万公顷；2015年前后，国家规定不允许在水源地、自然保护区等地种植桉树，有些市县便开始对桉树林进行改造。寸兄建"勐巴娜西"也是希望能建造一个自然生态系统的植物、动物栖息地。桉树原产于澳大利亚的沙漠中，世界各国都有引种。桉树需水、需肥量大，号称"抽水机"，使得地下水位下降，土壤沙化、贫瘠；此外，桉树还排斥其他物种，凡桉树生长的地方，其他植物很难存活，对当地原生物种有极大的抑制性。但是桉树三五年就能成材，其树叶可以提炼桉树油，树皮也可制药，树干可做纸浆、胶合板材等建筑材料。

德宏州盈江县是我涉万川后，仍然最喜欢的一个地方。在那里，可以看到地球满溢的生机与活力，基本未被破坏的大片雨林，栖息着种类最多的鸟类，仍生长着龙脑香科娑罗双树——热带雨林的标志性树种。当然还因为那里有一位可爱的结巴才子。

第一次认识老郑是2000年，昆明的好兄弟杨纪林带我去盈江，说必须去认识这位天下第一奇人——手里有很多木材和玉石，缅甸人卖木材和玉石都找他。

老郑是湖南道县人，原是中国矿冶学院（现中南大学）采矿系的研究生，有一年他站在长沙火车站公共汽车顶上进行演讲后便去了缅甸，还加入了缅共，最后因适应不了缅北的生活就于1992年回到了云南，在盈江落脚，盖了个四合院，娶了一傣族老婆，整天还穿着个缅共的军装，时时口嚼槟榔，永远踢踏着一双褪了色的黄拖鞋，或赤脚。老郑说话不利索，有些结巴，不能连贯说一句话，一次只能说四个字，一说话就使劲儿眨眼睛，因说不出来而着急，但却是个大学问家。老郑家祖祖辈辈都是教师，诗词歌赋倒背如流，盈江学校的老师有什么唐诗宋词的问题都来问他。第一次见他，他为了欢迎我们，在山里抓了一头长着棕红色毛的猪，在水塘边支一个架子，燃柴烤之。他们家没有门，到处堆满了一袋袋的玉石，有冰种翡翠还有各色宝石。有缅甸人翻山越岭过来找他，一包一包的玉石编上号，放下就走，从不点数，就这么堆着。我问他一些玉石的问题，他从硬玉讲到软玉，从阿根廷、巴西、哥伦比亚讲到阿富汗、巴基斯坦、印度、缅甸，懂得这些知识倒是不足为奇，但他讲话抑扬顿挫，四字一句，完全是用诗一般的语言娓娓道来，听着听着便沉迷其中。我说："你这么有才华，窝在这么个地方，怎么生存？"他随便拿起一块石头，说："我就靠眼力生活，玉石的等级、定价都由我说了算，因为我不会看走眼，卖家按卖价的百分之五给我提成。"如遇未开的原石，他就随便瞟一眼，在石上标记一下，打开后他标记的地方必定是玉，准得不得了。"那人家怎么能放心把几百万的东西就给你放在这儿，你家不仅没有保险箱，甚至连门都没有一个！"他就"嘿嘿"笑着不做声。每次去，他都给我做一锅椰汁炖鸡，每次必用9个椰子或11个椰子，炖一上午，我俩就聊一上午，聊够了鸡也就熟了，配上云南的水腌菜、野生蕨菜，就是一顿美餐。

老郑看玉石准，但是他看木头一看就错，虽然也有缅甸人通过他销售木材。他号称用柚木、酸枝、花梨等上好的木头盖了一个全木结构的四合院，结果我一看，没有一种木材是对的，断断续续盖了五六年，全都买的是一些杂木。看完我的《木鉴》后，他依然不肯承认自己看木头不准。那天，他正为打造自己的四合院新购买了一批酸枝木，见我到来，连忙兴冲冲拉着我去看木匠干活，说："老周，你快看看这批酸枝怎么样！"我拿起木匠刚锯开的木头，跟他说："这不是酸枝，酸枝木新切必有酸醋味，你这个味道就不对，还是做一锅椰子炖鸡味道比较好。"又看了一圈，新买的木头没有一根是酸枝木，酸枝木的边材为浅黄白色，心材的新切面呈柠檬粉红色、猩红色、朱红色、红棕色或黄色透浅红，有明显的暗色条纹或紫褐色、浅咖啡色的斑点，有时近似于鸡翅纹，也称鱼籽纹，因斑点形似鱼籽串成有规则的弧形、半弧形而与鸡翅纹相类，这是酸枝木的明显特征之一。于是我跟他说："你别再买什么酸枝、柚木了，就买些杂木来一样盖房子。"他说："买错就买错嘛，谁不都是为了生活！"也许，老郑真的不是看不准木头。

2002 年，我又一次前往缅北。这一次进入佤邦，"参观"了佤邦司令部。

当时有一批酸枝木要验货，于是我从临沧下属沧源佤族自治县的永和口岸出发，过口岸坐公交车前往邦康，约两个多小时路程。一路上，车上的乘客大多都在吃炒熟的罂粟籽。到了缅甸勐冒县营盘区，有一个叫"新地方"的镇，马路两边公开出售罂粟，满眼都是汉字，听到的也都是云南话，人人身上都带着枪，七八岁小孩光着脚也拿着枪，恍惚间不知自己身在何处。佤邦负责对外联络的外贸部部长接到了我。部长看上去三十多岁，个子高高的。他把我带进一家餐馆，问："周先生你想吃什么？"我说："你们吃什么我就吃什么。"他把餐馆几个大大的冷柜打开，里面有豹子、猫头鹰、蜥蜴、蛇。刚坐下，他先从腰间拔出枪往桌子上一拍，是一把镶满了翡翠、红宝石、蓝宝石的小手枪，非常精致好看。缅甸各个邦的头目都有这个习惯，先亮枪再说话，跟我们 20 世纪 90 年代掏出"大哥大"拍在桌上是一个意思，恐怕是一种身份的象征，而且他们每个人的手枪都不一样，都有各种装饰。随即，他又点上水烟筒开始抽烟，边抽边跟我说："对面（云南）的朋友已经来电话了，让我们好好招待您，主席今天没有时间。"

佤邦对外关系部
（左）

佤邦士兵（右）

又聊了他们的工作、任务。吃完饭他说："带你去一个地方去玩。"我当然知道他们说的"玩"是什么意思，无非就是抽"卡苦"（鸦片膏和芭蕉叶的丝拌在一起），我推脱说不去，因为今天太累了。那一夜十分漫长，无眠，连看看月亮的心情都没有。第二天，来了一位师长秘书兼参谋长带我去看木材，也是北京人，小伙子很有文化，早年在廊坊农机学院学机械。到了缅甸，因为懂机械，尤其是对拖拉机等农机特别在行，于是如鱼得水。佤邦有大部分都是中国人，还有很多高材生，电脑、网络、通讯等高科技工作都是他们在做。问了几个小伙子，他们都说在当地生活习惯了，也就不再想回不回去的事了。

验完那批酸枝木，我觉得这地方不能久留，必须赶紧回。部长派了一辆吉普车把我送到口岸。回程途中，公路上莫名跑出来一条巨大的眼镜王蛇，我还没反应过来，司机已毫不犹豫地撞了过去，然后停下车，蛇还没死，司机利索地拿出一麻袋装上蛇扔进后备箱。

离开佤邦回到祖国，惊魂未定，觉得自己有那么点"落荒而逃"的意思，又有一点"死里逃生"的庆幸。日后我从未跟亲朋好友提起过我在佤邦与克钦邦的经历，人能生活在太平的土地上是多么幸福。

临沧市的镇康县南伞镇与缅甸果敢地区交界，对面生活着果敢族人。果敢族是 1659 年追随南明永历帝朱由榔进入缅甸，在缅人和清朝平西王吴三桂的夹击与围剿下，一部分随从、士兵逃入科干山深处不毛之地隐匿避难，后来留在此地区的"明末遗民"。由于果敢地区与中国云南省毗邻，因此果敢族内也包含了各个时期来自云南的华人。"果敢"二字系由掸语变音而来，"果"是掸语的"九"，"敢"是"户口"，意思是这个地区由九户人家组成。

距离沧源一百来公里的孟定坝镇四方井村是一个与世隔绝的地方，一直都有"好女不嫁孟定汉"的说法。四方井村旁的山丘有一片中国最大的铁力木林，是光绪年间从缅甸移种过来的，约有几百棵，至今大者径级不过 50 厘米，后从四方井村将铁力木引种至西双版纳植物园、广西、海南等地。我曾去过五六次四方井村，这里是山丘环绕的一个宽阔盆地，南汀河穿过坝子，虽高山阻隔，但景色着实迷人，村庄溪水环绕、草木丰隆，也许人迹罕至的地方才能保持那一份自然之美。村庄位于北回归线附近，海拔约 600 米，属亚热带季风气候，温暖湿润且日照长，地理环境非常适宜铁力木的生长。铁力木的边材浅红褐色或灰红褐色，宽约 7 厘米，心材暗红褐色，有强烈的光泽。铁力木的气干密度 0.927—1.122g/cm^3，是世界上几种最坚硬的木材之一，硬度与之相当的还有：紫檀（*Pterocarpus santalinus* L.F.，1.05—1.26g/cm^3）、东非黑黄檀（*Dalbergia melanoxylon*，1.00—1.33g/cm^3）、刀状黑黄檀（*Dalbergia cultrate*，0.89—1.14g/cm^3）、微凹黄檀（*Dalbergia retusa*，0.98—1.22g/cm^3）、坤甸木（*Eusideroxylon zwageri*，1.198g/cm^3）及产于海南的子京木（*Madhuca hainanensis*，1.110g/cm^3）等。铁力木锯削困难、天然耐腐，抗虫蚁。

铁力木（*Mesua ferrea* L. 藤黄科铁力木属）是热带雨林特有树种，其原产地在缅甸、斯里兰卡等地，从严格意义上讲，铁力木的原产地并非中国，文献中记载的中国古代家具用材之"铁力木"指产于广西玉林、越南北部的格木（*Erythrophleum. fordii*，豆科格木属），二者不同科不同属，风牛马不相及，望文生义所致矣。研究中国古代家具的学者及著作，均认为此"铁力"即古代家具所用铁力，实为大谬。国家文物局 2007 年 12 月 11 日发布《文物出境审核标准》规定 1949 年以前的黄花梨、紫檀、乌木、鸡翅木、铁力木、铁梨木家具禁止出境。这几种木材名称，多见于古代文献。如今之鸡翅木，明代及明以前称"鸂鶒木"，包含红豆属、孔雀豆属及铁力木属的近十种木材，而《红木》国家标准之鸡翅木仅指崖豆属与铁力木属的几个树种，二者的花纹、颜色相差很大，根本不为一物。中国古代根本没有铁力木制成的家具，何以保护？这一混乱与错误现象至今仍未改变。

人，或如缅北被趋役之大象，或如滇西"自在"的孔雀，终归只能成为地球的一捧泥土，此百年之身的价值与意义为何？是大象与孔雀留给那个年龄的我的一个思考，或如东坡先生说："人生如逆旅，我亦是行人。"

9. 沉睡在伊洛瓦底江的花梨瘿

人类的文明之初都与河流发生关系。

缅甸第一大河 —— 伊洛瓦底江便是其文明的摇篮，旧石器时代晚期已有人类沿伊洛瓦底江生活，后相继建立的蒲甘、东吁和贡榜三个王朝均分别将都城建于伊洛瓦底江沿江的河谷地带。伊洛瓦底江由北向南贯通缅甸，注入安达曼海。其河源有东西两支，西源迈立开江发源于缅甸北部山区；东源恩梅开江发源于中国境内察隅县，流经云南称独龙江。

我这一生见过最大的瘿木便沉睡于伊洛瓦底江。

所谓瘿木，指树木在正常生长过程中遇到真菌、病虫害后而产生美丽花纹的不同树种之包节。其花纹因树种的不同、所产生的部位不同而多变，并不单指某一树种。所以瘿木也有"树瘤""影木""赘木"之称，英文称

花梨瘿

"Burl wood"。生长于树干之上的瘿，又称之为"影"，日光将树瘿投之于地所生影，所以将其形象地称为"影木"；树的根部或接近根部之瘿称为"瘿木"。汉语中"瘿"原指人颈部的囊状瘤。《庄子·德充符》中道："瓮盎大瘿说齐桓公，桓公说之，而视全人，其脰肩肩。"《吕氏春秋·尽数》讲到水质与病因的关系时称："轻水所，多秃与瘿人；重水所，多尰与躄人；甘水所，多好与美人；辛水所，多疽与痤

花梨瘿

人；苦水所，多尪与伛人。"《辞源》称"瘿木"为"楠树树根"是不全面的。《丸经·权舆》记载："赘木为丸，乃坚乃久。""赘木者，瘿木也，瘿木坚牢，故可久而不坏。"除木生瘿外，竹也生瘿。《太平广记》卷第412引《酉阳杂俎》称："东洛胜境有三溪，张文规有庄近之溪，忽有一竿生瘿，大如李。"瘿木分布全球，比较而言，温带或寒冷地区的树木生瘿较少，体量也小。而生长于热带或亚热带的树木所生瘿体量大、花纹美，其中著名的便是花梨瘿、楠木瘿。

　　2004年4月，我在伊洛瓦底江中游曼德勒省一带考察柚木与花梨木，曼德勒也是缅甸的历史、文化与经济中心，正巧遇到一台湾人购买了一个花梨瘿。那天风和日丽，江边如过节般挤满了围观的人，这里没有码头，人们临时将岸边沙地平整了一番充当临时码头。江面泊着两条用钢缆绑在一起的铁皮船，船的两头均已固定，静静在岸边等着花梨瘿的到来。花梨瘿在这里运上船，顺着伊洛瓦底江一路南下便可到达港口，再转运至台湾。新采伐的花梨瘿正从山上运出，几十人拉着用钢丝捆绑的瘿木，一点点顺斜坡向下滑动。瘿木呈半球状，带着一部分树干，估计得近十吨，究竟有多重不得而知，直径5—6米，外表无深沟槽，想来中间也不会有腐朽处及空洞，从外形看堪称完美。此瘿木是树根瘿，树根生出的瘿纹一般细密、均匀、有序，或如鬼脸纹单个存在，树根产生的纹理与主根及旁根的大小、

走向是一致的，纹理分散，且颜色深浅不一，很少急转回旋。这么大的瘿木确实难得一见，也不由让我对其内的花纹如何生出无限的好奇。眼看瘿木已经滑至平地，再有一百米左右便可登船离岸，不成想花梨瘿开始"自我翻滚"，逐渐加速运动，很多人冲上去帮忙拉，如何能拉得住！瘿木越滚越快，一声巨响砸翻两条铁皮船，瞬间沉入水中随即又从水中浮起，惊呼声此起彼伏，人们手忙脚乱，试图再次抓住钢缆，没能成功。就这样眼睁睁看着花梨瘿自由地在水上漂，慢慢远去，漂了很远才沉入水中。嘈杂的喊叫声瞬间停止，在岸边奔跑的人也即刻立定，捆绑两条铁皮船的缆绳已经绷断，两条船随着江水起伏，只有伊洛瓦底江奔流的声音还在回荡。片刻的寂静被台湾人的哭声打破，我正想上前跟他说几句话，他却已停止了哭泣，让本地人去找和尚来做法事，在水边烧香磕头，无果。我跟他说："你不要找了，木头也有灵性，也许他不属于你。"后来我俩成了好朋友。

沉入了伊洛瓦底江的花梨瘿，大抵是不肯离开家乡，全长约两千多公里的伊洛瓦底江是缅甸内河运输的大动脉，哺育了缅甸文明也见证了历史兴衰，或许江底还藏着更多历史的秘密。缅甸的古都阿瓦便位于曼德勒近郊，故也称曼德勒为瓦城。曼德勒也是缅甸境内重要的水陆交通要道，木材集散地之一，其周围地区所产柚木及其他木材一般通过水运或陆运至此，向南至仰光港出口至世界各地，或由北经腊戍至云南各口岸进入中国。2000—2004 年经常能在曼德勒见到欧洲人来这里购买花梨木的瘿木。

能生瘿的树木很多，如印度紫檀就常满身生瘿，楠木、樟木、枫木也都常生瘿，而花梨木瘿有其特殊之处。世界瘿木市场，对瘿木有等级划分，按纹理的疏密与走向分，最高级的为佛头瘿，即纹理有规律地旋转成细密清晰的弧圈状，大小一致，纹理、颜色相似，分布均匀似佛头，如花梨瘿、蛇纹木；其次为散纹，即弧圈状花纹分布疏密不均且夹杂其它纹理者；第三等级为自然纹，以不规则花纹，变化多而巧者为佳。其中有一种形似大理石纹，多用于现代家具或工艺品、室内装饰。花梨木如有大瘿，则佛头瘿较多，纹理细密匀称。中国古代家具中的花梨瘿多数为佛头瘿。花梨瘿纹理讲究清晰、细密、均匀、有序、生动、奇巧，用于柜门心、官皮箱及其他地方，一般讲究颜色与纹理的对称、讲究图案的完整与清晰。花梨木有两种著名的瘿，即产于印度安达曼群岛的花梨木"鹿斑纹"和产于南亚、东南亚及南太平洋群岛的印度紫檀之安波那（Amboyna）花梨瘿。安波那花梨瘿原产于印度尼西亚马鲁古（Muluku）省的中马鲁古（Muluku Tengah）安汶的塞兰岛（Seram），其花纹细密回旋如葡萄状，是花梨瘿中的佼佼者。缅甸产花梨瘿木，如瘿纹从枝干的小节曲折而出，却不会波及心材，故心材纹理的形成与特征并不全受到外部瘿包的影响，似乎只有缅甸产花梨木有如此矛盾、排斥的特有现象。

在缅甸、老挝的木材市场常有商人用红花梨瘿、黄金樟的瘿木掺入其中，故欧洲的木材商多亲自挑选，他们一片一片仔细看，用水喷或用刨子刨，以辨真伪。红花梨即木果缅茄（*Afzelia xylocarpa*），豆科缅茄属。明代谢肇淛在《滇略》中写道："缅茄，枝叶皆类家茄，结实如荔枝核而有蒂。"木果缅茄又称缅茄、沔茄、冤枉树、含冤树、老挝红木、老挝花梨、红花梨、草花梨，主产于缅甸、泰国、老挝。缅茄木边材浅白色或灰白色，心材浅褐至深褐色，有的金黄透红，久则近暗红褐色；色彩艳丽眩目，花纹回旋多变、雅致奇美，特别是缅茄瘿，大者直径2—3米，瘿纹布局密实、连绵不已，与花梨瘿非常相似，想分辨花梨瘿和红花梨瘿是很困难的，没有多年的实战经验很难区别。黄金樟多产于缅甸，又名山香果，连杆果，花纹比较粗糙且大，特征介于樟木瘿和花梨瘿之间。

欧洲人多用花梨瘿做高级汽车的内饰，或用于室内、电梯间及其它地方的装饰，瘿木始终只起点缀的作用，用花梨瘿做整件家具或一堂家具是不可取的。花梨瘿除用于工艺品的制作，一般还用于椅子靠背中部、案心板、桌面心或柜门心、官皮箱门心、首饰盒等的制作。中国古代家具中所用瘿木较多的为楠木瘿、花梨瘿、桦木瘿。唐代诗人皮日休有诗云："瘿床空默坐，清景不知斜。"同处唐代的诗人张籍也有"醉依斑藤杖，闲眠瘿木床"之句。古代也多用瘿木做文具、梳具，明代文震亨《长物志》卷七之"器具"中写道："文具虽时尚，然出古名匠手，亦有绝佳者。以豆瓣楠、瘿木及赤水、椤木为雅，他如紫檀、花梨等木，皆俗。""梳具，以瘿木为之，或日本所制，其缠丝、竹丝、螺钿、雕漆、紫檀等，俱不可用。"在古代诗词文章中可见花梨瘿也做酒樽，如陆游在《剑南诗稿·八二·夏日之三》中写道："竹根断作枕云眠，木瘿刳成贮酒樽。"明代陈继儒描述人生如意事谓："空山听雨，是人生如意事。听雨必于空山破寺中，寒雨围炉，可以烧败叶，烹鲜笋。""鸟啼花落，欣然有会于心，遣小奴，挈瘿樽，酤白酒，釂一梨花瓷盏。急取诗卷，快读一过以咽之。萧然不知其在尘埃间也。"瘿木也做衣饰，不过不算高级，《长物志》云："冠：铁冠最古，犀玉、琥珀次之，沉香葫芦者又次之，竹箨瘿木者最下。惟制偃月、高士二式，余非所宜。"《广东新语》云："广多木瘿，以荔枝瘿为上。多作螺旋纹，大小如丝。友人陈恂得其一以作偃月冠，大仅尺许，有九螺。铭之曰：文全于曲，道成于木。"

我曾在老挝参观过一家位于万象附近的瘿木加工工厂。瘿木的开锯与干燥工艺都很复杂，尤以开锯最为困难，因为一要判断花纹的走向，二要保持花纹的完整性，这就需要有足够经验的老师傅来完成。一块已经锯开的瘿木或瘿木板，与已打开的翡翠一样毫无悬念；但如果是附在原木上的瘿木或楠木原木（往往无瘿而生瘿纹）则如翡翠的赌石一样让人迷茫、生畏。并不是所有的瘿木都会产生理想的瘿纹，有些树瘤局部有瘿纹，有些则平淡无奇或没有瘿纹，如榉木、花梨木；有的木材如楠木、印度紫檀，树干并无树瘤或其它包节，但开锯后却波澜壮阔，纹理奇异。故开锯前，对瘿木花纹的判断极为重要，除了经验判断外，还有两种方法：一是从原木表面开一薄片以接近心材，一是从原木中间开锯，这样就可看出是否存在理想的瘿纹。中间开锯有可能破坏瘿纹的完整性，故采用这一方法应慎之又慎。保持瘿纹的完整性，不管何种瘿木，如果能看到树瘤，则应与其平行开锯，不能从树瘤中间开锯。满身树瘤者，一般采用弦切的方法，绝不能采用径切的方法使瘿纹分散、零碎而破坏其天然的连续性和完整性。瘿木的干燥与表面处理方法相较其他木材也比较特殊。瘿木因其纹理并无规律可寻，故人工干燥极易随纹而裂，也容易发生翘曲、变形，一般瘿木的加工厂多采用室内自然干燥法，但其堆码捆扎、压重方法必须因瘿木之

树种不同而采取不同的方法。硬木瘿堆码时一般每块之间采用规格一致约
2厘米见方的隔条，使其通风顺畅、均匀干燥，不须采用其它特殊方法。
楠木瘿、樟木瘿、山香果瘿、油杉瘿等比重相对较小者容易变形、开裂，
在开锯之前便应在其表面刷透明胶或硬漆，两端则涂蜡、刷胶或漆。锯成
规格料后用铁带或铁丝将其两端固定，整垛也应固定。垛之顶部用条石或
其它较重的木材重压以防止变形、开裂。瘿木打磨应以水磨为上。硬木瘿
可采用烫蜡（天然蜡或天然混合蜡）或擦大漆的方法，而比重较轻的瘿木
表面主要以擦大漆为佳，而不适宜烫蜡。

　　古人对树之瘿有很多记述，民间亦有很多传说。尤其对枫树之瘿描述
最多："枫木岁久则生瘤如人形，遇暴雷骤雨则暗长三五尺，谓之枫人。"
在《化书》中有记载，老枫能化为羽人，雷雨天能长到跟树一样高，如有
人路过就又缩回原来的大小，曾有人在枫木瘿上放了一个斗笠，第二天来
看斗笠挂在树头上。在民间，人们对古树、树瘿都怀着敬畏之心，因为它
们都是神的居所。而遗落了花梨瘿于伊洛瓦底江的台湾人如今更相信万物
有灵，他说："花梨瘿选择了自己的归宿。"

花梨瘿木与花梨
果荚

10. 炮弹村中的越南黄花梨

2001 年至 2004 年间，我常常往返于越南、老挝之间，但一直未能看到越南黄花梨的生长环境及采伐过程。越南黄花梨的学名为东京黄檀或越南黄檀（*Dalbergia tonkinensis*），豆科黄檀属。这里的"东京"与日本东京毫不相干，而是指今越南河内，或泛指今越南北部一带。越南黄花梨主要产自越南中部、北部，集中分布于老挝与越南分界的长山山脉东、西两侧，山脉西部为老挝，东部为越南。老挝称越南黄花梨为 Mai Dou Lai，越南语为 Sua、Súa Do、Súa Vàng、Trac Thoi。经过多年的采伐，越南黄花梨在越南几乎消失，已禁止采伐，偷伐要判刑三年。老挝是内陆国家，木材一部分通过湄公河至曼谷、柬埔寨出口，大部分则从越南荣市港或云南西双版纳磨憨口岸来到中国。

2001 年 3 月 24 日，我们一行五人从老挝北部的他曲（甘蒙省省会）出发，准备深入长山山脉，考察越南黄花梨的分布与生长情况，也全面了

长山山脉中的越南黄花梨

解其采伐、制材、运输和交易方面的问题。我们开着一辆黄色的丰田皮卡，多年的野外考察经历，这辆车给我的记忆最为深刻，因为它弃我们于荒野，也因此让我与那个布满炮弹、名为"沉睡的石头"的村庄相遇，更让我重新审视生命。

同行的向导告知我们只需一两个小时车程便可到达目的地，所以我们只准备了很少的干粮和一些水、啤酒就上路了。车沿着自西向东延伸的长山山脉行驶，所谓"公路"便是羊肠小道或可说根本没有路，跨越各种树的树根、石头，颠簸前行。西侧是几乎成45度角的陡山，东侧是很深的原始林，树杆粗壮，树叶浓密，遮天蔽日，白天都需要打开车灯。大山延绵不绝，转过一个弯眼前是另一座山，行驶了五六个小时，依然看不到终点。在一个急转弯处，突然一声巨响，左侧的前后两个轮胎同时爆胎，而车上只有一个备胎，不可能再走了。山里没有人影，一眼望不到头的崇山峻岭让人绝望。

向导说："翻过这座山，约二十公里左右，有一个小村庄。但村子里肯定没有修车的，修车要到更远的地方。"我问向导："有什么办法吗？"他毫不犹豫地说了两个字："没有。"这让所有人的心一下沉到谷底。

约下午三点来钟，一辆吉普车驶来，大家如盼到救星般高兴。主人为在山下开木材加工厂的越南人，我们请求他们的帮助，将轮胎送到村子里修理。然而越南人开价五千美元，少一分也不行。我们哪里能凑出那么多钱，只能眼睁睁看着吉普车扬长而去，车主最后还扔下一句话："你们没有钱就等着天黑山狗来陪你们！"

无计可施之间，又来了一辆手扶拖拉机，拉着一些货物和一位在拾荒时被炸弹炸伤而失去双腿的残疾人。拖拉机司机为老挝本地的山民，同意带上一个人和两个轮胎到前面的村庄，但不同意等待修补好轮胎后将其送回。商议一番后只能由我们的翻译阿伟前去。阿伟是汕头人，他在老挝待了很长时间，不仅长得帅还特别机灵，最重要的是他会老挝语。

阿伟走后，我们开始盘点所剩装备，一瓶啤酒、两瓶矿泉水、两根香肠、一把砍刀。想来阿伟在天黑前肯定回不来，如何度过原始森林的黑夜是一个严肃的问题。我提议趁着天亮大家一起先去拾柴，特别是耐燃烧的大柴，天黑后起码要在各个方向生五堆明火，野兽通常怕火或锣声。烟也不准抽，深夜的时候烟也是一个武器。把跟火有关的东西都准备好后，我们约定剩下的水要省着喝，因为山里的水肯定不能喝，都是烂树叶里面流出来的水。一切准备停当，大家都很疲累。

时间仿佛停顿，每个人都向远方眺望。又等了良久，没有等来阿伟，却有一辆军用吉普向我们驶来，我们兴奋得拦下吉普车，他们说看见阿伟在给轮胎打气。听到这个消息我们稍有安慰，想着阿伟就快回来了。

日光渐隐，同伴朱先生认为我们不能在这里等死，应该向前走。向导同意，我与安阳的尚先生不同意。我说："阿伟肯定会想办法将轮胎送回来，他不会留我们在这里等死。我们也不能将皮卡扔在这里，不然怎么回他曲？"此时干粮吃完了，仅剩的半瓶水每人只能打湿一下口唇。天气很热，无谓的消耗体力不可取，且原始森林中岔路很多，分不清方向，也不知前面多远才有村庄。我们回到车上将车灯关掉，谁也不讲话，死一般的寂静。尚先生说："周先生，您再讲一个笑话吧。"我说："还笑得出来吗？"朱先生还是提议往前走，向导也做了个手势，向前走！我们便不再反对，将东

深入长山山脉不久，我们的皮卡车就爆胎了

西背在身上，锁上车，开始朝阿伟离去的方向前行。走了约三百米，朱先生被甩在后面一大截，气喘吁吁地大喊："慢一点！"我说："您身体不行，前路不知有多远，一天没吃饭，我们还是回去坐等阿伟吧！即使他没办法回来营救我们，等到明天白天总会有车过来。"大家没有反对，又回到车上。

月牙儿升起，原始林中的牛虻、蚊子、飞蚂蚁开始出动，穿透力极强，一件白色的圆领衫留下了无数拍死各种飞虫后留下的黄渍。我们赶紧点燃火堆，从原始森林树叶的缝隙中可以看见星光闪动，也可以看见漫山遍野如萤火虫般的绿光，那是埋伏在四周的山狗，不停歇地发出令人胆颤的嚎叫，此起彼伏。天越发黑，蛤蟆与鸟的鸣叫都显得分外凄厉。我们几个人各自守住一堆柴火，不断往火堆里续柴，不能让其熄灭，将手里的砍刀握得更紧。

正在这时，远处山峰中传来了阿伟高远的呼叫声："喂……周默……喂……"，我立即回应，打开车灯，其他人也都抄起棍子迎上去，走出车灯和火堆的范围我们便不敢再往黑暗处前进，四周的绿色眼睛闪动。又过了好一会儿才看见火把的微光，四个老挝壮汉抬着两个轮胎，阿伟举着火把来接我们了！阿伟见到我们，一下子扑过来倒在我的怀里，躺在地上就睡着了。向导领着老挝壮汉换好轮胎，把阿伟扶上车，一路上坡，他们都累坏了。

车子终于发动，绿色的眼睛一直追了我们很远。

阿伟在车上简略说了说他的经历：他到达村庄便找到一农户，但只能修自行车，又跑到三公里外的一家修车铺找到了胶皮与胶水，轮胎破了七个洞，每个洞三万老挝币。阿伟找不到车将轮胎运回，只好找到村长，村长登记了阿伟的证件，因靠近越南边境，阿伟讨好地说："我是老挝的女婿，你看我有老挝政府的文件。"村长听后非常高兴，令四个身强力壮的青年抬着轮胎翻山越岭来救我们。路上村民跟他说，前天他们在附近山上发现了山狗（野狼）吃掉了一头牛，只剩下骨头。阿伟十分害怕，一路走一路吆喝，一路高声喊我们的名字。

终于到了村子，惊魂未定的我们住进了村长家。又渴又饿又疲累，顾不上条件如何，只想躺下。跨过一楼臭气熏天的牲口棚，到二楼的木板房，想喝点水，只有一个杯子，杯沿一圈可以看出杯子是绿色的，杯壁黑乎乎、滑溜溜，抓都抓不住，必须用两只手捧着杯子喝。我们每个人吃上了一块越南绿豆糕和一种老挝语叫作"拷鸟"的东西，类似中国的糯米饭。村长是老挝本地人，但老挝边境的村寨，书记一般为越南人，掌握实权，此村也不例外。我们坐在木板上正和村长说话，有人来喊村长，村长说他得走了，东边的一家要生孩子了。熟悉老挝的阿伟说，在这种边境的村庄，凡孩子出生必须由书记和村长搬一小板凳坐在附近"监生"，由书记、村长同时签字才能拿到出生证，且无论出嫁或迎娶的媳妇之初夜权归书记。脑海里挥之不去的绿色眼睛终于被这不可思议的习俗赶跑，匆匆躺下，地板有很宽的缝，阴风鼓荡，只有一床油腻腻的被子，我们像砌砖一样，一个朝左一个朝右躺下。

天终于亮了，能从黑夜中醒来就是生命最美好的绽放。

走出小屋，厚厚的浓雾如旋风翻滚，一阵风过变成淡淡的薄雾，如纱丽覆盖整个村子，秀美、静谧，树木参差，绿苔如绣，溪水绕村。我向着朝阳的方向深深呼吸一口新鲜空气，虽然朝阳被雾气掩盖，但眼前所见却让我血往上涌，大脑瞬间停顿：摞了四五层高，排了几百米远，如万里长城一样的炮弹向远方延伸，上面晒着蔬菜、柴火、衣服；几只猪正在一破为二的炸弹槽子里吃食；一些花草、小葱也种在炮弹槽里。回头看昨晚我们居住的木屋，木棚是以四颗两米多高且圆滚滚的 B52 轰炸机投下的炸弹为立柱支撑着。

散落在村庄附近的炸弹，多数未爆炸（左）

村里，数百米长的废旧弹壳，长者约 2 米左右（右）

　　在村里走一走，村民都不穿衣服，只系着一块布单子，男人没伤没残的几乎没有，很多小孩儿拿着五颜六色的地雷玩，或没有耳朵，或没有腿。码放成排的炮弹是等着有人来收购，卖废铁成了村民的收入来源。遇到村长，才知此村名 Ban Heingmluang，中文意思为"沉睡的石头"。这个村名，也许正是对过去或活着的历史一个完整的解读。此情此景让我想起爱尔兰诗人威廉·巴特勒·叶芝（1865—1939）在《一九一六年复活节》中的一节："从大路上走来的马，骑马的人，和从云端飞向翻腾的云端的鸟，一分钟又一分钟地改变；飘落在溪水上流云的影，一分钟又一分钟地变化；一只马蹄在水边滑跌，一匹马在水里拍打；长腿的母松鸡俯冲下去，对着公松鸡咯咯地叫唤，它们一分钟又一分钟地活着，石头是在这一切中间。"（穆旦译）。

　　村庄附近的高山均有越南黄花梨生长，其山峰陡峭、险峻。沿途都是不同尺寸、不同颜色、各种型号的炮弹、地雷，有的已拆毁，有的未爆炸，插着红、黄、绿色的旗子，代表不同危险级别的地雷，这些都是联合国排雷团来做的标记。就这样，我终于看到了活着的、还在生长的越南黄花梨，

与当地林业局官员、木材商及阿伟（右一）合影

也看到了刚伐下来的原木。伐木工都是越南人，基本没有老挝人来这里伐木，因为越南人不仅勤快且有丰富的探雷、避雷与排雷经验，识别树木与择伐树木的水平明显高于老挝本地人。我们上了山正好碰到一对越南的夫妇进山采伐，他们背着油锯、斧头、刀及很粗很长的绳子缘石而上，非常灵活。他们一般采伐最多两米多长的原材，太大了也无法运输，采伐下来的原木绑好绳子后使其顺着事先挖好的泥槽滑下，这条泥槽便相当于一个传送带，下滑至山脚集中。附近山林中还生长着条纹乌木（Moun）、酸枝（Padong）、黑酸枝（Kamphi）、红酸枝（Kayong）、黄菠萝（Taka）等树木（括号内为老挝土语音译），均为越南黄花梨伴生的树种。

离开"炮弹村"，我们原路返回，走到爆胎的地方，大家都提议在这里歇一会儿，"重温"那一夜的历险。我们的车刚停稳，那天拒绝帮助我们的两个越南人骑着摩托车迎面向我们冲过来，阿伟隔很远就看见了，冲上去准备搏斗，我们将其抱住了。留给摩托车的路十分狭窄，外侧即悬崖峭壁，古树掩映，深不可测。大概古人说"不是冤家不聚头"就是这个意思。

几天后，我们继续前往马哈赛附近一座名为 BouRapa Kmmoun（老挝语）的山，这里也生长着越南黄花梨。此山基本为直立的石壁，越南黄花梨一般长在悬崖峭壁上，很少有长在平原的，且只在海拔 400—800 米的区域生长，也即低于 400 米或高于 800 米很少有天然林分布。越南黄花梨如果生长在石缝中，其心材比例大，颜色深；如果立地条件较好，则生长快，心材比例小，颜色浅。越南黄花梨 1—4 月落叶，5 月开始发芽，10 月—11 月开花，花分红、黄两种，木材也分红、黄两种。此地采伐下来的木材就放在房子旁自然干燥，很少有蚊虫。

近年来，广西大学一批学者认为东京黄檀（越南黄花梨）与降香黄檀应为一个树种，东京黄檀命名在先，故产于海南的降香黄檀即东京黄檀，也有不少学者及藏家并不认可这一观点。日本正宗严敬的《海南岛植物志》及 20 世纪初出版的《中国主要植物图说》记录了海南岛也产东京黄檀。但是在实际的木材标本比对中可以看出产自老挝、越南的东京黄檀与海南产黄花黎（降香黄檀）的心材颜色、纹理、油性相差很大。

越南黄花梨的边材浅黄近白色，厚约 2—5 厘米，心材边材区别明显。心材呈浅黄、黄褐色或红褐色、深红褐色，但常有杂色而使木材表面显得不干净。此外，越南黄花梨有深色条纹，但纹理交错，有时模糊不清、宽窄不一，似墨水渗透不均所留下的痕迹。新切面辛辣酸香浓郁。材质佳者并不逊于海南产降香黄檀。在非洲塞内加尔、贝宁、几内亚比绍等地也生长着一种与越南黄花梨材质相似的刺猬紫檀，常被人用于冒充"越南黄花梨"，又有"非洲黄花梨"之称。我并不偏好任何一种木材。任何一种木材均有自己的天性而非人为安排或规定。紫檀有其合适的地位与空间，黄花黎或楠木、黄杨木也有自己的去向与选择。产于海南岛的黄花黎底色干净、纯一，纹理清晰活泼，很符合文人浪漫飘逸之天性；而产于越南、老挝的"越南黄花梨"刚好板面浑浊、纹理较乱、色杂斑驳，给人不洁净之感，很难表达文人的理想、情操，亦难达到文人雅士赏玩的境界。明清时期能够留下来的优秀家具，其用材的共同特点即：干净、纹理清晰、色雅、手感润滑、比重合适。

在后来的原始林考察中，我又无数次到过老挝，也常常与长山山脉擦肩而过，但再没走进"沉睡的石头"这个村庄。那夜的星光、山狗的吠叫、黎明的浓雾以及隐藏在雾中的静谧和苦难常常铺陈在我的脑海，我将这一切视为一种无声的叮咛，如沉睡的石头。

11. 沙耶武里的金沙与高棉的桔井黄檀

　　湄公河，蜿蜒流经老挝、缅甸、泰国、柬埔寨以及越南，于胡志明市流入南海。湄公河的上游在中国境内为澜沧江，在云南省西双版纳傣族自治州勐腊县出境成为老挝和缅甸的界河。湄公河连接的这几个国家在历史上一直是"你中有我，我中有你"的关系，我常年辗转于其间，有时在某个森林中的村庄醒来，常不知自己身在何处。历史上，在连年的相互征战中，似乎只有老挝一直扮演着被占领的角色，终于在14世纪建立了第一个统一的国家——澜沧王国。"澜沧"是音译，或作"南掌"，其意为万只大象——百万大象繁衍的地方。那是老挝的鼎盛时期，虽然其国王法昂依然受吴哥王朝的支持。在此之前（7世纪—9世纪）老挝的中部及北部存在一

夕阳中的湄公河

名为"堂明国"或"道明国"的国家，国王是高棉人，即史料中常出现的陆真腊或文单国；9—14 世纪属吴哥王朝；16 世纪缅甸勃印囊大帝（1551—1581 年在位）吞并万象；18 世纪初分裂为琅勃拉邦、万象王国、占巴塞王国；18—19 世纪中先后被暹罗（泰国）、越南、法国、日本征服，沦为属地或殖民地，1953 年老挝正式独立。湄公河连接的这几个国家除缅甸外均分布着老红木，却有不同的特征、特点。市场上关于老红木及家具的产地、来源等说法也如上述几个国家的历史一样纠缠不清。

老红木之名最早起源于北京。北京的硬木行中将心材颜色紫红、深褐色的红酸枝称为"老红木"，经过旧家具残件的检测与对比，主要指产于泰国、老挝、越南、柬埔寨之交趾黄檀（*Dalbergia cochinchinensis*），豆科黄檀属。《古代南海地名汇释》一书中对"交趾"（Cochi）的解释："原指我国南方广东沿海以南一带，又作交州，后指以今河内一带为中心之越南北部。唐调露元年改名安南，此名遂成为此国在我国史籍中最常见之名称。"侨居越南的华侨郑怀德（1765—1825）所撰《嘉定通志》，其内容为越南南方的地方志，其中有关红木的记录便有："红木，叶如枣，花白，所产甚多。最宜几案柜椟之用，商舶常满载而归。其类有花梨、锦莱，物价较贱。"这里的锦莱即交趾黄檀。

在江浙沪及广东很少见到"老红木"这一称谓，这也是较之进入中国时间较晚（约清末）的酸枝木（奥氏黄檀，*Dalbergia oliveri*）而言，酸枝木则谓"新红木"。王世襄先生在《明式家具研究》中称："红木也有新、老之分。老红木近似紫檀，但光泽较暗，颜色较淡，质地致密也较逊，有香气，但不及黄花梨芬郁。新红木颜色赤黄，有花纹，有时颇似黄花梨，现在还大量进口。"

除"老红木""新红木"外，在中外历史文献中频繁出现的"红木"一词，其概念与名称来源、范围在不同的历史时期认识皆不同：明代张燮《东西洋考》道："《华夷考》曰：'苏枋树出九真，南人以染绛。'《一统志》曰：'一名多那，俗名红木。'"这里的"红木"指苏木，所以称"红木"是从其材色而言，而不是指今天我们认识的红木。《清宫内务府造办处档案》（乾隆朝）原始档案："乾隆八年二月十三日，司库白世秀、副催总达子来说，太监胡世杰交：红木彩匣一件……。"清代徐珂《清稗类钞》云："红木产云南，叶长椭圆形，端尖，开白花，五瓣，微赭。其木质坚色红，可为器。"民国时期赵汝珍《古玩指南》则称："凡木之红色者，均可谓之红木。惟世俗之所谓红木者，乃系木之一种专名词，非指红色木言也。……木质之佳，除紫檀外，当以红木为最。……北京现存之红木器物，以明代者为贵，俗谓之老红木。盖明代制器，均取红木之最精美者，庇劣不材，绝不使用，自有其贵重之理存焉。"朱家溍先生在《雍正年的家具制造考》一文中认为"红豆木即红木"，这一观点是值得商榷的。古斯塔夫·艾克（Gustav Ecke，1896—1971）出版于 1944 年的《中国花梨家具图考》则将印度紫檀（*Pterocarpus indicus*）的一个亚种、阔叶黄檀（*Dalbergia latifolia*）、安达曼紫檀（*Pterocarpus dalbergioides*）及大果紫檀（*Pterocarpus macrocarpus*）都称之为"红木"，同时认为海红豆（*Adenanthera pavonina*）也是红木的一种。20 世纪 90 年代，上海将紫檀、花梨、酸枝、乌木、鸡翅木、瘿木称之为红木，并作为地方技术标准颁布，江苏也有此类标准。广东则将紫檀、降香黄檀、交趾黄檀、巴里黄檀、奥氏黄檀、刀状黑黄檀、黑黄檀、阔叶黄檀、卢氏黑黄檀、乌木、印度紫檀、安达曼紫檀、大果紫檀、越柬紫檀、鸟足紫檀等纳入红木范畴。上述地区也有将紫檀及交趾黄檀称之为"老红木"的情况，而将有香味的降香黄檀及其它有香味的黄檀属木材称之为香枝木，或称"香红木"，似乎涵盖的木材种类更广。2000 年 8 月 1 日实施的 GB/T18107—2000《红木》国家标准之红木定义为："紫檀属、黄檀属、柿属、崖豆属及铁刀木属树种的心材，其密度、结构和材色（以在大气中变深的材色进行红木分类）符合本标准规定的必备条件的木材。此外，上述 5 属中本标准未列入的其他树种的心材，其密度、结构和材色符合本标准的也可称为红木。"《红木》标准将红木分为五属八类共 33 个树种：紫檀木类有檀香紫檀；花梨木类有越柬紫檀、安达曼紫檀、刺猬紫檀、印度紫檀、大果紫檀、囊状紫檀、鸟足紫檀；香枝木类有降香黄檀；黑酸枝木类有刀状黑黄檀、黑黄檀、阔叶黄檀、卢氏黑黄檀、东非黑黄檀、巴西黄檀、亚马逊黄檀、伯利兹黄檀；红酸枝类有巴里黄檀、赛州黄檀、交趾黄檀、绒毛黄檀、中美洲黄檀、奥氏黄檀、微凹黄檀；乌木类有乌木、厚瓣乌木、毛药乌木、蓬塞乌木；条纹乌木类有苏拉威西乌木、菲律宾乌木；鸡翅木类有非洲崖豆木、白花崖豆木、铁刀木。

按《红木》标准及历史认识来分析，所谓老红木即红酸枝类之交趾黄檀。老挝语称其为 Mai kayong，泰国为 Payung，柬埔寨为 Kranghung。而老红木的别称有：红酸枝、大红酸枝、紫檀（日本、中国台湾及东南亚等地）、帕永、熊木、暹罗玫瑰木、泰国玫瑰木、暹罗巴里桑、南方锦莱、交趾玫瑰木、印度支那玫瑰木、东京巴里桑、火焰木、埋卡永、老挝玫瑰木。

1999—2006 年，我几乎走遍了东南亚老红木的原产地，如泰国的东部、中部及东北部、老挝中部及南部、柬埔寨及越南广平省以南地区。在各地看到的老红木从色泽、纹理到油性都不尽相同。更值得注意的是，木材的出口地不一定是原产地，泰国曼谷就是东南亚最大的木材中转地之一，在曼谷周围的仓库中就能看到很多从老挝来的老红木，因木材端头的标记不一样可作识别。老挝是东南亚唯一一个内陆国家，木材的出口多依靠周边国家转运，例如沙耶武里出产最好的老红木都直接通过湄公河运到曼谷，在泰国被当作本土产的木材出售，故市场上看到的优质老红木其产地都在老挝而非泰国，市场上所说的"泰国最好的柚木"其实都产自缅甸。

2004 年 3 月 22 日，我一早便从万象乘船沿湄公河逆流而上至沙耶武里省的巴莱（Pak-lay）县。巴莱位于湄公河西岸与泰国接壤，往南有公路直通曼谷。万象的码头两侧河岸十分陡峭，高约有 50 米，登船的台阶非

沙耶武里林区的
老红木

常狭窄，台阶都为木板，两端挂在悬崖峭壁上，每一台阶高约 50 厘米。我们所要乘坐的船则似女人的尖鞋，窄且长，足足有五六米。按照当地要求必须戴上头盔并穿上救生衣才能登船，差不多四十度的高温戴着一个钢盔，着实不好受。好不容易上了船，可是船实在太窄了，两个人并排坐下后便不能乱动，稍微胖点则塞不下，整条船只能坐四个人，我们那天坐了六个人。一路逆流穿行于狭长的河道，长的船可以维持平衡，遇水流湍急的地方，小小一只船如柳叶般被托举上天，又瞬间跌落谷底，太阳也毫不吝啬地挥洒它的光芒，就这么晒着，忽上忽下沉浮着，四个小时才抵达巴莱。我们所行驶的这一段航道，一边是泰国，一边是老挝。一边是修建得很好且整齐的小别墅，树木参差，繁荣发达；另一边没有楼房，零散分布着小木屋，成群结队的人在河里淘金，男女老少都有。

淘金的河段即为老挝，我们上了岸，细沙纯白，闪着金光，穿着鞋无法走，只能打着赤脚，踩在闪闪发光的金沙上，一脚踩下去沙子就淹没了脚丫，金沙就从脚趾缝涌出来。有好木材的地方一定有矿产，如金矿、铜矿、铁矿等。同理，地下土壤的微量元素在 18—20 种之间的地区更容易出产优质木材。沙耶武里一带恰好在印度南部延伸到海南岛的富矿分布带之核心区域，种群较纯，不像泰国将其他四种黄檀都纳入"老红木"范畴中。我们走了很远才到公路边，为了去看一木材加工厂。

加工厂虽小但却堆满了上等的老红木，加工设备依然使用着 20 世纪 60 年代中国援助的林业机械。老红木边材浅灰白色，与心材区别明显。新切面有酸香气，光泽强但生长轮不明显，看那些工人刚开锯一块木料，用手一摸全是一层油，打磨后的木材表面滑腻、光洁，因为老红木比重大于 1，油性强。心材的新切面呈浅红紫色、艳红、葡萄酒色或金黄褐、深紫褐色，常具宽窄不一的黑色条纹或深褐色条纹。沙耶武里以及延伸至泰国一带林区所产的老红木呈紫褐色，甚至近乎黑色，与紫檀木的色泽非常相似，油性与比重或超过紫檀，随着时间的推移，木材长期氧化后几乎与紫檀无异，极难分辨。所以古代在家具制作中就有用老红木来替代紫檀的案例，特别是清中期开始，很多紫檀家具尤其是侧板、屉板、背板都有用老红木替代的情况，越大的板材越值得怀疑，如果没有如湖水般透亮感觉的所谓紫檀都应做进一步辨别。有人认为老红木用于中国传统家具的制作，应始于明朝。不过早于乾隆八年（1743 年）的历史文献中仍未发现有关红木的记载，但我们并不否认老红木利用的历史有可能早于乾隆。老红木从匣、箱、如意及床榻、柜、案、椅、凳到屏风、槅扇，几乎无所不适，均可见到它的身影。到了清末及民国时期，老红木的利用渐少，所谓的新红木即酸枝木开始占据主流。柬埔寨、泰国也有好的老红木，但表面发乌，产于柬埔寨的老红木心材有时呈块状的浅黄绿色，颜色深浅不一，感观质量明显次于泰国和老挝所产老红木。故实际考察了解木材之产地、生长的特征特点、木性，对于家具的设计、制作以及修复都是必须的，不同产地的同种木材，其比重、色泽、纹理都有差别。西方比较重视细节，家具的修复必须说明木材的产地。

沙耶武里原为法属地，现在仍有很多法国人来这里。巴莱是一个小小的村庄，十来户人家，有一条小河通往湄公河，很多旅游资源并没有开发，保持着原生态的美好。村里有旅馆和一家餐馆，晚上洗澡时如变脸一样，撕下来一层皮 —— 在湄公河暴晒四个小时的结果。这里的贫富差距很大，我在沙耶武里参加了一个婚礼，一眼望去便能看见三十多辆豪车，都是最新版的奔驰、丰田，新婚夫妇的家是一个占地一百亩的庄园，有水塘、鱼池、树林，房屋都是用很好的柚木、老红木、花梨木建造的。泰国、老挝、越南及柬埔寨都将老红木用于民居、寺庙及其它建筑的柱、梁或墙板、门板、窗户。而中国的部分建筑内檐装饰采用红木作为窗花、炕沿及其它部位的雕饰，很少用于柱、梁或墙板。沙耶武里所产的木材是值得关注的，其西部林区还出产酸枝、花梨木，尤其花梨木色泽呈砖红色，是花梨中比重最大的，花纹也特别好，呈螺旋纹。

在去沙耶武里考察之前，我也曾到老挝甘蒙省的马哈赛县考察。此地及长山山脉东西两侧地区也是高质量老红木的主产地，当地生长的老红木的纹理变化丰富多彩，除心材颜色呈多样性外，由黑色条纹或深褐色条纹所组成的各种花纹、图案极为生动多变，如形式不一、妙趣天成的鬼脸纹清晰可辨，在几种自古便使用的硬木中仅次于黄花黎、瀪鹙木。产于沙耶武里即泰国、泰老交界一带的老红木除色近紫檀外，纹理变化相对少一些，这也是目前文博界将一些老红木家具鉴定为紫檀家具的重要原因。当地有一座叫作"Pa Hom Him"的山，砍伐下来的老红木遍地都是，其中当地人将黑酸枝称为 Kayong（圆大叶子），将红酸枝称为 Khampy（小细叶）。老红木根系不发达，毛细根很少，多为粗根，故多喜生长在沙土中，不喜欢土壤积水，其他好的硬木也是这样，紫檀就长在悬崖峭壁或石头缝中，黄花梨也喜生长在风化的砂质土壤中。

早年，当地人均将砍伐下来的生材（英文 green wood，很多资料将其译为"绿材"，实则指刚砍伐下来的木材）置于山野，如今则采伐后马上运走。当时的生材都要在原地放置几年，任树皮和边材腐烂，让天牛、蚂蚁、白蚁将边材、树皮吃干净后再往外运输。一则经过几年的放置，含水率降低，重量减轻，运出来的木材都是有用的；二则老挝只有旱季和雨季，干湿交替，没有间歇，且当地是沙地，下雨后水很快会排走，不会积水，心材不会腐烂，经过多年的放置，稳定了其材性，油性更好，颜色趋于一致，这是木材自变的过程，染色都染不出如此均匀的紫褐色。

向导 Shu 说："距离不远处的山里有 Sandalwood（檀香木）。"我说："老挝不产檀香木啊！"他说："有啊，很香，黄色的。"我又问他树有多大，Shu 说大约 60 公分粗。我想那肯定不是檀香木，有香味的不一定是檀香木，虽然他说木材为黄色，从颜色判断是对的，但我多年来看到过的檀香木有 20 公分粗的都算很大了，怎么可能有 60 公分粗的檀香木。但我还是想去山里看看其他木材，于是村长 Amovir 拿上枪，雇了七个村民，背着啤酒和一些食物就出发了。翻越两座高山，走了六七个小时，跨过一座仅有 40 厘米宽独木桥，眼前所见漫山遍野都是砍掉的木头、锯开的板子，一片狼藉。见一新伐倒的树，径级 50 厘米左右，村长说这就是檀香木，我一看不是，香味很淡，村长却说 30 年左右的树才会有香味。当地人的认知中，凡是有香味的黄色木头都叫 Sandalwood。

回程的路上，路很颠簸，天气也很热，给村长、向导以及背夫每人打开一瓶啤酒请他们喝，他们在尝了一口后均说太好喝了，不约而同都用大拇指塞住瓶口，防止因颠簸而洒出来，再舍不得继续喝，说要带回去给爸爸、妈妈家里人尝尝。回到他们的村庄，我将所剩的啤酒都给了他们，每个人给了相当于 20 元人民币左右的老挝币，大约够他们生活几个月。村庄四周有一些水田，水田里也有很粗大的树，村口有村民织一种黑白相间的土布，村里的小孩子很多，见到我们这些陌生的脸孔很是兴奋，围着我们转圈。村里的房子都建在沙地上，都是用老红木、酸枝木等木材盖的木屋、细细弯弯的四根酸枝木做立柱，多两根都没有，深深地插进沙地里，用石头稍做固定。木屋距离地面约有一米，类似高脚屋，一般以竹片编织十字交叉的网格为墙，能用木板的都是生活条件很好的家庭。屋内的地板就是一根根小圆木，条件好的的铺板子，没有铺盖、被子等寝具，村民一般直接睡在圆木或木板上，包浆都成了古铜色。村民从很远的地方运来泥土，置于木槽中种小葱和尖尖的红辣椒，木槽也用木头架起来，高高悬着。木头挖一下就是碗，不过基本上他们也不用碗，日常食物就是拷鸟即糯米饭团。糯米饭团冷了以后砸都砸不散，一个团子能吃上一天。好一点的家庭能有酱油，将辣椒、小葱和酱油拌在一起，拿糯米团子沾着吃。最好的肉类食物是老鼠肉，很大的老鼠，一只老鼠差不多一两斤重，在万象的市中心就有当街售卖的，挂成一排，通常的吃法是现烤，烤后用竹片或刀刮毛。还有更高级一点的是吃蝌蚪，将活的黑黑的蝌蚪放入土黄色的酱料汁中，一瓢一瓢舀着吃，当然一般人吃不起。

马哈赛县的村庄

　　甘蒙省往南，穿过波罗芬高原就是与柬埔寨接壤的阿速坡（Attapu）。阿速坡一带也产老红木，但阿速坡更重要的作用是老挝木材的交汇地和转运站，往东至越南港口荣市港，再出口其他国家。市场上将老红木按地区可分四类：一、暹罗料：又称泰国料或泰国老红木，即主产于泰国，且油性强、颜色深、比重大的老红木，其色似紫檀。故宫及其它博物院、私人藏家的一些紫檀家具，有一部分即为产于泰国的老红木。1287年，泰国北部暹罗国国王昆兰甘亨（Rama Khamheng，中国史籍称"敢木丁"，其国都城为素可泰）联络北部清迈、帕摇等土邦遣团与元朝修好，贡品主要有紫檀、香米、象牙、犀角、胡椒、豆蔻等（张志国，《素可泰印象》，《人民日报》，2004年11月12日第15版）。泰国是不产紫檀的，这里的紫檀是否为老红木？由于缺乏文物佐证，只能存疑。二、寮国料：又称老挝料或老挝老红木，指产于老挝中部、南部林区的老红木。三、东京料：指产于越南的老红木，花纹及颜色变化较大。四、高棉料：指产于柬埔寨的老红木，心材颜色深浅不一是其最大缺陷，如按木材的自然等级来分，则暹罗料为上，寮国料及东京料次之，高棉料再次之。

　　柬埔寨所产的老红木品质虽木材发乌、颜色不一致，在品质上略逊一筹，但柬埔寨还产一种桔井黄檀（*Dalbergia nigrescens* Kurz.），以柬埔寨桔井省（Kratie）斯努镇（Snuol）周围林区者较为著名。桔井黄檀与老红木同科同属，其树皮、叶、花等外形几乎一样，但木材完全不同，一看便知，因为桔井黄檀木材颜色比较浅，杂色多。而泰国作为东南亚最大的木材转运站与出口国，则将包括桔井黄檀在内的其他几种木材混同于老红木（交趾黄檀），常见的有：多花黄檀（*Dalbergia floribunda* Roxb），产于泰国，地方名为 Ta Prada Lane，与另一树种（*Dalbergia errans*，地方名 Pradoon Lai），均被视为泰国老红木，但材色、材质均较差，多以交趾黄檀为学名，商用名则为 Pha Yung；柬埔寨黄檀（*Dalbergia cambodiana* Pierre.），又称黑木（Kranhung snaeng，越语为 Trac cambot）；桔井黄檀（*Dalbergia nigrescens* Kurz.），产于柬埔寨、越南、老挝、泰国。近几年，柬埔寨为了保护老红木、花梨木等木材的出口，都在公路港口上设卡子，没有合法手续都不能出口。这导致很多商人把木材截短，藏在车子后备箱里运出，故市场上所见柬埔寨的木材都比较短。

我第一次见到老红木（交趾黄檀）并不是在老挝，而是在柬埔寨的扁担山，同时还看到了印度紫檀（一种花梨木）。扁担山山势非常雄伟，由砂岩组成，北坡生长热带雨林，南坡多落叶林，矿藏丰富，尤以铁矿为多。我已记不清第一次去柬埔寨是什么时候，对柬埔寨的记忆还停留在小时候从报纸及课本上常常读到西哈努克、红色高棉还有波尔布特、英沙利、乔森潘、农谢、宋成等人的名字，总想有一天去柬埔寨看看，不成想长大后能如此频繁地来往于柬埔寨。

中国史籍对柬埔寨有不同的称谓，"柬埔寨"这一称谓始于明万历年间，更早称其为扶南（或山岳，扶南意为山岳）、真腊、高棉。"高棉"这个名字恐怕是我们记忆中最深刻的。

2009年2月17日上午，我正在吴哥窟，突然接到电话，要我们马上去柬埔寨、泰国边境，有一重要人物要接见我们，我已猜出一二，也不便多问。于是先到了一个三面环水的村子，只有一面与公路相连，我看了一

柬埔寨扁担山的老红木

下村名 Anlongveng，中文名为"安隆汶"，这是红色高棉中央最后的根据地，著名的柏威夏寺（Prasat Preah Vihear）离此很近，扁担山脉（Dang Krek Mt.）高耸于安隆汶旁。扁担山脉是柬埔寨、泰国的边界山脉，平均高度 450—600 米，最高峰 756 米。海拔虽不算太高，但由于柬埔寨整体海拔偏低，山脉落差较大，有不少峭壁陡崖，森林茂密，也是柬埔寨重要的林区。想来扁担山脉在柬泰多次血战中起到了很大的作用。

我们到了红色高棉中央委员会司令本部，看到了办公室及墙上挂着作战地图。周围都是水，水中有当年焚烧而留下来的枯立木，著名的红酸枝木即桔井黄檀在这里有大量的自然分布，上等的高棉沉香也产于此，还有大量的红宝石、黄金遍布。据称，红色高棉的经费便是用红酸枝、花梨、沉香和黄金、红宝石走私至泰国换来的。神秘人物瘦黑干练，约七十岁左右，一直在为我们介绍波尔布特（Pol Pot, 1925.5.19—1998.4.15），我们又到了波尔布特墓，一抔乌沙，上顶锈铁皮，极为简陋。一代枭雄，从此湮灭！如今只剩"乌沙满地履痕稀"。

柬埔寨除北部的扁担山脉，西部、西南部还有豆蔻山脉，平均海拔

红色高棉最后的根据地，焚烧后留下的枯立木，沙地里均为红宝石和金沙，最好的通过泰国出口

1000 米左右。柬埔寨的高原都很"袖珍"，其他几个高原的海拔也就在200 米至 800 米之间，但都是重要的林区。柬埔寨境内的洞里萨湖是东南亚最大的天然淡水渔场，还有大片的平原且土地肥沃。

"天地不仁，以万物为刍狗"。老天总是公平的，老挝没有丰富的农业渔业资源，就给他们最好的矿产与木材。经过多年的采伐，除私人林区外，木材至今也没耗尽，老红木、花梨木依然有零星分布，是因为山上都是大量的地雷及还没有爆炸的炸弹；而柬埔寨没有那么优质的木材，但有大片肥沃的土地、湖泊和海洋。

吴哥夕阳

12. 在西方，看东方

　　几年时间，我看过了亚洲、南太平洋岛屿的原始森林，读过了诸多国内外学者，如研究中国家具、中国艺术史的德国学者艾克，我国学者王世襄，美国人类文化学家施赫弗的关于中国古代家具研究方面的著作；又研读了一些植物学家、林学家或木材学家，如孔庆莱教授、唐燿教授、陈嵘教授及印度学者皮尔森和布朗的专著。在此过程中，我看到中西方思想的差异与相互影响，便对中西方家具艺术比较研究产生了兴趣。2004 年，我终于开始了欧洲之行，主要目的是去几个博物馆学习，再则看看欧洲的家具艺术及私人收藏的中国家具。

　　第一站便是德国不来梅博物馆。1900 年，不来梅博物馆的发起人来到中国，那时的他大约 20 岁，从各地收集了大量的圆明园建筑残件如琉璃瓦、墩子等；艺术品则包括绘画、书法、陶器等；家具主要是紫檀木器物座、几、盖，尤其以乾隆时期为多。几百箱的中国文物，用驴车、牛车从北京运到塘沽港，足足用了两年多的时间。其中还有朝鲜半岛、日本、印度尼西亚的文物——这便是不来梅博物馆藏品构成的基础部分。

　　不来梅，一座那么小的城市，其博物馆却收藏了这个五彩缤纷世界：各大洲的风土人情、世界各国的宝藏，正如不来梅民间流传的谚语："汉堡是通往世界的大门，不来梅是这扇门的钥匙。"不来梅博物馆也不像其他博物馆那么严肃，没有那么多"不允许"，可以随意拍照，一部分藏品可以拿起来观看，不可碰触的则有标注。

　　不来梅博物馆的时任馆长接待了我们，并概括地介绍了馆藏，然后请我们随意参观。或许他觉得我们从事中国古代家具研究又专程来看馆藏的家具，便把博物馆的钥匙包括地库的钥匙交给了我们，允许我们于第二天闭馆的时间专心在馆内做一天的研究。

馆藏中有关中国的展品主要有青铜器、瓷器、玉器等，木质展品主要以乾隆时期的器物底座、瓷器器皿的木盖为主。木质底座约有两千多个，大多源于乾隆时期，材质以紫檀为多，其次为黄花黎和红木，非常精美，从雕刻、纹饰、比例来说都是上品，且没有一个是重样的。陶瓷器皿的木盖，均是一木整挖，多为紫檀木。

地库中整齐码放着两百七十多个未打开的松木箱子（箱子尺寸为 $2m \times 2m$ 或 $1m \times 2m$），铁皮都已生锈。之所以至今未打开，是因为所藏之物包括家具、字画、陶瓷，在收藏之初就已有不同程度的损坏，现在没有能力修复。在恒温恒湿且几乎无光的地库中，摩挲着这二百多个箱子，想象着里面都是什么样的中国艺术品。

博物馆的馆长询问我们可不可以修复这些文物？我说对于木器的修复可以提供一些方案，因为当时我们正在做故宫倦勤斋的修复方案，倦勤斋主要是乾隆时候看戏的地方，有很多槅扇、竹黄彩绘等涉及到 29 种传统工艺，其中有一部分工艺也已失传。

不来梅博物馆中给我印象最深的却是哥伦比亚咖啡展，从咖啡被发现到其发展历史再到物种的地理分布、咖啡的作用、饮用历史等，整个咖啡文化得以展现。重要的是，在展厅有好几家人在地上铺着毯子，就地喝着咖啡、吃着点心，再看看展览，尤其还有很多小孩，从小就在博物馆度过假期应该是一件惬意且幸运的事。这种把博物馆与人的生活连接、融合在一起的形式，不知是否有一天能在中国的博物馆实现？

馆藏中还有一套完整的皮影戏资料，设计者针对皮影戏制作了一种新颖的展陈架，如抽屉般，可以翻转、抽拉。展品中的有很多清代斗笠、蓑衣，各种材质都有，或棕，或树叶，或布。另一展区有清代上海女人的各式鞋子，从三寸金莲的船型鞋到火红色的高跟鞋都有，德国人用他们的收藏反映了中国妇女在某种意义上的解放，或者说是女性地位的一种变化。

我们从不来梅乘坐火车至汉堡，城际列车开得并不快，经过历史上东德和西德的分界线，车窗两边的景色各异：一边的树木栽得整整齐齐，排列成一条条直直的线，且均为同一树种；所有的花儿也都是一样的花，非常单一；另外一边则完全不同，看起来杂草丛生，树木高低错落，粗细各异，色彩丰富，如无人管理一样的原始林。我就问同伴："你们知道以前哪边儿是东德，哪边儿是西德吗？"同伴们均表示诧异，从树木的栽种怎么能分辨东德或西德？我说："树林整整齐齐的这边以前就是东德，任其自然的那边以前是西德。"同伴找来列车员询问，果如我所猜测。东德原属苏联社会主义阵营，无论从意识形态或植树造林、耕作方式均与苏联保持一致，树种单一且连成一片，纵横成一直线。意识形态不同，对于大自然的认识也有鲜明的区别。

2004年10月2号，我们到了柏林博物馆岛，那是世界各地文物荟萃的地方，有很多专业性的博物馆，也有综合性的博物馆。我们主要看了柏林国家博物馆的东亚馆，记忆最深的是中国广东家庭展，用特殊的展陈方式给参观者一个完整的关于"中国"的概念：将广东一大户人家屋内所有家具及器物一应搬到博物馆中，包括卧室的拔步床、床幔、钩子，厅堂的桌、椅，厨房的锅、水缸，以及马桶、尿壶、锄头、蓑衣等，且每件器物都做了名称标签。馆藏中还有两件珍贵的文物：乾隆时期的宫廷屏风和宝座，为嵌五彩螺钿镶金箔工艺。螺钿薄如蝉翼，图案为八仙，人物、树木、花鸟，栩栩如生。这种薄螺钿工艺可追溯到唐朝，大量的实物都保存在日本，至中国清晚期就已失传。故宫博物院的胡德生先生称，这种嵌薄螺钿工艺，至今仍未恢复，工艺达不到乾隆期。清中期的家具制作，在不以主观意识评价其"美丑"的前提下，无可否认的是其工艺（即世人惯称的"乾隆工"或"紫檀工"）已经达到很高的水平。当然，"紫檀工"为了追求庞大的气势、繁复的工艺而放弃了明式家具科学合理的结构，这对中国传统家具的结构是一种破坏。省略掉部分榫卯结构而用干粘的技法，让很多部件随着时间的流逝脱落一地。柏林博物馆的几件乾隆时期的家具也出现这一问题，德国人又请来中国工匠修复，但还是没有更好的办法，只能继续用鱼鳔为材料，用干粘的方法继续粘。当时我们希望能拍摄乾隆时期的宝座和屏风作为资料，博物馆工作人员请示了之后说："因为你们是研究古代家具的学者，所以允许你们拍照。"拍完照片正准备离开，来了六个文物警察将我们包围，说博物馆第一不允许拍照，第二任何人没有权力答应你可以拍，只有他们警察说了算，所以要求我们删掉相机里所有的文件。我们看到乾隆时期的宝座和屏风时，发现其解说词有误，材料为紫檀，但他们写作"Palisander"。"Palisander"是法语，指产于非洲马达加斯加的一种木材，为黑酸枝中的一种，学名为卢氏黑黄檀。之后我们找到博物馆工作人员指出错误，他们马上报告，说核实后做更正。一直以来，中英双语关于中国古代家具名称、构件、工艺、用料等方面并没有一个标准的称谓或统一的说法，也由于当时植物分类学、木材学研究的局限性，中国古代家具所用木材多停留于经验识别而非科学检测，使得同一种木材有不同的多种别称或不同的木材共用一个名称的情况普遍存在。尤其是中英文名称互译时易产生很多歧义，例如"redwood"，我们直译为红木，其实"redwood"是指针叶材，比如红杉、红松。又如西方"Rosewood"一词，直译为玫瑰木，而中国古代家具用材中没有"玫瑰木"这一概念，实则主要指豆科黄檀属的各个树种。

我们一行抵达比利时，看了很多私人收藏，比利时王室特别喜好收藏中国古代家具，尤其是明式黄花黎家具。遗憾的是，他们喜欢把中国传统家具，尤其是黄花黎和紫檀家具，打磨得光亮如新，再上蜡，颜色与纹理都是崭新的，将时间沉淀出的包浆一概磨掉，家具骨子里透出的内敛、醇厚光芒消失殆尽，或许因为他们不喜欢保留旧有的痕迹？这种审美与中国对传统家具的审美有天壤之别。

当我们马不停蹄又兴奋不已地赶到法国时，出火车站即看到满地的垃圾，烟头、纸巾。这完全出乎意料，但不妨碍我们参观凡尔赛宫的心情，尤其是位于凡尔赛宫旁边的古董市场，更是让人流连，不舍离去，其规模之大让人瞠目，有很多中国的文物。法国的法律规定如果在古董市场卖假货是要坐牢的，但仍有国人在那里卖兵马俑、青铜器，卖家操着中国北方口音说："肯定是真的啊，都是我们亲自挖的。"古董市场更多的当然是优秀而经典的物件，尤其日本漆屏风，与清中期的漆屏风几乎一模一样，很多博物馆错把日本的屏风当作中国清朝的。实际上，日本的大漆、贴金箔、嵌螺钿工艺技术均来自中国，日本多以家族传承的方式一直保持其技术水平。在明代，也有文人以拥有一件倭器为时尚。当时看到一件法国人设计的作品：三弯腿紫檀小几，至今仍让我念念不忘。几高70—80厘米左右，嵌宝石、螺钿、绿松石，三弯腿外膨比中国传统样式更大，内收更急，整体感觉更显干净利落，弯腿之弧度、尺度比我们传统样式夸张，且为一木整挖，需直径30厘米以上的的紫檀整料才能完成。造型上模仿中国香几，工艺也采用中国镶嵌工艺，但是造型更夸张，比例更优美，尺度把控近乎完美。可见中国古代家具对西方的影响渊源是很深的，后来我在香港中文大学演讲《紫檀的历史》，敏求精舍的主席叶承耀先生听了演讲并看了我的书后特别激动，计划飞往巴黎寻找这件紫檀三弯腿小几。

西方家具的策源地就在法国，其根源、基因、元素、符号当然来源于希腊。而在15—18世纪，中西方家具艺术就已开始相互影响，虽然家具文化交流的史料很少，但有很多实物可以追踪，中西文明的交流是一种互鉴过程。中国家具对日本、韩国的影响同样非常大。

从明末开始，西班牙人、葡萄牙人、英国人将印度的柚木、紫檀、花梨木运到中国澳门，再转运到现在的番禺，就近生产，广东工厂则来样加工。中国传统符号、西洋纹饰、中国式样和西方式样糅合，在明末就已经开始，并体现在广东家具制作中。从某种程度来说，广式家具与京作家具、苏作家具差别非常大，包括用材、造型、纹饰、工艺或都不一样。

乾隆年间先后出任澳门同知的印光任、张汝霖撰《澳门纪略》记录了明末以来经澳门输往中国内地的西洋"舶货"：除了紫檀、乌木、紫榆木、黄花木、影木、泡木、波罗树及伽楠香、檀香、降香、速香外，还有大量的器物，如银累丝瓶（花树、花盘）、银镶珊瑚水晶箱、几案、屏、灯、照身大镜、楸枰棋子、藤蕈、笔架、蕃银笔、规矩、装书等。

德国学者基歇尔（Athanasius Kircher，1601—1680）依据欧洲关于中国的美好描述，1667年以拉丁文出版了《中国图说》（*China Illustrata*）

一书，一时洛阳纸贵，从此"中国"成了人间仙境的代名词及时尚的榜样。持续近三个世纪的这一时尚，被欧洲上层及学者命名为"中国风"（Chinoiserie）。在英国及欧洲大陆的德国、法国、意大利等地风靡数百年的中国漆屏风，被陈设于宫廷及贵族家庭，甚至拆散重新组装成其他装饰性极强的家具或嵌入家具之上。欧洲学术界更将以漆为主要材料的折叠式屏风称之为"中国科罗曼多"（Chinese Coromandels），其得名主要是因为当时中国、日本等国的漆器及其他商品多经印度东部港口城市科罗曼多（Coromandel）转运至欧洲。

路易十四时期，法国最著名的家具设计师、工艺师布尔（Andre Charles Boulle，1642—1732）长于铜和玳瑁镶嵌工艺，各种家具上嵌满了铅锡锑合金、黄铜、银、蔷薇木、鲍母贝、象牙和玳瑁。这种布尔式家具及所谓的巴洛克家具的形式与工艺手法对雍正、乾隆时期的家具或整个清代家具、民国家具都有深刻的影响，如中西合璧的各式家具、西洋纹饰、人物、动物也大量出现于宫廷家具或广东地区的家具上。除了各种名贵硬木，家具上同样用象牙、玳瑁，金银铜、翡翠、各种宝石作为物件或装饰用材料。同样，布尔式家具的设计也有明显的中国元素，如三弯腿的柔美与曲线，"这一腿足形式几乎被法国家具工艺师布尔和他同时代的其他大师照搬到西方。"

1702 年安妮继承英国威廉三世的王位，1714 年去世。这一时期的家具即称"安妮女王式"。风格仍为英国巴洛克式，刻线圆润，装饰得体，特别是 S 形弯腿之优美曲线是安妮式女王家具的标配。造型简洁、装饰洗练、比例均衡、曲线优美，是该风格家具的主要特征。英国著名画家威廉·荷加斯（William Hogarth，1697—1764）在其作品《家庭团圆》中画了"S形三弯腿"的椅子，并在《美的分析》一书中称："如果没有'S'形曲线所增添的变化，会多么单调和缺乏图案感。这种曲线完全是由波状线组成的。"

中国的交椅曾引起西方家具设计师的追捧，中国家具采用的娴熟、精致而高超的工艺对西方家具设计师、工匠的影响尤其深远，当他们看到中国的家具没有一枚钉子时也曾无比惊叹并学习和借鉴这些方法。

在"西方"看"东方"，让我以全新的视角重新审视了中国古代家具，特别是中国古代家具所用的木材。每一种木材，并不是冰冷、僵硬的，其色泽、纹理、油性、密度，甚至缺陷都是其本有的特征，其不同的、绚烂的历史与文化也许是我们更要关注的。中西方家具的相互影响也推动着我们去追溯、探索家具发展的渊源。究其源头，都将目光聚焦在埃及、印度。3000 年前，埃及就有木制靠背椅，希腊、意大利很早就有乌木家具。在我国浙江河姆渡、田螺山、跨湖桥遗址中发现距今 3500—8000 年前就已经有榫卯结构、木材加工工具、席子、木制的干栏式建筑、果盘、木雕以及独木舟。或许我们应该弃陈见旧规，除知识之壁垒，屏蔽人为的智巧，将"家具"这一概念放大。在所谓的家具研究中，是否应该有与之相关器物包括陈设、配饰、工具等物件的一席之地？

近年来，中国的收藏家从欧洲及北美地区收购了不少精美的西方古代家具，器型、种类、年代及所用的材料均十分复杂，鉴别的难度大于中国古代家具。一件家具所用木材多达数种，镶嵌材料更难辨识。研究西方古代家具所用的木材在我国家具研究领域为空白，一些专用名词也未统一，同一种木材因翻译的原因而有多种名称。

我们一行在不来梅博物馆地库时，一位同行的我国某博物馆馆长看到那两百多个被锈迹斑斑的铁皮捆箍的松木箱时，极为感慨而泪流满面。他说："我们的博物馆中极少有外国的文物，而我们要看自己家的东西还要远渡重洋。"多年后，我在研究清代造办处档案，尤其在编撰《乾隆家具六十年》时，脑海里常常浮现不来梅博物馆中的两千多件器物底座，不知地库中两百多个箱子中，是否能有与档案所录条目对应之物？

13. "一枝斑竹渡湘沅"：旧金山的中国传统家具

　　自 19 世纪以来，中国古代家具所用木材，一直是令中外学者十分困惑而无从着手研究的一个问题，对中国古代家具的艺术审美研究也处于起步阶段。美国哈佛大学、大英博物馆都曾计划建立中国古代家具用材的标本室，一直努力到现在都没有实现。"木材的历史与文化"（也有木材文化学、森林文化学二说）在国际上是一门新生的学问，始于 20 世纪 70 年代初，学术重镇却在东京大学、京都大学。国外有个别学者认为中国人对于自己优秀与经典家具的研究处于空白状态，认为现有的研究并没有形成体系，一些较有名的出版物也不能归入专业学术著作一类，甚至认为中国没有一位真正的学者在研究中国经典家具。2007 年，我在北京参加的一个有关"黄花黎家具与文化"的讨论会，一位外国学者提出疑问："你们中国有那么多人前仆后继孜孜不倦地研究青铜器、陶器、瓷器，为什么没有人研究家具？这让我觉得非常奇怪。"亚洲艺术史专家莎拉·韩蕙（Sarah Handler，或译汉德勒）是王世襄先生《明式家具珍赏》英文版的译者，她主要研究明式家具，曾出版《中国古典家具的光辉》（*Austere Luminosity of Chinese Classical Furniture*）和《中国建筑中的明代家具》（*Ming Furniture in the Light of Chinese Architecture*）。2013 年，她在北京曾跟我说过多次："中国没有研究自己家具的学者，而在普林斯顿大学有中国古代家具的硕士和博士。"

　　我当然不完全认同国外学者的观点。2006—2009 年，我曾多次前往美国，也在国内与多位专家就中国古代家具所用木材及艺术审美等问题进行讨论。虽然，我国至今没有一部真正的中国家具发展史，在家具艺术史方面的研究也是一片空白，没有建立完整、科学的研究体系，仅是将中国古代家具及所用木材研究归于林学院环境艺术、材料或木材加工、家具设计学院中，没有一所学府将其纳入与艺术史或美学相关联的学科，也没有权威、专业的教材；而研究中国古代家具起步较早，学术体系较成熟的英国、美国，则将其纳入"艺术史学系"范畴。但王世襄先生也做了开创性的研究，比如将中国古代家具的名称、家具构件名称做了梳理，建立了中国传统家具命名的方法和体系。在此之前，国外学者的著作，例如德国古斯塔夫·艾克在《中国花梨家具图考》中，只能用一个英文单词指代数个家具构件。同时，如果翻开《诗经》《山海经》《史记》《本草纲目》及唐诗宋词、先秦文献，或又有如南北朝文学家庾信之《枯木赋》等著作，均能看见古人记述各种动物、植物包括树木及木材的历史与文化，文章烂然，字字珠玑。他们甚至在周朝就已将植物分类：草物、膏物、核物、荚物、丛物等等；至清道光年间，吴其濬作《植物名实图考》，所录植物种类非常齐全，且均为作者实地考察所见而记录。明末文震亨（1585—1645）在其《长物志》一书中对家具有具体、细致的分类罗列，包括制式、尺寸、用料、颜色、工艺、功能，尤其是雅俗均有标准，即谈到了中国家具的渊源也论及制作与审美。在清初李渔的《闲情偶寄》中，亦可看到他设计的凉杌、暖椅以及他发明的组合抽屉、组合书柜等。应该说，在"木材的历史与文化"的研究方面，中国是世界上诞生最早的，也最成熟。只是中西方文明使用了不同类型的"语言"，西方使用的是"科学"语言，我国的先贤则用诗一般的语言来记述。中西方有着不同的思想体系、不同的文化背景，但也可以相互欣赏、互相学习、彼此交流。

古希腊思想家苏格拉底说："美德即知识"，柏拉图则将诗人驱赶出他的"理想国"，因为他认为"他（诗人）会刺激与强化那种威胁要损毁理性的要素"。欧洲民族沿着柏拉图主义前行，以理性指导人生。差不多同时代的中国老庄思想则提出人与世界共成一天的"秋水精神"，人之生命情感的本真是超越知识分别的对天道的体认与觉解。20世纪，德国思想家海德格尔不满意《道德经》的德译本，于是他邀请一位华裔德国学者一起合作重新翻译，经过三年的努力，终以失败告终。于是他请一位华人把《道德经·十五章》中的两句话用中文书法写下来并悬挂在办公室墙上：

> 孰能浊以静之徐清
> 孰能安以动之徐生

我们需要西方思想的启发，也需要学习西方科学的研究方法，但我们仍应保持东方思维中的优秀基因。

2009 年 10 月，我又一次来到美国，参观了旧金山及洛杉矶的几个博物馆，看到很多陶家具、石家具以及西方古典家具，又在拉斯维加斯看到很多水捞木，让我最难忘的则是旧金山的"老东方家具"古董一条街，并在那里留下了我一生最大的遗憾。

旧金山古董一条街里有大量东西方的家具和艺术品，让我既惊讶又兴奋的是约有 15 家左右的店铺中出现了同一类型的中国古代家具——湘妃竹家具，约有一百多件，多源自乾隆时期，也有明代的，观其造型、颜色及包浆程度均可确认。湘妃竹即斑竹，又称泪竹、湘竹。清代陶澎、万年淳的《洞庭湖志》记载：据称尧禅让于舜，并将二女娥皇、女英嫁与舜。舜晚年南巡未返，二妃追至岳阳君山岛，得知舜已殁于苍梧，便攀竹痛哭，泪滴成斑。后两人投水殉情，葬于君山岛，后人尊其为君山、湘江之神，称为湘妃，也将斑竹称为湘妃竹。中国的湘妃竹家具一般为文人所喜好，多为文房、茶室陈设，造型小巧精致。而这一百多件湘妃竹家具中有大型家具，如一件用金丝楠木做搁板的湘妃竹书格，还有湘妃竹柜子。其中还有一些不常见的器型，如方形或长方形香几，在国内没出现过，但肯定是从中国出去的。有一些湘妃竹已成古黄色或褐色，隐隐透着些许暗红，其斑点清晰，颜色唯美，特征非常明显。做湘妃竹家具生意的均为美国人，攀谈间他们说这些湘妃竹家具均是民国时期由美国人贩卖来的，1949 年后再没有类似的家具进来，价格在 200—5000 美元之间。摩挲着眼前的湘妃竹，我不免想起唐代元稹的那首《斑竹·得之湘流》：

一枝斑竹渡湘沅，万里行人感别魂。

知是娥皇庙前物，远随风雨送啼痕。

看着这一百多件的湘妃竹家具，真希望把他们全部运回国，这完全可以成立一个湘妃竹家具博物馆。而我们现在对湘妃竹家具的研究，在工艺、造型、艺术表现形式等领域一篇专业文章都没有，主要是因为缺乏实物。

湘妃竹家具轻巧、易挪动、没有过度装饰的自然之美，很早便被西方人发现。在 20 世纪初，中国乡村一张自然煨制的普通竹椅曾引起了西方学者的兴趣。德裔美国学者鲁道夫·P·霍莫尔（Rudolf P. Hommel，1887—1950）在其《手艺中国》（China at Work）一书中详细描述了中国农村家庭所使用的竹椅子："其结构简单而结实。两根竹管，直径约两英寸，弯成两个直角，呈 U 形。每个 U 形结构作椅子的一对前后腿。……竹椅子四条腿的稳定由横枨来加固，横枨两边各两根，前后各一根……椅子面是用竹片做的。"霍莫尔对中国椅子之藤屉成造的基本技法也进行了详细的记录，认为是中国的藤编影响了西方，并称"究竟是西班牙人还是荷兰人将中国藤编技术带入欧洲，这一问题有待研究"。

如今，仍有西方人在继续研究中国的竹文化。2005 年修复故宫倦勤斋时，就有一位法国巴黎第七大学的博士，跟踪修复队三年，研究学习中国的竹黄彩绘工艺。倦勤斋是乾隆让位后的休闲场所，一派江南风韵，豪华中透着优雅，也可看出乾隆皇帝同样喜爱湘妃竹。在倦勤斋西四间中有一亭式小戏台，为他在室内观戏而建。在修复倦勤斋之初，刚看到戏台我们都以为是湘妃竹做的，拆下来一看，才发现是楠木画湘妃竹。其工艺极其复杂，将楠木刨削成一根根小棍，然后再画上湘妃竹的斑，罩一层漆后再一根根粘上去，当时配上去约有近两万根。乾隆喜欢竹子，但竹子在北方容易开裂。之所以选择楠木，因楠木久置则呈古黄色，或偏浅的褐色，与湘妃竹的底色非常相似，且楠木比重不大，不容易掉落。戏台南侧与亭后还有楠木仿湘妃竹篱笆，此篱笆又与北墙通景画中的湘妃竹篱笆和谐地连接，极尽巧思。

在美国期间，朋友介绍一位古董家具商柳先生与我认识，他读过我的《木鉴》，知道我到了美国，一定要见一面。柳先生是香港人，见面时他刚动完手术，但那天他破例开了一瓶红酒。他在美国家具收藏界颇有些名气，除了出售家具外也能修复家具，他拥有一整个仓库的中国老家具，大多为20世纪初运到美国。柳先生讲了很多美国家具收藏界的情况，中国古代家具基本都散落在博物馆和大收藏家手中，而这些大收藏家手中的家具基本都是祖上遗留下来的，其家族都是在19世纪末、20世纪初曾到过中国，其中有外交官、传教士、古董商等。家族的长辈去世，晚辈不再有意愿保留这些古董家具便将其捐赠给博物馆，也有一部分进入了拍卖行。

19世纪末开始，西方人不仅收集中国古代家具，也开始对中国古代家具，特别是明代经典家具和清代漆家具、宫廷家具及其他有艺术风格或工艺独特的家具进行系统性的收集、整理和研究，在西方世界及中国学术界产生了积极的引导作用。其中最主要的人物便是德国人古斯塔夫·艾克。20世纪20—40年代，他任教于厦门大学、清华大学、辅仁大学。除研究中国的建筑、石刻等门类艺术外，一生中最显著的成就便是对中国古代家具特别是明代经典家具包括用材、造型、渊源等方面的研究，对于世界认识与研究中国优秀家具产生了极大影响。1944年出版的印数仅200本的《中国花梨家具图考》，是全面系统研究中国古代家具的开山之作，该书对中国不同式样的家具产生的渊源做出了探索。艾克第一次明确将中国古代家具所用的紫檀鉴定为豆科紫檀属的木材。但是，国外很多学者对中国家具所用木材的论证也是含混不清，如柯惕思就曾指出加州中国古典家具博物馆于1988年收藏的第一件家具——紫檀南官帽椅（成对），其材质可能不是印度产紫檀木。

柳先生说曾有一位美国人带着一件紫檀方桌来找他，要求将方桌改矮。那是一件清早期或中期家具，包浆非常好。美国人习惯于用长条桌作为餐桌，于是那张方形且高的桌子既然不能当饭桌，还能做什么用呢？柳先生建议他不要改变其造型，并解释那是一种名贵的木材。但最终美国人还是坚持将紫檀方桌的腿锯短，改成咖啡桌。

　　柳先生在美国待了三十多年，女婿负责修复，包括一些博物馆馆藏的中国家具，关于修补的方法我们交流了很长时间。我在看了他们修补的家具后，提出了一些建议：修补家具时，尤其对一些馆藏文物级别的家具，修配上去的木头应尽量保持与原物色泽、花纹的一致。因为他们不认识海南黄花黎和越南黄花梨的区别，分不清原物是哪种材质，也就找不到相匹配的木材。越南黄花梨和海南黄花黎的气味不同，明式经典的黄花黎家具都是海南黄花黎，其纹理清晰、张扬但不乱，这是与越南黄花梨最大的区别；其次，海南黄花黎的底色干净，明式经典黄花黎家具没有底色不干净的，如果有底色不干净的就不用。修配上去的木材一定要与原来的更接近。他拿着放大镜左看右看，我说你不用拿放大镜，你就放在阳光下看，区别立见。在阳光下，海南黄花黎的光泽是由内而外返、由内及表，越南黄花梨是收光的，黯淡无光。柳先生此时又开了第二瓶红酒。他们在美国没有交流学习的机会，只能自己摸索着做。因为要给很多旧家具做修配，所配的木材也应该做旧处理，他们用美国本地产的一种蜡，擦上去后很快就变旧，但是改变了木材的本色，而做旧的原则是既要保持原色，又要保持木材本性与光泽。柳先生还有很多明清时期的紫檀、黄花黎家具，一件非常

拜访在美国修复
中国古代家具的
柳先生父子

棒的湘妃竹楠木面心条案，其中还有一把元代的天然扶手椅令我的内心无比震颤。

看到这把天然扶手椅，我脑海里第一时间浮现出《庄子·达生》中"梓庆削木为鐻"的记述：

> 梓庆削木为鐻，鐻成，见者惊犹鬼神。鲁侯见而问焉，曰："子何术以为焉？"对曰：
>
> "臣，工人，何术之有！虽然，有一焉：臣将为鐻，未尝敢以耗气也，必斋以静心。斋三日，而不敢怀庆赏爵禄；斋五日，不敢怀非誉巧拙；斋七日，辄然忘吾有四枝形体也。当是时也，无公朝其巧专而外骨消，然后入山林，观天性形躯，至矣，然后成见鐻，然后加手焉，不然则已。则以天合天，器之所以疑神者，其是与！

元代天然扶手椅
（左）

元代天然扶手椅
细部（右）

这件天然扶手椅似乎便是"以天合天"的杰作。此件扶手椅从前腿向上至座面弯折，再弯折向上形成后腿的上半部分，为一整根天然树根，相当于一根树根一破为二加上一个座面便成为了一把椅子，完全是一件"长出来"的家具。此件扶手椅有加州理工学院的检测报告，报告为 14 世纪之物品——这完全是一件博物馆级别的文物。当时柳先生标价 15 万美元，问其来历，柳先生说是国内某知名人物贩卖至美国。当时我盘算着就算筹钱也要将其买回去。但柳先生说："此件物品已被美国文物单位标记，不能离开美国，只能在美国境内流通。"后来有机会跟柯惕思先生聊起此件扶手椅，他也叹息不止。柯惕思先生在研究中国古代家具时，其关注点不在黄花黎和紫檀家具，他更关注久远的高古柴木家具，特别是安徽、山西、陕西一带的，他找到的很多家具都有很高的品位且均为鲜有的特殊式样，他对中国家具的看法和理解与很多人不同，基本看一眼家具就能知道其朝代、流派、产地，用的是什么木材、什么工艺。

2010 年，我再一次到美国，再次见到柳先生，去年看到的好东西都没有了，湘妃竹家具也没有了。我问他们是不是中国人买走了，他说不是，都是博物馆及美国大藏家买走的。2009 年回国后，我曾尝试联系某公司，希望能他们能将这批湘妃竹家具买回来，但没能成功，连图片及尺寸资料也没能留下，而那把天然扶手椅也再不可能回到中国——这是我此生最大的遗憾。在中国建立我们自己的家具研究体系，从历朝历代的纵向研究到同时代出土文物包括青铜器、陶器、瓷器、刺绣、建筑、绘画及同时代文献的比较研究——我们应该书写一部自己的"中国古代家具艺术史"。这个想法也成为我日后工作的目标，当然一己之力无法完成，但我开始思考柯惕思先生曾提出的那个疑问："你们为什么没有人研究家具？"这问题让我这个自认在做中国家具及用材研究的人无地自容。在往后的行走与研究中，我也常常想起这句话，提醒自己不能停下脚步。但我知道有一扇透光的窗户已打开，或许我们也能冷静、从容地打开窗户，邀纳寒风和阳光。

14. Durga 女神的赐福与释氏的娑罗双

　　2006 年 1 月，我从尼泊尔加德满都前往释迦牟尼佛的出生地蓝毗尼，途中绕道造访了始建于 17 世纪的印度教神庙玛纳卡玛纳（ManaKamana）。"Mana"意为心，"Kamana"意为希望。神庙位于海拔 2800 米之山顶，供奉着杜尔加（Durga）女神，每年有上百万信徒前往朝圣，信徒相信她会赐福于那些朝拜于此的人。

　　我们一清早便乘缆车而上，山顶云遮雾绕，远望层山如染，白云依依，如入仙境。当地人说前来祭神的信众都会带着祭品，以前的祭品是一对金童玉女，年纪越小越好，如果被选中，整个家族甚至整个村子都将感到荣耀。此时，见两位青年抬着用蓝布捆绑的长椭圆形包，鲜血浸透了蓝布，"滴答滴答"落在地面，向导说这就是祭神的"金童"，让我心底一凉，他随即一笑又说现在用牛或鸡来替代。神庙并不算壮观，另一侧是献祭的宰杀场，一头牛在距离宰杀之地约五十米的地方便无论如何也不肯走了，四脚趴地往后退，几人不断抽打，用肩将牛往前挤，牛的哀嚎声在山间回荡，让人有些不忍。向导说，一头牛从山脚运至山顶，须前拉后推，耗时七天左右；而杀牛的人都训练有素，一刀断头。献祭毕，牛肉运下山再分给村子里的每一户人家，众人唱歌跳舞，一派欢乐，不知此时的杜尔加女神是否降临人间？印度教徒崇拜的杜尔加女神，是湿婆神配偶的化身之一，她从火焰中化出，有十只手臂，以一头雄狮为座骑（有时也被描绘成老虎）。在一场神魔战争中，杜加尔女神帮助众神打败了化身为水牛形的阿修罗，成为战神。获得胜利之后，她告诉众神："当世界再有危难的时候，我将会回到世界……"女神帮助人们转变、振作，不再受到危险的威胁。想来这个印度教中的传说便是人们继续以牛祭之的原因吧。而此刻只有满地血水，空气中弥漫着血腥味，树叶上似乎也粘满了鲜血，我已无心停留。转弯处有卖纪念品的，发现有一木勺色近金黄，纹理如越南黄花梨，问女店主是什么木，答曰"Sisso"，即产于喜马拉雅山南麓的印度黄檀。我将木勺买下作为标本，马上逃离山顶。

下山时，山顶的浓雾尚未退去，远处的白云下，喜马拉雅山若隐若现。而在喜马拉雅山的另一边，西藏境内的冈仁波齐山是传说中湿婆的居所，湿婆神与杜尔加女神是否正在那里注视着人间？对不了解的事物及不同的信仰，我只能心存敬畏。

第二天从蓝毗尼回加德满都的路途中，沿途河谷、路边均有大量且高大的 Sisso 树。回到约建于 19 世纪末英国殖民地时期的古老酒店，见其地板、床、桌子、门窗与衣柜几乎全为 Sisso 制成，木材的纹理、颜色与海南黄花黎局部极为相似，适中的辛香味沁人心脾。待我们一行离开尼泊尔进入印度，新德里至泰姬陵沿路也有大量人工种植的 Sisso 树。

印度黄檀（*Dalbergia sisso* Roxb.）为豆科黄檀属，别称为印度黄花梨，与越南黄花梨均为海南产黄花黎（降香黄檀）之替代品，三者之颜色、纹理十分近似。印度黄檀原产于喜马拉雅山南麓干旱、半干旱少雨的地区，尼泊尔、印度北部、阿富汗南部、巴基斯坦北部及伊朗高原均有分布。南亚、东南亚及中国广州、海南尖峰岭林区、海南儋州市那大镇、浙江平阳、福建厦门均有引种，深圳植物园亦有人工种植的印度黄檀。

即将被献祭的牛

2007 年 2 月，我又一次经拉萨前往尼泊尔，拉萨机场的国际候机厅没有空调，十分寒冷，所有的客人都在原地转圈。飞机飞越喜马拉雅山山脉，似乎与山脉平齐，皑皑雪山壮阔，也许只有承认了自己的渺小，世界才会更加辽阔。

抵达加德满都，向导普尔巴已等候多时，他是樟木口岸的夏尔巴人。我们没有前往酒店而是穿过土路、小巷还有满地垃圾并绕开正在路中央打瞌睡的牛，直接来到一个小型木材加工厂。尼泊尔是一个几乎没有工业的国家，以旅游业与农业为主，境内北部与中国接壤地区都是山脉，世界 14座 8000 米以上的山峰，尼泊尔境内就有 8 座，境内中南部为平原区，以农耕为主。加德满都或有一些小型加工厂、手工作坊，生产一些羊毛制品，尤其尼泊尔的地毯很出名，其他还有陶器、木制品等。我们前往的工厂规模很小，有一种很像花梨木的木材，当地人用于沙发及其他家具的制作；另一种发紫红色的木材，当地人称"Rosewood"，产于尼泊尔东部山区。英文中的"Rosewood"（玫瑰木）指紫檀属、黄檀属的各个树种。在加工厂也看到很多印度黄檀，其新切面有酸香味，但此地所产印度黄檀香味较

加德满都木材加工厂，工人们正在切割印度黄檀

淡且油性较差；一部分木材之心材纹理与海南产降香黄檀近似，布局奇巧，纹理比较松散、单一，但鬼脸纹稀少；有一部分木材纹理粗宽，呈褐色或黄色，浑浊不清，但板面底色干净；尤其印度黄檀的弦切面常常呈现大块黄色而无让人惊讶的纹理或图案。在印度和尼泊尔等地，印度黄檀被广泛用于家具、雕刻、内檐装饰及农用车车轮的制作，部分地区也作为薪炭林使用。印度黄檀的叶子可作饲料，根可药用。据称也作为降香的替代品使用，木屑为制作燃香的好原料。

尼泊尔有三大古城，除加德满都外还有年代久远的帕坦（Patan）和巴克塔普尔（Bhaktapur）古城，为尼泊尔不同历史时期王朝之都城。巴克塔普尔由 Anand Dev Malla 国王于 12 世纪建造，与加德满相距约 14 公里，以建筑及传统工艺驰名；帕坦位于巴格马提河畔，与加德满都隔河相望，建于公元 3 世纪末，曾是帕坦王国的首都。帕坦城堪称一座建筑博物馆，国际上将其独特的砖木混合建筑称为纽瓦丽（亦译为尼瓦尔）式建筑模式。古城内随处可见精美的木雕，众多神庙的门槛多为柚木和娑罗双木所造，我开始还以为是格木，向当地工作人员询问才弄清。

帕斯帕提纳神庙（Pashupatinath）是尼泊尔最著名的印度教神庙，始建于公元 5 世纪，是为祭祀湿婆（Shiva）神而建，湿婆在印度教中是毁灭之神，印度教徒认为"毁灭即重生"。神庙附近随处可见苦行僧，他们都蓄须蓄发，赤裸着上身，有长者也有很多年轻人，向导普尔巴称他们为"比丘"。神庙主殿只允许印度教徒进入，我们及各种肤色的游客都被拦在门外，他们说里面为赤身裸体的修行者。

神殿前是一整排商店和摊拉，这里所出售的物品多半是印度教徒供奉用的鲜花和各种颜色的"蒂卡"粉。传统上，蒂卡粉是檀香木粉与各种颜色的干花粉末混合而成，不过檀香木越来越少，人们便使用其他有香味的木材粉替代。印度教徒将蒂卡粉调成泥状涂抹在眉心，有的画点，有的画三条线或 U 形。不同的颜色、不同的线条以及用不同的手指涂抹都表示不同的寓意，代表不同神的赐福，基本就是消灾避难，健康、吉祥之意。之所以涂抹于眉心，是因为印度教徒相信人的眉心是生命的源泉，是能与宇宙

连接的第三只眼 —— 智慧之眼。《奥义书》中描述人体共有十道门，其中九道为有形之门，即眼耳鼻等；第十道门在眉心，是一扇无形之门，它通往"神"界。

帕斯帕提纳神庙外的巴格马蒂（Bagmati）河畔，有尼泊尔最大的露天火葬场，六座石造火葬台沿河修造。记忆中那天风和日丽，站在桥上看到木材焚烧后的熊熊大火，尸体早已成灰烬，周围观看者以妇女及外国游客为多，没有一个人有悲伤或痛苦的表情，圣河边等待焚烧或正在焚烧的尸体大约有十几具，每天如此。普尔巴说，印度教徒是不能死在家里的，人快要死了，家里人便将其抬到圣河边的斜坡上，用圣河的水擦洗脚脖子，如果人身体动证明没死，即使这样家里人也不会再接他回家，只在河边静静等待；如果不动，则证明已经死亡，便用红黄细布包裹，再用青竹编的担架抬到指定的焚尸台。六座石造火葬台不是随便都能使用，而是以身份区分。位于上游且靠近神庙的两座是皇室或贵族专用，位于下游的四座平台是平民百姓的火葬场。这个季节的圣河基本上干涸，河床有几洼不流动的水，水面漂着腐败了的花、塑料袋及瓶子。河边一老者一边拿着一本经

鲜花是尼泊尔最常见的商品

书念念有词，一边用河水洒向一位中年妇人和几位年轻人，一边用花泥涂抹他们的额头，前方不远处便是尸体。有几个小孩就在洗尸的地方，不断用双手在水中淘沙，发现可以吃的东西便放进嘴里，遇到金属或值钱的东西便放进口袋……古印度包括今之尼泊尔、孟加拉国、巴基斯坦等地，印度教徒及佛教徒去世后，用檀香木焚烧，使其灵魂升天，或与神一体。近年来由于檀香木稀缺及价格昂贵，在此类宗教仪式上已很少有人使用檀香木了。

我们准备继续前往博卡拉，但普尔巴说因为有农民起义，所以前往博卡拉可能会受阻，但我们还是决定试试。离开加德满都约一个多小时车程，途中遇到很多车头贴有红色斧头、镰刀的车呼啸而过，车顶上坐满了手舞红色旗的人。在一哨卡处，我们被拦下来查验各种证件并收费。普尔巴说："不要怕，这是尼泊尔共产党的党员在收集经费。"我们下车后，军人问我们是否来自中国？我答："不仅来自中国，我还是毛主席的同乡。"他们也知道毛主席的家乡是湖南，非常高兴，纷纷与我单独合影，又要求集体合影，连一分钱也没收我们的。尼共的领袖普拉昌达多次来中国，对中国非

与尼泊尔共产党
员合影

常友好。据称，毛主席的很多文章，他都可以背诵，毛主席的游击战、运动战等战略战术，他都十分熟悉并运用到实际斗争中。

从喜马拉雅山南麓的博卡拉市向上仰望，即是长年冰雪覆盖的喜马拉雅山。南麓植被丰富，奇花异草，处处皆是。我们住在费瓦湖的岛上，酒店的房子全部掩映在蓊郁的树木中。我们从市区到岛上酒店，只能乘坐由油桶、轮胎编成的台式轮渡。轮渡所用木材即尼泊尔、印度著名的娑罗双树，当地人称"Sal Tree"，属龙脑香科娑罗双属。木材浅杏黄色，硬重致密，油性大且耐水、耐腐，是南亚、东南亚寺庙、民居、码头、桥梁、舟船、农具、家具之主要用材。相传释迦牟尼佛在80岁那年，离开王舍城北行，开始了他最后的游化，行至离拘尸那迦城附近的希拉尼耶伐底河边的娑罗林，在两棵娑罗树之间，头向北，脚向南，面朝西，右肋着席，叠足安卧，吉祥光明。故此树此木深受信众尊敬、喜爱。

中国的一些寺庙将一些特定的树种也指代为娑罗双树。唐人段成式在《酉阳杂俎》中记录了今湖南岳阳一寺院中的僧人床下长出一棵娑罗树的故事："僧房床下忽生一木，随伐随长，外国僧见曰：此娑罗也。元嘉初，出一花如莲。天宝初，安西道进娑罗枝，状言：臣所管四镇，有拔汗那，最为密近，木有娑罗树，特为奇绝。不庇凡草，不止恶禽，耸干无惭于松栝，成阴不愧于桃李。近差官拔汗那使令采得前件树枝二百茎，如得托根长乐，擢颖建章，布叶垂阴，邻月中之丹桂，连枝接影，对天上之白榆。"清人《洞庭湖志》也有类似的记载。古籍中的所谓"娑罗树"难辨具体树种，但肯定不是生于热带的娑罗树。有人称北京潭柘寺有唐代从西域移来的两棵

生长于蓝毗尼的
娑罗双树（左）

娑罗双打造的台
式轮渡（右）

古娑罗树，塔尔寺则以丁香树指代菩提树，北京大觉寺之七叶树也代菩提树，故宫的椴树也代菩提树。想来，"娑罗双""菩提树"都是人们对美好事物的向往，如康熙曾为娑罗树赋诗一首，不知他所看到的娑罗树为何？

娑罗珍木不易得，此树惟应月中植。
想见初从西域移，山中有人多未识。
海桐结蕊松栝形，千花散尽七叶青。
山禽回翔不敢集，虚堂落子风泠泠。
楚州遗碑今已偃，峨眉雪外双林远。
未若兹山近可游，灵根终古蟠层巘。
繁阴亭午转团圞，回睇精蓝路几盘。
凭教紫府仙山树，写入披香殿里看。

费瓦湖小岛上的垂柳

15. 紫檀的故乡，印度安得拉邦

在我抵达印度之前，紫檀于我就是一个谜一样的存在。

对于"紫檀"到底指哪一种树种，中外史料不一，各执一词。有的将紫檀木与檀香木视为一物，或将紫檀木与花梨木（如印度紫檀、安达曼紫檀、囊状紫檀）、卢氏黑黄檀混淆一处。我国历史典籍中对于紫檀、白檀一直纠缠不清，对于紫檀木的原产地也众说纷纭，有说中国、南洋、泰国、亚丁、印度洋岛屿及印度的，坊间甚至流传着"紫檀已灭绝"的说法。因紫檀在中国普遍被认为是最上等的制作家具木料，尤其因乾隆皇帝对它的

迷雾中的恒河

特殊喜好，于是人们开始追逐紫檀，以致于更多的人用各种相似的木材充而代之，所见实物更让人迷惑；而在中国古诗词中仅一个"檀"字，便让人云山雾罩：紫檀、旃檀、檀林、檀板、檀槽、檀心、檀口、檀郎。随之而来的还有关于紫檀的分类、特征、辨别、紫檀是否用于建筑等一系列的问题，组合成一个关于"紫檀"的谜团。

"紫檀"一词，最早出现于西晋崔豹的《古今注》："紫旃木，出扶南、林邑，色紫赤，亦谓紫檀也"。明代王佐《新增格古要论》将紫檀木的颜色、硬度、用途及识别特征描述得十分具体、正确，也是对"紫檀"一名来历的最佳注释："紫檀木，出交趾、广西、湖广，性坚，新者色红，旧者色紫有蟹爪纹，新者以水湿浸之，色能染物，作冠子最妙。近以真者揩粉壁上，果紫，余木不然。"德国人古斯塔夫·艾克第一次明确将中国古代家具所用的紫檀鉴定为豆科紫檀属的木材，其拉丁学名为 *Pterocarpus santalinus* L.F.，这对于紫檀家具的研究、认识、修复、鉴定及树种的科学讨论起到了关键性的作用，给了后学一个直接的提示。紫檀，中文学名为檀香紫檀，别称有小叶紫檀、旃檀、紫旃檀、紫旃木、赤檀、紫榆、酸枝树、紫真檀、金星紫檀、金星金丝紫檀、牛毛纹紫檀、花梨纹紫檀、鸡血紫檀、老紫檀、犀牛角紫檀、紫檀香木。艾克先生还提出了一个非常重要的观点：在日本正仓院的陈列品中可看到中国用紫檀木料制作的物件。这些物件在 8 世纪中叶之前从中国输入，但硬檀木在中国使用的历史可追溯至更早。这一观点为我们探讨中国硬木家具的起源提供了清晰的线索。1976 年，沉没于韩国境内的中国元代沉船"新安"号（船舱中一木简写有"至治参年"即 1323 年）被打捞上岸。此船的目的地是日本，船舱内有大量的中国陶瓷、高丽青瓷，八百多万件重达 28 万吨的铜钱，还有银、铁、白铜、石制品、金属制品及桂皮、胡椒等香料。最为引人关注的还有一批紫檀原木，长者为 2 米，短者仅为几十公分，长短不齐，粗细不一。令人十分惊讶的是 14 世纪的印度，紫檀数量巨大，质量优良，但从韩国国立中央博物馆（National Museum of Korea）所存紫檀来看，长度、径级并非理想，空洞、腐朽、弯曲者所占比例较大，小径材、短材居多。这是否与当时的采伐或运输条件有关？"新安"号的目的地是日本，又是否与日本特殊的工艺有关？如制作乐器、文房用品及其他工艺品等。

2005 年，我参与修复故宫倦勤斋，当时争论的焦点集中在"乾隆时期所用的紫檀与现代紫檀是否相同"的问题。于是将倦勤斋的紫檀残件与我收集的来自印度的紫檀标本送至中国林科院木材研究所检验，检测结果显示两者均为檀香紫檀。科学检测是毋庸置疑的，完全证明乾隆时期所采用的紫檀与印度南部的檀香紫檀是同一个树种，而不是 1996 年文博界专家学者所言之黑酸枝类的产自马达加斯加的卢氏黑黄檀（*Dalbergia louvelii R.Viguier*，又称大叶紫檀），可见所有的争议与疑惑均应以科学数据和事实来解决。况且没有任何资料证明明清时期从印度洋某个岛屿进口过紫檀木，也无任何印度洋岛国进贡过紫檀木的记录。卢氏黑黄檀应该是从 1990 年代中期开始进入中国的，木材表面的颜色、光泽、纹理、水浸液、荧光反映及木材内部构造与檀香紫檀是不一致的。

20 世纪 80 年代流传着"紫檀已经绝迹"的说法："清中期以后紫檀来源枯竭，袁世凯将最后一点用完。"这种说法可能与当时国力衰退，战事频繁，周边国家也不朝贡等因素有关。同时，有人认为当时市面能看到的紫

两株同苑的檀香紫檀原木，有空心。但"十檀九空"之说也是错误的，品质高、油性足的紫檀都流入了日本及欧洲

檀家具都是假的，西方的一些学者也一直怀疑中国古代家具中的紫檀不是现在印度产的檀香紫檀。2007 年，我结束了在印度长时间的考察，在首都博物馆举办"紫檀家具与文化"的讲座，公布了我在印度考察时采集的图片、标本及研究成果。在印度有整仓库的非常好的紫檀，但这些紫檀并没有来到中国。中国说紫檀是"十檀九空"，其实只是品质高、油性足的紫檀都流入了日本及欧洲。欧洲人很少用紫檀做家具，而是将紫檀劈成块、碾成末，提炼紫檀素用作染料。有一种豆科紫檀属的树种即染料紫檀，俗称血檀、非洲小叶紫檀，主产于安哥拉、刚果（金）、刚果（布）、坦桑尼亚、赞比亚、贝宁、尼日利亚等非洲国家。16 世纪以来，欧洲的葡萄酒、香水、食物中的调色剂多源于植物提炼的色素，特别是从紫檀属树种中提炼的紫檀素。我国古代也用紫檀作染料，主要用于等级较高的官员服饰的染色，也用于铁力木家具或色浅不匀的紫檀木家具表面的染色。唐宋时期的"紫檀衣"便是用紫檀染色而成，故便有唐代曹松"紫檀衣且香，春殿日尤长"（《青龙寺赠云颢法师》）之诗句。

2007 年 2 月 10 日，我又一次来到了印度。选择二月份来印度，纯粹因为这个季节的印度比较凉快。尽管如此，刚抵达新德里国际机场就被热

采伐约三年的紫檀木新料，2005
年拍摄于印度金奈港

浪袭击。机场内只有办理出关的一小块地方有空调，其他地方则只有工业用大吊扇，我将行李放下在吊扇下享受凉风，因风力太大，人都站不稳，行李也被吹倒；离开电扇，又大汗淋漓，喘不过气来。接机的印度朋友已在外等候，可我们根本出不了门，因有二十多头自由自在的牛卧在门口一动不动，印度人认为这些牛是神牛，不能驱赶，如呦呵或驱赶是会挨揍的。我们在门口足足等了近三小时，神牛才睡醒，我们也才得以离开。到酒店已经半夜时分，印度的酒店设施普遍很差，除非花高昂的价格住五星级酒店。我们住的这家酒店是 19 世纪初英国人修建的，地板、桌子、床都是印度黄檀成造，一百多年后观其纹理与海南黄花黎几乎一样。还没睡下，窗外清真寺的祷告声、长号声已响起，凄凉而忧郁。打开镶彩色玻璃的木质窗向外张望，一车车的绵羊在等待屠宰。

那天正好是星期天，本地人不工作，故我们决定去泰姬陵。从新德里至泰姬陵只有 180 公里，开车走了六个小时，路面坑坑洼洼，经常不得不停车等待酣睡的牛醒来，路边有很多卖烤馕的，样貌都很像中国人，一问才知道其祖先是蒙古人。印度最后一个王朝莫卧儿帝国，其建立者便是承袭成吉思汗血脉的巴布尔，是突厥化的蒙古人。"莫卧儿"其实是"蒙古"的波斯语音译，意即"蒙古帝国"。历史上蒙古人并未完全征服印度，同样波斯、大月氏、阿拉伯以及突厥等游牧民族都未能征服印度次大陆，完全征服了整个印度的只有英国人。1858 年，英属印度成立，正式结束了莫卧儿王朝。游牧民族没能征服印度，想来与印度的地形有关，印度北部主要为恒河平原，而南部则是德干高原。平原地形适合游牧民族的骑兵作战，但面对南方易守难攻的高原地形则无能为力。蒙古帝国曾多次出兵印度，始终未能将其彻底征服。元朝杰出的维吾尔族航海家、水军将领亦黑迷失曾两次抵达印度半岛西南部的八罗孛国，后又至印度南部马八儿，看到大量的上等紫檀，便用自己的钱购买不少紫檀木运回中国献给忽必烈，忽必烈则用这批紫檀木在元大都内建紫檀殿，所需木材几乎全部源于印度西海岸马巴尔港。紫檀殿落成，忽必烈长年守于此地，亦驾崩于此地。《元史·亦黑迷失传》中记载："至元二十四年，使马八儿国，行一年乃至，以私钱购紫檀木殿材，并献之。按大内建筑紫檀殿为至元二十八年，其所用，殆即此材。"据元代陶宗仪《南村辍耕录》记载，忽必烈时期，元大都内除了建有紫檀殿外，还有楠木殿，并陈设紫檀御榻、楠木御榻等多种家具。

　　我在印度期间，所见印度古代的佛寺神庙、别墅及其他建筑也大量采用坚硬承重、耐腐的紫檀，多见于立柱、门框、楣板或建筑部件雕刻。楣板及建筑部件雕刻多以神话人物、佛像或花卉纹见长；立柱外涂不同颜色的漆，黑、黄、绿、褐、紫、白、粉各色均有。长度以160—200厘米居多，短者以中间挖眼并用铁棍或简单榫卯连接。上端用铁或铜做成圆箍，有的刻上花纹或涂为金色加以装饰，下端立于岩石之上或深埋于泥土。自印度佛教衰败以来，寺庙破损，即使印度教之神庙也缺乏维护。2005年后，印度佛寺神庙及别墅的紫檀建筑用材陆续进入中国，2012年后数量持续增

紫檀建筑构件

加。大量紫檀建筑用材材质优良，干形饱满，但也有不少明显缺陷。从解剖的建筑用材来看，主要缺点为木材干涩；颜色呈条状红黑分布，长久不变；夹带边材、空洞（用水泥、石块填补）、过度心腐等现象，且涂有彩漆不易分辨，导致出材率极低。曾有朋友相送六块珍稀的源于印度神庙的紫檀建筑构件，纹饰除了花以外，主要为印度教教徒之图腾——眼睛王蛇，蛇之于印度人亦如龙之于中国人。多年前学术界争论紫檀木是否用于建筑这一问题，从文献与文物之相互支撑来看，"紫檀木用于建筑"的结论是立得住脚的。

2007 年 10 月，我又一次到达印度南部，抵达了亦黑迷失曾到过的地方，从安得拉邦一路向东南至泰米尔纳德邦。站在这片土地上，我知道这里才是紫檀的故乡。

行走在印度南部好似穿越到了另一个时代——跟现代文明一点关系都没有的时代，时间在这里变得缓慢。郊外总有成片的耕地荒着，长满野草；城市里也看不到匆忙行走的路人，在闷热的午后却总能看到人们随意躺倒在树荫下，蚂蚁一排排在他们身上爬，睡觉的人依然安稳地打着呼噜。这里都用牛运货，很少能看到拖拉机，人们也搭乘牛车出行，实际上牛比人还走得慢。

安得拉邦毛派的副主席接待了我们，并为接下来的考察行程提供了很多便利。他的家是一栋气派的别墅，房子被大树遮掩，门牌就在房前的树上挖掉一块树皮再刻上数字，家里有很多紫檀木，但是没有家具，他们都

A.R.Karthick（金奈商人）收藏的紫檀木（左）

房前树上的门牌号（右）

习惯于坐在地上往墙上一靠，也没有床。我们住在安得拉邦 Kodur 镇上的一家酒店，这里的床是用砖头砌一个框架，里面填满泥巴，蚂蚁就在泥巴里做窝。"床"上铺一层宝丽板，没有床单、枕头以及被子，房间里也没有桌子、椅子，只有一个小小的灯泡发出微弱的黄光，还有一个巨大的工业铁皮电风扇，晚上睡觉时必须打开它，风大可以把蚂蚁吹跑，不至于浑身爬满蚂蚁；缺点是电扇摇起来如沙尘暴来袭，眼睛都睁不开。

　　第二天，我们便进入了印度安得拉邦南部的奇图尔（Chittoor）林区。

　　10 月的南印度，气温依然超过 42℃，一出车门汗就下来了，走不出10 米远人就湿透了，如淋了一场大雨，相机也因温差而全是雾，无法使用。副主席安排了十多人同行，背着很多水，这样的气温必须不停喝水，何况需要徒步四五个小时进入林区。林区地下有富铁矿，铁矿带几乎与紫檀的分布区域同位，四周的土壤为岩石风化带或褐红色岩石，看来《管子·地数篇》中所云之"山上有赭者，其下有铁"，真实不虚。此处生长的紫檀树

奇图尔林区的紫檀生长环境

冠扩散范围小、树干高挑、枝桠较少，小枝被灰色柔毛。树叶3—5片，呈椭圆形或卵形，网脉明显。紫檀的花为黄色或带黄色条纹，果荚圆形，树皮深褐色，裂成长方形薄片。林区内比较高大的紫檀活立木主干有4—6米，树上都有政府编号，四周极少有花草生长。

印度很早就开始了檀香紫檀的研究、培育与人工栽种，并将其珍贵的种子与幼苗用于国际交流。据有关资料介绍，印度南部、西部、中部及东北部、东部许多平原及丘陵均有人工栽种的檀香紫檀，一般30—50年就可以达到采伐与工业使用的要求。目前，我国的台湾、广东、海南均有引种。越南、老挝、泰国、缅甸、斯里兰卡等国也有不同程度的引种，据说马来西亚及印尼也有一定数量的人工林。檀香紫檀的人工林一般成片栽种，鲜有其他树种混生，遍植于平原或适于栽种的丘陵地带，有的加以人工施肥或管理，故一般生长较快，其树叶、皮、枝、果与天然林的特征区别不大或区别不明显。除掉边材后的心材表面几乎与前述之天然林的心材表面颜色近似。中国的紫檀人工林种植范围不断北移、东进，印度野生紫檀树皮沟槽分割成龟纹，人工植于海南儋州的紫檀树皮平滑，至薄薄的长片可

安得拉邦奇图尔
国有紫檀林

以脱落，与印度的完全不一样。心材特征也肯定不一样，所谓"外形迥异，内心相乖"。

鲜活的紫檀树枝或树皮受到外伤，特别是刀伤，会流出鲜红如血的液体。据说历史上印度的佛教徒绝不会接近紫檀树，更不会去采伐。印度本土宗教多数信奉万物有灵，树木、花草、动物、怪石、奇山均有灵，都是顶礼膜拜的对象。印度教有几十万个神，不同教派、不同地区乃至相邻的村庄都信奉不同的神。很多建筑物、石头上、树上都有图腾符号，如蛇、菩提树等，故印度教徒对树木的采伐是十分谨慎的，至今仍不让所谓的异教徒及外国人、外地人进入印度采伐森林，而一定要本地、本教派的信众。特别是采伐紫檀木犹如杀生，故印度教徒在采伐前均要宰杀牲畜如牛、羊、鸡等，举行宗教仪式，这样不致于冒犯神灵，然后再伐木。很遗憾，现在这种神秘、虔诚的仪式在印度、尼泊尔已难见到了。宗教在新一代的年轻人心目中已呈多元化，紫檀也已列入国际濒危树种一级名录，是严禁采伐的。故现在的紫檀多为违法偷采，照顾不了宗教的禁忌，也失去了对神灵的敬畏。

采伐后弃与林地的人工林紫檀

　　我们从几百年的印度庙宇立柱及建筑构件上看，紫檀的采伐似乎都是用锯，两端有明显的锯纹，也有波浪形的锯齿痕，很少有刀、斧劈削的痕迹。早期或现在采伐一直都在用刀或斧头，主要是工具小利于隐藏、进山采伐方便，原木出山后再将端部砍平或锯平。当然，现在用便携式油锯或单手锯的仍占多数，特别是油锯速度快、效率高。

　　紫檀的比重大，运输困难，也有人将紫檀的树根斩断而让其枯萎，从而形成枯立木。几年后原木水份减少，自重也随之减少，这样运输起来就轻松得多。我们在修复故宫倦勤斋时发现，二楼的一处紫檀炕沿长约390厘米。有的紫檀架几案也长过3米，大料、宽料也有不少。这与当时的采伐条件是有很大关系的，主要是紫檀木数量较多、离紫檀木外运集中的地方很近，故长料、径级大的料多。经过几百年的采伐，除了房前屋后或农田周围的人工林或所谓私有紫檀林外，野生的紫檀树离公路越来越远，运输条件十分艰难，几乎不可能借助机动车、牛车或其他运输工具，主要靠人背或抬。一般一个人肩扛两根，且在夜间山路行走，避免林业执法部门的打击。目前紫檀木长度多在1—2米之间，超过2米的很少，除了大料越来越少外，长距离山路人力运输之艰难也是主要原因。

　　离开安得拉邦，我们经印度东南科罗曼德尔海岸上的金奈港，再继续前往西海岸的科钦（Cochin），这里是16世纪印度的重要港口，郑和下西洋时曾到过此地。我国古代典籍中称其为"柯枝国"，元、明两朝之记述印度的文献中描述的有趣现象至今仍可以见到。明代马欢的《瀛涯胜览》述及"柯枝国"称："其王崇佛，尊敬象、牛。每天清晨，鸣钟击鼓，汲井水

印度东南部金奈港，紫檀木出口的重要港口

于佛头顶浇之再三。"也有苦行僧人将牛粪烧灰遍搽全身，吹着大海螺穿巷过村。《西洋朝贡典录》中描述的"柯枝国"：出家人名"濁肌"，可以蓄妻。头发从出生开始不理不剃，"泽以酥，捏而为缕，被于后。"濁肌以"牛粪涂体"，"以黄藤束腰，幅布掩形"。我在科钦看到的场景与几百年前古人的描述一样，比如白牛拉车，赶车的人离车很远，牛不走了，他便也不走了。尤其是吃饭仍是将芭蕉叶铺开，将米饭置于叶子上，两小罐腌得臭哄哄的圆白菜丝，一勺咖喱以手搅拌，抓着吃，当然必须是右手，因为左手用于擦屁股。

沿途我们参观了很多家木材加工厂，看到很多野生紫檀与人工种植的紫檀，其差别很大，容易分辨。紫檀木的边材为浅白透黄或呈黄色，心边材区别明显。心材新切面呈橘红色，旧材则色深，久则呈深紫或黑紫，常具浅黄或黑色条纹，也有金黄似琥珀的宽窄不一条纹或形状不一的团块状，这一现象在存放时间较长或腐烂而仆倒于野外的紫檀木、建筑用材中常出现。人工种植的或生长于平地的紫檀木因土壤肥沃，生长较快，故比重、颜色及油性均较差，其端面呈浅黄色，年轮较宽，且心材端面呈红黄相交圆圈形或蜂窝状腐朽特征，有时也有圆状黄色，这些都是紫檀人工林的显著特征。紫檀木几乎没有香气或很少有，在新伐材及人工林之新切面常有微弱香气。紫红为紫檀之基本标志，当然也可能呈紫黑、深紫红色或猩红（紫），但其最根本的紫红色使人难以忘记紫檀高贵的身份，一眼便知。另外，紫檀器物的表面并不全部为紫红色，有时也会有杏黄色或金黄色的宽窄不一的长条纹或整块的金黄泛红现象，但这一部分也有其明显特征：在灯光或自然光下似琥珀一样半透明，给人以玉质之感。如果是紫檀木的边材或内含边材则不具有这种感觉。对于紫檀木纹理的描述，有人认为是紫黑密而无纹或少纹，有人更细分为牛毛纹、花梨纹、豆瓣嵌、金星金丝、鸡血（无纹），更有人以紫檀木表面的纹理将其分为金星紫檀、金星金丝紫檀、牛毛纹紫檀或花梨纹紫檀、鸡血紫檀、豆瓣紫檀。显然，按表面现象分类不够科学，由于其生长条件的限制及其他原因，同一根木材会集多种特征于一体。而对于紫檀木表面纹理的描述是十分生动而有趣的。这些表面特征恰好是紫檀木表面（不管木材还是器物，也不管年代远近或颜色深浅、紫黑或灰白）纹理的基本特征。紫檀木最为可爱的便是满布金星金丝，纹理细如发丝，自然卷曲，如用放大镜观察，则如万里星空、流星如雨。这一特征在老旧紫檀中比较明显，而在人工林中极少显现。如故宫倦勤斋内饰所用紫檀木几乎全为直纹，金星金丝依然闪烁其间，颜色为高贵的深紫红色，而不见阳光的部分仍然鲜红光洁，似乎刚刚离开木工之手。这是紫檀自然属性的完全表露，别的木材是不可能有的。

金星紫檀（左）
瀰鹅纹紫檀（右）

鸡血紫檀（左）
花梨纹紫檀（右）

牛毛纹紫檀

　　紫檀的人工干燥极易产生明显的蚂蚱纹，故一些厂家对无论是天然还是人工种植的紫檀木均采用蜡煮法，其优点是几乎不开裂，而缺点是紫檀木变脆，使用寿命缩短，紫檀素流失，颜色发暗，久则产生颜色深浅不一的块状，且天然的一面几乎不见，僵滞而呆板。紫檀只有采取低温蒸汽干燥，最好是裁成家具部件后进行干燥；或锯板后自然干燥半年以上再进行低温干燥，木材的稳定性才会比较理想。

　　当我结束了在印度漫长的考察，2007 年底便受香港中文大学之邀作了题为"紫檀的历史"讲座，听众多为学生、世界各地的收藏家及拍卖公司的行家。讲座现场有人提问："您所讲的这些内容书上都没有，也从未听过，香港中文大学注重引经据典，要有文献根据。"我的回答是："如果只讲书上有的，我的讲座则毫无意义，看书即可；引经据典当然重要，也并不困难，如果只是从文献到文献，那必然是一种局限，也不能称之为学问。我所讲的都是我亲眼看到的和曾经历的；我得出的所有结论都是经双眼所见、双手所触、双脚行走而踏查出来的。"研究家具、谈论木材则必须看到其生长的地方，那里的气候、土壤，分布特点、生长状态，看到采伐下来的新材，看到木材开锯后呈现的状态，经过风雨、阳光及与人接触后而产生的色变、包浆。注重实践——正确的、有目的性的实践，所研究的课题会成为一个单纯的问题，不用引经据典、故弄玄虚。学问也没有那么复杂，它就在你的身边，只要你与它对视。

　　在前往印度实地考察之前，我对紫檀最初的认知来自缅甸一位叫"李英"的老太太，人称"李大妈"。李英身材矮小，只有 1 米 5 左右，彬彬有礼，大方且豪气，在缅北与滇西一带，做紫檀木生意的人没有不认识她的。李英有着一双明亮得让人战栗的眼睛，站在她的面前自己如同一个透明人，这双眼睛看木材堪称世界第一。她与两个儿子曾长期住在印度安得拉邦，从那里购买紫檀木，运往印度东北部与缅甸接壤处，再穿过缅甸西部的高山地区，沿着伊洛瓦底江，经过曼德勒再走陆路，还要穿过战火纷飞的山兵地界，最终运至中国的瑞丽口岸。一路艰辛，所以绝对不允许有一根木材是错的。我与李英打了近二十年交道，她并没读过多少书，一切的经验都来自于实战，她还曾送我一根特别好的老山檀，2009 年是最后一次见到她，从此消失在缅北。

如前所述，将"紫檀"神秘化并随之产生诸多谜团的原因多半源于人们对其利益的追逐，而"紫檀""檀"在古诗词中则是一个美好的字眼："坎坎伐檀兮"（佚名，《伐檀》），"幸有微吟可相狎，不须檀板共金樽"（林逋，《山园小梅二首》），"胡琴今日恨，急语向檀槽"（李贺，《感春》），"半生已分孤眠过，山枕檀痕涴"（纳兰性德，《虞美人·曲阑深处重相见》），"玉瘦香浓，檀深雪散"（李清照，《殢人娇·后亭梅花开有感》），"檀炷绕窗灯背壁"（陈克，《谒金门·柳丝碧》），"笑语檀郎：今夜纱厨枕簟凉"（李清照，《丑奴儿·晚来一阵风兼雨》），"一点檀心紫，千重粉翅光"（权无染，《南歌子·一点檀心紫》），"枇杷洲上紫檀开"（毛文锡，《摊破浣溪沙》），在数不胜数的与紫檀有关的诗词中，我最喜欢的还是张籍的那首《宫词》：

> 新鹰初放兔犹肥，白日君王在内稀。
> 薄暮千门临欲锁，红妆飞骑向前归。
> 黄金捍拨紫檀槽，弦索初张调更高。
> 尽理昨来新上曲，内官帘外送樱桃。

时间来到 2022 年的盛夏，北京的气温直追印度，我在编辑的催促中不停将记忆切换至十多年前，想起在印度东南部安得拉邦 Kodur 镇 Settikunda 村 Kadapa 林业局所见的一个紫檀树菀，刚伐下来的原木大头就有 67×55 厘米，树菀大者端面便有 80×59 厘米，可惜弃之于山野，无人外运至中国。可巧这天一仁兄将其收藏的紫檀树菀拉到位于顺义的梓庆山房，我前去欣赏，见该树菀中心空朽，凉风往来，雕有象纹、蝙蝠、小鼠，不可谓不精且尺寸硕大（74×48×45 厘米），主人自称未加工时长近 100 厘米。我一边欣赏一边想起《红楼梦》五十回诗曰："镂檀锲梓一层层，岂系良工堆砌成？虽是半天风雨过，何曾闻得梵铃声？"我在国内很少见到如此空灵、奇巧且满身为瘿的紫檀树菀坐墩。我求仁兄能否将树菀坐墩留下来，让我拍照留存资料，他一口回绝，从怀里摸出一瓶上等茅台，我备了几碟小菜，酒过一半，他才解释："我天天回家要看到她，摸她，并用象牙雕刻刀为其掏土、刮削，这是我一天最幸福的时光。"似乎大有白居易蔷薇夫人、和靖处士梅妻鹤子之意。一紫檀树苑，因其沉穆、高古、滑腻、润泽，不远万里来到中国，被反复雕琢，遂又想起李白的《咏山樽二首》："蟠木不雕饰，且将斤斧疏。樽成山岳势，材是栋梁馀。"如过多人工雕饰，留意于物，是否有违本心？

印度安得拉邦奇图尔林区紫檀蓄积量持续急剧下降，连埋藏在地底的紫檀树根也未能幸免，摄于2007年（右）

树根的主人倚靠在树根上，眼神期待而又迷茫，摄于2007年（下）

16. 瓦努阿图，檀香木与印度紫檀分布的终点

瓦努阿图，南太平洋的一个岛国。1969 年，在其西北部的马勒库拉岛发生了最后一例食人事件（又有说 1986 年还发生过一次）。瓦努阿图曾生长着两种让世人为之疯狂的树木，其中一种已然绝迹，另一种只在少量人工种植林还有生长。我的一位朋友为了寻找它，曾抛出 150 万美元……

愚昧和文明的界限有时并不像人们想象中的那么清晰。

瓦努阿图共和国，位于美拉尼西亚群岛的南部，由 83 个岛屿（其中 68 个岛屿有人居住）组成，最大的岛屿是桑托岛（Espirita Santo）。那里有很多让人留恋的海滩，同时也有很多座火山。瓦努阿图原为法国和英国

桑托岛让人留恋
的海滩

殖民地，1980 年才获得独立，但新喀利多尼亚至今仍为法国海外属地。原产著名的新喀利多尼亚檀香（*Santalum austrocaledonicum*）及印度紫檀（*Pterocarpus indicus*），如今檀香木几乎绝迹，印度紫檀也仅剩次生林或人工种植于滨海地带的树木。自从殖民者踏上这些岛国后，便开始了对檀香木及其他珍稀木材的采伐与掠夺。檀香木在南太平洋被发现与采伐的历史约有二百二十年左右，那时除了提炼檀香精油外，木材几乎均运往香港、广东、福建一带销售，1825 年传教士 Peter Dillon 开始第一次向中国出口檀香木。法国人、马来西亚人、日本人至今还未放弃对檀香木的追踪，在密林中还有他们不断搜寻的身影。2010 年，我又一次来到瓦努阿图，主要为了考察当地的印度紫檀，在桑托岛遇到几位中国朋友，他们一直不放弃寻找檀香木的梦想，希望能在人迹罕至的小岛及原始森林中找到檀香木的残存。这一次，他们又抛出重金与一常住瓦努阿图的当地华人合作，准备去一个荒岛寻找檀香木。我很郑重地告诉他们："南太平洋诸岛国根本就没有檀香木了，不要再找了。"但他们还是执意前往，结果连一根筷子高的树苗都没看见。

桑托岛原为新喀利多尼亚檀香的主产地。2010 年，我们走遍桑托岛，也没看见野生檀香的踪迹

南太平洋岛国所产檀香中有一种波利尼西亚香（Polynesian Sandalwood），主产于瓦努阿图、新喀利多尼亚等国家和地区，另一种则为产于斐济的斐济檀香（Fiji Sandalwood）。20世纪80年代我在瓦努阿图的桑托岛所见的檀香木，干形饱满正直者少，径大者寡，弯曲，节疤明显。节疤无论大小，均对檀香油的香味、提纯或对工艺品及其他器物的制作产生明显的不利影响。瓦努阿图之檀香木呈深黄或带红棕色印迹者较多，心材为杏黄色或象牙黄者为正品，灰白透浅黄者一般为树龄不长或生长过快所至，颜色深浅不一者也不能够列为正品。南太平洋岛国之檀香木心腐者较多，这对于檀香木的整体质量影响较大，除了使工艺品制作有一定困难外，更严重的是会使香型产生变异。

檀香木（*Santalum album*）的核心产区在印度南部，该地所产檀香被称为老山香，又称"白皮老山香""印度檀香"。其油性足，白檀油含量高，香味淡雅如兰，悠长且深远；老山香干形通直，正圆而饱满，很少有节疤；纹理细密顺直，或难见纹理，结构细；边材淡白透灰而无香气；心材淡黄褐色，时间长久则表面呈浅褐色，有人称之为"鸡蛋黄"。如是老山香之器物留存几十年或几百年，材色可能呈浅褐透黄，光泽明显，收藏界称之为"象牙黄"。历史文献所记载之檀香有黄、白、紫之分，原因也在此，实为一种檀香木在不同时期的内外部变化所呈现的不同表象。老山香在印度的分布与紫檀、乌木的产地几乎重叠，其贸易与加工中心为印度南部的大都市班加罗尔。这里也几乎是世界檀香木、檀香工艺品、檀香香品的加工与交易中心。如今产自于非洲尼日利亚的檀香木及南太平洋、澳大利亚的檀香木均集中到班加罗尔，也有冒充老山香销往世界各地的。

产于今印度尼西亚、东帝汶的檀香被称为地门香（Timor Sandalwood），从"Timor"音译而来，即帝汶岛。我国古籍中"地门"也写作"地闷"或"迟闷"："古里地闷居加罗之东北，山无异木，唯檀树为最盛。"（元代汪大渊《岛夷志略》）"迟闷者，古里地闷之讹也。其国居重迦罗之东，田肥谷盛。沿山皆游檀，至伐以为薪。"（明代张燮《东西洋考》）地门香干形直或部分弯曲，椭圆形者多，有少量节疤；心材颜色浅黄，也有部分呈浅黄褐色；香味淡雅、久远；油性足，手触之有湿润之感，其品质高于其他产地的檀香。张燮在《东西洋考》中亦称："檀香，犹盛他国。""夷人砍伐檀香树，络绎而至，与商贸易。"可以想见，地门香在明代就已被大量采伐。近年，来到中国的地门香不仅从数量上急剧减少，而且质量也不断下降，大者几乎绝迹。

澳大利亚所产的檀香称新山香。广东、台湾、香港及东南亚地区将今之悉尼（Sydney）产的檀香称为"雪梨香"（Sydney Sandalwood），至今依旧。"雪梨"即 Sydney 之音译。历史上香界将凡从中国香港转运至内地之檀香统称为"雪梨香"，其产地十分复杂，难以区分。

檀香木在非洲、南美洲及太平洋岛国、东南亚的缅甸和泰国等地都有引种，在中国的引种已有很长的历史，其人工林遍布云南、广西、海南、广东、福建、台湾、香港等地。因而史籍中记载檀香木产于中国是不正确的。檀香树为寄生性植物，各个地区的檀香树对于伴生植物的要求均不一样。海南儋州植物园中所引种的檀香树其寄生植物为洋金花、南洋楹。

海南儋州植物园中，檀香树与洋金花、南洋楹为伴

我国虽不是檀香木的原产地，但应用檀香却至少有 1500 年的历史，历史文献中关于檀香的记述很多：

《本草拾遗》："檀香：主心腹痛，霍乱，中恶，鬼气，杀虫。白檀树如檀，出海南。"

《诸蕃志》："檀香出阇婆之打纲、底勿二国，三佛齐亦有之。其树如中国之荔支，其叶亦然，土人斫而阴干，气清劲而易泄，爇之能余众香。色黄者谓之黄檀，紫者谓之紫檀，轻而脆者谓之沙檀，气味大率相类。树之老者，其皮薄，其香满，此上品也。次则有七八分香者。其下者谓之点星香，为雨滴漏者谓之破漏香。其根谓之香头。"

《本草纲目·木部·第三十四卷·檀香》："释名：[时珍曰]檀，善木也，故字从亶。亶，善也。释氏呼为旃檀，以为汤木，犹言离垢也。番人讹为真檀。云南人呼紫檀为胜沉香，即赤檀也。""集解：[藏器曰]白檀出海南。树如檀。""[恭曰]紫真檀出昆仑盘盘国。虽不生中华，人间遍有之。""[颂曰]檀香有三种，黄、白、紫之异，今人盛用之。江淮、河朔所生檀木，即其类，但不香尔。""[时珍曰]按大明一统志云：檀香出广东、云南及占城、真腊、爪哇、渤泥、暹罗、三佛齐、回回等国，今岭南诸地亦皆有之。树、叶皆似荔枝，皮青色而滑泽。叶廷香谱云：皮实而色黄者为黄檀，皮洁而色白者为白檀，皮腐而色紫者为紫檀。其木并坚重清香，而白檀尤良。宜以纸封收，则不泄气。王佐格古论云：紫檀诸溪峒出之。性坚。新者色红，旧者色紫，有蟹爪纹。新者以水浸之，可染物。真者揩壁上色紫，故有紫檀名。黄檀最香。但可作带、扇骨等物。"

清代屈大均（1630—1696）《广东新语》下册·卷二十六·香语·檀香："岭南亦产檀香，皮坚而黄者黄檀，白者白檀，皮腐而色紫者紫檀，皆有香。而白檀为胜，与紫檀皆来自海舶。然罗浮亦有白檀，竺法真谓：元嘉末，有人于罗山见一树，大三丈余圈，辛芳酷烈，其间枯条数尺，援而刃之，乃白旃檀也。"

《博物要览》："檀香有数种，有黄、白、紫色之奇，今人盛用之，将淮河朔所生檀木即其类，但不香耳。""檀香出广东、云南及占城、真腊、爪哇、渤泥、暹罗、三佛齐、回回诸国，今岭南等处亦皆有之，……檀香皮质而色黄者为黄檀，皮洁而色白者为白檀，皮腐而紫者为紫檀木，并坚重清香，而白檀尤良。"

中外交通史大家冯承钧校注《诸蕃志》称："檀香，佛书名旃檀，一作真檀，梵名 Candana 之对音，即 *Santalum album* 也，是为白檀；紫檀一名赤檀，即 *Pterocarpus santalinus*；黄檀旧简称檀，即 *Dalbergia hupeana*。三者非一物也"。实际上赵汝适之白檀、紫檀、黄檀为一物即檀香（*S.album*），冯先生据赵氏之名称套用拉丁学名，依据便在于对三者的特征描述："气味大率相类"。不仅冯先生，研究古代家具的学者也将赵氏之"紫檀"认为是古代家具中所用之紫檀，即檀香紫檀（*P.santalinus*）。故厘清古代文献中有关檀香（*S.album*）及紫檀（*P.santalinus*）的异同，对于研究中国古代家具是十分重要的。

以上文献所述"紫檀"，多指颜色稍深的一种檀香木，而不是我国传统家具所用的紫檀木。如不加以分辨，很容易错认所指为紫檀木，很多研究中国古代家具的著作与论文中均出现了这一类的问题。紫檀与檀香毫无共同点，二者不同科、不同属，当然也就不同种，并不是同一种木材。

2010 年，我与西南林勘院的几位专家在瓦努阿图逗留了近二十天，去了几个无人居住的小岛，背着干粮和水，从清晨走到日落。在小岛上如遇河流，不论宽窄，当地人都会从背篓里掏出砍刀，砍断河边榕树的气根，抓住气根一飞而过。几天的小岛穿越，我们没有看见檀香木的踪影，只有高大挺直的奶木成片生长着。奶木，当地人称其为 Milk tree，这种树木

深蓝、清透的河水与长满气根的榕树（左）

岛上的居民用榕树气根渡河（右）

看起来生长得很好，高几十米，干形笔直，树冠也非常好看，可一旦采伐，整根树干在两至三天内就变成了渣，再几天时间则分解殆尽，如凭空消失一般。我们在岛上也做了试验，与传说中的一样。伏倒的奶木中所含高糖、高蛋白质吸引来各种各样的虫，如天牛、蚂蚁等等，大量的昆虫一下子就将其吃光。当时有一黑龙江的企业在瓦努阿图开发农业，当地土壤肥沃，种植可可等农作物，当他们看到成片的奶木，被这么大的树木所吸引，于是买下，采伐后血本无归。他们不知道南太平洋诸岛国的有用之材在过去的二三百年中已经被采伐殆尽，如此大的木材如果有用，还会被欧洲人、日本人忽略吗？

　　桑托岛的林业资源非常丰富，我们用了一周的时间把岛内有开采价值的林区全部踏查了一遍，结果是可以作为商用开采的林区几乎没有。看到一些生长在距离海边较近的盐碱地上印度紫檀，可是径级很小；此外还看到了遍地的大径级印度紫檀树蔸，锯开后花纹颜色都很漂亮。向导说，当他还是小孩时这些树蔸就在这里了，应该是几十年前采伐后留下的。

　　印度紫檀（*Pterocarpus indicus*），又有青龙木、赤血树、羽叶檀、紫檀、蔷薇木等多种称谓。印度紫檀之活立木板根约 2—3 米高或更高，而在地上蔓延的幅面直径约 10—15 米，且印度紫檀最易满身生瘿，国际市场上"Amboyna 瘿"是专为印度紫檀所生瘿而命名的，大者直径约 2—3 米，重约 3—5 吨，花纹瑰丽奇致、流变鲜活。桑托岛之印度紫檀尤其如此，几乎无一无瘿，且成大瘿。在桑托岛看到一棵印度紫檀瘿外已被榕树根系包裹，久则形成植物界著名的"绞杀"现象，即印度紫檀被榕树缠住，其阳

桑托岛上残存的印度紫檀树蔸，只能想象其曾经的繁茂（左）

印度紫檀树蔸新切面，色金黄、红褐相混，纹理粗细不一（右）

光、水分与营养的路径被榕树截断而最终成为外来榕树的生命之源。榕树生在印度紫檀之上的原因，有可能是榕树的籽，被鸟含在嘴里或食后成为粪便而遗落于花梨树干上，也有可能被大风吹落于花梨树干上而发芽、生长。

瓦努阿图是世界上印度紫檀分布的最南端，起点在印度的南部和斯里兰卡，其分布带在地图上划出一道优美的弧线，分布区域十分漫长与广阔。从南印度、斯里兰卡开始，穿过孟加拉国到缅甸，南下至马来西亚、菲律宾、所罗门群岛、巴布亚新几内亚、新喀里多尼亚、斐济，最后到瓦努阿图，弧形分布的同时比重也跟着越来越低。在印度时它的比重是 1 左右，跟檀香紫檀的比重差不多，到缅甸的时候只有 0.5 左右，在菲律宾 0.4 左右，越来越轻。生长于距离海岸线较远的丘陵山区的比重大，生长于沙滩平地的比重小；印度、缅甸、泰国所产比重普遍比较大，马来西亚、印尼、菲律宾及其南太平洋岛国比重小；近海或平地所生呈黄色，生长速度较快，故比重轻，红色者较少。

印度紫檀这种比重变化不定的特点致使很多学者将印度紫檀当作制作中国古代硬木家具所使用的紫檀木（*Pterocarpus santalinus*，即檀香紫

印度紫檀荚果

檀）。檀香紫檀与印度紫檀虽然同为豆科紫檀属树木，但不是一个树种，当然也不是同一种木材。很遗憾的是，王世襄先生在其《明式家具研究》中将"印度紫檀"误认为是明清时期所使用的紫檀木，为一些研究明清家具的学者提供了错误的信息，也让一些不法商人找到了获利的依据。

我在印度南部安得拉邦林区所见的紫檀野生林几乎均生长于干旱少雨、褐色岩土的丘陵山区，一般干形挺直，树冠很小，不生板根，原木最大径级也就是 30 厘米左右。瓦努阿图的桑托岛的印度紫檀在离海水很近的沙地丛林中与菠罗格、黑豆木、白木、奶木生长在一起，树冠很大，遮天蔽日，故海南、广东多将其引种为行道树。板根高达 3—5 米，且心腐、根腐明显。据当地华人称，桑托岛西北部有胸径达 2—3 米的印度紫檀。印度紫檀伐后萌芽力极强，伐后的树苑一般有 10 根左右的新枝，而檀香紫檀萌芽力很弱，很少有新芽生长。

正是由于这些方面的不同特征决定了檀香紫檀与印度紫檀二者有着完全不同的气质与理想。檀香紫檀沉稳、沉穆、尊贵而大气磅礴；印度紫檀由于颜色、比重的局限，多用于内檐装饰，只有少部分适宜于器物制作的木材才制作家具或其他器物。《明式家具研究》中用紫檀木做的大扇面椅，也有人用黄色的花梨木即印度紫檀打样，造型、制作工艺均为上乘，但始终给人一种发飘、不牢靠或有飞走的感觉。原物为紫檀木，其气势、其气场均有撼人心魄、屏息静心之感。这就是二者的区别。

至于有人将印度紫檀之拉丁名 *Pterocarpus indicus* 强加于檀香紫檀之上，或将紫檀木分为"海岛性紫檀"与"大陆性紫檀"，则完全有违科学常识，或出于其他并非善良的目的。

瓦努阿图的土著人口约占 93%，其他为欧洲人后裔、华裔及附近其他岛国的人，他们说着英语、法语和比斯拉马语。无论二百多年前殖民者或现在的寻宝者带走了多少岛上珍贵的木材，无论换取了多少财富或者为了获取财富而失去了更多金钱，这一切似乎都与瓦努阿图本地人无关，他们依然过着自己悠哉的日子，喝着卡瓦酒，跳着土风舞，这里有肥沃的黑土，种蔬菜等作物都无需施肥，种下去后只需要等待收割，这对于瓦努阿图人

来说便已足够。第一次看当地土风舞是 20 世纪 80 年代，20 年后再次来到
瓦努阿图，土风舞一点都没有改变：在鼓声中，十余名赤裸裸的男子，只
在腰间挂一个用草编织的阴茎套，一边跳，一边口中发出叫声，随着鼓点
围成一个圈，无束而欢快。这不就是生命本来的样子！

瓦努阿图土著居
民：上图的女士
依然穿着法式连
衣裙，下图的男
孩们挑着刚刚采
挖的芋头

第三辑　万水千山得得来

一瓶一钵垂垂老，万水千山得得来。

贯休大和尚这句名诗，似乎也为那些漂洋过海、往来中日的僧人们而作：唐代鉴真、明代隐元隆琦或是日本的空海、道元……2014—2016年间，我多次前往日本，走访了很多日本寺院，如密宗大本山高野山、华严宗大本山东大寺、曹洞宗大本山永平寺、临济宗大本山相国寺以及唐招提寺、法隆寺等，看到了很多寺院及正仓院、东京国立博物馆等地收藏的家具。其中，有很多是唐代遗存的中国家具，尤以紫檀、黑柿木为多。在岛根县出云市、石川县轮岛市拜访了日本木工、漆器艺人，了解了日本手工艺的发展与现况：他们既采用最新的木材加工技术与设备，同时也保留了家具的传统制式，其样式多与我国唐宋时期相似。研究隋唐时期的中日交流史，便可见中国工艺、家具向日本传输的途径及对日本文化的影响。2015年，北京梓庆山房的黑柿木乌木宋趣家具作品在京都承天阁美术馆展出，以简净之风、精雅之工引起了不小的轰动。早年间，我从日本木材商那里学到了很多"观木"的知识，都是书本上读不到的经验之谈。每次前往日本都能看到日本人"待木"的精神，他们在研究森林文化、木材文化时，更多着眼于应用，从科学的角度去探讨，同时兼顾一些历史方面的研究，"树皮文化史"也列入大学的课程，但在家具历史文化的研究上始终没能找到突破点。自 2006 年进入北大学习后，我意识到要进行中国古代家具发展史与美学思想的研究，必须有多学科的学问作为支撑，宗教学方面的知识亦不可缺。一直以来，我们并不关注木材、家具的历史与文化，但事实上中国古代从《诗经》开始，就已经有很多这方面的记述，并不仅局限于从花、叶、皮、果等自然科学方面来记录和研究，古人更重视"物"与"人"的关系，他们共同生长，"物我为一"。

2015 年，我从莫斯科出发，向东穿越西伯利亚，看到最原始的林区和最先进的自动采伐机械。那里有一望无际的白桦林、水曲柳、柞木、榆木、红松……俄罗斯人一边采伐一边种植，这样也许能保持生生不息的节奏。我也用了大量时间停留在海南岛，深入林区、黎寨、苗寨，调查与研究海南黄花黎及相关植物，了解其在本地的利用习惯与历史，收集有关海南的民俗、风物、建筑、日常用具及与黄花黎相关的文字和实物资料，希望能整理出一本"黄花黎"专著。

《木鉴》一书早已在 2006 年出版，十多年后依然被读者认可，成为收藏界、硬木家具行业、木材贸易行业及拍卖行的工具书，甚至有一些原本从未接触过中国古代家具及木材的读者，因这本书而改变了事业方向和生活轨迹，还有一些读者从古典家具爱好者成了制作者……有一位台湾朋友，不知从何种渠道购得《木鉴》，从此迷上木材，钟情于家具，从世界各地收购了无数中国古典家具，运至台湾或大陆。除了获得商业利益外，他始终坚持将这些美好的器物运回自己的祖国，绝不将中国的经典家具贩运至国外。与他神交多年，至今仍只闻其音。而另一些读者，因某种机缘得以相见，相见时有很多读者竟泪流满面而一语不发。如果一本常识性的小书，能够让读者了知真相，或改变命运，光明自己前行的生活轨迹，我将此视作自己的荣耀与救赎，同时读者们也饱满、润泽了我的生命与内心。当然，《木鉴》的面世也引起了一些既得利益者的愤怒，如一些商人大量用卢氏黑黄檀长久地冒充印度产檀香紫檀，也有不少著名专家、教授出具检测报告，以证明此种木材即为中国明清时期家具所用的紫檀木，我在《木鉴》中第一次站出来对此坚决否定，因此生命也曾多次受到威胁。因《木鉴》的出版，我也受到无数次利益的诱惑：多年前一个报告只需签上我的名字，便可拿到 5 万人民币，后来涨到 50 万，再涨到 500 万……当我坚定地拒绝了这一诱惑，内心无比轻松，以俯仰无愧之心平静安然地生活才是美好的。就是因这一批木材，让经手的木材商 —— 一位七十二岁的老人，决然将自己投入了大海。因为当他打开盛放木材的舱门，迎面扑来的是臭气而不是越南黄花梨的酸香味。那一天，北部湾的海面风平浪静。

袁枚《随园诗话》称："学者之病，最忌自高自狭。自高者，如峭壁，时雨过之，须臾溜散，不能分润。自狭者，如瓮盎受水，容担容斗，过其量则溢矣。善学者，其如海乎！旱九年而不枯，受八洲而不满。无他，善为之而已矣。"我想，所谓"诚"，应是一个人，更是一个学者最基本的操守，是不可以磨削、变薄或消逝的。

那一年，我在海南莺歌岭不慎跌入深潭，在潭水里畅游的翠绿色大蛇与我擦身而过，不会游泳的我在那一刻看到自身在万物前的渺小，一切所谓知识、分辨、技巧都只会使翅膀折断，唯有心灵本来的觉知没有束缚。"等生死，齐万物"，除了对万物的欢喜赞叹，我们什么都不应该留下。

同伴将我从潭中捞出，我对唐西明寺沙门玄则制《大般若经》第二会序中的一句话似乎有所醒：

> 虽恼趣森横，寂岸层回，莫不同幻蕊之开落，不灭不生，比梦象之妍媸，无染无净。飘谷投响，则誉毁共销；月池浸色，则物我俱谢……

17. 黑白一界

时隔二十年，我再次前往日本，不成想却不再是为了参访学习，也不再是为了向日本出售木材，而是受邀带着五十多件北京梓庆山房制作的黑柿木家具前往京都举办展览。

20世纪80年代，国门刚刚打开，那时的我们对外面的世界太缺乏了解，而"世界"也用异样的眼光打量着我们。当时在林业部工作的我，因工作需要常前往日本。在那个年代，能出国简直是无比的荣耀，似乎人人都向你投来羡慕的眼光。能换外汇券，能买"三大件"（彩电、冰箱、录像机）。事实上，我并不喜欢出国。那时，出国人员需在国家指定的红都服装厂统一定制服装，包括呢子大衣、西服、领带等。出国时，一行人穿着一模一样的"队服"，西装通常穿一天就皱皱巴巴，系着同样不合规格的、又窄又短的领带。出关时必然遭遇国外海关工作人员冷漠、不理解，甚至嫌弃的眼光。有一次，整团人的定制行李箱因质量问题，在托运到达东京后全都散开，所有的私人物品曝光在缓慢移动的传送带上。而最让我记忆深刻又难堪的一次事件发生在东京新高轮王子酒店。那个年代为了保护皮鞋后跟，流行钉铁掌，跟马蹄子钉掌一样，走起路来当当作响。每次出国前我都会提醒同伴，一定要在国内将铁掌卸掉。但那一次偏有一位固执的同伴坚决不卸，到了东京新高轮王子酒店，这位同仁穿着"铁掌皮鞋"在大堂洁白的大理石上来回踱步，欣赏着酒店豪华的装修，铁掌敲击大理石地面发出清脆却并不悦耳的声音，吸引了所有人的目光。酒店的服务员赶紧拿来一块小地毯，同伴每走一步服务员就在他的前面铺上毯子。这些只是那个年代出国经历中尴尬、难堪之一小部分。

相国寺枯山水

　　二十多年后，我们国富民强，我也底气十足地带着我国传统工艺的家具前往日本参加展览。我们不俯视别人，但也不能一直被俯视。

　　2015 年 11 月 19 日，京都相国寺承天阁美术馆展出了五十多件北京梓庆山房设计制作的家具作品。京都是平安时代的古都，日本的文化之源，有很多历史遗迹，诸如佛寺、神社及庭院。著名的清水寺、金阁寺、相国寺、伏见稻荷大社、京都御所及高濑川的樱花皆在此地。中国尤其唐宋对日本的影响在京都随处呈现。相国寺为佛教临济宗寺院，由足利义满于 1382 年创建，首位住持为著名僧人梦窗疏石。梦窗疏石不仅是一代名僧，更是著名的庭园设计大师。一直以来，相国寺承天阁美术馆只展览与佛教（尤其禅宗）相关的艺术品与宝物，开幕式上有近两百位中国和日本僧人诵经祈福，等待观展的人排着长长的队伍。此次展出之家具主要以黑柿木为主要用材，辅以性坚之紫檀、乌木，材性相助，材色相契，少雕饰而彰自然之性，以黑白二色勾勒禅风，又以清透灵动之形演绎宋韵。桌、凳、几、案、椅、床、橱、柜等以佛堂、书房、香室、茶室等功能分堂陈设，有数丈大的屏风也有一肘长的凭几，而以禅椅、屏风与香几最受日本僧人关注。

禅椅沉稳中带着透脱，香几清亮、轻盈，屏风中未经雕饰的黑柿木之自然纹理如墨韵飞扬。在展览现场，前来剪彩的日本僧人均着黑色僧衣，内有白色衬袍，其黑白二色与黑柿木相应相合，让人想起《道德经》第二十八章里的一句话："知其白，守其黑，为天下式。为天下式，常德不忒，复归于无极。"老子所说的"黑""白"不是强调其分别、对立，而是超越黑与白，至未被打破的浑全世界，僧人所着黑白二色衣想来也是此理。

黑柿木与禅宗勾连一处，大抵是因为在隋唐时代，日本向中国派出了大批留学僧，中国佛教的主要宗派相继传入日本。随着佛教的盛行，黑柿木被崇尚禅韵的日本僧人及贵族所珍视，如高僧大德之禅床、禅凳、禅椅及法器均由黑白分明之黑柿木制作，寺院建筑用材及内檐装饰也部分使用黑柿木，如相国寺藏经阁，其内檐装饰就采用了黑柿木。黑白二色与禅宗的教义相吻合，北京大学朱良志教授在《黑柿演绎出的宋风》一文中如此描绘黑柿木：

> 此木所体现出的朴实无华、质地硬而涩、植根深而固的特点，正合于文人所崇尚的大道至简、白贲无咎的哲学精神。而此木之佳者，色白而多黑纹，纹或如流星洒雨，或如长河决溜，或如万岁枯藤之垂下，或如白云天际而袅娜，由此引发人们的烂漫情思。更有甚者，此木之黑白世界，一如水墨画笔与墨的氤氲态势，点墨入水，渐渐散去，给人满眼烟云的感觉，且有斑驳之趣，如印家所尚之汉印，有一种特别的古趣、拙趣，更合于文人艺术之趣味。

禅宗有"不快漆桶"之说，即以黑柿木做成的漆桶为喻，示不二法门

北京梓庆山房
家具展开幕式

承天阁美术馆所展黑柿木家具

之要旨。宋代释正觉有一首偈颂云："一雨沾濡，诸根萌动。青黄各成其姿，长短各随其用。绵绵也妙有机丝，混混也廓无棱缝。若人问我如何，敢道不快漆桶。"《五灯会元》卷十五中记载着一则舒州海会通禅师与弟子的机锋应答，有僧问："如何是佛法大意？"海会通禅师答曰："柿桶盖棕笠。"僧曰："学人不晓。"师曰："行时头顶戴，坐则挂高壁。"海会通禅师亦以斗笠盖在黑柿木桶上传达禅门要旨。

　　日本对黑柿木的认识与使用很早。公元804年，日本高僧空海作为请益僧至长安，于青龙寺拜入高僧惠果门下，公元806年从青龙寺归国。据有关专家介绍，空海带回的宝物中，有不少为黑柿木制作，多遗存于高野山道场。另外，唐代的工艺美术也是当时的新罗、日本来唐必学之优先科目，赉与、赠送或来唐人士购买、搜罗大唐各类美器也是其首要任务之一。我们从正仓院、法隆寺及其他古寺的现存藏品或建筑中，可以看到唐代宝物的身影，也看到了黑柿木与佛教特别是禅宗、密宗（日本称"真言宗""东密"）的必然联系。与黑柿木器物有关的文物，集中保存于日本奈

良的正仓院，这些珍贵的文物为日本第 45 代天皇即圣武天皇的遗物。圣
武天皇于公元 724—749 年在位，当时正是唐朝的鼎盛时期。据日本公共
出版物统计，日本现存于各寺庙及博物馆的唐代黑柿木器物，比较著名的
有如下几件：日本法隆寺宝物馆存 8 世纪奈良时代苏芳汁染黑柿玳瑁经台
（ 355×455×57mm ）、正仓院北仓紫檀木画挟轼（ 355×1115×137mm，几
面黑柿上贴紫檀薄板 ）、紫檀底座青斑石砚（ 底座由紫檀所制，外镶染成
绿色的鹿角、象牙、黄杨木、黑柿和锡 ）、中仓有黑柿苏芳染小柜（ 柜体
248×150mm，底座 255×158×99mm ）、黑柿两面柜（ 520×655×345mm ）、
黑柿苏芳染金银山水纹箱（ 180×388mm ）、南仓黑柿苏芳染金银绘如意箱
（ 78×620mm ）。如今的日本黑柿木家具仍多在禅宗的寺院使用，如禅椅、供
器、茶具及其他室内陈设；民间的黑柿木家具因其昂贵的价格并不普及，属
"奢侈品"一列，人们均以拥有一件黑柿木小件器物，或茶碗、茶托、壶承
等而感欣喜。

　　"黑柿"源于柿科柿属，指木材的心材具黑色斑点与纹理者，并非特指
某单一树种，应视为心材有此特征者之集合名词。日本大塚家具的中野先
生认为"柿子树的主干中心部分有鞣酸存在，有黑色条纹，所以称之为'黑
柿'"。黑柿原产于中国及日本，东南亚及南亚也有分布。日本则认为只有
生长于日本的柿树（ *Diospyros kaki* ）才是正宗的黑柿木，其它树种均不
能称为"黑柿木"，只能以"黑檀"或其他名称称之。日本的黑柿木分布于
本州（ 西部 ）、四国、九州、中国地方（ 中部 ），尤以岛根县特别是出云市
所产的黑柿木为佳。出云不仅是野生柿树的故乡，更是以黑柿木工艺而著名。

　　出云（ Izumo ）是日本本州岛北部城市，属岛根县，北邻日本海，南
部为山地。出云是一个富有神秘色彩的地方，有古老的神社，最出名的是
出云大社，传说中这里是神灵居住的地方。据说，出云周围的商人或百姓
很信出云大社，逢节这里便人山人海。大社四周古树参天，以松柏为多，
树干及树枝上系满了白色的纸条，纸上多为吉语或个人愿望。大社建筑均
为松木，给人印象深刻的是其长长的木梯直通楼顶。大社中建有出云历史
博物馆，以铜剑出名，出土的未腐朽的松木柱子，沟槽层叠清晰。

出云有多家黑柿木加工厂，手艺基本为家族传承，有很多经验丰富的手工艺人，老艺人们一提起黑柿木便能侃侃而谈。

日本位处纬度较高的地方，有花纹的黑柿树比例较低，且经数年连续不断的采伐，可供商业采伐的林木蓄积量也总体下降。黑柿树生长于山野，多与其它杂木相混，少有成片的纯林，而以散生者多。在出云的一家黑柿木加工厂，我们见到非常多的未加工原木，均为本地产。日本产的黑柿木纹理并不清晰，如蒙着一层纱，烟波浩渺，漫漶不清，日本人普遍认为此种界限不清、朦朦胧胧的花纹才美，而对于缅甸等低海拔沿海山区所产的黑白纹理十分清晰、图案奇幻多变之黑柿木并不喜好。日本黑柿易生孔雀纹，又称凤尾纹，被视为最高等级的黑柿。工厂一位黑柿艺人称山野中的黑柿树有黑色花纹的比例仅 1—3％，有的林区的比例可能更低。他说："并不是每棵树都有可爱的黑色花纹，我们不能将树伐倒后再辨识是否有花纹，不能轻易结束鲜活的、郁郁葱葱的黑柿树的生命。"老艺人们一致认为好的黑柿树多长于濒海林地或温泉比较活跃的地带，土壤中的金属及其他微量元素能对柿树心材纹理的颜色起到很重要的作用，地下含碱的水也使黑柿的纹理丰富多样。除此之外，黑柿木还可因以下几个原因形成花纹：一是真菌感染导致黑柿树在正常生长过程中出现腐朽、空洞，故黑色素围绕朽处或空洞四周漫衍而形成各种奇异美纹；二是树木主干之包节，特别是死节，也是产生黑色纹理的诱因之一；三是天牛或蚂蚁，特别是黑色、黄色的蚂蚁往往从根部做窝，蛀蚀树干，使边材、心材都受到伤害，除了造成大片黑色纹理外，常常留有密集或稀疏的蚁眼，有的呈眼状，有的呈腰豆状，有黑色、棕色或灰色；四是人为的刀劈斧砍，采伐其他树木的连带伤害，或其他生产活动人为造成的伤害，也会使黑柿树产生黑色纹理。一般，没有外因的作用，黑柿树鲜有能生出黑色纹理者，树干饱满，外表光滑，几无缺陷者很少内含黑色纹理。故黑柿木之稀有、珍贵，与其形成原因有着极大的关系。黑柿木的比重波动范围较大，同一块板，黑色部分比重大，浅色部分比重轻，从黑白分界处开裂，端裂、翘曲的机率较多，加之黑柿木本身天生缺陷较多，故黑柿木的干燥至今也是一个很大的难题。这家工厂采用了"任其自然"干燥法：将带树皮的锯板按开锯顺序堆成一垛，码放于室外，每块板中间用软木隔条相隔，便于自然通风。板材置于托盘上，有时会以雨布覆盖其上，天气晴好也会掀开雨布，让其沐浴四季之风，每个季度翻面。经春夏秋冬一整年的反复，材性趋于稳定，该出问题的已出问题，如开裂、霉变等，如果开裂就做成小物件，没有问题的则可进加工车间，一般立于四周，进一步排湿风干，也有工厂将其放入低温小窑干燥，保持合适的含水率。工厂老板称此种干燥法会自然损耗约 50%，也许这也是黑柿木家具及工艺品价格高昂的另一个原因。

在出云，我们也参观了一家木艺坊。其主人已经 85 岁，他背着孙子接待了我们。老先生从小便从事黑柿木及其他木材的手工艺品的制作，现在以设计为主。其女儿、儿子都去了东京工作，不再想继承他的手艺。老先生说到这里也并没有遗憾，他觉得人各有志，应该尊重儿女自己的选择。老先生将黑柿木做成各种小件家具及工艺品，有小香几、箱子、炕桌、柜架、茶器等，将有空洞或有缺陷的黑柿木板用于床之挡板或小书架的侧板，不加修饰，自然有趣。这些器物均为中国式样，多宋式，基本形制未变，也都是榫卯结构。如同日本的古代建筑遗存多为唐代风格及宋代风格，至今一些地方的新建筑也可看到宋式韵味。我正在拍摄他设计制作的一件宋

日本木材的"任其自然"干燥法

式小香几，他说："你不用拍啊，这都是跟你们中国学来的，我们家祖祖辈辈都会做这件香几，连尺寸都没有改变过。"日本的家具，黑柿工艺或黑柿器物的源流即中国的唐宋。日本全国学习中国，特别是工艺美术方面，即始于盛唐，之后在很多工艺方面的进步明显，部分甚至已超越中国，如对于黑柿木的利用与认识。日本自唐代开始，黑柿木的利用与佛教相连，并延伸至家具、建筑及内檐装饰、日用器如茶艺用器等，设计新奇，工艺水准很高。黑柿木及其工艺与器物已成为日本文化中极为重要的一环。除黑柿木外，老先生还以槐、松，杉、榉等为材，设计很多有趣的器物，其所制山槐木器物，完全体现了木材花纹之美，细密、干净。日本将红豆杉、山槐木视为神木，用以镇宅避邪。中国吉林汪清县产世界最有名的山槐木，但国内很少以山槐木为器。老先生用松结（又称"松明子"）制作了一个杯子，售价不菲，但设计精巧，完全突出了松结如玉的质感。虽然日本从中国学习了诸多工艺，但也完全形成了日本独特的设计理念，更追求自然，也烙印着日本人独特的审美特质，且这种审美也在不断变化。早期流行于日本的茶具器型多样，简约流畅。近一百多年来，他们也开始追求形式的繁复与工艺的精致，用料也极为讲究。我曾与日本著名家具设计师岩仓荣利先生有过一次关于家具与美学的对话，岩仓先生说非常感谢中国文化带给他的灵感，在设计中借鉴了很多中国古典家具元素。但岩仓先生对材料的运用则完全采用了可再生的常见材料，如松木、桐木和黑胡桃木，并不追逐所谓的贵重木料。他的家具设计更讲求实用性，也更贴近生活本身。

据传，出云地方的黑柿工艺得以传承至今，与松平治乡有关。松平治乡（1751—1818），越前松平家第七代家督，16岁时便继任松江藩藩主大位，但他其实是一位茶人，隐退后号"不昧"，独创不昧流茶道。松平非常喜欢黑柿木，以"不昧公喜好"的名义流传的茶道器物中就包括黑柿木茶杓。月照寺（松平家族存放骨灰的寺院）内一直还保存着他在世时受到重用的木工巨匠——小林如泥所做的装饰庙门的雕刻，而且在该寺宝物馆内迄今还有专门存放天目茶碗的精美黑柿木箱。日本出云市冈屋木艺的冈英司先生在"出云黑柿木艺——冈屋木艺"一文中大致梳理了黑柿木的工艺及器物在日本发展的历史："一般认为，当时制作金铜佛像，以及制作容纳那些佛像的黑柿木佛龛的人，即使不一定被称为'佛师'（即专门制作佛像的工匠），也是虔诚的佛教徒。在飞鸟时代（约公元 592—710 年）的家系文书之中，迄今还存有称为'鞍作止利'的佛师名字。说起当时的马是一种特殊的动物，它作为贵人或将军级别人物的交通工具，非常重要。也就是说相当于总统专用的高级交通工具。所以马鞍是贵人使用的特殊道具。可以想象，'鞍作止利'的名字本身，就是对这一领域技术最高工人的尊称。制作被列为日本国宝——玉虫佛龛橱子的工匠，同时也制作黑柿木的佛龛与马鞍。"

朱良志教授在《黑柿演绎出的宋风》开篇一段文字如是说："很多年前，在日本看到一对棋笥，给我留下深刻印象。它以黑柿木做成，质感坚硬，风格朴素，白质而黑章。黑白相参，边际漫漶，直有水墨氤氲之趣味。这棋笥浑如未分之混沌，黑白之子由此中拈出，落于枰中，凿开一个世界。围棋在中国古代有'鸥鹭'之别名——由无边天际飞来的或白或黑的鸟儿，静静地落在沙滩上，鸥鹭忘机，……想这黑柿棋笥的用心，二者真有妙然相通之处。"在老师的心中，棋笥如未分之混沌，我们是否也能从老子的"知白守黑"中，从日本僧人所着的黑白僧袍上，从黑柿木的黑白氤氲中瞥见大制不割之境？

京都清水寺的木板墙与枫树

18. 安心即乐土

　　日本和歌山县伊都郡高野山福智院内，有一扇白底彩绘红牡丹拉门，门上的牌匾上用漂亮的书法写着：安心即乐土。

　　2014 年前后，我走访了很多日本寺院，密宗大本山高野山、华严宗大本山东大寺、曹洞宗大本山永平寺、临济宗大本山相国寺，以及大招提寺、法隆寺等；也看了很多博物馆、神社，如东京国立博物馆、正仓院、出云大社。怀想着一千多年前渡海往来的僧侣，那时的造船技术有限，有的去了能回，有的一去不回，正如鉴真大师的弟子所云："彼国太远，性命难存，沧海淼漫，百无一至。"日本博物馆及寺院中留存着诸多让人惊叹的中国宝物，从魏晋至唐宋……他们也辗转东渡，改变了存在的空间，抑或本就在

高野山之蟠龙庭

四野之外；今天的我们看着千余年前的宝物，正所谓"千秋如对"，让人不免有"万载苍松古，不知岁月更"之感。

《纪伊国名所图绘》中描绘了这样一段故事：空海大师在大唐时，曾向日本方向抛出一支三股金刚杵（密宗法器）。空海大师回到日本后，为了寻找金刚杵掉落之地，游历了很多地方，均未找到。一日，疲惫的空海大师在山间遇到一位猎人，依猎人指点顺利找到了金刚杵。这位猎人其实是该地自古以来一直供奉的高野御子大神，而金刚杵则掉落在今日高野山的一棵松树上。于是，空海大师便在这棵松树旁建了密宗（日本称真言宗）道场——坛上伽蓝，大师及后继者不断扩建寺院，最终在高野山一带形成了以坛上伽蓝及金刚峰寺为中心的真言宗大本山，周围星星点点分布着一百多个寺院，如今有僧上千人。随着寺院的扩大，这里也逐渐形成了一座隐于山间的市镇——和歌山县高野町。这里的很多店铺都为了服务寺院而开设，且多为"百年老店"，有些店铺还保存着古老的手艺，如空海大师从唐朝带回的剪纸艺术，慢慢演变成如今的刻纸艺术，艺人根据来年的生肖设计图案，人们在新年时贴于家中，以祈吉祥平安。

日本高僧空海（774—835），于公元 804 年作为请益僧随遣唐使藤原葛野麻吕从难波（大阪）出发，航行 34 天后于今福建长溪赤岸登陆。空海大师游历了杭州、洛阳等地的名山大川，遍访名师，最后停留在长安，于密宗根本道场青龙寺拜师惠果（746—805）和尚，两个月内继承了金刚界、胎藏界两部大法。至第三个月，惠果大师即将传法大阿阇黎的职位授于空海。空海大师精进神速，仅数月即以两部秘奥坛仪印契而得"阿阇黎"之大位，在佛教史上也极为稀见，当时长安各界对空海评价极高，唐代郑壬有诗曰："承化来中国，朝天是外臣。异方谁作侣，孤屿自为邻。雁塔归殊域，鲸波涉巨津。他年读僧史，更载一贤人。"（《奉送日本国使空海上人橘秀才朝献后还》）空海大师继而接受了"遍照金刚"密号，成为正统密宗第八代传人，那时的空海大师仅 31 岁。也许惠果大师预见了自己的寿数已尽，或是"佛难"将至，唐武宗会昌年间的灭佛运动（史称"会昌法难"）印证了惠果大师的先知先觉。在惠果大师看来，密法东移已为必然，故而除向空海大师传法外，还坚决要求空海"不要执着！此土缘尽，你留下无益。你应将两部大曼荼罗，一百余部金刚乘法及三藏转付之物，并供养之具，全部请回贵国，令其保存传布于大唐之外"。805 年 12 月 15 日，惠果大师圆寂，空海膺命为师父撰写碑文《大唐神都青龙寺故三朝国师灌顶阿阇黎惠果和尚之碑》。空海大师于 806 年返回日本，携带密经经典 216 部共461 卷，曼荼罗法器及密宗历代祖师转赠之物。这些圣物的东移，也是密宗生根日本、发扬光大的开始与明证。对于密宗经书仪轨尚未传入日本的当时，尤为珍贵。807 年，空海大师在日本创立真言宗，京都东寺为真言宗根本道场，816 年于和歌山县开创高野山道场。835 年 3 月 21 日，空海大师于高野山入定圆寂，921 年日本醍醐天皇赐号"弘法大师"。不过，这里的人们并不称呼他为"空海大师"或"弘法大师"，而亲切地称他为"大师父"。并且，人们相信空海大师不曾离开，正如高野山入山之山门的楹联上写道：空海大师每天清晨都会出现，他就在我们身边。

高野山入口是一座红色二重楼山门，通高 25 米，设三个入口，这是日本山门中的最高规制。大门两侧有金刚像，为日本国宝。此山门为 1705 年重建，而最初的山门已被雷击焚毁。

经过"一之桥"，是一条通往空海大师最后入定之地——御庙（即墓地）的石道，日本人称"参道"。阳光斑驳，星星点点洒在小路上，千年杉木遮住了大半阳光，风过，传来树叶沙沙细语。偶有几株红豆杉点缀其间，鲜红的果子在忽明忽暗的阳光里变换着光影。高拔的柳杉下便是二十多万座各式各样的墓碑、祈念碑、慰灵碑，布满古苔苍痕。这里长眠着日本历代大名，如织田信长、丰臣秀吉、明智光秀等，也有平民百姓、歌舞名妓。这里的人们祭祀先人不用鲜花，因空海大师生前有"禁植有利竹木"的告诫，因会涉及买卖而影响修行。人们至今遵从大师的告诫，故高野山上没有名木、花果，人们祭祀也只在墓前插一枝随处可见的罗汉松枝。我用了很长时间才走完这条只有两公里的路，原本想着"只是一块墓地，没什么好看的"，不成想置身其中，仿佛被抽离出人世，时间与空间在这里都已静止，甚至忘了去看我最钟爱的树木，只有幽幽的宁静，"万物自生听，太空恒寂寥。还从静中起，却向静中消"。我们最终都会来到这里 —— 真正的平等之地。人之一生，有形有相之生命不过几十年，这是我们将自己界定在"时间"范围之内；而在宇宙大化流衍中，能够超越时间与空间只是每一刻鲜活的生命体验。或许不用等到入土才安，在有生之年应该能找到"安心"之处，我们每个人都走在自己的"参道"上。

有一首镰仓时代的和歌这样唱：

　　呜呼喜哉，高野山下，大师依旧在……

高野山行走的
僧侣——每个
人都走在自己
的"参道"上

参道的尽头是空海大师圆寂的地方，御庙深处至今保存着大师的肉身，有14位僧人负责照顾他的"起居生活"，每天都为他准备膳食，六点供奉一次，十点半再供奉一次，制作料理的工作成了僧人的日常修行功课。每年3月21日——空海大师圆寂日，都在御影堂举行纪念法会，一千二百年来从未断过。御影堂内有空海大师日常礼拜时所膜拜的佛像及真如王亲笔所绘的空海大师御影像，"御影堂"也因此得名。

坛上伽蓝是空海大师最初开山建寺之所在，为一组建筑，包括金堂、根本大塔、不动堂等。金堂是高野山的总本堂，主要的法事活动都在这里举行。根本大塔是根据空海大师的设计方案而建造的日本第一座多宝塔，816年开始修建，至887年才完工，塔内的"胎藏曼荼罗"在密宗中象征宇宙，主供佛为大日如来。那棵承接了三股金刚持的传奇古松，至今还矗立在这里，立于松下，如听"松风太古音"。

群峰环抱的山顶上是金刚峰寺，庭院内有一株植于1977年的日本伞松（也称金松）。伞松是日本独有的树种，属孑遗植物。寺内有一高野杉标本，经氧化、风化后年轮非常清晰，外凸面形成自然沟壑状，显得古朴、沧桑，原树高57米，直径2.87米。寺内亦有不少家具，供桌、香几，还有日本著名的轮岛涂漆艺香炉台。日本最大的枯山水庭院蟠龙庭也位于金刚峰寺内，山石错落，砂砾如波，如观空海入唐求法所历之滔天巨浪。

高野山灵宝馆内藏有高野山历史上贵重的佛像、佛教题材绘画等艺术珍品，其中有一幅空海大师52岁所作真迹——《大和州益田池碑铭（并序）》，长13米，全然为大师乘物游心之作，有汉简之风，亦有章草之韵。一个"气"字如同飞翔的鸟儿，一个"月"字如见月光流荡，空海大师融宇宙万物入方寸之间，借笔墨表达对万物的理解与感动。京都东寺宝物馆所藏真言宗七祖像上有空海大师48岁时的题词，为飞白体。面对空海大师的书法，不能去读字，而是"观"，感受藏在文字背后的气韵流荡。

那一次的高野山之行，晚上留宿在800年前由僧侣觉印阿阇黎开创的高野山福智院，为了细细品鉴福智院收藏的几件家具：黑漆螺钿炕几、火盆、朱漆小香几、黑漆螺钿香几、榉木屏风等。这几件家具多为江户时代

（对应中国的明末清初）的文物，由当地君主寄存，实为赠送。该院工作人员称，黑漆螺钿小炕桌并不排除来自中国。榉木屏风为独板彩绘，松下竹旁，僧俗二人对谈，有侍者前来奉茶，案上置书、椅上有椅披，画中的家具风格简练清逸。

　　高野山有专门的"寺社木匠"，负责建筑之日常维护保养。为了举办高野山开山 1200 年的庆祝大会，他们重建了高野山中门。此中门原建于平安时代，后毁于火灾。复建二门采用了高野山上树龄 300 年左右的柏木及杉木，完全依古法建造。所用木工工具中有一种镰仓时代的刨子，当地人称"长杆枪刨"，有两种不同形式的刨头，一种类似镰刀，另一种类似箭尖。使用此工具就是为了留下明显的刨纹，再现镰仓时代的建筑手法。

　　和歌山县（Wakayama-Ken）主产杉、柏、榉、桧及黑柿木，因其地处日本最大的半岛"纪伊半岛"的西南面，面向太平洋，有丰富的降水，故郁郁葱葱的广袤山林遍布全境，木材资源十分丰富。日本的杉木为柳杉（*Cryptomeria japonica*），别名孔雀杉，杉科柳杉属。而我们通常说的"杉木"（*Cunninghamia lanceolata*）为杉科杉木属。柳杉树高可达 40 米，胸径 2 米以上，是当地的主要用材。除建筑外，也用于园林、绿化、家具及

福智院藏榉木屏风

各种器具如包装盒、食盒、砚盒、手饰盒等的制作，总之无处不见柳杉之踪迹。和歌山皆濑神社前有一座完全采用杉木建造的吊桥，海拔约1300米的龙神村护摩坛山，亦有杉木古道。且日本人喜好杉木这种材色洁净、纹理顺直且排列有序的木材。和歌山县境内生长的柳杉连片，特别是山涧、寺庙周围。很多柳杉节疤纵横，由其所生之瘿纹多水波纹及飞鸟、草木之图案，但日本人并不喜欢花纹繁复的木材，常弃之不用。

在日本有一座全为榉木构建的寺院——永平寺，在空海大师开创日本真言宗四百年后，另一位僧人在这里开创了日本曹洞宗。

八百年前（1223年），一位23岁的日本僧人冒着生命危险渡东海至宁波，游历天童景德、阿育王、径山等寺院后，回到天童景德寺拜谒住持如净禅师（1163—1228，曹洞宗第十三代祖），随侍三年，受曹洞宗禅法、法衣以及《宝镜三昧》《五位显法》等回国。回国前，如净禅师对他说："须在深山幽谷中建道场，只随缘传法于应机之人，无需担心佛法会因得不到传承而断绝。"这位日本僧人便是开启日本曹洞宗传承的道元禅师（1200—1253）。1244年，应波多野义重之请，道元禅师率弟子至越前（今福井县）幽谷中开创永平寺，初名"伞松峰大佛寺"，后成为日本曹洞宗大本山。

细雨中的永平寺

　　永平寺三面环山，一面临水，小溪潺潺，清澈见底，两岸的石头布满苔藓，溪上有一桥名"看雪桥"，或许是因为福井县的冬季经常大雪纷飞。寺院掩映在浓浓的绿荫中，清晨总是云雾缭绕，四周柳杉笔直苍翠，远处的群山中栽种着大片的榉树林。

　　永平寺按宋代禅寺格局建造，东侧有唐门，一般游客从西侧通用门进出。中轴线上有山门、天王殿、佛殿、法堂，两侧有僧堂、光明殿、妙高台等，以此为中心共有殿堂楼阁七十余座，间有回廊连接。寺院建筑所用木材多为日本榉（*Zelkova serrata*），包括回廊和室内地板、楼梯、走廊及内檐装饰等，用材尺寸巨大，数米长的回廊台阶足有 40 厘米宽，非数百年树龄的树木难以为之。榉木墙板经长年风侵、阳光照射与日月摩挲，由金黄色衍变为紫乌色或深咖啡色，纹如水草春渊，纤层毕现。日本榉色净而淡，浅黄色或谷黄色为日本榉之基本色或称之为本色，宝塔纹为浅褐色，如晴光澹泻，一尘不染，给人雅致、秀逸之感。故日本榉木除用于家具内檐装饰外，也多用于佛寺，特别是禅宗寺庙的构造。永平寺建筑常年需修复替换构件、台阶、地板，周围山野数十里的大径榉木悉数用尽，寺庙大和尚十分焦虑日后寺院维修无材料可用。永平寺的信众得知大和尚的远虑近忧，便主动捐资将周围的大山买了下来，种上了望不到边际的日本榉……

永平寺榉木门板之宝塔纹

　　永平寺至今仍保持着禅门曹洞宗的修行体系，每年二月都有各地云水僧前来参学，也有完成修行的僧人离开，始终有二百多位僧人依道元禅师教法在寺内日夜精进禅修。道元禅师依曹洞宗的代表性修行法门"默照禅"为宗，概括其为"只管打坐"。每年夏安居及冬安居，僧人每日打坐时间约十小时，打坐之外还有诵经日课，冬季仍保持了小参禅问答的修法。道元禅师教导僧众更多的则是禅门"劈柴担水，无非妙道，行住坐卧，皆在道场"的禅法，生活中所做一切事皆为修行。僧人每日四点半起床（夏季三点半），打坐、早斋后便是每日的清洁工作，擦拭回廊、殿内的所有地板、台阶、清扫庭院……也许泛着温润之光的榉木之美，便是被僧人们一天天擦拭出来的。道元禅师从宋代带回日本的修行心法传承了近八百年，未曾间断，其中便有"做饭与吃饭、本身就是修行"的告诫。寺内至今保存着一部《典座教训》，为道元禅师亲笔所写，记录了料理方面的所有资料、做法、心得等，更重要的是讲述了典座应有的心态、责任和义务。《典座教训》中有云："典座一职为掌众僧之办食""典座以绊为道心"，想来是告诫行人要将羁绊之情化作道心，要有境随心转的广大之心，对一切食物、一切生命的平等之心。

2015 年，我又一次前往永平寺，途中在一小村歇脚午餐。村头东西相距不远有两棵近两百岁的黑柿树。当地村民说，柿树栽种于江户时代的末期，那时天灾不断，战火频发，村民的生活都很艰难，连鸟都不愿意飞过。村里有一位比较富裕的乡绅，从很远的山林中移栽一公一母两棵黑柿树用以繁殖，秋天结满柿子可以解饥。柿树一年年长大，每到秋季是人和鸟最欢快的季节，满树挂上黄澄澄的小柿子，远近的鸟也飞来啄食，在村子里筑巢产卵，不愿离去。原本栽树是为了防止饥荒，村民看到鸟比人还饿，也就不再与鸟争食，任凭鸟儿在柿树上欢快用餐。两百年过去了，黑柿枝繁叶茂，可几人合抱，周围也长出不少小黑柿树。如今不再有饥荒，村民仍保持着不摘食柿子的传统，即使掉在地上，也绕道而行，不能踩踏。此时春意萌动，树上当然没有柿子，但见一群小鸟飞至树梢，叽叽喳喳讨论一番遂又远飞。

中国曹洞宗的开山祖师洞山良价禅师（807—869），有"鸟道"之论，以"鸟道"譬"空道"：鸟在空中飞行，不留痕迹。《玄中铭（并序）》中云："寄鸟道而寥空"。《五灯会元》卷十三中有一则洞山良价禅师的公案：

问："师寻常教学人行鸟道，未审如何是鸟道？"

师曰："不逢一人。"

曰："如何行？"

师曰："直须足下无私去。"

曰："只如行鸟道，莫便是本来面目否？"

师曰："阇黎因甚颠倒？"

曰："甚么处是学人颠倒？"

师曰："若不颠倒，因甚么却认奴作郎？"

曰："如何是本来面目？"

师曰："不行鸟道。"

有僧问洞山良价什么是鸟道，师答不逢一人，是说鸟行无踪。僧又问，如何行鸟道，师答直须足下无私去，是说当以不执之心，不生分辨，无所挂碍地只管走下去。也许道元禅师"只管打坐"也便是这个意思。僧人再问是否行鸟道就能得本来面目，洞山良价却以不行鸟道作答，意思是，不能执著于鸟道。也许，如净禅师在道元回日本前所说的"随缘应机，无需担心佛法会因得不到传承而断绝"，便也是传法亦不能执着之意。

道元禅师曾有一偈，也许为我们说明了如何是"本来面目"："春花秋月夏杜鹃，冬雪寂寂溢清寒。"在禅师心中，万物都以其本来的样貌呈现。

在东京国立博物馆内，有一株樱树枯木，不知何年栽种，何年凋敝，他没有被按照常理移除，依其本来样貌伫立着，荣落在四时之外。各色真菌在其周身随意生长，一年四季随气温、湿度的变化而变换着不同的颜色与形貌，嫣红、橘红、杏黄，如一簇簇烛照生命的火焰。青苔也在其树干和枝丫间游走，蚂蚁、昆虫以此为家。人们在枯木前驻足、观望、拍照、感叹，而这一切都与枯木无关，他只是按照自己的节奏在世间存在着。2016 年，我再次来到东京国立博物馆，枯树已经不在。工作人员说去年整棵树干完全坍塌，坍塌后仍保持原状任其化为泥土，"他走完了自己的一生"。

这棵樱树将自己的一生活成了一部伟大的艺术作品，或许我们也能将自己的人生，活成一部作品。

东京国立博物馆内的樱树枯木，
周身随意生长着各色真菌（上）

荣落在四时之外的樱树枯木（下）

19. 伊豆，草木本心

早年间，我读日本唯美主义小说家川端康成的小说《伊豆的舞女》及他的散文《我的伊豆》，便对伊豆充满了向往：那里是大海和森林的故乡，有俊秀的天城山、茂密的森林、深邃的幽谷、宛延曲折的山路，供路人休憩的茶馆……在川端康成的笔下，"伊豆"就是一个远离闹市的浪漫之境。

2014年2月，我从京都乘新干线抵达位于伊豆半岛的北部城市热海。川端康成说："开往热海的火车时髦得很，称为'罗曼车'。""只有翻过这座山峦（天城山），才能尝到伊豆旅情的滋味。"我不知所乘坐的火车是否经过了天城山，但看到了川端康成笔下被细雨笼罩的杉树林。

热海的梅园有64个品种的梅花，约七百三十多棵，被修剪成各种姿态，还有三百六十多棵枫树，因此热海以"最早开的梅花"和"最晚赏的

热海梅园

岸边枯木（左）

伊豆的海（右）

红叶"而著名。满山还有樟木、松木及其他树木，或盘曲或笔直，星星点点的各色梅花点缀其间，桃红、浅粉、粉白……如此丰富的颜色让人有些词穷。庇荫处的松树皮上长出小草，嵌满青苔，青苔开出细碎的小花，一阵微风就让她不停摇摆，但米粒大小的苔花依然自顾自地绽放。如 17 世纪日本著名诗人松尾芭蕉不经意看到墙角一朵同样细小的荠花而留下的俳句那样："当我细细看，呵！一朵荠花，开在篱墙边。"清冽的小溪在树林中蜿蜒，浅溪中的石头上亦遍布青苔，一丛丛小草随性生长，颇有野趣。进门有一棵日文写作"楠"的树，拉丁文即 *Cinnamomum camphora*，这棵树确实为樟树，日本汉字中的树木名称之指向可能与我国汉字之本意有区别。热海梅园中的树木，几乎每一棵都挂着标明其身份的牌子，牌子用直纹松木片制成，显得自然干净；毛笔手书的字体瞬间拉近了人与树的距离，可以想见日本人对树木的尊重，让人觉得温暖。

　　离开热海我便前往静冈县伊东市，它位于伊豆半岛的南部。"山谷幽邃，原生林木森严茂密，使你很难想象这原是个小小的半岛。"在《我的伊豆》中川端康成如是写道。伊豆半岛直面太平洋，冬日的海水仍那般幽蓝，如一块宝石，四周嵌满白色的浪花，晶莹剔透。一截被海风与海浪洗刷成白色的朽木横卧于黑色的礁石上，树干上满是深深的沟壑，刻着沧桑，其下的礁石缝隙生出浓绿的野草，让人有些莫名的感动。有几棵松树歪斜着，不知多大的风才能使其折裂。有一棵粗大的松树被折断，横卧于高处，还有一些不知名的树木，只剩白色的树干。海边一片片还在努力生长的松树、柏树则完全倾斜着背朝海面生长，据说是 1998 年的一场大海啸将他们吹成了一边倒的样貌，但他们的根仍深植于礁石，顽强地迎着海浪。松树皮龟裂成不等边六角形，被折断的柏树截面呈金黄色，可见其心材、边材的明显分界，在西斜的阳光下，色泽橙黄近赤红，泛着细腻、温润的光。

伊豆半岛台风频发，海浪不断冲击岸边的树木，从幼龄到成材，他们一直受到风灾的影响，心材的组织结构因此而受到伤害，纹理也会受到影响，故日本木材商一般不会采伐或使用山谷垭口或海岸边生长的柏木，柳杉、松木及其他木材也如此，这是选材、用材的一个重要原则。台风等自然灾害对树木的损伤，促成的纹理变化及生长结果应该是值得跟踪研究的课题。

伊豆海洋公园中的松柏几乎每棵都有编号，另有一白色牌子注明其详细信息。专职人员每年至少进行两次树木检查，更换身份牌上的内容，记

在台风与海啸中倾斜生长的松柏

录包括管护人的姓名、检查时间、树龄、胸径尺寸、树木现况及问题等信息。检查完毕，有专人针对树木生长过程中产生的问题，进行修剪、支撑、防虫和打药等干预措施，如照顾婴儿一样。

日本对于古树、珍稀树木、风景树都有严格的保护培育措施。日本三大名园之首的金泽市兼六园是我最喜爱的一处日本园林。"兼六园"的名字取自中国宋代诗人李格非所著的《洛阳名园记》，兼备李格非所提出的"宏大、幽邃、人力、苍古、水泉、眺望"的六项名园条件，所以命名为"兼六园"。兼六园建于 1676 年，直到 1871 年才完工，园内树木犹以梅、松、枫、樱最为诱人，古树苍苔，一年四季花草颜色都有变化。二战时，园内的松树也被切割，收取松节油加工后作为军用飞机的燃料，可以想见战争的残酷。兼六园的一些古树树冠庞大，树枝伸得很远，如下雪则会被压折，故每年都会用松木、杉木或其他较软且直纹的木材为古树做支撑。支撑木

金泽兼六园的古树支撑

与古树的接触面需挖成圆弧形，古树树枝卧于其上既得到支撑又不影响其自由生长，固定则用可以降解的麻绳和草绳绑结。工作人员在绑扎时有条不紊，小心翼翼如待亲生婴儿，令人感动。每棵树的捆绑方式及所打的结各式各样，非常美观。待次年春天樱花绽放之前再换上新的绳子，年年更新，岁岁不同。"兼六园每年给古树更换支撑物"这一平常工作如今已成为一种传统，如同一场庄严的仪式，一人一天绑一棵树都绑不完，如完成一件艺术品，有很多人慕名而来，观众则如观礼一般。我也曾在东京帝国饭店花园中见一位园艺师修剪一棵高约八米的黑松，早晨出门时他就站在长梯上修理树冠及树枝，腰间所挎工具有十多种，有如理发师一样细心修剪。傍晚时分我回到酒店，这位园艺师还站在梯子上，修剪并未结束。

　　古树、风景树，特别是珍稀树木正常生长过程中的人工干预问题，一直是我感兴趣的课题。中国的千年古树很多，如晋祠里三千岁的"晋源之

奈良法隆寺的古樟

御园朽木中新生的樱树

柏第一章",圣母殿四周均有数百年或上千年的柏、榆、楸、杨、梓、槐等。对于古树的保护我们也有很多措施,早年间用铁柱支撑,用铁皮、铁丝捆绑而致使古树破皮、腐烂的状况已有很大改善。两千多年前,庄子就已提出了"齐物"之论,我即松柏,松柏即我,我们什么时候能礼貌温柔地与树木交流,让其自由生长、呼吸,真正的文明才回归人间。如欧阳修《晋祠》诗曰:"古城南出十里间,鸣渠夹路何潺潺。行人望祠下马谒,退即祠下窥水源。地灵草木得余润,郁郁古柏含苍烟。并儿自古事豪侠,战争五代几百年。"希望郁郁苍苍的古柏会一直在人间。

在日本,园林艺人与手工艺人一样,受到同样的尊重。在兼六园附近见到金泽城桥爪门的复建,从材料、工具、工艺、制度及修复程序,完全依古法,从未错乱。此次行程,在我从大阪至京都途中,在距离京都火车站不远处,看到一座正在维修的古寺,整个古寺上盖了一个半封闭的大棚,这种不惜血本的文物保护与修复方式总是让人赞叹。而日本一些传统的手工艺都以家族式传承为主，工艺保留了更古老的制式，同时也面临着后继无人的窘境。在一个风雪交加的日子，我在京都参观了日本传统工艺展，主要有佛龛、黄杨木木雕、漆艺、竹艺、玳瑁工艺和樱树皮、桦木皮制作的工艺品。现场有黄杨木雕的表演，多为 60 岁左右或年龄更大的艺人。我与几位艺人聊天，他们均没有徒弟。

日本柳宗悦先生（1889—1961）于 20 世纪 40 年代初所著的《日本手工艺》是我经常拿起来翻看的书，其中有一段话对我影响颇深："手与机器的差异在于，手总是与心相连的，而机器则是无心的。之所以手工艺会诱发奇迹，因为这不是单纯的手工劳动，其背后有心的控制，通过手来创造物品，给予劳动以快乐，使人遵守道德，这才是赋予物品美的性质的因素。所以，手工作业也可以说是心之作业，没有比手更加神秘的机器。为什么对于一个国家来说手的工作非常重要，大家都有必要思索。"

我曾在轮岛市拜访了著名的漆艺大师永井先生。数代人，一生只做"漆艺"这一件事。"轮岛涂"是起源于江户时代宽文年间的漆器名称，位于能登半岛的石川县轮岛市是其起源地。此种工艺在日本一直受到国家的保护，也被日本人称作"一生的宝物"。轮岛涂的制作工序复杂，约有七十多道精细的工序，整个制作车间需要无尘环境，工艺师进入工作间基本裸体，头发也需完全覆盖，故均为男性。所使用的漆料中还需掺入当地特有的"硅藻土"，硅藻土都需事先烧成好并研磨成很细的粉末。轮岛涂主要用于祭典等活动，所以在要求结实、耐用的基础上还要结合莳绘等技法，即将金屑、银屑加入漆液中，经推光处理，显示出金银色泽，使其更加华丽高贵。

源自日本箱根的"寄木细工"也是日本特有的一种手工艺，其特点便是充分利用木材的天然颜色，将各色的木块拼合成几何图案，再刨切成薄片后贴于器物表面。箱根附近的树种多样，制作寄木细工有充分的原料，樱木、枫木、黑胡桃木、连香木、水曲柳、苦木等。其制作工序虽不多，也并不繁琐，却对工匠的技艺要求很高：首先，根据设计的图案选择不同颜色的木料，切割、刨平成所需的形状，这一步骤必须保证精准，如有误差便会造成缝隙而无法拼合；之后将若干根切割好的不同颜色木料上胶，粘合后用绳捆扎牢固，待其完全干透。重复以上步骤，拼合成更大的几何方块，也一样要求精准，否则花纹对不上，制作也就失败了。拼合好的木块要用特制的刨刀将其削成纸一样薄的木皮，看似简单，实则考验工匠对木性的了解，还要熟悉所使用的刀具，更重要的则是要能把控自己的力道，当然最终考验的就是工匠的心。正如柳宗悦先生说的"手工作业也可以说是心之作业"。寄木细工至今已有两百多年的历史，如今愿意学习这一工艺的年轻人并不多，人们在赞叹这种工艺的同时，也为其担忧。

　　不论是为古树做支撑的园林师或以一生之力传续经典的手工艺人，想来都是在用"技"与"艺"锤炼自心；不论是海边被风吹斜的松柏或溪畔松皮上的苔花也同样都是自性的绽放。

法隆寺石墙中的野草

20. 桦木王与熊

想来，20 世纪 60 年代之前出生的人对俄罗斯总是一种特别的情愫：列宁、斯大林、伏尔加河、贝加尔湖、列宁格勒、红场……这些名词似乎是一种烙印，刻在记忆里。我也一直向往俄罗斯，想看看克里姆林宫、沉睡之地西伯利亚，当然还有一望无际的白桦林，最好能体验一下俄罗斯漫长的冬季，看看这片自然环境相对恶劣的地域是如何孕育出了那么多人类灿烂的文化。俄罗斯文学史上有一长串闪亮的名字：普希金、托尔斯泰、契诃夫、高尔基、莱蒙托夫、屠格涅夫、果戈里、别林斯基、陀斯妥耶夫斯基、肖洛霍夫……俄罗斯绘画艺术源远流长：列维坦、列宾、苏里柯夫、克拉姆斯科伊……还有俄罗斯的戏剧、歌剧，传统的宗教音乐，奔放豪迈的民间音乐……

2015 年 6 月 4 日，我终于站在了俄罗斯的大地上。虽然只在莫斯科因转机而停留了一个夜晚和半个白天，但我们走过深夜的红场，在大雨中于列宁墓前敬礼，在莫斯科国家历史博物馆、圣瓦西里大教堂、克里姆林宫前驻足。当我们沿着一百多年前契诃夫前往萨哈林岛的路线一路向东，穿过西伯利亚至远东的尾端，看到我所希望看到的所有树木，从此留下一段不可抹去的美好记忆。

抵达莫斯科的第二天，我们一行便前往基诺夫州（Kirov）。基洛夫州位于东欧平原的东部，视野开阔，景色壮美，不论土地、草场或森林都给人无边无际之感，兴许是我在东南亚狭长又局促的山区待得久了，在辽阔的天地间，尤感畅朗。

在基诺夫州，我们考察了几个木材加工厂和货场，基本都以加工桦木

盛开的鲁冰花与废弃的白桦

为主。桦木，中文名白桦（*Betula platyphylla* Suk.），又名桦皮树、粉桦、兴安白桦，为桦木科桦木属，原产于西伯利亚东部及远东地区、中国东北、内蒙古及华北，朝鲜半岛、日本也有分布。在距离基诺夫州省会西北150公里的小镇有一家桦木单板加工厂及货场，一年可加工5万立方米桦木，使用从中国河北邢台进口的木材加工设备，材质很好，一级材（无任何缺陷）可达30%。当地没有高山，多平地，林区的树种也比较单一，只有桦木和零星散布的樟子松、白松，所以木材的采伐全为机械化，成本极低。货场内堆放着很多废弃的桦木短材，也有一些心腐的废料。白桦极易心腐，即所谓"水心材"，树龄大者几乎全部会产生心腐，一般发生于树干中心，呈现白色斑点，夹有深色圈纹状大理石腐朽，致使材质松软，但其材可用。心腐大者与立地条件有关，如生长于沼泽地或排水不畅的地方。桦木采伐一般在冬季及早春，新材存放不可过夏，过夏则产生色变、腐朽，几乎丧失利用价值。作为家具用材，过夏材不能使用，而水心材则需谨慎使用。加工厂的老板很友好，约四十岁，有两个上高中的儿子，他们一家人都非常喜欢中国，想到中国旅游，还一定要送给我一块桦木标本并签上了他的大名。加工厂的木材基本都是出口中国，因为中国在1998年就已经停止了对原始森林的采伐，现在市场所需桦木基本都是从俄罗斯进口。

第二天清晨，我偷闲在河边散步，尽管已入夏，清晨还是微凉，却有些俄罗斯人依然光着上身垂钓。俄罗斯人很友好，擦肩而过也会问候或至少投以微笑。若见我拿相机想拍照，他们还会主动配合，毫无生疏之感。河边的桦木树干上有很多用木片搭建的鸟巢，有些鸟巢还经过特殊装扮，如一个"家"。几乎每个鸟巢都有小鸟居住，小鸟一般不探头，听到别的鸟叫或十分安静的情况下才伸出半个脑袋来张望。河里的野鸭子悠闲自在，忽而又飞进了桦树林。河边的桦木主干离地面1—2米处树皮都为黑色，有菱形沟槽，呈麻绳扭曲状；再往上便多银白色环状圆圈纹。桦树皮常会外卷，呈白色、深红色、褐色或浅黄色，鲜艳明快。桦树树皮含有桦皮素，桦皮干馏可得桦皮焦油，有润革、医药、机器润滑以及木材防腐、杀虫之

一块签名的桦木标本

用。从桦皮中提制的桦皮漆，其性能接近虫胶。白桦皮多油脂，中国古代用以葺屋制器，如木杓、水桶、碗、匣及其他工艺品。《本草纲目》称："其皮厚而轻虚软柔，皮匠家用衬靴里，及为刀靶之类，谓之暖皮。胡人尤重之。以皮卷蜡，可作烛点。"明代谢肇淛在《五杂俎》称："桦木似山桃，其皮软而中空，若败絮焉，故取以贴弓，便与握也。又可以代烛。亦可以覆庵舍。一云取其脂焚之，能辟鬼魅。"白桦皮在中国古代也用来熏纸，清代汪灏《广群芳谱》引《本草》记载："桦古作檴，古时画工以皮烧烟熏纸作古画，字故名檴，俗省作桦字。"在俄罗斯未看到有提炼桦木皮油的工厂。

　　距离基诺夫州以东 500 公里，是我们此行的第二个目的地：彼尔姆（Perm）边疆区。沿途景色迷人，穿过森林，追着河流，与野鸭子和大雁为伴，路旁林中空地的嫩绿草坪上野花盛开。彼尔姆，位于东欧平原北部，卡马河畔、乌拉尔山西麓。这里是温带大陆性气候，有着丰富的森林资源。卡马河是伏尔加河支流，俄罗斯最重要的河流之一，乌拉尔山呈南北走向，为欧亚两大洲分界线，平均海拔 500 米—1200 米，是俄罗斯富矿带，蕴藏着磁铁、铜、铝、铂、石棉、钾盐、石油和天然气等矿产。

基诺州的清晨（左）

白桦树上精心装扮的鸟巢（右）

白桦树上系着的彩色布条，写满人们的心愿（左）

彼尔姆田园（右）

在彼尔姆州嘎那盖县，为了看传说中 120 岁的桦树王，我们住进了森林里的莫斯科庄园。无边无际的森林中，几栋小木屋显得有些孤独，木屋边有一潭湖水，还有一个守门的老人和两只狗，偶有一群飞鸟掠过，然后只剩深深的寂静。在"庄园"附近走了一圈才明白，所谓"庄园"其实是森林的一部分。湖边的白桦树上，系着很多彩色的布条，有些上面还写了字，写下的都是人们的心愿。两只狗欢快地在草地上奔跑，随即跳到湖里游泳。草坪上处处鲜花盛开，有深蓝、浅蓝色的，也有粉色和黄色的。木屋在夕阳中冒起了炊烟，想来壁炉的火已经点燃。晚餐时，跟看门的老人聊天，通常到了 11 月这里就不再有人来，直到第二年的 5 月，他要一个人度过漫长的冬季，陪伴他的只有这两条狗。白桦叶子转黄时，他就开始储存物资，各种香肠、熏肉、土豆和大量的罐头，当然最重要就是需要准备大量的柴火。有时冬天雪大，庄园便与世隔绝。我问他："如此漫长的冬季，你一个人如何度过，连个说话的人都没有。"他只是笑笑，眼睛里映着壁炉的火光，没有回答。

第二天一早我们便进入森林，向导带着一只狗走在前面。一排排桦木、樟子松、白松、青杨在眼前延伸，阳光穿过树叶的缝隙和清晨的雾气，投射出一道道光柱，湿漉漉的空气中带着甜香，各种鸟鸣婉转与我们的脚步声一起在密林中回荡，可惜我们都不是公冶长，听不懂鸟语。一条弯弯曲曲的林间小道，不知通往向何方，只想就这样一直走下去，没有目的地，没有时间，也无需判断方向，可能森林的魅力就在于你永远走不出这片迷离的绿色，无法知道他的边际到底在哪里。有一些桦木的侧枝长出厚厚的青苔，这是树木的阴面，通常观察树木的阴阳两面可作为在森林里辨别方向的依据。森林里可以看到各个年龄段的白桦树，因为桦木有一个色变的过程：年幼时树干为深紫色、褐色，长大了就变成灰白、纯白，老了就为黑白色。欧洲特别是北欧和俄罗斯及美国，树种单一且成片生长，我所看到的这几个地区的树木均是纯林，成片的桦木，一片一片的青杨，或红松也是成片生长，而每一种树寿命不同，寿命到了以后，如不采伐则自然枯死，树木自己就会起火，成片生长的林木更易起火，而混生林比较不容易自燃，如起火也更容易扑灭。在这些地区，如有森林大火，首先是保障人的生命安全，如无人员受到威胁则不会主动灭火，只任其燃烧。第二年，燃烧的沉积物堆积成天然肥料，优良的种子是烧不死的，过火的林地又新长出一片小树，一代一代，新旧交替，这也是一种自然规律，是生命的另一种轮回。

翻过一个小山坡，在一些采伐后还没运输的桦木旁，我们看见了传说中那棵 120 岁的"桦木王"。白桦树的寿命一般只有 80—100 年，这棵白

120 岁"桦木王"（左）

桦树斑驳的树皮刻着岁月的痕迹（右）

桦树活到 120 岁可谓奇迹。他的主干 1.5 米处直径约 80 厘米，当地人称其为"桦王"，夏日里一树鲜亮，翠若烟云。

我们正围着"桦木王"拍照、测量，从密林深处贴着草皮传来地滚雷一样的声音，沉闷、惊心。愣神间，突然听向导喊"熊，跑，快跑！"我还没反应过来，那只狗已从我腿边一闪而过，没有顾盼他的主人。我们几个人拔腿就跑，又一声更大的嘶吼声传来，感觉声音越来越近，大地似乎都在震动。后来才知道熊是彼尔姆边疆区的标志：熊背上驮着一部圣经。

彼尔姆有好几家桦木加工厂和木材中转站，我们参观了其中一家：大量的短材被丢弃，有些木块由于菌害心部呈红褐色，四周的鲁冰花（羽扇豆）依然盛放。工厂的木材加工均为机械化，可以看到桦木的心材与边材区分不明显，新切面有的为浅灰白，也有浅黄白色，几乎没有特征明显的花纹且光泽较暗。但他们的油质丰富，无特殊气味。俄罗斯的木材加工厂很少有深加工，政府规定不能产生边角余料和锯末，以免影响环境。

俄罗斯的桦木除出口中国外，还主要出口德国和日本。桦木的用途极广，如建筑、乐器、农具、体育运动器材、飞机部件及室内装饰。而在中国的古代家具中，东北的炕上家具多以高丽木和桦木成造；西北、华北及山东也大量采用桦木制作家具。桦木之所以能够在中国古代家具发展史上刻下自己优美的印迹，因桦树所生瘿纹细密、清晰、规矩、匀称，与花梨的佛头瘿齐名。著名的桦木瘿多用于家具的看面，如柜门心、桌面、案面心等。但我在俄罗斯看到桦木生瘿的却很少，大抵因为其生长环境很少虫害。影响桦木瘿纹形成的因素除虫蚀外，主要在于树节的形成方式和状态。桦木的主干部分除裸出节外，还有许多隐生节，它在树干外部的特征是在树皮上长有八字形节痂。节痂的夹角与木节的潜伏深度及直径有关，夹角愈大，木节的潜伏深度愈深。在桦木主干上分布最多的是角质节、轻微腐朽节和松软节，其次是健康节、活节，最少的是腐朽节。腐朽节常使桦木形成心材腐朽。桦木属树种还有枫桦（*Betula costata*）、岳桦（*Betula ermanii*）、黑桦（*Betula dahurica*），其中岳桦则多生瘿，这几种桦木属树木多产于中国东北林区和日本。

已停业的木材
中转站，桦木
悬停空中

　　向导带我们看了一家木材中转站——一年前因经理贪污致其停业。时间仿佛定格在停业的那一刻：一根桦木已经被吊车吊离地面，在空中悬停，运货的火车就在下方，火车上码放着的桦木还在原地。俄罗斯人并不疲于工作，更多的时间要用来享受生活。一到下班的时间，无论工作进行到哪一步，他们都会即刻停下，下班休息，多一分钟的工作都不做，所以吊机上的桦木至今悬在空中。工厂倒闭后，大门一关，运货的火车也出不去，各种机械都已生锈。

　　一到周末，这里的俄罗斯人几乎都会出城度假，尤其是年轻人，出城的车辆排着长长的队伍，车上的年轻人并不因堵车而焦躁，车上一片歌声、鼓掌声、欢笑声。基诺夫州的很多俄罗斯家庭在郊区都有度假木屋，如申请在郊区盖木屋，州里可以划定一片森林区域给你，你可以无偿使用，可以在空地盖房，但不能砍伐周围树木，也不可以将林区的野花移栽至你的房前，享用这块土地的同时有义务保护周边环境。到了周末，人们便可以尽情享受生活。

　　从彼尔姆返回莫斯科，内卫厅少将厅长接待了我们。他是格鲁吉亚人，与斯大林是同乡。听说我们到莫斯科，特意结束休假从格鲁吉亚赶回莫斯科。少将身材魁梧，特别能喝酒，在红场旁边请我们喝啤酒。酒过三巡，他说："你们这些天太辛苦了，既然来到我们俄罗斯，也应该享受一下我们俄罗斯式的假期。"于是又带我们到他自己的酒库接着喝。酒库里可以开着车转，存放着伏特加、威士忌和各种葡萄酒。少将请我们喝格鲁吉亚的红酒，他说这是世界上最好的红酒。对格鲁吉亚红酒，我也略有耳闻，那里是红酒的发源地，有一种特殊工艺是将盛酒的陶罐埋于地下酿造而成。少将拿出来的红酒都不是用玻璃瓶盛装，而是陶质的酒瓶，酒瓶彩绘各种俄罗斯的民族人物画。我们从下午两点开始喝，已喝到口齿不清时，我们所坐的座位升起来十几米，原来这一块地板是升降机，我们半醉着悬空，没有护栏，就在空中喝，一直喝到不得不去机场，不知道喝了多少酒，还好没掉下去。最后，少将亲自开车把我们送到机场。多年后，少将来北京，晚餐时他一个人喝了六瓶二锅头，一点醉意也没有。

　　在前往托木斯克州的飞机上，我想起彼尔姆木材中转站那根悬在半空的桦木，想起活了120岁的"桦木王"，那头震动大地的熊和独自渡过漫长冬季的老人，以及我们即将要进入的西伯利亚腹地——那个曾经的苦寒、流放之地。也许到了那里，我可以重新思考生命的意义。

21. 寄自西伯利亚

"我们应该到萨哈林这样的地方去朝圣，一如土耳其人前往麦加。"

契诃夫在给朋友的信中这样写道。

1890年5月，从秋明到托木斯克的西伯利亚大道上，一辆车身很高的敞篷马车踽踽独行。马车套着两匹马，车夫高大，坐在马车上的是穿着短皮袄的契诃夫。他们要穿越西伯利亚，渡过鞑靼海峡，前往俄罗斯最东部的萨哈林岛（库页岛）。萨哈林在那个时代是"流放"之地，而契诃夫说："（我们）有必要到这个不可容忍的痛苦之地"，他要去朝觐苦难？亦或是去检阅自己？在契诃夫的旅程中，西伯利亚大道似乎是世界上最漫长也最糟糕、恐怖的道路。他在五月的冰雪中行驶在颠簸的道路上，又与邮车相撞，在黑暗和冷雨中握着肮脏的缰绳与马夫一起寻找方向，寸步难行的与烂泥搏斗，差点在额尔齐斯河里淹死……"这丑陋不堪，高低不平的地带，这些坑坑洼洼的道路，差不多就是连接欧洲和西伯利亚唯一的大动脉……据说沿着这条大动脉流向西伯利亚的是文明。"在《寄自西伯利亚》一文中，契诃夫如是描绘着这条"文明通道"。

2015年6月，我也抵达了托木斯克（Tomsk）。遗憾的是我没有时间沿着契诃夫的足迹在陆地穿行，只几个小时的飞行便已到达。我也在此地寄了几件木材标本回国，我在包裹里写下一张字条"寄自西伯利亚"。我想象着契诃夫与车夫的对话："你们西伯利亚为啥这么冷？"车夫答道："上帝乐意这样嘛！"130年前的契诃夫在马车上看着五月间褐色的大地，水面上白色的冰，岸边的积雪和光秃秃的树木，回忆着莫斯科已经变绿的森林、鸣叫着的夜莺和南方盛开的金合欢和紫丁香。好在当我六月到达托木斯克

托木斯克的
契诃夫雕像

时，已是绿树成荫，中午时分也能穿着短袖站在契诃夫的雕像前。契诃夫的雕像在俄罗斯有很多，托木斯克的契诃夫雕像立于托木斯克河畔，他手持雨伞，光着脚，本地人说那是因为契诃夫在托木斯克泥泞的道路上丢失了他的鞋。

托木斯克地处西西伯利亚平原东南部，是俄罗斯在整个亚洲地区的教育中心，有多家高等教育机构、科研机构，诸多博物馆和美术馆。托木斯克也是西伯利亚地区最大的水源地，矿产、植物资源极其丰富。铁、钛、金、银、白金、锌、汞及天然气、石油、煤、沙等。托木斯克现在是俄罗斯重要的公路枢纽站及河运码头，在历史上这里也是中国的茶、瓷器到达欧洲的大通道，莫斯科通往远东、海参崴的必经之地。契诃夫也曾用大量篇幅描绘了当时运输茶叶的人——那些为生活付出了昂贵代价的人。

在前往克拉斯诺亚尔斯克边疆区（Krasnoyarsk）的途中，我们前往一位哈尔滨人开办的木材加工厂，主要生产桦木、樟子松板材，运回山东为宜家生产家具。工厂开办了几年，已有相当规模。但是俄罗斯的林业政策不具连续性，常常改变，这导致投资者无法分析与预测其政策，很容易造成损失。日本人则只进口俄罗斯加工好的木材，以水曲柳、柞木和红松为主，不投资工厂但出售加工设备给俄罗斯，要求工厂按日方的标准进行加工，这样既出售了设备又得到了上好的木材，同时规避了投资风险。

渡过叶尼塞河便是克拉斯诺亚尔斯克边疆区，这里距离莫斯科已有4000公里。克拉斯诺亚尔斯克边疆区从南部的森林带向北过渡到苔原带，然后一直延伸至北极荒漠，森林覆盖率达70%，以落叶松为主，还有云杉、冷杉、红松等。叶尼塞河流淌于托木斯克与克拉斯诺亚尔斯克之间，自南向北最终流入北冰洋。"我有生以来以来从没有见到过比叶尼塞河更壮美的河流，我这么说，但愿不伤害好生气的伏尔加河的崇拜者。如果说伏尔加河是一位盛装的纯朴而忧郁的美女，那么叶尼赛河则是一个强壮而彪悍的小伙子，不知把自己的青春和力量用到何处。在伏尔加河上，人开始很勇敢，而最后却唱起呻吟的歌来，他们的光辉灿烂的金色希望换成软弱无力的俄国式的悲观主义。而在叶尼塞河，生活开始是呻吟，最后却是我们在梦中也没见到过的勇敢。起码我站在宽阔的叶尼塞河的岸上是这么想。"契诃夫途经叶尼塞河时是如此感慨，当然我只匆匆掠过叶尼塞河，无法体会契诃夫的深意，也许他感叹的是那些西伯利亚人历经苦难之后的坚韧。

在克拉斯诺亚尔斯克边疆区的林业保护中心，我们看到原始林区从全机械化伐木到一体化制材的全过程，但好的资源与林地因早期开发而削减，多单一树种的纯林，多树种的林地只占很少一部分；树种比例上，白松、鱼鳞松占 50%，落叶松、红松占 20%，樟子松占 30%，安各拉河北岸森林资源则更加丰富。这里的自动采伐机，按不同径级自动分选原木，一组机械一天能制材 400 立方米。一台采伐机，根据木材尺寸自动截切 4—6 米，树枝树皮自动剥落；另一台机器抓取木材，两个人控制两台设备工作一天相当于人工采伐 300 人的工作量。剩下的树枝、树皮不能放火烧掉，而是就地挖坑掩埋、压实，再盖一层 1 米厚的土壤，成为肥料。第二年会长出一些树苗，多年后你看到的林区还和如今一样。这里有漫长的冬季和短促的夏天，冬季采伐从 12 月至次年 2 月，直接汽运；5—9 月则将木材扎排漂流，或用小吨位船运输。

在克拉斯诺亚尔斯克的一家木材加工厂参观，该工厂也完全是机械化生产，产品主要出口德国。它们采用芬兰产的两组设备，一组加工大径级

自动化采伐的林区（左）

伐木工人的林区木屋（右）

（28 厘米以上），一组加工小径级（14—28 厘米）。工厂占地 5 公顷，有自己的林地和水运码头，12 个干燥窑，每年可产 15 万立方米木材，却只有 320 位工人和林场工作人员 100 人。

　　我们驱车前往距离市区 200 公里的里宾斯克林区采伐现场，沿途都是草地与野花，我问向导："你们俄罗斯不放牧吗？走了这么多地方从来没看见一只牛或羊。"向导说："我们俄罗斯人都不喜欢放牧，臭烘烘的，牛羊还会踩踏花草，尤其是羊，啃食草根把环境都破坏了，我们吃的牛羊肉都是进口，每天看着这么平整的草坪和盛开的鲜花不好吗？"契诃夫看到此情此景应感欣慰吧：这里不再有一到傍晚就冻结的道路，不会再有颠簸。当然，今日的西伯利亚大通道依然看不见人烟，也见不到行人，一切依然一动不动，没有任何声响，只偶有野鸭子向桦树林飞去。林区依然只见青杨、白桦、樟子松、鱼鳞松和白松，鱼鳞松新生的针叶颜色较浅，散开如凤尾，有不少已经腐朽的大树桩，可以想见早年间的采伐规模。大树已经伐走，现在的林区多为径级很小的次生林。林间一斜坡处，估计是下雨致使部分地段垮塌，露出如泥炭般黑色的土壤，至少有两三米厚，下面才是黄土。

克拉斯诺亚尔斯克林区的彩虹

终于抵达哈巴罗夫斯克，这片曾经属于中国的土地。阿穆尔河（即黑龙江）、乌苏里江穿城而过，阿穆尔河的对面就是中国的佳木斯市。

哈巴罗夫斯克曾经的名字为伯力。唐朝时为黑水都督府驻地，开元十年（772 年）在此设勃利州。1860 年，沙俄强迫清政府签订《北京条约》，伯力被沙俄割占。

如今的哈巴罗夫斯克是俄罗斯远东联邦管区的第一大城市，俄罗斯第五大城市，重要交通枢纽、河港城市，西伯利亚大铁路横穿市区。市内还立着穆拉维约夫的雕像，铜像下有一段文字：穆拉维约夫从莫斯科公国带领士兵一直向东，未遇到任何抵抗……这位曾经的西伯利亚总督在 1858 年便率军到达伯力，建立军事哨所，并以 17 世纪中叶沙俄侵略黑龙江流域的头目哈巴罗夫的名字命名伯力，当时称"哈巴罗夫卡"（1883 年改名为哈巴罗夫斯克）。当时俄国已强迫清政府签订了《瑷珲条约》，该条约不但将黑龙江以北、外兴安岭以南的 60 万平方公里土地完全割让与沙皇俄国，还将乌苏里江以东，包括库页岛（如今的萨哈林岛）在内的黑龙江下游以南 40 万平方公里土地划为中俄共管区域。

萨哈林岛，是契诃夫穿越西伯利亚的目的地，他就在哈巴罗夫斯克的东方，鞑靼海峡对面。这里自隋唐起便为中国领土，清代时称库页岛。契诃夫决定造访萨哈林是 1890 年 7 月，此时距离俄罗斯侵占中国领土仅过去了三十年。他在《萨哈林岛游记》中写道："日本人将萨哈林叫作华泰岛，意思是'中国的岛屿'。"俄国占领萨哈林岛后，便将其辟为关押犯人的流放地，契诃夫在岛上逗留了三个月，他挨家挨户访问当地住户，其中不乏一些因某些不可说的原因而来到此地的知识分子，甚至有诗人。契诃夫探访了众多苦役犯，记录了他们来到此地的原因，描摹着他们的现况，那时在岛上的流放犯已逾万人。在契诃夫的日记中多次提到了中国人，他在给朋友的信件中写道："我看到了中国人，这些人善良又聪明。"契诃夫还乘船沿黑龙江北上，与一位中国人同住一间舱室，之后游览了瑷珲城。也许只有善良的人才能看到别人的善良。

我们没有登上萨哈林岛，只走访了哈巴罗夫斯克州的几个林区。有一天因路程较远，沿途没有餐厅，接待我们的安德烈先生事先准备了野餐。那天阳光明媚，我们在林子里烧烤。安德烈停好车，打开后备箱，有腌制好的肉、鸡翅、各种调料、酒、纯净水、烤炉和木炭，甚至还有咖啡。安德烈从车里拿出三块木板，两大一小，又在附近找了几根大小合适的木棍，三个树桩，从车上拿出工具，三下二下就钉好了两张长条小桌和一张料理台，不到半小时我们就有模有样地吃上了美味的烤肉。安德烈一边往鸡翅上撒调料，一边说："就算打起仗来，我们也需要好好享受生活。"也许曾历经苦难的民族才有"享受生活"的传统。在他们的观念中，"吃饭"这件重要的事各个环节均不可省略、不能凑合，必须讲究。休息、吃饭、娱乐才是生活的重点。这一顿野餐，因为有了一张桌子而美好。安德烈今年39岁，已有外孙女。事实上那天的野餐他什么也没吃，也没喝酒，因为这一天是他的斋日。

　　在维亚泽姆斯基地区的阿万斯克林区，我看到了我想要见到的所有树木：水曲柳、柞木、椴木、枫木、楸木、樟子松、白桦、红松、黄菠萝、核桃木、楸木、榆木及针叶材落叶松。在林区，沿途无边无际的白桦林留

林区地界标

出窄瘦的一条缝即是林区公路，每隔一段，白桦树枝上就系有漂动的红布条。接待我们的安德烈先生说：这是用来记算里程的，相当于公路里程碑及地界标。遍地生长着各色野花和节节草，还看到了五角枫瘿木，我一一拍照、测量，记录。其中印象犹为深刻的便是一红松树根，树桩高95厘米，直径85厘米，不规则的树桩如一只展翅的小鸟，突出的红筋颜色依旧鲜艳勾勒着她的一生。我用随身携带的锯，截取了其中一部分作为标本，入境哈尔滨带回了北京，置于标本室最显眼的地方。这一树根截片，一直是我最为喜爱和难忘的，她来自曾经的伯力，来自遥远的西伯利亚。

多年后，有一次为了重新给所有标本拍照，我将这块最为难忘的红松树桩标本移动了位置，拍摄完后怎么也找不到了。标本室闷热难耐，我转着圈地翻找，就是不见。想要放弃寻找时，却瞥见她就在大门口黑色的白蚁窝旁。正如李白《秋风词》曰："早知如此绊人心，何如当初莫相识。"而契诃夫曾说："我在阿穆尔河（黑龙江）上航行了一千多公里，欣赏的美景如此之多，获得的享受如此之多，即使现在死去我也毫无恐惧。"

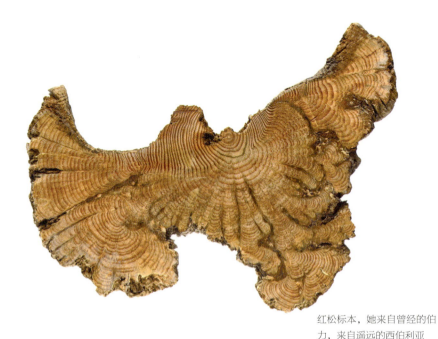

红松标本，她来自曾经的伯力，来自遥远的西伯利亚

白桦

枫桦

水曲柳

柞木

樟子松

椴木

22. 炮台山的紫油木与容县的格木

　　紫油木是有趣的树种，它还有几种别称：广西黄花梨、紫檀、越南紫檀木、虎斑木、黑花梨（越北）、紫花梨。通过这些别称可以想见紫油木似乎与紫檀、黄花梨、花梨木在材色、花纹等特征上有局部相似之处。在我曾见过的紫油木标本中，比较新的木材呈紫褐色，新切面如紫檀色，久则呈黑褐色、深咖啡色，弦切面上深黑色带状纹理与紫褐底色交织如彩云漂移、处处惊变，与越南黄花梨非常相似。紫油木与花梨木一样都具酸香气味。于是我猜测紫油木也应该如紫檀和黄花梨一样，生长在山巅的石头缝中。也许因其与这几种贵重木材相似，在广西市场上，紫油木的价格曾一度攀升至每吨一百多万元人民币。

炮台山顶的紫油木，远处层叠的远山即为越南

2014 年 7 月，我们一行前往广西玉林考察格木及古村落，但我更期待前往广西与越南交界处的炮台山，去看看紫油木的生长环境。

那天我早早起身，只为在路边吃一碗广西米粉。龙州县金龙镇与中国其他村镇一样，总是在清晨最为热闹：街上人头攒动，马路边摆放着大大小小的竹箩筐，盛满带着露水的翠绿青菜，竹簸箕里有小小的土鸡蛋。米粉摊只有两张小木桌，旁边的大铁锅冒着蒸汽，里面炖着大块儿的带皮的越南猪肉，米粉一定要吃路边摊才有味道。

当我们抵达高山村板闭屯，向导谭雄飞先生已上山开路，同行的农中平先生在村口等我们。我们从村口开始上山，刚走了半小时，同行的赵元忠先生已经满头大汗，十分狼狈，广西大学的李英健教授也已气喘吁吁。越往上走越艰难，穿过荆棘，踏过青石，还需绕过陷阱，身旁则是悬崖，如无本地人作向导，很难行走。这里是典型的喀斯特地貌，整座山如石头叠起来一样，山体充满了空洞。这些空穴被树叶、藤、荆棘、花草等覆盖，外表看与一般的山无异，如踩空则掉入山洞。在山腰虽看不到溪流却可听到水流声，向导谭雄飞说这是地下水的回响。行至一半处，李英健教授尖叫："找到紫油木了！"我们忙跑过去看，此树高大，树影婆娑散漫，树叶繁茂，阳光几乎不能穿透，谭、农二位向导一致认为此非紫油木。一路行来，山中有不少枯死腐朽的树木，农先生说这些朽木多为铁木及枧木。山中有一种似竹叶又像芦苇的植物，叶可替代芦苇包粽子，白色心蕊可食，我们也都尝了尝，非常解渴。行至中午时分，距离炮台山顶约一百米处，我们终于看见了紫油木的身影。

与越南黄花梨相似的紫油木

紫油木果然生长于山顶之峭壁上，根植于岩石之缝隙中，根系深远、发达，如一张密布的大网。树高约7米，主干弯曲侧生，有一侧枝呈藤状斜插入青石缝中。树干表皮灰黑色，嫩皮则为肉红色，边材白里泛红且非常厚，心材却是酱黑色。直径足有15米的树冠呈长椭圆形，分枝短散，细细碎碎的树叶间夹杂着红色腰锥形的果实。紫油木的果实无籽，却是当地有名的中药，村民称之为"腰开红色九重皮"。山巅峭壁上布满大小不一的石洞，深不见底，表面被枯枝败叶覆盖，在这种立足都很困难的地方，依然生长着几棵开满洁白小花的树，有石斛等植物寄生于上，各种灌木、杂草、野花散落其下。在漫长的岁月中，依然保持着自身蓬勃的生命力。世间万物没有独立存在的个体，总需怡然共栖，互为增益。

炮台山，因山顶有明代炮台及附属石头建筑而得名，不知什么年代，何人所建。于山巅南望，眼前耸立的山峦即为越南。这里喀斯特地貌特征明显，孤峰林立，互不相连。谭雄飞从布包里拿出一面崭新的国旗，挂在约4米长的木杆上，然后插在石缝里，红旗迎风高扬，想来很远的地方都能看到。谭雄飞不仅背了一面国旗上山，还居然带了一副望远镜。他掏出望远镜四处瞭望，我以为他在侦查越南人，他却说："我在瞭望各个山头的紫油木。"我问他："如此遥远，各自独立的山峰上果真有紫油木，你能看到吗？"他坏笑着说："当然，完全可以看到。"

生长在石缝中的紫油木（左）

紫油木树叶及果实，是当地有名的中药，村民称之为"腰开红色九重皮"（右）

炮台山顶合影，从左至右为：赵元忠、谭雄飞、农中平、作者本人（左）

谭雄飞先生肩扛一根枯朽紫油木，稳稳地走下山来（右）

　　下山途中我们与一根立于石缝中的枯树相遇，叶尽、皮揲，生意未尽。其树干、树根呈谷黄色，坚硬光洁，其年轮沟槽分外清晰，围绕枯树形成了一个小型自我循环的生态系统：枯树下的灌木与花草茂盛，旁边不远处的一棵直径约 36 厘米的大树，因枯树的死亡而获得了更大的生长空间——树冠茂密，树梢横斜出去，与其他树木相接，互相交叉。其树根从两块巨石中穿过，树干嵌入石缝，两块石头的中间缺口是上下山的小径，横躺的树干好像门槛蛰伏于巨石之下。站立或倒伏的枯立木为周围长期受到荫蔽、挤压的树木、花草提供了足够的阳光和水分。

　　远远看见谭雄飞肩扛一根枯朽紫油木，稳稳地走下山来，气定神闲。我们在山上行走，四肢并用尚嫌不够，他却能扛着一根 1.5 米长，直径约 28 厘米的足有一百多斤的大木头！紫油木在他肩上仿若无物。用手抹掉其上的灰尘，即见深紫色且富油光的木质，敲击如金属之声。也许他在山顶用望远镜瞭望时，果真看到了各个山头的紫油木。

　　离开炮台山，在赵元忠老师处也看了不少紫油木的标本。紫油木（*Pistacia weinmannifolia*）为漆树科黄连木属，主要分布于云南、广西、四川、贵州及越南、老挝、缅甸等地。紫油木的边材较厚，厚者达 6—10 厘米，心材径级较小，弯曲者多，这是其最大缺点。但其油性强，心材富含油脂，且呈紫褐色。因其生长缓慢及特殊的环境要求，木之花纹也变幻莫测，异常秀妍，故又有"广西黄花梨"之美誉。

　　此行我们还考察了玉林的几个林场，参加了"广西珍贵树种格木学术研讨会"。容县的格木特征最具代表性，故藏家多以容县格木为标准。

　　在玉林容县松山镇石扶村文冲口，自然生长着一株近600岁的格木，树高约30米，胸径约46米，鹤立于由红椎木、橄榄树、荷木、黄桐、枫香等树组成的林间，树干正圆通直，上下尺寸变化不大，黑褐色的树皮呈片状剥落。蘑菇状的树冠，浓密的枝叶上下交替重迭。村民都说，下雨时，雨打树叶，声音轻脆而不见雨落。容县百岁以上的格木不在少数，望黎村亦有一棵约400年树龄的格木。除格木天然林，在玉林旺茂镇林场有两百

石扶村的古格木，我已拜访三次，前两次挂牌称：树龄600年，此次改为880年。几年过去，怎么长了两百多年？石扶村水塘边的土砖灰瓦古建长长的一大排，现已拆了一半，改建为钢筋水泥二层楼。

多棵人工种植的格木，溪流中漂荡着不少黑褐色的格木荚果。格木每年3月开花，10月下旬荚果成熟。这批格木种植于20世纪60年代末，未经人工干预生长，如今最大一株已有47.95厘米粗，但树干不如野生格木，弯曲分叉者较多。

　　容县真武阁，建于1573年（明神宗万历元年），风雨飘摇数百年，仍不腐不朽，因主体建筑由三千多根大小不一的格木建成，结构巧妙，科学合理，历经多次地震仍牢固如初，梁思成先生称其为"建筑史上的奇迹"。真武阁二楼的楼板因人为踩踏变成黑色，绳纹相接，层层有序。真武阁格

明代真武阁全由格木造，此次经修饰外刷桐油，迷糊一片，不见本色，且楼梯扶手、部分踏板亦用进口的波罗格替换，我看了几分钟便下楼了。周围大量的用于商业的仿古建筑更是败笔，令人痛心！

木楼梯扶手，摩挲处金黄如新，楼梯踏板已呈古铜色而晶莹剔透，这就是典型的产于本地的黄色格木，俗称黄格。另有一种格木底色为红褐色，黑色条纹明显，称红格，其油性比黄格更胜一筹，比重也偏大。但格木经过多年使用，其内部油性物质润泽全身，包浆肥厚可爱。

格木（*Erythrophloeum fordii*）隶苏木科格木属，别称铁力、铁栗、铁棱、铁木、石盐木、东京木、山桎、斗登凤、孤坟柴、乌鸡骨、赤叶木、鸡眉、大疗癀、潮木。格木质坚如铁，苏东坡于广东惠州时留下了"千年谁在者？铁柱罗浮西。独有石盐木，白蚁不敢跻"的诗句。这里的"石盐木"亦指格木。《广东新语》称："广多白蚁，以卑隰而生，凡物皆食，虽金银至坚亦食。惟不能食铁力木与楤木耳。然金银虽食，以其渣滓煎之，复为金银，金银之性不变也。性不变，故质也不变。铁力，金之木也。木中有金，金为木质，故亦不能损。"从此记述可以看出格木材质之金贵坚致，故除用于家具制作，更多则用于建筑、桥梁。广西民居用其替代青石做柱础。《格古要论》称："铁力木，……东莞人多以作屋。"清道光《琼州府志》卷三《舆地志·风俗》中载："民居矮小，一室两房，栋柱四行，柱

三鸦口村的格木，围径约 2 米，四周生长着榄树、梨树、竹。铁力其外皮浅灰，其内则褐红可爱，一般内皮色红，则材色亦赤：纹刻于皮，内相呼应（左）

容县的徐福成先生亲自陪同我们入山考察，协助我们测量。入山前大雨倾盆，临近野生格木则雨歇天开，一片晴朗，2023 年 5 月（右）

圆径尺，中两嵌以板，旁两行甃以石，俱系碎石以泥甃成，亦鲜灰墁，其木俱系格木……"格木能抗海生钻木动物危害，故多用于桥梁及码头桩材。位于广西北海合浦的格木桥，经几百年风雨仍坚固、完整。在广州的秦代大型造船基地出土的秦船，便大量使用格木、杉木及樟木，刨开表层仍完好如新。《天工开物》论述海舟制造时道"唯舵杆必用铁力木"。（此处铁力木即指格木）

中国古代文献中的铁力木家具所用之木材即为格木，格木家具起源于何时何地，没有一个明确的答案，我们在广西玉林看到的格木家具，典型的明式只占 10% 左右，大量的为清式。玉林在明朝以前为广东所辖，语言及风俗习惯相近。有的专家认为广东明式家具之滥觞应为玉林，其实例就是我们目前看到的大量格木家具。我们似乎没有足够的理由来肯定或否定这一点，但不可否认的是，玉林就地取材并制作了大量精美传世的格木家具。榉木家具的制作早于黄花黎家具，黄花黎家具是榉木家具不同材质的翻版。那么格木家具是否同榉木家具在历史上所起的作用一样呢？是否格木家具自我封闭、自成体系于广西？从玉林遗存的明式格木家具的造型、

格木建筑构件

做工来看，很多与源于苏州及北京的明式家具如出一辙，其清式家具也与广州地区为代表的清式家具明显不同。其特点是：明韵未去而清味不足，造型简洁、流畅、古朴而轻灵。明代张岱在《陶庵梦忆》中记载："癸卯，道淮上，有铁力木天然几，长丈六，阔三尺，滑泽坚润，非常理，淮抚李

铁力为器，其色如咖啡，或如紫褐，或近黝黑，近看则似水上行文，涟漪不绝。故有被褐怀玉之谓。铁力家具多朴茂粗拙，大气磅礴，且多居庙堂，亦常为文人所爱，正因有此本色、有此气象而无可替代

三才百五十金不能得，仲叔以二百金得之，解维遽去。淮抚大恚怒，差兵蹑之，不及而返。"格木有一种圣人气象，其花纹会被时间隐藏而不显，细看则波澜壮阔。用格木制作的家具，显得厚重且器宇轩昂。《广东新语》谈到格木成器后的表面处理："作成器时，以浓苏木水或胭脂水三四染之，乃以浙中生漆精薄涂之，光莹如玉如紫檀。"《广东新语》中提及的格木染色法即所谓的"苏芳染"：将苏木（*Caesalpinia sappan*）心材削成片或碾碎用水煮出紫红色的汁液，作为染料，可染织物或木器。古代制作家具，特别是格木、黑柿木家具几乎均采用苏芳染。苏木作为染料的记载最早见于西晋时期崔豹的《古今注》："苏方木，出扶南林邑外国，取细碎煮之以染。"海南黎族至今仍采用野生的苏木浸染织物，且多用铁锅煮苏木片，故颜色较深、较闷。恰与《本草纲目》所载对应："煎汁忌铁器，则色暗。"

2014 年的广西考察之行结束在桂林阳朔县白沙镇旧县村。该村民居基本建于清中晚期，行走在青石铺就的巷道，不小心便会被青苔滑倒，青砖构建的墙体斑驳，有些已然坍塌。驻足在黎氏宗祠前，大门两侧挂着"彝伦攸叙，明德惟馨"的对联，主人坐在祠堂门口的小摊前，售卖当地产的酒和辣椒酱。天色向晚，我不经意间走到一所老宅前，门牌上写着：旧县村 109 号。大门未闭，径直而入，残垣断壁被杂草簇拥，飞檐高高翘起，比四周的建筑都更高大些。各种建筑部件散落一地，多为本地的杉木、樟木、红椎、梓木等，院内还堆放着水泥、钢筋和红砖。走入第三进院子才见一老人在吃晚餐，与他攀谈间得知，这座院子原为清末两广总督黎凤武的家，如今租给一北京人，每年的租金是 1 万元，怪不得院内堆放着新型建筑材料。想着一座古屋也许即将消失，我便匆匆离开。夕阳的余晖照在路边一青石打造的方形水池上，池壁上的一段铭文被照亮：

> 余买此地，造屋成器，操心劳力，难以言喻
> 创业艰难，守成不易，望我后人，体验斯意
>
> 民国十六年　元士书

23. 尖峰岭的一缕残阳

世界上最好的沉香产于海南岛，最贵的木材黄花黎也产于海南岛。

黄花黎，一个美好的名字，是中国海南岛的特有树种——降香黄檀（*Dalbergia odorifera* T.Chen）更为通俗的名称，豆科黄檀属。

三十多年前，我在海南岛西南部的尖峰岭考察。尖峰岭主峰海拔 1412 米，独特的地质地貌及气候特征，为动植物的分布、生长提供了不可多得的自然条件，热带雨林树种有三百多种。那时的原始雨林古木参天，遮天蔽日，有海南粗榧、降香黄檀、坡垒、子京、油丹、沉香、肖桧、高山蒲葵、陆均松及与恐龙同时代的活化石桫椤、见血封喉等珍稀濒危树种。灌

夕阳中的尖峰岭

洪水村被"保护"
的黄花黎（左）

黄花黎果荚（右）

木、藤蔓、苔藓及各色小花散落其间，纤尘不染的天池静卧山巅。行走于尖峰岭，脚踩落叶，泥土与植物散发出清香，还能不期然与小鹿、鸟儿、蝴蝶相遇。当然。有时也会遇到蛇。当时中国林科院热带研究所尖峰岭实验站植有几十棵黄花黎，为 20 世纪 60 年代人工种植，胸径较大，那时黄花黎还不值钱，他们能够自由生长，无人看管，主要用于科研。2003 年左右，黄花黎价格看涨，这几十棵黄花黎被盗伐，仅剩一棵。工作人员于是砌了钢筋水泥墩子将其围住，仍有盗木者将护林员打晕捆绑后，把黄花黎树头砍走约 50 公分。有一天，公安机关接到情报，说有人准备盗伐黄花黎，于是出动了武警、公安，连站长也参与行动，在四周埋伏了一整夜。那一晚台风不止，暴雨不歇，结果盗贼并未出现。警戒解除的三天后，这棵黄花黎又被砍掉一截。研究所不得已用电网将其包围，以保护仅存的半棵黄花黎。广西凭祥热带林业研究中心于 1980 年人工种植了十几棵黄花黎，当地的土壤微量元素及气候与海南十分相近，这十几棵黄花黎种植于排水良好且多石头的斜坡，是人工种植黄花黎比较成功的案例。非法盗采者不仅盗伐研究所用于科研的黄花黎，而且深入到人迹罕至的林区，当林区的黄花黎也被盗伐殆尽，便开始盗窃黄花黎老料。

海南省保亭县，五指山腹地，一老人去世，生前早早为自己打造了一口棺材——黄花黎棺材。结果"头七"未过，棺材被偷；海南省琼山区，某人家的祠堂内陈设着一对黄花黎圈椅，供奉着黄花黎雕刻的祖宗像。一家人过年祭祖后，太师椅不见了，连祖宗像也不翼而飞；琼山区一户人家的老木屋里有三根黄花黎檩子，某日一家人喝了不少酒，沉沉睡去，早上醒来房主还在纳闷，今天怎么亮得这么早啊？再一看，屋顶露出一个大窟窿，赶紧穿衣出门，只见院内堆满瓦片，又回屋巡视一番，什么都没丢，唯独少了那三根檩子；儋州地区有一棵榕树寄生于一棵直径约五十多厘米黄花黎上，不仅做黄花黎买卖的人惦记上了这棵黄花黎，连村民也惦记他，人们共同的理想便是希望这棵黄花黎早点死掉。于是，村支书派人看守，在有看守的情况下，没有被榕树包裹住的黄花黎树干被砍走，最后的结局是整棵榕树被挖，将榕树枝丫剥掉抠出黄花黎。黄花黎生长缓慢，因此这棵黄花黎应该有几百岁，他没有死于植物界的绞杀，却死于人类的绞杀。

　　20 世纪 80 年代，我还在林业部工作，那时黄花黎还是一种无人问津的木材。1998 年，经河北大城的郑国奎先生介绍，我认识了专营黄花黎的木匠郑永利先生。郑永利先生来北京找到我，向我求证他的几件家具和木材标本是否为黄花黎。因为他将自己做的几件家具带到琉璃厂、古玩城出售，所有人都说这不是黄花黎，认为黄花黎在清朝就已经没有了。不久，我和郑国奎先生一同去海南看了郑先生的家具及标本，确定就是海南黄花黎。20 世纪 90 年代末，在海南岛西部、西南部还有单株散生的野生黄花黎，胸径在 50 厘米以上者还有近一百棵。至 2010 年前后，胸径 20 厘米以上的残存植株，据热带雨林研究专家推测，可能不到一百棵。这些推测中的野生树，集中于西部的尖峰岭、霸王岭等保护区内，一般已很难根据其伴生林及其他常识来寻找黄花黎。盗伐者每天还在西部林区穿梭，野生植株的数字在未来只会下降。2012 年前后，黄花黎涨到天价——每斤 3.6 万，平均价格也在每斤 2.5 万左右，而在二十多年前黄花黎的价格是每斤 5 毛钱。通常木材的计量单位为吨或立方米，而黄花黎是以市斤为计量单位。至 2013 年 4 月，已找不到一棵野生黄花黎树了。

　　2013 年以来，黄花黎家具价格高昂，销售趋缓，而手串市场却活跃起来。当时流行各种木质及其他材质的手串收藏风，黄花黎手串最高价超过百万人民币，最高等级的手串需每颗珠子色泽一致，呈一致的鬼脸纹或芝麻纹，这种品质的材料多来自油性好的幼龄活树干或树根。利益的驱使导致野外大量的幼龄树被挖根，进一步加剧了黄花黎灭绝的速度。连干枯变脆的所谓"沤山格"，即沤烂于山中的黄花黎残余心材（又有毛孔料、管孔料、铁料、石缝料之别），也被从悬崖峭壁的石缝中挖出来出售。刨花、渣沫都用于炼油，价格居高不下。"毁灭性"一词用于珍稀黄花黎的命运再合适不过了。海南黄花黎交易市场有一习惯性用语叫"一枪打"，即无论黄花黎原料的品种、好坏、尺寸、新旧，都一次性买断。在这样的一种销售模式中，市场中所能买到的黄花黎越来越小，并且夹杂从越南来的及其他类似于黄花黎的小料。随着海南黄花黎资源的枯竭，其替代木材越南黄花梨在越南、老挝也遭到毁灭性的采伐，树根被挖出来，民房、寺庙、桥梁、篱笆、民用家具、农具、乐器及宗教器物，凡为越南黄花梨，无论大小、新旧或腐朽程度如何，悉数通过泰国、越南，或以陆路或海路的方式运往中国。

海南黄花黎的末日余辉，由此可见。

事实上，在海南岛生活的土居黎族、苗族并不像秦汉开始从中原及福建、广东等地迁徙而来的移民那样广泛地利用黄花黎，反而视其为不祥之

王不留行爬满树干，黄花黎一般生长在海拔 600 米以下的山坡，灰白的斑块表示树木生长于海拔较低、富氧离子较多的林区（左）

黄花黎粉嫩的新叶（右）

物。只有移民将黄花黎用于建筑、家具、农具、兵器、乐器、纺织机械及其他日常器物。著名黎医王桂珍认为：黄花黎是不祥之物，招鬼引邪，故从不采集，也不用其入药。黄花黎在海南，并非一直被认为是珍稀或贵重的木材，以几百年的建筑、室内陈列为例，有地位的人或富有的人，多用南洋进口木材，如花梨木（尤以文昌为盛）、波罗格、格木、坤甸木。海口近二百年的老街建筑极少采用本地木材，名人故居亦如此。黄花黎用于建筑，多见于海口、琼山、定安等地的农村山区。

庄子说："悲夫，世人直为物逆旅耳。"到底我们是拥有了"物"，还是被"物"奴役？"梦里不知身是客"，我们只是世界的寄寓，一个客人罢了，最终没有什么东西是能够带走的，为何我们要霸占这个世界？黄花黎仅仅是一种木材、一种媒介，不能将其高贵化、神秘化，完全推入市场炒作的旋涡。有所谓的专家称其为"皇家、宫廷专用之高不可攀的稀有之木"，这不过是一种妄言。法国 17 世纪科学家、哲学家布莱兹·帕斯卡尔 1670 年出版的散文集《思想录》中有一句话让我记忆深刻："人只不过是一根芦苇，是自然界最脆弱的东西，但人是一根能思想的芦苇。"人因为有一个能思

黄花黎木柄镰刀，黄花黎最初也不过是日常器物罢了

想、会思想的灵魂而高贵，然而当人的思想被关进笼子，或被物欲、利益、名望驱使的时候，还能称为会思想的"人"吗?

在我四十年的田野考察中，曾几百次踏上海南岛这块土地，我太熟悉这座岛屿，也热爱她。在考察中发生的与生活在这片土地上的黎人、苗人及黄花黎有关的故事，几天几夜也说不完，而其中让人愉快的故事却很少。或许是因为热爱，所以不忍。

2015 年，我再次来到昌江王下乡洪水村，眼前所见景象，令人欲哭无泪。原有传统民居 —— 船形屋千疮百孔、破败不堪，石渠干涸，布满垃圾，不见黎人，也不见可爱的五脚猪。昔日风韵荡然无存，而被迁移到村外现代化红砖房里的黎人常常盘桓于祖屋。五年前我曾来洪水村拜访，当时传统的干栏式建筑保存完好，尚有黎人生活，清澈的溪流穿过村里的石沟，还见到一位黎族绣面女。《广东新语》中记载，当地女子绣面，非以此为美，而是将嫁人时，纹上男方祖辈留下的家族符号或纹样，"以为记号，使之不得再嫁"。不知曾见到的这位绣面女会不会是这个时代的最后一位。东方市江边乡白查村曾是保存船形屋最完整的自然村，异地搬迁后，船形

洪水村残存的船形屋

屋已经全部废弃，迁走的黎人同洪水村村民一样，常常回到故地留连于船形屋之间。多年前在白查村所见景致只能成为回忆：杂错于山坡或平地的船形屋，有的建在山坡，有的立于水边，船形屋的柱子就插在水中的石缝中，远远望去如静止于湖面的帆与舟，炊烟升起，如见南山。"船形屋"终将成为历史中的一个符号，而不能与黎人同生共荣，不知黎人搬入的红砖房，其房前屋后是否也植有黄花黎、面包树、椰子树、橄榄、苦楝——这些曾与船形屋和黎人相顾相盼的树木？

　　海南黎人最早习于巢居、穴居，后来发展成船形屋，也称"干栏"、"栏房"，采伐长木搭屋，呈长船形，上覆以草，中剖竹，平铺为楼板，其下虚空。栏房多用红榈、波罗蜜等本地树木搭建，这些木材防潮、防虫，不易腐朽与开裂。清代张庆长撰《黎岐纪闻》中有一段描述船形屋及黎人生活的文字："居室形似覆舟，编茅为主，或被以葵或藤叶，随所便也。门依脊而开，穴其扁以为壅牖。室内架木为栏，横铺竹木，上居男妇，下畜鸡豕。熟黎屋内通用栏，橱灶寝处并在其上；生黎栏在后，前留空地，地下挖窟，列三石，置釜，席地炊煮，惟于栏上寝起。黎内有高栏、低栏之名，以去地高下而名，无甚异也。"文中所载"生黎"多为原住民，居五指山中；"熟黎"多为大陆移民，环五指山周围。清代张廷玉所著《明史》中载："居五指山中者为生黎，不与州人交；其外为熟黎，杂耕州地。原姓黎，后多姓王及符。熟黎之产，半为湖广福建奸民亡命及南恩藤梧高化之征夫。"历史上黎人聚居之地称为"黎峒"，每"峒"管数个、十数个乃至数十个自然村。

　　海南西部东方市东河镇的俄贤岭，又名俄娘九峰山，俄贤洞高悬山中，深不可测，激浪追逐，声如滚雷。俄

已迁徙到村外的黎人常盘桓于祖屋，不肯离去

贤岭地质条件优良、特殊，无台风侵扰之苦，溪流不绝，潆洄清澈，浮光耀金，此地生长的黄花黎为西部深色的油黎，呈紫褐色、深咖啡色、金黄色，油色外溢，光泽柔和，比重近于沉水，沉水者十有一二，在花黎收藏界有"圣地"之美名。清乾隆《萧府志》中云："九峰山……高百余丈，九峰峻耸，盘旋百余里，相传有黎妇生九子，皆为峒长，故俗又名俄娘九峰山"。《广东图说》称："……山有九峰，盘旋而下，俄娘溪出焉，西有黎峒。"俄贤岭与霸王岭、尖峰岭相连，蕴藏高品位的金矿、铁矿。2015 年 4 月 19 日中午，地表气温已过 40 度，我们专门再次看望多年来一直关注的黄花黎人工林，看看"人工干预"的成果如何。俄贤岭的地质、气候条件非常适宜黄花黎的种植，但所见之景多少有些令我失望。一些过早、过低分杈的新枝并没有剔除，一些正确的矫正方法也已被放弃，很难生长出粗壮的主干，则难以成就大材，成片栽种的树林也让我沉默无语。

　　树和人一样，需要结群而居。如果一块林地只有黄花黎一个树种孤独地生长，则极不利于其生长的自由竞争，不仅易遭致虫害，对于干形的形成也很不利。应由多种不同植物组成一个相互竞争、和谐生长的小社会，当然黄花黎的比例应依不同地区、不同情况而定。野生林及混生于其他植

俄贤岭，生长着
深色油黎

物之间的黄花黎明显分权较高，干形直而饱满。成片种植的单纯人工林，则明显分权较低，干形弯曲且不饱满，木材的利用率较低，也影响其材质。以黄花黎为主的植物群落类型较多，植物种类也很多，其伴生树种常有香须树（香合欢）、鸡尖、厚皮树等数十种，我们在种植黄花黎时不可能完全复制其原始植物群落，但应尽量提供合适的生长环境。在位于海南省西南部乐东黎族自治县和东方市交界处的尖峰岭——这座中国最大的生物基因库里也成片栽种着黄花黎、紫檀、红豆杉，而人工种植的外来树种——柚木林（原产地缅甸），已遍体虫害、枯萎，心材颜色浅灰泛白、干涩，几乎不能用，峰顶的天池周围全部是饭店、宾馆，山下亦是连片的高楼。人工种植的黄花黎与野生黄花黎从外表看，其树皮、叶形、花、果几乎一模一样，但开锯后其心材纹理却完全不同。野生黄花黎的纹理狂而不乱，纤细而又不重叠、不交叉；人工种植的黄花黎没有光泽，颜色杂，纹理乱，很难达到用材近乎苛刻的明式家具之要求。另一个有趣的现象是：移栽后的野生黄花黎，多年后砍伐开锯，从年轮上可以辨认出移栽自哪一年开始，因为移栽后的花纹与移栽前不同，完全是两个世界。

2015 年，我在俄贤岭又一次见到了那位醉酒后将自己家门前的黄花黎砍掉的仁兄，与多年前见到他时一样，他正躺在自己家的院子里，以天为被、以地为床，穿着同样破破烂烂的衣服，连姿势都不曾改变。刹那间我有些恍惚，仿佛自己仍在多年前那个盛夏的清晨：那一年，这位仁兄大清早便已喝醉，躺在自己的院子里，见我们一群人来，不情愿地起来，听说我们要看看他种的黄花黎，他说你们随便看，便又躺下。这位仁兄的房前屋后种着几棵黄花黎，约十来年树龄，一位村民指着他家门口的一棵黄花黎说："你这棵黄花黎没有格。""格"是当地土语，意思是心材，边材称"漫"。这位仁兄很不服气，说"我的黄花黎当然有格"，随即抄起一把砍刀将黄花黎砍断，结果真的没有"格"。仁兄"嘿嘿"一笑，坐回原地继续喝他的劣质米酒。2015 年扶贫小组正给他盖两间新房，他只能住在临时搭的雨篷里，雨篷如蒸笼，仁兄还在喝酒，没有任何菜。时光消歇，光景如旧，人生不过一杯酒！

俄贤岭的土居留给我很多启示，不免想起东坡先生贬居儋州时曾给其族孙苏元老的一封信："……但近来多病瘦瘁，不复如往日，不知余年复得相见否？循、惠不得书久矣。旅况牢落，不言可知。又海南连岁不熟，饮食百物艰难，及泉、广海舶绝不至，药物鲊酱等皆无，厄穷至此，委命而已。老人与过子相对如两苦行僧尔。然胸中亦超然自得，不改其度，知之免忧。"从中我们可以想象那个时代海南岛的生活，好在，东坡先生在海南岛生活的时候并不流行黄花黎家具。

黄花黎的死亡、绝种，始于几百年前的明末。

明末经济、科技、文化高度发达，社会风气随之也发生了明显的变化，其明显特征便是对奢侈品的普遍与过分追求，在服饰、饮食、庭园及家具、古董方面，无论官宦、士大夫或文人，乃至商贾、平民均相互追逐、攀比，使明初希望达到的"望其服而知贵贱，睹其用而明等威"的理想秩序成为泡影。对于珍稀木材所制器物或高级家具的追求在明末已臻至高峰。明末的紫檀、花梨等珍稀木材及家具已成为各个阶层标榜地位、炫耀财富的最佳选择，而当时的社会肯定人欲、张扬个性，故追求贵重木材与家具之独特个性，也使得家具的品种齐备，造形各异，工艺奇特而使明式家具风格最终得以确立，这也是崇奢而"丧己以逐物"的必然结果。明末张岱（1597—1689）在《陶庵梦忆》中记载万历三十一年（1603年），二叔张联芳途经淮上，见有长丈六、阔三尺之铁梨木天然几，滑泽坚润，纹理奇特。当时淮抚李三才已出百五十金而不能得，张联芳便加价至二百金抢得此天然几，然后快速装船运走。淮抚大怒，派兵追踪，不及而返。

我们在博物馆或收藏家那里看到的制于明朝的优秀家具或称明式家具所用木材多为黄花黎、紫檀、铁力木、乌木、鸂鶒木、榉木、榆木、核桃木、柞榛木，其显著特点便是文章华美、颜色纯净，而黄花黎正如屈大钧所描述的"色紫红微香。其文有鬼面者可爱，以多如狸斑，又名花狸，老者文拳曲，嫩者文直。其节花圆晕如钱，大小相错，紧理密致……。"黄花黎光泽内敛而柔顺，由里及表，华丽而不炫目；其色如金黄，吉祥如意，澄澈透明。这些鲜明的特征正是追求人性独立、个性张扬的明末文人所钟爱的。正因如此，优秀的黄花黎家具几乎件件个性十足、特点突出，极少雷同，这也是国内外博物馆、学者及收藏家追逐黄花黎家具的重要原因。我们从遗存下来的明式家具中看到的黄花黎家具不少为"一木一器"，即一件器物用一根黄花黎原木解析而成，其颜色、纹理一致或接近，也许黄花黎本身的颜色与纹理足够使人陶醉，没有必要再画蛇添足而与其他木材混用。即使在黄花黎大料充足的明朝或清前期，黄花黎家具的"一木一器"，也是十分讲究颜色与纹理的组合，除了同色以外，所有边框或腿足均采用径切直纹的材料。当然，也有不少重器抑或文人家具，黄花黎与其他木材如紫檀、柏木、杉木、格木结合。

近代，最早关注明式黄花黎家具的是德国人艾克，至 20 世纪 80 年代，国际市场、收藏界尤其是美国加利福尼亚州的中国古典家具博物馆也开始关注明式家具，收藏了不少黄花黎家具，美国的主要博物馆藏品中几乎都有黄花黎家具，而不一定有紫檀家具，加之几本相关书籍的出版，出现了以黄花黎家具为代表的明式家具收藏热。21 世纪初，中国的经济发展突飞猛进，黄花黎家具收藏及木材在国内被推向了风口浪尖，"唯材料论"蔚然成风，最终的结局是黄花黎树种濒临灭绝。资源，特别是动物、植物的灭绝，了不可抗拒的自然灾害外，最主要的还是人企图改变自然而使其顺应人为安排的秩序。这一秩序完全由反自然的、非理性的意志及利益引诱主导。黄花黎人工林地理分布线的不断北移；良田沃土成片种植黄花黎纯林；黎母山深山密林、悬崖峭壁上最后残存的野生黄花黎幼龄小树，被拉网式的搜寻、挖掘，即是这一人为秩序衍生的必然结果。自然秩序的紊乱、失衡，优良纯正的海南黄花黎种群的异化、消失，并没有引起我们应有的警觉。野生种的采伐殆尽是正宗海南黄花黎灭绝的开始，其种群基因的异化或改变，是海南黄花黎最终消失的丧钟。花草树木和人一样需要杂居，要形成自然的群落，而人一定要"人定胜天"，但是人是必定胜不了天的。尊重树木的天性，不违其理想，是我们最基本的、必须要完成的责任。

在我的拙著《黄花黎》出版后，有朋友提出：将明式家具中的黄花黎家具，理解为"文人家具"是否妥帖？

北京大学朱良志教授在《为文人家具立言》一文中明确的阐明"文人家具"这一概念的精髓：

> 文人家具，强调对物的超越。再好的家具，也是一个物，一个供我使用的物品，它是外在于我的家什，一个用具而已。明式家具之所以超越前伦，不光在其卓越的技巧，更在于制作者有一种寄情于物的思致，有一种赏玩其间的情怀。他们所理解的"物"（家具），不仅是供我品玩的对象，不仅是供我消费的产品，不仅是具有一定体量的形式，而是人的生命的一部分，人与家具、家具所依托的独特空间形成一个生命的世界，人在这个世界中与与香芬丽质相优游。明式家具展示出艺术与生活的一体化，但不是时人由西方理论来阐释的"生活的审美化"，而是生命的一体化。

明代黄花黎瑞鸟花卉纹镜台（左）；明代黄花黎"状元及第"凤穿牡丹纹鼓架（右）/ 北京刘传俊藏

当下，"文人""士""夫"这样的字眼早已离开了我们的视野，"文人"这个字眼儿所含之深意，放眼世界，恐怕唯中国独有，它没有身份认同，亦无地域之分界，非指读书人的书卷气，亦非单指上古流布而来的"道"之境。在中国传统文化中，"文人"——真韵、真才、真情是矣，同时也是一种返观内心又超越自心、融于自然之一如的情怀。所谓文人家具即指产生于宋元，兴盛于明末而有文人意识的家具——在"雅"的原则下，以"实用"与"舒适"为重，在家具的设计中更强调"厚生"的理念；尚古且反对改良优秀家具或器具；尚天然，不尚雕饰，讲求删繁去奢，并不将珍稀木材作为首选。明人文震亨在《长物志》中云：如凳"以川柏为心，以乌木镶之，最古。不则竟用杂木，黑漆者亦可用"，"橱大者用杉木为之"。可见文人家具及器具所用材料非以价格高低或珍稀程度来取舍，而是以精神及审美相一致。

在一个大雪纷飞的夜晚，有一位朋友在读完《黄花黎》后给我发信息询问：

纯正的海南黄花黎是否已绝种？

是。

我们砍完了所有黄花黎，近二十年，可曾有人用几万块钱一斤的黄花黎做出过一件可传世的经典黄花黎家具？

没有。

我看着窗外纷飞的雪花，想起温暖的南方某城市的一个角落，还生长着两棵约一百二十岁的黄花黎，他们应该是这世界残存的树龄最大的黄花黎，我希望人们最好都忘了他。

尖峰岭的刺桐在春日绽放，一树鲜红

24. 迷雾中的黎母山莺歌岭

坐久不知香在室，推窗时有蝶飞来！

每次踏上海南岛这块土地，我都会不自觉想起这句诗，尤其到了山区，湿漉漉的空气中有各种植物散发的香气及落叶与泥土混合的清香，如沐香风。宋人赵汝适《诸蕃志》列举海南土产24种，其中带香味的占了大半：沉香、蓬莱香、鹧鸪斑香、笺香、生香、丁香、槟榔、椰子、赤白藤、花缦、青桂木、花梨木、荜拔、高良姜等。整个海南岛就如同一个"香炉"。自古以来，海南沉香就是上贡佳品，文献有关沉香的论述，多以海南岛土

乐东云坡是历史
上出产沉香、降
香的宝地

产沉香为上上品，特别是海南东部"万安黎母东峒香为甚"，因为"居琼岛正东，得朝阳之气又早"。今人则认为，上等沉香及棋楠多出于西部的尖峰岭、霸王岭一带。除沉香外，降真香也是极难获得的香品，黎人多焚降真香，认为其是与神灵沟通的媒介，还可安神。降真香在黎药中也是一味重要的药引。降真香并非沉香，也不是沉香的一种，当然也有人用上等降真香冒充沉香中的棋楠。沉香隶沉香科沉香属，降真香隶豆科黄檀属，二者不同科不同属，化学成分与药理作用也完全不同。

　　古代海南很多人以贸香为业，不仅有省民，也裹进了不少熟黎或生黎，已形成一条完整的生意链。采香及贸香吸收了大量的青壮农民，对于农业生产特别是粮食供给产生了极大影响，苏东坡特地作《和陶劝农六首》劝诫海南民众应轻商而重农。他在序中写道："海南多荒田，俗以贸香为业，所产秔稄不足于食，乃以薯芋杂米作粥糜以取饱。予即哀之，乃和渊明《劝农诗》以告其有知者。"

　　在古代，采香可谓黎人的一个专门职业，且采香多为妇人。采香女子数十为群，耳带金环，首缠棉帕，腰缠红藤以阻蟒蛇，佩利刃，遇窃香者

黎族采香仔至今仍坚守云坡

则一刀毙命。能辨香者被称为"香仔",山中结香之树一般凋悴衰败,树中必有香凝结,结香于树干或树根。香仔常常用刀斧敲击,闻声便能知道香结在何处。采香最好的季节为七八月晴雨天,乘夜月扬辉之际探视,则香透林而起,用草系记,返回时再小心取摘。取香前,要先向神灵祷告。除了专职采香的人,其他黎人对沉香、降真香、黄花黎的生长习性等都非常了解,他们知道在走不到尽头的深山中何处长有珍稀树木,但都秘不示人,对于岛外来的人则非常警惕。

记得 1989 年我们到海南琼中县考察砖红壤——一种花岗岩风化物上发育的褐色砖红壤,多数珍稀热带树种均生长于砖红壤分布的地带。砖红壤也被称为粘土,是做耐火砖最好的材料,当时韩国的浦项钢铁计划在海南建耐火砖生产基地。我们一路行驶在五指山腹地的粘土路上,那天下着淅沥沥的小雨,雨后的土路特别滑,我们虽开了一辆吉普车,但在山路上依然打滑,在一个转弯处险些翻车,好在车速很慢,一个前轮滑出路基,悬在空中,另一个前轮被一块大石头挡住,后面的两个车轮则陷在一个大泥坑中。大石头旁边就生长着一棵约五十厘米粗的野生黄花黎,主干至少有 3 米高。我们好不容易将车弄出来,在附近一个黎村歇脚。那个时代,如进入黎人村落,尤其是生黎的村落,都会被主人观察一番。客人来后,主人一般不见面,而是躲在里面窥视探究客人的一举一动,布置酒席后主人才出来会客,一言不发,备少许酒及恶臭秽味以待客,如客人忍食不疑,主人则大喜,否则送客。也许自古以来进入黎村的人多半为了买香、买黄花黎,或也有窃香者,尤其黎族原住民由于受到周围生存环境的挤压,故多谨慎猜疑。当时我看过很多关于海南岛的文献记录,对黎人、苗人的生活习惯有一些了解,好在我们不是来买香的。

2005 年—2006 年,我在海南昌江、东方等比较偏僻的黎寨逗留了很长时间,黎人的此种待客习俗并没有改变。进了黎人家,是没有水给你喝的,只有酒。年龄大的黎人对岛外人非常警惕,尤其是岛外的年轻人。这些年,有很多黎族的女孩远嫁他乡,而黎村本就女孩少,所以村里的老人都不愿意看到有岛外的年轻男子进村。黎人通常自己酿酒,用海南黎族传统的山地旱稻"山栏"为原料，黎人称此为"biang"酒。这几年有了新设备——蒸馏器，黎人将其放在院里的树下，有客人来就点上火开始蒸酒。黎人将刚蒸出来的满满一缸热酒递给你，一边喝酒，一边观察你，看看你到底来干什么。如果你喝酒很痛快，最好是喝醉了，那黎人就觉得你这个人还行，然后会给你看看家里老的沉香、降真香、黄花黎，或者高兴了还会跟你聊聊花黎长在哪里。特别是近年黄花黎及沉香价格急升，而上等的黄花黎及沉香多为黎人所拥有，来黎村购买木材或沉香的商客很少有光顾一次就成交的。除反复喝米酒、观察来客的一言一行外，还有很多不成文的规矩与习俗，从如何进门、如何饮酒、布施钱财礼物均有很周致的礼数，不管省民还是外来的客商均不能轻慢或忽略。如黄花黎交易，一定要有本地熟人作为中介，中介也适当收费，不然很难成交。当黎人知道我不是来买香的，也不买黄花黎，他们一开始都会表示很惊讶，大概是想问："那你大老远跑来干吗？"当我试着一点点用最简单的语言跟他们解释说我来做研究，研究海南岛和世界各地的树木，看看他们生长的地方。这时候，黎人通常会给我一个微笑，然后会跟我聊他们的习俗，也聊沉香、降真香的辨识和黄花黎的特性。好几次，有黎人要将家里的老黄花黎送给我作标本，我收下过一根，是一小截沉水料，因为那位黎人说："如果你是真的做研究，这根黄花黎送给你。"至今，我仍常常想起这块标本，提醒自己"要真的在做研究"。

洪水村黎人居所（左）

苗人织锦（右）

2008 年，我在黎母山，试图能进入更深的原始林。

宋人周去非的《岭外代答》中，除了描述蟒蛇的习性外，将蟒蛇的盘踞地黎母山写得如诗如画。在他的笔下，常年云山雾罩的黎母山之巅，连黎人也不能到达：

> 海南四州军中，有黎母山。其山之水，分流四郡。熟黎所居，半险半易，生黎之处，则已阻深，然皆环黎母山居耳。若黎母山巅数百里，常在云雾之上，虽黎人亦不可至也。秋晴清澄，或见尖翠浮空，下积鸿蒙。其上之人，寿考逸乐，不接人世。人欲穷其高，往往迷不知津，而虎豹守险，无路可攀，但见水泉甘美耳。此岂蜀之菊花潭、老人村之类耶？

在宋代赵汝适《诸蕃志》中，谓黎母山原作"黎婺"："因祥光夜见，旁照四郡。按晋书分野，属婺女分；谓黎牛婺女星降现，故名曰黎婺，音讹为黎母。"赵汝适还描述了黎母山之险峻连黎人也鲜能至之，秋天天朗气清则"翠尖浮插半空"，"山有水泉涌流派而为五：一入昌化，一入吉阳，一入万安，一入琼州……"

迷雾中的黎母山
莺歌岭

2008 年 8 月的一天，一位黎人说在黎母岭山脉之主体山峰莺歌岭中，有一株野生黄花黎，虽然那时极少有人能深入莺歌岭，但我还是生了想要一探究竟的心，因为那时已经很难看到野生黄花黎了。莺歌岭位于海南岛中部偏西，呈东北、西南走向，主峰海拔 1812 米，为海南岛第二高峰，横跨白沙、五指山市及乐东县、琼中县，为南渡江、昌化江的发源地。莺歌岭保有我国面积最大的原始热带雨林，植物、动物种类丰富多样。降香黄檀、降真香及新发现的伯乐树（*Bretschneidera sinensis*，又名钟萼木、山桃花、冬桃）均分布于此。那天我们在迷雾中穿行了三四个小时后，依然没到达黄花黎生长的地方，沿途看见干枯坚硬、筋骨未散的山荔（*Nephelium topengii*（Merr.），又称毛荔枝、毛肖、海南韶子）及很多野生降真香。其中一根直径已达 40—50 厘米，结香部分直径约 5—8 厘米。还看到一根被香仔砍断的降真香，能看到降香油外溢的黑色鼓钉。

降真香，与海南黄花黎同为豆科黄檀属，黄花黎为大乔木，降真香为藤本，长可达几十米、几百米或数千米。我在乐东能见一降真香居然恣意蔓延两座山头，其延绵长度无可计算。五指山市水满乡水满上村的王桂珍

五指山树根古道
（左）

被香仔砍断的降真香（右）

女士是祖传几代的名医，在五指山有"神医"之称。她能准确地分辨大叶降真香与小叶降真香，大叶降真香黎语为"唠瓜"（音译），五指山黎人也叫"凉冬瓜"（音译），又有"豆赶""总赶""都管""总管藤"之称，意即将人身所有的病魔都可以管起来、赶出来。几乎所有的药方均以"唠瓜"为药引子，排毒、消炎，极为灵验；小叶降真香，黎语为"凉萝卜穗"（音译），药用功能为止血、消炎、生肌，五指山本地稀见，很少用其入药。中国民族医药学会副会长符进京先生认为降真香最大的作用为避邪，家备或身佩降真香，鬼怪妖魔、病虫均不能近；其次，降真香又名"宗关"，即祖宗关怀、关注之意。一个黎峒，只有地位最高的黎头可以佩戴，是地位、权力与宗族信仰的标志；其三，即药用。入药的降真香一定要从粗约四十厘米以上的古藤中采制，径级太小或年份不够，则药性不足、不纯，不可入药，也不足以驱鬼避邪。符先生已多年不用降真香入药，主要是真正好的降真香已极少见。其有一祖传上百年的降真香，坚重似铁，叩击如磬。

在寂静的林间行走，总有"山静似太古，日长如小年"之感。我们寻着一根不知长了几百年的降真香古藤走了足有 5 公里，其分枝呈网状蔓延，最大直径已达 26 厘米。他时而在灌木丛中穿梭；时而攀缘行走于树木之中，呈螺旋状攀附在紫薇、三角枫等坚硬的树干上；一会儿又从石缝中钻出；有时沿地行走遇树即上，缠绕树干。所抱之木，也有因难以承受其所缠而枯死、腐朽的，只剩弯弯曲曲的降真香。有时两根古藤如麻花缠绕，遇树木后又分开各自寻找如意的归宿。我就这么跟着他走啊走，可惜最终看到的是这根降真香已被采香人从根部锯断，以察有无结香，因无结香遂被人放弃，但彻底断裂的伤口正渗出血一样的汁液，整棵降真香也很快会枯死。我在尾端锯了一小截带回北京做标本。降真香的结香原理，至今无人探究，古今文献也无记载。根据一些考察的资料及海南黎医、学者与收藏家的经验观察，降真香的结香原理与沉香近似，或因虫害、真菌感染，导致干茎易受伤、空腐、朽烂；或地质运动、自然灾害，造成干茎扭伤开裂、断裂、烧灼；或将干茎掩埋于泥土；攀缘树木的枯死、折断所引起的损伤；人为因素则如刀砍斧斫或打洞；羊或其他动物擦、咬、踢及鸟类啄伤等。其香味也因结油的程度、方式不同而迥异。

又约走了一个小时，眼前出现一条小溪。沿小溪而上，是一个瀑布，瀑布下有一个100平方米左右的深潭，潭水深不见底，如一块清亮古玉，从岸边到中心呈现深浅不同的蓝绿色。水潭边的石头上长满青苔，毛绒绒的，非常厚，不知生长了多少年。瀑布流下形成一幕水帘，我们必须从这里穿过，无别路可择。这条所谓的路是几块石头连接而成，我脱了上衣和鞋，光着脚走在青苔上，一个趔趄，重重摔在石头上，石头滚圆无可抓处，当然也来不及抓，随即滚入水潭。对于不会游泳的我来说，这无疑是一个灾难，感觉自己瞬间被冰冻，身旁不知何时游来几条很好看的翠绿色蛇，还好我只掉在潭边，同伴将我捞出。那一刻没有什么恐惧不恐惧的感觉，应该说大脑一片空白，根本没有意识，只有那一片寂静的深绿。我躺倒在石头上定了定神，感觉阳光一点点进入皮肤，温暖着我，大约一个多小时，才觉暖和过来，这么热的天气，潭水却那么刺骨。想着王羲之东床坦腹，也不知杜甫写《江亭》时，是不是也敞着怀："坦腹江亭暖，长吟野望时。水流心不竞，云在意俱迟。寂寂春将晚，欣欣物自私。江东犹苦战，

五指山腹地的瀑布（左）

五指山中的古藤（右）

回首一颦眉。"我听见近处瀑布"大珠小珠落玉盘"的声音，远处树叶相摩之声，以及更远处星河流转的声音。衣服晒干了，才发现自己不能动，腰间传来不可描摹的剧痛。

几番折腾，终于回到北京，我直接被抬进了中日友好医院。医生说脊椎第三节骨头撕裂，必须马上手术，不然就需要一个轮椅。医生还说这是旧伤，很早以前就已经裂了，只是这一次更严重而已，我这才记起几年前曾坠落悬崖。2004 年，在湖南平江县附近的罗霄山脉，那里有一条贩盐的青石古道，通往江西铜鼓、修水、萍乡。山林中生长着成片的野生红豆杉，遮天蔽日的樟木，粗大壮硕的闽楠。青石古道很窄，下面是三四米深的山涧，沟底也为青石板铺就，清澈透亮的浅水穿流而过，水流很快，五彩落叶顺流而走。我正惊叹眼前的一株红豆杉，因为想要拍下他的全貌而后退了两步，下一秒我已躺在沟底，怀里还紧紧抱着相机，努力站起来时才发现自己衣不蔽体，鞋也不知去向，只有相机完好。

有过与死神擦肩而过的经历后，不会有所谓"死里逃生"的窃喜，只会由衷生出对万物的欢喜赞叹。有很多作家喜好用"与死亡对峙"这样的词句，事实上，你不可能也没有机会与死亡对峙。我们不过是浩瀚宇宙中的一粒尘。

2015 年，我又一次来到莺歌岭，并没有再次走到那个深潭边，也没有看见黄花黎，降真香藤蔓依然支离破碎。

有朋友问："如果，今时今日有人告诉你某个大山深处有一株野生黄花黎，你还会冒着生命危险去一探究竟吗？"我没有答案。

第四辑　荒草野花

　　2014 年年底，我再次去老挝考察，得一本《Lao Flora》，如获至宝。老师问我："你生命的意义何在？"答曰："荒草野花。"于是，老师在第一页的反面用英文写下了这样一句话：The moment we set off in search of it, we set off in search of ourselves. And it saves us.

　　《庄子·人间世》有一则关于"散木"与"文木"的故事，大意说那些所谓"散木"即不材之木，无可用处，故不夭斤斧而得以长寿。那些有用又漂亮的"文木"，都会经历"大枝折，小枝泄""不终其天年而中道夭"的命运。

　　庄子所述，如我于世界各地所见如出一辙。2014 年至 2019 年我多次前往缅甸、老挝，尤其在泰国北部逗留了很长时间，20 世纪 90 年代所见之原始森林几乎消失殆尽。当我再次抵达云南香格里拉，二十多年前遮天蔽日的原始林中也只残留着云杉、铁杉之树桩，参天大树与古藤苍苔碧的景象已经成为了记忆。森林消亡的速度比我们想象中要快得多，"文木"倒下了，随之滋长的却是人之欲望。在东南亚国家，凡汽车可以到达的地方已见不到野生的"文木"，只有如铁刀木那般不堪用又生命力旺盛的树种还在任性生长。

晋代葛洪撰《西京杂记》卷六之《文木赋》中记载着鲁恭王曾得一文木而后成器，欣喜快意不已，中山王作赋赞其华美的色泽与纹理："或如龙盘虎踞，复似鸾集凤翔。青缃紫绶，环璧珪璋。重山累嶂，连波叠浪。奔电屯云，薄雾浓雾。麏宗骥旅，鸡族雉群。蠋绣鸳锦，莲藻芰文。色比金而有裕，质参玉而无分。"如此"文木"被制作成乐器、用器、屏风、杖几、枕案、盘盂，鲁恭王听了中山王的极尽赞美之词而大悦，中山王因此得到了骏马二匹的赏赐。想来鲁恭王只看到其木材、器物之美，忽略了伐木时"隐若天崩，豁如地裂。华叶分披，条枝摧折"的情景。

一百多年后的南北朝人庾信又作《枯树赋》，以殷仲文对枯树的慨叹起兴，"此树婆娑，生意尽矣！"遂以树喻人、以人喻树，引出"人之无常如树之枯荣"的感慨。在庾信笔下，连那些不能为栋梁之材，生得"拳曲拥肿，盘坳反覆"的"无用"树木，被匠人们发现，"平鳞铲甲""落角摧牙"后，成为人的把玩之物。

2014年在老挝琅勃拉邦，我看到遍地被砍伐下来的乌木，因没有形成黑色纹理而被弃之荒野。既然无用，何必伐之？2017年，在泰国北部孔敬府，看到一棵硕大的花梨木被伐倒，流出如血般鲜红的汁液。2019年，最后一次去云南老青山，黄杨木几乎被采挖殆尽，所剩几棵长在悬崖峭壁上——人类不易到达的地方。不论"文木""散木"，都逃不过"命运"的驱使，如庾信言："树犹如此，人何以堪？"人类命运的起伏，亦与自然相生相伴，我们一直忘了自身不过是"世界"的一个组成部分，总是企图凌驾于万物之上——主宰万物。就如同如今的家具收藏、制作或使用，我们是否一定要以木材之价格、稀罕程度来度量其价值？

《庄子·应帝王》中有一则关于"浑沌"的故事："南海之帝为倏，北海之帝为忽，中央之帝为浑沌。倏与忽时相与遇于浑沌之地，浑沌待之甚善。倏与忽谋报浑沌之德，曰："人皆有七窍，以视、听、食、息，此独无有，尝试凿之。"日凿一窍，七日而浑沌死。

庚信笔下的大树生意已尽，庄子笔下的浑沌死了。何时，我们能将这个被人类霸占的世界还给世界，回到"浑沌"——那个不分割的浑全如一的世界。或荒草野花，或文木散木都是一个浑全的世界，只需于自然中凝神倾听，万物皆有籁籁细语。

正如老师说："我们出发去寻找她的那一刻，其实是去寻找我们自己。她拯救了我们。"

2014 ———————————————————— 2023

25. 东枝的柚木，茵莱湖的梦

夕阳中的茵莱湖

风雨冲刷的柚木

　　与森林、木材相伴几十年，常有人问我最喜欢哪一种木材，我没有个人偏好，不知如何作答。每一种木材有其自性，如能运用得当都是好木材。而如果不谈其利用，纯就木材各自的性格来说，我可能更喜欢柚木——一种朴实、厚重，不惧岁月打磨的木材。在风雨的冲刷中留下深深的沟壑如人脸上的皱纹一样，嵌满其中的都应是满满的慈悲。

　　2015—2016年间，我多次前往缅甸中东部掸邦高原及西北部的实皆省考察柚木，在实皆省马林镇南达乡看见了世界柚木王：树龄约五百年，围径8.3566米，树高33.528米，被当地尊为"树神"。

　　缅甸是森林王国，全国的森林覆盖率超过了50%，树木种类有两千多种，世界上大约75%的天然柚木分布在缅甸。柚木（*Tectona grandis* Linn.），马鞭草科柚木属（*Tectona*），又称胭脂树、紫柚木、埋尚、埋沙（云南）、麻栗（台湾）。因其心材富集天然油质，新鲜锯沫手捏成团而不松散，故名柚木。柚木原产于印度、缅甸、泰国、印度尼西亚、菲律宾，其中缅甸柚木为上等。云南之德宏、西双版纳，广东，广西，台湾高雄，厦门天马，海南岛都有引种。缅甸的柚木林主要集中于缅甸西部、西南部，如实皆省、曼德勒省、马圭省、勃固省。欧洲商人寻找上等的柚木一般将眼光集中于缅甸境内北纬 18—22° 之间的地区。特别是克耶邦（KAYAN STATE）的垒固（Loi Kaw）林区往西至马圭省的德耶林区（Thayet），做高等级游艇、刨切材的柚木往往在这一狭窄区域可以得到。

2016 年 7 月，我们一行来到缅甸东部掸邦首府东枝（Taunggyi），位于北纬 21° 附近，东枝即"大山"之意，因其东部有著名"Taung-chun"山而得名。东枝的主要民族并非掸族，而为勃欧族，约占全市人口的 60%。东枝一带的山区所产柚木、花梨木都是最好的，与其生长的纬度、气候、环境有关，贫瘠的山地，石头多、水分少的干旱地区柚木密度大、油质好；纬度略高、气候偏冷的地方所产的柚木颜色偏金黄；生长在山坡或山脊的柚木质量相较生长于山谷的质量好。习惯上将缅甸柚木分为瓦城料和南南料。瓦城即缅甸中部的曼德勒（Mandalay），是缅甸古都，水陆交通要道。所谓瓦城料，一说产于伊洛瓦底江中上游地区带黑筋（即线条呈深色）的上等柚木。这种说法定义的柚木与缅甸优质柚木天然林的分布区域有些差距，另一说为瓦城料应该是所有上等柚木之集合名词。瓦城本身并不产柚木，而是各地所产柚木集中于瓦城，再由瓦城向北进入中国，向南进入仰光分流

以层层柚木叶为顶的民居（左）

东枝 Nar Kyaine 货场的柚木（右）

而已。故将上等柚木称之为瓦城料。南南料，一般指产于掸邦北部克钦邦等级较差的柚木。掸邦腊戍（Lashio）产柚木是南南料之典型代表：干形差、矿物线多、杂质多，板面不干净、油性差。"南南"二字，有人认为指掸邦南部所产之柚木，或谓其品质"烂"之代指。柚木的采伐与制材的方法不同也直接影响柚木的等级。当年英国人采伐柚木，先将合格且适于采伐的柚木标注，需围径在六英尺以上、树龄70—80年以上才能采伐。然后搭木架自地面1.5米处左右开槽，将树皮割破成一小圆槽，断其水分，没有了水分和营养的供给，树木一至两年内便自然枯死，然后再去采伐。柚木枯死后木性趋于稳定，枝叶自然掉落后也便于采伐，方便运输。

东枝林区的瞭望台（左）

Par Sak 山的野生花梨（右）

从东枝出发一路向东北方的山区行驶，这里已经是掸邦高原腹地，人烟稀少，偶尔能看到用茅草、柚木树叶搭建的民居。至一座当地人称"Lin Khae"的山，山上野生柚木生长于低丘陵的落叶混交林中。我们锯了一块柚木标本，这里的柚木材色金黄、油质明显，属级别较高的金柚。相对于金柚，一般将产于缅甸北部油性差、颜色暗淡的称为白柚或灰柚。还有一种被称为黑柚的柚木，其颜色较深，但极为稀少。山中遇到一队大象，三位村民正将大象赶入丛林，说是大象已经在山中运送完一批木材，要将其放回山中，这样可以节省很多饲养成本。"Lin Khae"山里这种半野生半驯养的大象有好几百头，需要大象来拖运木材时再将其叫回来。我很好奇如何能召唤大象，便问村民。村民说："这太简单了，如果要召唤母象就让公象在山巅迎风站立，如果要召唤公象就让母象在山巅迎风站立，大象的嗅觉是非常灵敏的，几公里外甚至更远的地方都能闻到味道。""那如何找到第一头公象或母象呢？"村民答："准备好大象喜欢的食物，如野生水果、鲜草等，放在其出没的必经之地，在里面拌上一点罂粟壳或其他大象爱闻且熟悉的能散发味道的东西，他们就来了，然后用绳索或其它工具捕获，有麻醉枪当然更方便……"

大象主人的木屋

山巅孤独的柚木
苗，细弱挺直的
主干支撑着肥大
的叶片

　　离开"Lin Khae"山我们又去了"Par Sak"山，满山沟都是大量野
生柚木及花梨木。爬上山巅，见一棵两米来高的柚木苗，主干细弱但挺直，
支撑着肥大的叶片，红紫色的树叶鲜亮，叶脉清晰。他孤零零站在山巅，
遥望着远处无边无际、层层叠叠的山峰。想起德国诗人赫尔曼·黑塞曾在
他的散文《树之赞》中将孤立的树比作贝多芬和尼采："当它们（树木）结
成部落和家庭，形成森林和树丛而生活时，我尊敬它们。当它们只身独立
时，我更尊敬它们。它们好似孤独者，它们不像由于某种弱点而遁世的隐
士，而像伟大而落落寡合的人们，如贝多芬和尼采。"与这棵独立的柚木对
视良久，不觉日头已经西斜。急忙翻下山，一个转弯处，森林里突然跑出
来十几个赤脚赤膊的人，将我们的车包围，几支冲锋枪对准了我们。同行
的缅甸朋友急忙对持枪者说：车上都是中国人，并马上让我们拿出护照给
他们看。又安慰我们，让我们不要怕，说虽然这是反政府武装，但他们不
伤害中国人。果然，小头目看了我们的护照随即让大家放下枪，还客气了
些。我们把兜里的几十万缅币都给了他，大约几百块人民币，小头目也没
客气就收下了钱，让我们走了。

天已近黑，翻过几座大山来到一块坝子，遍地金黄色的水稻，农田里有几个酸枝木搭建的凉棚，那是缅甸农人干活时的休歇处。袅袅的炊烟在暮色中分外显眼，我们才想起来一天没吃饭了。陪同的缅甸朋友说今晚只能在这个小镇（Mong Pan）歇脚了，一天爬了两座山还被冲锋枪惊吓，我们决定在小镇住下。好不容易找到一个招待所和一个营业中的缅人餐厅，厨师为一个大胖子，我问："有饭吗？"厨师答："有，昨天煮的。"我一闻，馊得不行，已发粘。我说："能否新煮？"答："饭没卖完怎么可能新煮呢？"只好作罢，也没什么菜，只有一颗变了色的圆白菜，四个可怜的小鸡蛋，还有红色的朝天椒、蒜和姜，盐、酱油均有。我将馊饭放上酒、酱油、盐，反复翻炒，两个鸡蛋做汤，两个鸡蛋炒圆白菜丝，朝天椒、酱油、蒜片、酸木瓜，泡了一大碗，找了一箱啤酒，居然吃了一个肚圆，肠胃也没问题。

一身臭汗与泥巴，必须洗澡。同行的缅甸朋友不洗，他们说可以带我去洗淋浴。我很高兴，一看哪有什么淋浴？在月光照耀的芭蕉树下，一个四方的布满绿苔如古堡般的水泥池子，离水泥地面约四十公分高处有一圆形木塞，拔出来，池子里的水就外泄。我用手捧了一捧水刷牙漱口，谁知水池沉淀时间太久，塞了一口稠稠的淤泥！我问怎么洗澡？主人答，脱衣后平躺在水泥地面，把木塞拔出，水自然流到身体的各个部分，正面洗了，再翻过来洗，如出 2 万缅币，有专人帮你洗。想象中，那场景即如肉饼，两面可煎。事已至此，没有选择，只有找一缅人搓洗翻边，居然神清气爽，面貌一新。

洗了几十年的澡，洗了无数次澡，最令我难忘的便是这次掸邦高原的"翻边洗"。人生即如此，最重要的事无非好好吃饭、认真洗澡。

第二天，天刚蒙蒙亮我们就出发前往茵莱湖（Inle Lake），因为昨晚实在没法睡，一夜都在与蚊子、蚂蟥和四脚蛇战斗。

茵莱湖位于东枝以南约三十公里处。从 Mong Pan 小镇来到茵莱湖，仿佛回到人间，置身这个如梦如幻的水上世界，仿佛又不在人间——这是一个绝尘离俗、与自然完美相融的世界。

青山环抱之中的茵莱湖面积并不大，只有 65 平方公里，平均水深约有四米，清澈见底，这里海拔 1400 米左右，故人们又称其为"高原蓝海"。茵达人世世代代生活在这里，茵莱湖所在的掸邦高原，四周都是崇山峻岭，是古代缅甸的流放之地，被流放至此的先民跟东坡先生一样，把流放的日子都过成诗，成为茵莱湖的子孙，在湖区生息繁衍，在水上建构了自己的家园。

茵达人以树干、竹枝，在湖面搭建起了浮动民居，一栋一栋民居组合成了"水上村庄"。有了家就有了水上农田、菜地、果园，随着水位的涨落而升降、漂移。随后就有了水上集市，又盖起来一座水上寺院。茵达人世代生活在水上，出门见水，一切活动都与船相关。赶集、拜佛、串门都要划船，这里的小船真可叫一叶扁舟，均由柚木制造。茵达人于是发明了"单足划船、双手张网"的绝技，一腿固定，另一条腿控制船桨，两只手自由撒网，狭长的木舟在湖面穿梭，速度极快。湖水中还生长着铁刀木及各种

茵莱湖上的渔夫

花树，有时荡舟其下，鲜花就"噗噜噜"落在船上，落在水面。水上人家总与风雨相伴，却过着诗意的日子。茵达人将荷叶杆里的丝抽出来，长长的一根，捻成线，织成布，做成各式各样的围巾、手帕，而这里的少女出嫁，最体面的不是得到多少聘礼，而是铺满一只大船的各色鲜花！

　　此情此景，如一个不真实的梦，让我想起爱尔兰诗人威廉·巴特勒·叶芝（1865—1939）写于1890年的那首《茵尼斯弗利岛》（飞白译）：

> 我就要起身走了，到茵尼斯弗利岛，
> 造座小茅屋在那里，枝条编墙糊上泥；
> 我要养上一箱蜜蜂，种上九行豆角，
> 独住在蜂声嗡嗡的林间草地。
>
> 那儿安宁会降临我，安宁慢慢儿滴下来，
> 从晨的面纱滴落到蛐蛐歌唱的地方；
> 那儿半夜闪着微光，中午染着紫红光彩，
> 而黄昏织满了红雀的翅膀。
>
> 我就要起身走了，因为从早到晚从夜到朝
> 我听得湖水在不断地轻轻拍岸；
> 不论我站在马路上还是在灰色人行道，
> 总听得它在我心灵深处呼唤。

　　茵尼斯弗利岛是爱尔兰民间传说中的一座仙岛，25岁的叶芝在伦敦的街头，在灰色的人行道听到湖水拍岸的声音、蛐蛐的歌唱……想来叶芝是读过梭罗的《瓦尔登湖》的，而梭罗在瓦尔登湖也不过待了两年，叶芝在向往田园的同时依然保持着他灵魂深处的贵族立场。如果真能同渊明先生那般"乐夫天命复奚疑！"便不至在"现实"与"梦想"之间摇摆。想来人之一生最难的功课之一便是知道自己要的是什么，自己的"天命"又是什么。如渊明先生说："富贵非吾愿，帝乡不可期。怀良辰以孤往，或植杖而耘耔。"

茵达妇女正将荷叶杆里的丝抽出,捻成线(上)
湖中睡莲与不知名的小花盛放(下)

我们选择住在茵莱湖水上的酒店，每人所住均为独立的用柚木成造的木屋，室内设施豪华。进入酒店只有两条路：陆路也须从约一公里外由酒店的两位小姑娘引路，走过木板廊桥，两边都是浅水野草闲花；另一条是水路，从湖的对岸坐酒店的独木舟，夕阳西下，水天一色，柚木码头上早已排列好少年美女，载歌载舞，手捧荷花与米酒迎接你。

晚上睡在床上，如卧波澜，可以听到水的追逐、虫鸣与鱼跃出湖面清脆而急促的声音，是安祥、平和的一夜。第二天天亮，我想到外面走走，四面皆水，远处为山。刚一开门，毛发直立，凉气嗖嗖，一条巨大的蟒蛇盘在门口的木桥上，蛇头上扬，蛇舌来回伸缩。第一次如此近距离遭遇这么大的蟒蛇，让我不知所措。我马上紧闭房门，谁知木门仅为摆设，一碰便开。我一直在门缝中观察，半小时后，蛇从廊桥一侧往下溜走了，我从冰箱里摸了一瓶 Wisky，一口气干了。摸了摸胸口，自己的心还在，也能跳动。

茵莱湖水上酒店

26. 乌本桥的落日

世界上只要可以用到木材的地方，肯定可以找到柚木的身影。

缅甸曼德勒（Mandalay）阿马拉布拉（Amarapura）古城境内的乌本桥（U Bein Bridge），一座长达 1200 米的柚木桥，横跨东塔曼湖（Taungthaman），修建于贡榜王朝的敏东王时期（1851 年），敏东王拆除古城之柚木构件用于建造长桥，方便季节湖两岸百姓。乌本桥又有柚木桥、情人桥之称，桥面及桥墩全由柚木构建。历近两百年风雨冲刷、日光照耀，木头已呈浅灰色，仍坚固地屹立在东塔曼湖上。虽因承重需要，部分桥墩换成了水泥，仍能供行人正常来往，这足以成为柚木品质的象征与明证。

乌本桥的落日

宝迦雅寺的柚木
栏杆，在岁月的
冲刷下依然保持
着坚韧与厚重

缅甸的柚木是特殊的，他是世界木材的参照点。柚木树干高大通直，色泽金黄干净，性稳，强度、比重适中，加工容易，耐久性、防虫害（特别是白蚁）、防酸、防水的性能都很好，在水中长期浸泡仍能保持其良好的材性。世界上常以其物理力学指标作为衡量所有木材材质优劣的标准，且有非常广泛的用途。正因为如此，柚木又有"木中之王"之美称。

记得1990年3月，我与缅甸林业部部长及其他部门官员前往日本横滨港，横滨港储存木材有一套现代化设备，将木材编号后沉入海底，通过电脑控制，想看哪一根木材，按下按键那根木材就从水中出来。我们所见均是径级1米左右，长20米，端面呈金黄色的柚木。接待人员说这是1954年从缅甸进口的。缅甸林业部部长看后唏嘘不已，叹息着说："原来我们缅甸有那么好的柚木！"2013年的一天，在仰光港木材码头，我于千千万万的木材中看到一长排被水生物侵蚀后满身沧桑的柚木。这批柚木来自一百多年前沉入伊洛瓦底江的船只，打捞上来已十多年，一直无人问津。我看到后很兴奋，建议同行的一位木材商买下来运回中国。朋友经营珍稀木材应在国内排第一，在国际上也声名显赫，他二话没说当即买下。2015 年在张家港货场，看到一排排长约十几米的怪树，树干凹凸不平、沟壑满身，端面形状无一雷同，据说来自亚马逊热带雨林。我无意间说了一句："太好了！应全部买下来。"此话传到兄弟那里（当时他并未在场），后来我看到这批木材整齐码放在他自己的院子里。想来，一个人对野外生长的树木之偏爱，或对珍稀木材的敏感程度，可能是与生俱来的，并非后天培养。这两种木材可用于园林、水榭楼阁及家具的制作。

除乌本桥外，缅甸有很多著名建筑都由柚木成造。曼德勒附近的金色宫殿僧院（Golden Palace Monastery），原为敏东王和皇后的寝宫，敏东王在此驾崩。继位者锡袍王为避讳，将它变成僧院，自己也常在此打座冥思。方顶重檐的建筑最初内外均贴有金箔，随着时间的打磨，如今已褪去耀眼的金色，透出柚木的古朴沧桑。僧院完全由柚木构建，数百根粗壮的柚木立柱支撑其主体结构，内部的立柱、门墙以及其它部位仍清晰可见各种精美密集的雕饰，极尽繁华，有神灵、人物、瑞兽、花鸟，生动、活泼，

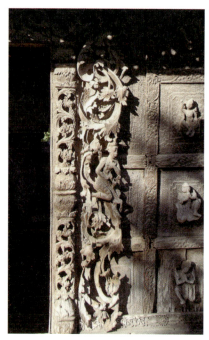

金色宫殿僧院的
雕刻（左、右上）

金色宫殿僧院外
景（右下）

且所有雕刻几乎没有打磨，刀斧之痕迹仍存，古朴原始。建于 1834 年的曼德勒阿瓦的宝迦雅寺（Bagaya Kyaung），是阿瓦现存最古老的建筑，寺庙全部由金色的柚木构造，悬空于 267 根柚木立柱之上，亦有精美的雕刻，故又有"柚木寺"之美称。其他柚木建筑还有诸如喜迎宾僧院（Shwe In Bin Kyaung）、曼德勒皇宫以及位于仰光的大金塔等。缅甸的柚木雕刻早期受到印度文化的影响，以婆罗门教或小乘佛教的神、佛像或宗教故事为素材的雕刻较多；现代则受到中国福建、广东木雕的影响比较明显。缅甸的民房所用立柱、梁及其它部位如门、门框、窗、框架、楼梯、地板或木瓦均采用柚木，东南亚及欧洲一些别墅所用木材也大量使用名贵柚木。柚木加工工序简单，不需要长期的干燥处理，只需要一边晒一边泼水，水与阳光使其材色越发金黄、稳定。

在欧洲，尤其英国也有很多以柚木为材料的建筑和高级游艇，而这些柚木都来自缅甸。荷兰人、英国人早在大航海时代就开始在印度搜寻柚木，以建造更牢固、更耐用、更具远航能力的船只。后来英国人在缅甸发现了

宝迦雅寺外景（左）

宝迦雅寺的雕刻（右）

比印度更好的柚木，从此缅甸成为了英国人的目标。柚木是缅甸的国树，可供采伐的柚木面积大约 610 万公顷左右，潜在年产量在 20 万吨左右，占全世界总产量的 70%，居世界第一位。然而，历史上资源丰富的国家多是被侵略的那一方，珍稀的柚木直接成为英缅第三次战争的导火索。

1824 年至 1885 年，英国先后发动了三次对缅战争，一步步进行殖民侵略并最终吞并了缅甸。

早在 1795 年到 1811 年之间，英国东印度公司就六次派遣使者到缅甸，希望借由控制缅甸，从而巩固英属印度，将英国在东方的殖民地连成一片，甚至可以借此打开中国的贸易大门。英国人的第一目标便是要取得缅甸的柚木，利用廉价的柚木造船，以利贸易。于是英国资本开始进入缅甸，建立锯木厂、造船厂，1877 年前后，英属下缅甸已开设 22 家锯木工厂，19世纪 60 年代后造出的千吨级的大船有"马六甲"号、"坎宁"号、"哥本哈根"号，最大一艘是 1418 吨级的"康斯巴蒂"号。用柚木造船，再用船将柚木及其他资源运走，而成本只是开设没有太多技术难度的锯木厂、造船厂，用着廉价的原材料和人工。不仅如此，英国的贸易公司不仅开采英属下缅甸的柚木，还采伐上缅甸的柚木，按协定应纳税，而英国贸易公司甚至漏税，采伐 8 万根柚木但只报 3 万多根，缅甸最高法院宣判要求其补税并缴纳罚款，而英国贸易公司概不服从，更将此"柚木案"视为鼓动英国政府继续吞并上缅甸的好机会。于是，英国殖民主义者抓住这一时机，借口缅甸政府对"柚木案"的判决是迫害英国商人，发动了第三次英缅战争。持续了半个月的第三次英缅战争实际上并没有实质上的交锋，以走投无路的锡袍王（Thibaw）投降英军，并与王后素浦叻雅（Suphayalat）一起被流放印度为结局。缅甸最后一个封建王朝——贡榜王朝终结。人们为了纪念最后一代国王和王后，用柚木做了雕像至今供奉于曼德勒王宫。

夕阳西下，乌本桥的身影倒映在东塔曼湖，桥面灰白的柚木亦被染成金色，一排排身着红色袈裟的僧侣赤脚往来于上，天水一色，金红一片。湖水中的桥影被渔船划破，荡开一片片涟漪。每次来到乌本桥，我也总会赤脚在桥上往来漫步，等待太阳落入远方的山丘，时光就此凝固，"虚掷光阴"才

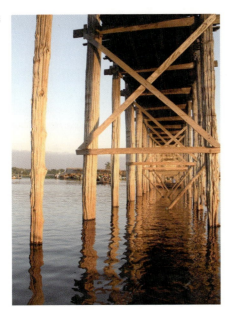

夕阳中，乌本桥
被染成金色

是人间最美妙的一个动词。柚木桥面被阳光晒得温暖，润滑，一块块木板有些参差不齐，走起来晃晃悠悠，但我知道可以且应该信赖柚木的坚韧，就如同相信战争总会过去。

乌本桥距离曼德勒只有十来公里，曼德勒是缅甸第二大城市。记得 20 世纪 90 年代第一次抵达曼德勒机场，机场很小，登机时没有广播，而是用一根木棒敲击一根中空的木头，声音沉闷却可以传很远。木头为柚木，空洞为自然形成，这样基本不会有裂缝，声音不会外泄。在缅甸曼德勒有一座全为缅甸花梨木建造的酒店，名"花梨宫"（Rupar Mandlay Resort），仿曼谷一皇宫式样建造，建筑的所有构件甚至墙壁板、地板、走廊、台阶、卫生间及室内家具纯为花梨，一进门便为几米高的花梨树苑。缅甸花梨木，学名为大果紫檀（*Pterocarpus macrocarpus*），主产地为缅甸，老挝、泰国也有分布。在我看来，花梨宫唯一的缺点是所用木材的色差比较大，花梨木有两种颜色，一为砖红色，另一种为金黄色，花梨宫采用了两种颜色的花梨木，建筑屋顶的木瓦为红色，其他为金黄。花梨宫内的园林植物也以花梨木为主，杂以当地花草，极有特点。酒店另有两个小的建筑，均以柚木为瓦，木瓦均为直纹。花梨宫的室外餐厅设在池塘边，一棵巨大的花梨树下，旁边就是几株常年盛放的鸡蛋花。用餐时，时不时有花瓣落在盘子里、咖啡中。当我 2018 年第三次入住花梨宫时，木结构上却刷了油漆，使得颜色发闷，沉郁而压抑。

位于乌本桥西南方约一百三十公里的伊洛瓦底江东岸有一座小城——蒲甘，是史学界公认的"最令人惊奇的人类文化遗产之一"，有"万佛城"之称。公元 1044 年，阿奴律陀在此创建了缅甸历史上第一个统一的封建王朝，史称"蒲甘王朝"，延续了二百五十多年。阿奴律陀国王虔信佛教，以上座部佛教为国教。在蒲甘王朝时期，共修建了多少座佛塔众说纷纭，历经千年沧桑、战火以及1975年的地震，至今保存完好的佛塔仍有两千余座。

宋代，中国对蒲甘已有很多记述，周去非著《岭外代答》卷二·蒲甘国："蒲甘国，自大理国五程至其国，……蒲甘国王、官员皆戴金冠，状如犀角。有马不鞍而骑。王居以锡为瓦，以金银裹饰屋壁。有寺数十所，僧皆黄衣。国王早朝，其官僚各持花献王，僧作梵语祝寿，以花戴王首，余花归寺供佛。徽宗崇宁五年二月曾入贡。"

伊洛瓦底江流经蒲甘地段，江面渐宽，水面平缓，看起来似乎水面高于堤岸。蒲甘城不大，这里的人们，不论男女老少都喜用黄香楝磨粉，涂抹在脸上，可以防晒、保护皮肤，他们也认为这是一种美，街上卖黄香楝的小摊随处可见。蒲甘人很多都是漆器手工艺大师，蒲甘的漆器制作从蒲甘王朝时期就有，一直传承至今，很多雕漆技师都是女性。我们所住的酒店位于城边伊洛瓦底江畔，被竹子、榕树、鲜花包围。有不少民居都用棕榈树叶编成的瓦为顶，非常漂亮。我曾到过两次蒲甘，为了去看阿南达塔。

阿南达塔在两千余座佛塔中秀拔而出，由江喜陀国王（King Kyanzittha）建造。塔高七十多米，四面拱门内各有一尊独木佛像，高约十米，分别用檀香木、柚木、松木和玉兰木雕成，形态栩栩如生。这里的檀香木可能为缅甸檀香，也称水檀，木材与檀香木近似，均为黄色，少纹

蒲甘额雕漆师（左）

制作黄香楝粉（右）

理，但没有香味，可以长到很大，与檀香木不是同一种树种。所谓"玉兰木"指黄兰（*Michelia champaca*），木兰科白兰属，别称黄心楠、黄心兰、缅甸金丝楠、水楠。原产于缅甸平原及丘陵地区，印度、泰国、越南及中国云南南部地区也有分布。边材很窄，呈浅黄泛白或浅灰色，心材浅黄棕色或橄榄绿泛黄，颜色一致而几无变化；木材少有花纹，根部时有水波纹，其瘿巨大或瘿包大小连串，但瘿纹呆板粘滞，缺少变化与生机。国内常以黄心兰冒充金丝楠或其它楠木。小乘佛教国家用"黄"是极为慎重的，"黄"一般代表佛教，僧侣的袈裟为黄色，柚木、白兰、娑罗双均为纯黄，故南亚、东南亚到处都喜欢这几种"黄"色木材。

　　蒲甘虽在伊洛瓦底江畔，但却属缅甸中部相对干燥的地区，蒲甘之巴利语名字即有"干燥之地"的意思。在古塔林中穿行，树木种类并不算很多，主要有水檀、黄心兰、菩提树、柚木、竹子与细藤、棕榈等。树枝从古塔红色的砖缝中探出头来，不知其根扎在何方。

蒲甘佛塔砖缝中
有小树在生长

乌本桥（U Bein Bridge）的落日

27. 大其力的偷鸡节与铁刀木

　　大其力（Tachilek），缅甸东部的一座边境小城，也是"金三角"中心城市。大其力以东地区以湄公河为界，与老挝接壤；南部与泰国美塞县（Mae Sai）隔河相望，人们称这两座城市为美塞河畔的双子镇，两城有着相同的习俗和语言，通用泰国的货币和通信网络。大其力桥连接着这两座城市，缅甸的车辆靠右侧行驶，泰国的车辆则靠左侧行驶。桥头有一条称为"打洛"的商品街，以出售日用品、农产品及手工艺品为主，因价格便宜，有很多泰国商人来此批发商品运回泰国出售。大其力也是缅甸木材的集散地之一，木材商将缅甸产的柚木、花梨、酸枝等木材从这里运往泰国，泰国商人常冠以"泰国产"，以提高价格。

"金三角"地带的大其力桥，连接着两座城市

　　"大其力"为泰语，"大"为"渡口"之意，"其力"意为铁刀木，即铁刀木的港口。这里沿湄公河畔、公路边、房前屋后及城郊的山野均生长着成片的铁刀木。铁刀木（*Senna siamea*），为豆科决明属，中国的铁刀木主要产于中缅边界、滇西等地，当地人多以其为薪柴，用来烧火，很少用来制作家具。云南本地人又称铁刀木为"挨刀砍""黑心木"，因铁刀木有两种颜色，一种心材之底色呈黄色或金黄色，具栗褐色或黑褐色条纹；另一种心材呈栗褐色或黑褐色，有时呈大块黑褐色或墨黑色，故称其为"黑心木"。当地人多将其种在房前屋后，长得差不多就砍掉，第二年则能萌发很多新枝，越砍越长，树蔸也会越来越大，故也称其为"挨刀砍"。铁刀木虽算不上名贵的木材，但其叶、花可食，还有一个与之相关的节日。

　　2016 年 11 月 14 日，我在大其力正好遇上缅甸的"偷鸡节"——白天供僧，晚上偷鸡。

"偷鸡节"的游行花车

　　"偷鸡节"其实是当地人一种调侃的说法，实际上就是缅甸的直桑岱节，这一天人们要去寺院供佛，给佛像换上金黄色的新袈裟，晚上还要放天灯，类似我国的孔明灯，偷鸡只是其中的一个娱乐项目。直桑岱节是一个全国性的节日，大其力这座边境小城这天也热闹非凡，几百辆不同品牌经过装扮的花车在街上慢悠悠前进，车上装满各色供品及打扮各异的人，人们载歌载舞，锣鼓齐鸣，路边还有很多正在采摘铁刀木花及嫩叶的女孩。黄色的铁刀木花都开在枝条顶端，呈散房花序，遥望如万千黄色蝴蝶在树梢翩跹，所结之籽如长扁豆一般垂着。与路边采花的女孩攀谈，才知道节日当天一定要吃铁刀树的花、叶，或凉拌、炒鸡蛋，或用嫩叶煮水喝。太阳下山，大其力城则进入另一个世界，装扮各异的人可以随意偷鸡，在这一天

盛放的铁刀木（上）

铁刀木花与果荚（左）

采摘铁刀木花叶的女子（右）

偷鸡是合法的，将偷来的鸡与炒过的铁刀树籽一起煮，全家人食用，不仅大补身体还可消灾、祛毒、避祸、延年益寿。月夜，到处是手持孔明灯的男女老少，然后让自己的心愿、祝福随着灯飘远。

大其力有一座不起眼的寺院，均以柚木为材建造，当地人称其为"柚木寺"。寺院附近的村庄为克杨族和哈尼族居住地。大其力附近一带的所谓"金三角"地区就居住着九十多种不同的民族。克杨族是山地民族，女性以颈长为美，故有在脖子上戴铜项圈的习俗，人们习惯将他们称作"长颈族"。我所见的村里年长的妇女所戴项圈最多的有 23 个，村民说还有戴 27 个的，差不多 10 公斤。

在大其力 Lwl Sitone 村政府贮木场，所见之酸枝木、柚木、花梨木等

克扬族女性以颈长为美，故有在脖子上戴铜项圈的习俗

木材堆成了山，等待运输或被出售。一部分从万蚌码头经湄公河，北上至西双版纳的关累港；另一部分从大其力进入泰国清盛。其贮木场的花梨木品质非常好，几乎没有缺陷，虫眼很少且很多都呈正圆形。大其力附近山区也产一种鸡翅木，即缅甸鸡翅木，其学名为白花崖豆木，又称"丁纹"。其新开面颜色呈浅黄色或浅咖啡色，久则呈黑褐色或栗褐色，黑色条纹明显，与铁刀木十分相似。

《红木》国家标准（2000 年）将铁刀木归为鸡翅木一类，其原因便是铁刀木与产于非洲、缅甸的鸡翅木表面特征十分类似。缅甸鸡翅木的径切面有细长的深色细纹，弦切面则呈满面鸡翅纹，线条较红豆树、铁刀木粗，图案规矩呆板而少有变化；铁刀木有细如发丝的鸡翅纹，回转自如，金黄色、咖啡色交织，有时呈大片空白而无图案，仅有绞丝纹或直纹。铁刀木加工打磨后具光泽，光泽持续长久，几百年之铁刀木老家具仍保持明显的光泽；缅甸鸡翅木比重、油性大，比铁刀木更具光泽感且鲜亮明丽。

中国古代家具所用木材中有"鸂鶒"之一种，"鸂鶒"作为木材的名称在清早期以前就已出现，宋明两朝的文献中出现频繁。至清初，则多以"鸡

大其力贮木场，
一望无际的花梨

翅木"取而代之，亦称鸡鵦木、鸡刺。无论"鸂鶒"或"鸡翅"，均以文命名，与现在非洲、缅甸之鸡翅木并无关联。

古人喜用佳鸟为木名，鸂鶒为一种灵妙之水鸟，即今之凤头潜鸭（*Aythya fuligula* Linn.）。毛有五色，专食毒蛾（一种能喷出毒液的害虫名），三五成群，游弋竹林溪水之中，雄左雌右，必有定式。一亡，另者立于原处绝食而尽。故有人将其视为爱情之物，或作为"敕逐害物"之吉祥鸟。古代描述鸂鶒鸟的文章很多，如谢惠连《鸂鶒赋》曰："览水鸟之万类，信莫丽乎鸂鶒。服昭晰之鲜姿，糅玄；黄之美色，命俦旅以翱游。憩川湄而偃息，超神王以自得。不意虞人之在侧，网罗幕而云布。摧羽翮以翩翩，乖沉浮之谐豫，宛羁畜于笼樊。"温庭筠《菩萨蛮》："翠翅金缕双鸂鶒，水文细起春池碧。"卢炳《清平乐》："只欠一双鸂鶒，便如画底屏帷。"

关于鸂鶒木，在《新增格古要论》中有如下描述：鸂鶒木，出西蕃，其木一半紫褐色，内有蟹爪纹；一半纯黑色，如乌木，有距者价高。西蕃作骆驼鼻中纹子，不染肥腻。尝见有作刀靶者，不见其大者。明末清初屈大均所撰《广东新语》称："有曰鸡翅木，白质黑章如鸡翅，绝不生虫。其

仰光货场的鸂
鶒木

结瘿犹枬斗斑，号瘿子木，一名鸡刺。匠人车作素珠，泽以伽楠之液，以给买者。"乾隆朝的文献中也有鸡翅木之记录。

我们通过解剖明清两朝的𪈭鶒木旧家具残件、建筑残件，发现𪈭鶒木的构成并不止一个树种，大致包括小叶红豆、红豆树、花榈木、铁刀木和含羞草科的孔雀豆，但并不包括产于缅甸和非洲的鸡翅木。

曾前往福建省光泽县考察红豆属之花榈木，土语为"瓜里"，原来遍地生长，今天已属珍稀之材，当地均将花榈木挂牌保护。在福建泰宁，见一对树龄约一百三十年左右的红豆树，秋天结子，万绿丛中，红色点点，吉祥喜庆。《广东新语》记载："有曰相思木，似槐似铁力，性甚耐土。大者斜锯之，有细花云，近皮数寸无之，有黄紫之分。……花秋开，白色。二三月荚柏子老如珊蝴珠，初黄，久则半红半黑，每树有子数斛。售秦晋间，妇女以为首饰。马食之肥泽，有谚曰："马食相思，一夕膘肥。马食红豆，腾骧在厩。其树多连理枝，故名相思。……唐时常以进御，以藏龙脑，香不消灭。"红豆树亦分雄雌，雄雌相近相伴而生，雄者无子，雌者结子。自有王维"红豆生南国，春来发几枝。愿君多采撷，此物最相思"一诗以来，不少植物学家、文学研究专家一直对王维的"红豆"究竟是何种树上结的争论不休，有人以此写成数万字的论文而获得学位。后来把红豆与爱情、相思勾连，唐代欧阳炯道："两岸人家微雨后，收红豆，树底纤纤抬素手"，牛希济的"红豆不堪看，满眼相思泪"也让人泪眼婆娑，但他们都不抵花中一壶酒的温庭筠，以"玲珑骰子安红豆，入骨相思知不知"而闻名。不论如何古人以物拟人，寄情于物，此"相思"之豆，实指孔雀豆的种子。孔雀豆心材红褐色或黄褐色，久则呈紫褐色，鸡翅纹不明显，其子殷红鲜亮，可做项链、手镯及其他象征爱情的饰物。

产于缅甸的鸡翅木来到中国是在清晚期或民国，理应不包括在𪈭鶒木之列。缅甸鸡翅木并不是我国传统家具制作的优良首选材料，在清末、民国时期流行，由于其花纹过于暴露炫目，呆滞而失变化，成器后俗气难掩，难入上品之列。非洲鸡翅木又次于缅甸鸡翅木，约 20 世纪 90 年代中后期进入中国，原木径级大者近 1 米，长度多在 10 米以上。其黑色或灰色纹理宽大肥厚，规矩而无奇致之处。同样也不能将其作为传统优秀家具制作的材料。

2005 年修复故宫倦勤斋时，很多人认为倦勤斋内所用木材之一即为缅甸或非洲产的鸡翅木，化验完之后却为铁刀木，即所谓传统的老鸡翅木——产于中国两广、福建、云南及南亚、东南亚的铁刀木。这一结论完全出乎专家们的意料，当时很多人不知道铁刀木是什么，且铁刀木在史籍中极少被提及，几乎不见踪迹，实际指古代文献中鹨鶒木的一种，古代文献以木材表面纹理特征命名，故将铁刀木与红豆属的木材统称为鹨鶒木。倦勤斋内饰之绦环板、槅扇、碧纱橱、炕罩的绦环板和裙板上均采用铁刀木包镶楠木胎，其他建筑之内檐装饰也有以铁刀木作为装饰材料的。倦勤斋内饰使用的铁刀木经过近三百年的历史浸润，底色呈金黄色，纹理为清晰的深咖啡色。奇怪的是，直纹部分居多，其纹理不像今天非洲、缅甸的鸡翅木那样波浪起伏，满眼尽是有规律的大花纹。非洲、缅甸产的鸡翅木底色刚好与铁刀木相反，呈深咖啡色，纹理呈棕黄色。倦勤斋内饰铁刀木有的地方大面积直纹，呈金黄色镶嵌扭动弯曲的细丝；有的地方纹理细小，但回转急促而密集，好似平静如镜的湖面上突然旋起一朵朵美丽的浪花，毫无规则，且孔眼较大。新切面手感并不像缅甸大花纹的鸡翅木那样平滑，但由于年代久远，其内部的油质物完全浸润全身，手触仍有十分厚重、细腻、平滑之感。倦勤斋内所用铁刀木皆在槅扇、碧纱橱、炕罩的绦环板和裙板上，均用了 5 毫米厚的铁刀木薄板贴于楠木胎上。这无疑是倦勤斋中各种修复环节中最难的一处。科学、正确的修复，要求补上去木材之颜色、纹理必须要与周围的木材吻合。倦勤斋修复完成后，美国及故宫的专家用放大镜看也看不出修复的地方，几乎恢复成原来的模样，此次修复可以说是为以后宫廷家具的修复提供了一个范例。

东南亚几个木材的主产国，其原始林范围逐年缩减，20 世纪 90 年代所见之成片的森林如今所剩无几，勘用之花梨、柚木等难觅踪迹，只有铁刀木这样"不勘用"且生长快的木材还在肆意生长。

28. 一棵站着的花梨之真正倒下

2018 年 3 月 30 日，一棵生长于泰国东北部孔敬府（Khon Kaen）田边的花梨轰然倒地，去年我还曾见过她。

被砍伐下来的花梨，直径约一米，侧枝断裂，深深浅浅的绿叶铺满了地，断面流淌出如血一般的汁液，随即被标注上象征其身份的"唛头"（mark）。"唛头"，即用数字或字母代表树种、产地、等级等信息。花梨与紫檀均为豆科紫檀属，凡紫檀属的树种，采伐时都会有红色汁液流出。古代源于南洋的"花梨"，据历史文献记录多生长于泰国、斯里兰卡，今人称之为"草花梨"，原本遍地生长，如今经过人类长期不懈的"追求"，已成稀罕之物。在东南亚诸国，凡汽车可以到达的地方，能看到野生的花梨、酸枝已是奇迹与奢望。人与自然交恶，并非始于今天，也并非始于中国。

2017 年 1 月，我在泰北逗留了很长时间，尽可能踏查了能用双脚走入的林区。满心欢喜地在泰北的田间地头、水塘边、路边或深山林区，看到一些未被砍伐的、径级在 60—120 厘米的花梨、酸枝、老红木和缅茄木，这在缅甸、老挝已是不可能看到了的。那天，长期生活在泰国的杨明先生及夫人陪同我们在孔敬府看一棵硕大的花梨活立木。泰北的花梨木多生长于平地，且多成片生长，此棵花梨木独立生长于荒野，树高 35 米，最大围径 7 米，主干在 9 米处才分叉，满身布瘿，拳曲盘坳，嵌有坚石。花梨木常有大瘿，且佛头瘿较多，纹理细密匀称。此棵花梨虽未遭采伐，但已被榕树寄生。榕树根攀附于花梨树干，树叶也已与其杂糅一处，难分彼

新砍伐下来的花梨，随即被标上象征身份的"唛头"（左）

孔敬府，独立生长于荒野的花梨，未遭砍伐但已被榕树寄生（右）

此。榕树会慢慢吸收花梨树的水分和营养来逐渐壮大自己，而花梨则会因失去养分供给而慢慢死去。这便是植物界生与死的游戏，即"绞杀死"。植物，尤其是热带雨林中的各种植物，"绞杀死"现象相当常见且极为血腥、残酷，也让人想到《伊索寓言》中的《农夫与蛇》。一棵原本生机勃勃的大树，因飞鸟或大风将另一极易生长的树如榕树种子停歇于大树之裂缝、树杈、树皮或地表草丛，种子会迅速发芽生长，通过母树吸收水分、营养及进行光合作用，母树会被后来附生的树包裹而失去必要的营养、水分而枯萎，慢慢地叶子变黄、树干变枯而彻底死亡、腐烂，反而成了附生者的"一盘菜"，附生者则荣，母树早已不见其影。自然界如此，人类社会亦如此，互相缠绕、捆绑。

泰国得以保存一些野生珍稀树木，一方面是因为这些树木多生长于私人土地之上，树木自然也属私人所有，是否出售要看主人的意愿。如我们在孔敬府一所中学看到一片生长了几十年的红酸枝林，虽是人工栽种但也已成材，校长因学校经费紧张不得不准备出售这片红酸枝林；另一方面，泰国政府规定了严禁采伐的树种并划定了其保护范围。在泰北的一些国家森林公园，如清迈附近的因他农山国家公园（Doi Intanon National Park）中不仅有海拔2565米的泰国最高峰因他农山，同时也保留着大片原始林区，其中不乏野生的花梨、酸枝和柚木等珍稀树木。在泰北的清盛（Chiang Saen）城内，古城范围内尤其在坍塌的城墙上及两侧生长的径级约1米，高达20米左右的上等柚木随处可见，树上系着红绸带，老百姓认为这是古代帝王所居之地，其上生长的树木均不能采伐。

杨明先生邀请我到他清盛的家中做客。庭院中栽种着他从山里移栽来的五棵直径80厘米左右的花梨木，成活了四棵，其中一棵已结满果荚。杨明先生不仅做木材生意，也喜好种树，在西双版纳朋友的工厂内也栽种了几棵泰国花梨。一般认为泰国所产花梨木为上，缅甸次之，老挝为下。泰国所产的花梨木较早进入中国，其颜色干净、纹理清晰、油性较大，但近些年来，在木材市场几乎看不到泰国花梨木的身影。杨明于十多年前在昆明，西南木材市场误将产于非洲的巴花当成泰国花梨，好在他的夫人凭嗅觉闻出味道不对而放弃了购买，避免了损失。花梨木均有浓郁的香气，能够靠香味辨别花梨木的产地，确实需要些经验。后来杨明买到了《木鉴》，因为只有一本，就和喜爱木材的朋友们轮流看，觉得比较直观易懂，我也因此与他结下了缘分。杨明先生积累了很多关于木材的经验，但因近几年木材生意不好做，便改行投资湄公河上的航运，将泰国的柴油卖给缅甸。杨明先生说泰国的花梨分四种颜色：黑紫色、红褐色、黄色和白色。纬度较高，生长于山区环境较恶劣的花梨心材颜色呈砖红色；纬度较低，生长条件优越的平原地区所产的花梨心材为金黄色或浅黄色。所以缅甸产的花梨木多为砖红色，黄色的极少见，老挝、泰国、柬埔寨所产的花梨木多为黄色。而泰国很多的木材来自老挝，如花梨的拆房料，其中老料便宜，新料贵，而国内刚好相反。于是便有人将缅甸整个村拆下来的老房料从大其力运到中国和泰国。这些花梨老房料紫红色者较多，黄色的也有，但是较少，以前有直径50厘米以上的，现在已经少见，小料较多。杨明先生亦收藏了不少柚木独木舟、车轮、轮毂等物件。

杨明先生收藏的
柚木独木舟（左）

杨明先生移栽的
花梨（右）

在泰北生活的中国人很多，但如杨明先生这般生活在"金三角"地区的则很少。清盛位于泰国的最北端，属清莱府，是泰、缅、老三国的交界点。清盛与缅甸大其力隔河相望，大其力的木材运至泰国首先到达的就是清盛港，清盛的木材运至中国则沿湄公河北上可至云南关累港。站在清盛湄公河边即可眺望对岸的老挝风光，甚至可以看见老挝层层叠叠的山峰上生长的树木。夕阳西下，湄公河被染成金色，来回穿梭的机动船漾开水波，将金红的水面与天空连成一线。清盛境内至今残留的古城墙与遗迹也连接着1400年前那个古老的王国。清盛曾是一个独立小国，公元7世纪中叶，拉那泰王朝建立，后被缅甸入侵并统治了250年之久。这座苍茫古城，却让人有平宁祥和之感——残损的古塔、佛像以及古城墙，都被古树簇拥着，几棵巨大的柚木甚至充当了城墙的一部分。附近的民居都用花梨、老红木、柚木为材建造，还有一个村，整个村庄都是老红木做建筑材料。不远处有清盛博物馆，展陈着清盛各时代的古老佛像及泰北少数民族的风土人情和文物。

离开清盛我一路向南，在素可泰（Sukhothai）逗留了几天。

素可泰府位于泰国中部平原，这里曾是素可泰王朝的都城。素可泰王

清盛对面的老挝

朝于 13 世纪初兴起，又译为"速古台"，意为"幸福的黎明""快乐的开始"。从其名字看，也许当时的人们正在为终于摆脱了高棉人的控制、快乐的生活即将开始而庆祝。素可泰王朝虽然只持续了一百多年，但其国力强盛，与周边国家的交往频繁，尤其第三位国王兰甘亨（Ram Khamhaeng，中国史书称其为"敢木丁"）在位时盛极一时。他继位后不仅战功赫赫且采取了一系列亲民兴邦之策，后人称他为"坤兰甘亨"。"坤"是素可泰时期对国王的称呼，即勇敢而伟大的君主。兰甘亨执政时期曾多次派遣使团与元朝修好，借朝贡贸易发展经济，并引进制瓷技艺，逐渐形成颇有名气的宋卡洛瓷器且远销菲律宾、日本等地。那时的元朝随着疆域不断扩大，国力增强，也十分注意加强与南亚、东南亚的经济与政治联系，元朝的使节亦曾三次访问素可泰。素可泰使团带来了大量贡品，主要有紫檀、苏木等名贵木材及象牙、犀角、翠羽、香米、豆蔻等当地的土特产品。而元朝本着"薄来厚往"的原则，以精美的陶瓷制品、丝绸、石刻、玉雕等作为回赠礼品。

　　14 世纪，素可泰王朝逐渐被南方崛起的阿瑜陀耶王朝（大城王朝）所取代。如今的素可泰遗址依然静静伫立在永河左岸，零星散布于平原山林

清盛古城墙上生长的柚木

之间，旧时的辉煌仍依稀留驻在残垣断壁、古塔与塑像中，四周高耸的花梨、柚木以及菩提树见证着素可泰的兴衰。素可泰古城西北部的西春寺（Wat si chum），如今只留下了佛殿外斑驳的两排石柱，灰色的四壁，原有的木质屋顶已不存。透过窄小的石门狭缝，刚好可以看见佛面，佛像的眼睛始终注视着你。这是西春寺的主供佛，为佛祖坐佛，高15米，曲度优美，手指纤纤，当地人称其为"开眼佛"。我在这里坐了很久，感觉不到时间的流逝，一切都是静止的，只有自己与石像四目相对，偶有鸽子在大佛上空掠过。有一种宁静在残缺的佛像、佛塔间流淌，那是沧桑历史中沉淀出的静谧，或许"残缺"亦是其本来。这不免让我想起庄子笔下那些既丑陋又身体残缺的得道高人：支离疏、哀骀它、申徒嘉、叔山无趾等。王骀是一个瘸腿之人，长得特别丑，可是拜他为师的学生比孔子门下还多；哀骀它虽然也很丑，但他却能"未言而信，无功而亲，使人授己国，唯恐其不受也"。庄子并不是提倡丑和残缺，而是告诉我们有一个德性充满的"大美"世界。正如那些佛塔、佛像，并不是因为此刻的他们是残损的而美，而是在其上刻着风雨的冲刷与战火的洗礼。庄子说："若正汝形，一汝视，

素可泰历史公园
中的佛塔

天和将至；摄汝知，一汝度，神将来舍。德将为汝美，道将为汝居，汝瞳焉如新生之犊而无求其故。"想必用一双如新生牛犊般的眼睛观望这世界，用初生牛犊之心去映照这个世界，一切也必然是"全新"的。

阿瑜陀耶王朝兴起之时，正是中国明朝，其都城位于曼谷北部，明代马欢在其《瀛涯胜览》中将郑和船队第四次、第六次和第七次下西洋时诸国的气候地理、社会生活、商业贸易、宗教信仰、物产资源等状况记录下来，尤其有很多野生动植物的描述。其中对 15 世纪暹罗（即今之泰国）的描述是这样的：

> 地周千里，外山崎岖，内地潮湿，土瘠少堪耕种。气候不正，或寒或热。王居之屋，华丽整洁。民庶房屋如楼起造，上不铺板，却用槟榔木劈开如竹片样密摆，用藤扎缚甚坚固，上铺藤席，坐卧食息皆在其上。王者之扮，用白布缠头，上不穿衣，下围丝嵌手巾，加以锦绮压腰。出入骑象或乘轿。一人执金柄伞，茭葦叶砌做甚好。王系锁俚人氏，崇信释教。国人为僧为尼姑者甚多。僧尼服色与中国颇同，亦住庵观受戒持斋。风俗，凡事皆是妇人主掌，其国王及民下，若有议谋刑法轻重，买卖一应巨细之事，皆决于妻。其妇人志量果胜男子。若有妻与中国人通好，则置酒饭以待，同饮共寝，其夫恬不为怪，乃曰："我妻色美，中国人喜爱。"

陈存仁先生（1908—1990）在其《被误读的远行——郑和下西洋与马哥孛罗来华考》一书中指出"紫檀出产于暹罗并由郑和发现及运回中国"。郑和出使西洋，船舵极易损坏，故一直在沿途"寻找坚硬的木材，用以制造新舵"。"郑和士卒在泰国森林中找到的一种木材，色红带紫，质地坚硬异常，不易摧毁，分量奇重。郑和见到这种木材之后，为之大喜，指定用这类木材制造船舵，于是他就命令士卒用利锯去锯树，斩去上端的枝叶，利用当地的象群，把这些木材搬运出来，特别是当地的河道甚多，就将木材抛入河中，顺流而下，郑和就开始设厂制造船舵。""……与暹罗王约定，……每一百根木材，作为计算单位，换取黄金。"陈存仁先生关于郑和在今泰国原始森林中率士卒伐木、找到紫檀的说法，并没有提供资料的来源。且紫檀木比重超过 1，入水即沉，抛入河中肯定与泥沙为伍，而绝不会"顺流而下"。不过日本、中国台湾等地至今仍将红酸枝俗称为"紫檀"，泰国的红酸枝坚硬如铁，呈紫褐色，从外观看，老者与紫檀似乎没有什么差别。至于紫檀木原产地为泰国，并没有让人信服的证据链，泰国较早就有将檀香紫檀人工引种的记录，这是事实，但不是紫檀木的原产地。

不论郑和最后是用什么木材制造船舵，最终带回国的除了长颈鹿还有苏木、香料等。《瀛涯胜览》中提到泰国的物产有：黄速香、罗褐速香、降真香、沉香、花梨木、白豆蔻、大风子、血竭、藤黄、苏木、花锡、象牙、翠毛等物。"其苏木如薪之广，颜色绝胜他处出者。……其王常时将苏木、降真香等物差头目进献朝廷。"

不论元朝还是明朝暹罗国进贡之物都有苏木（*Caesalpinia sappan*），在我国主要用于织物染色及药用。用于家具染色，即所谓的"苏芳染"。日本正仓院的唐代器物有一部分便采用了"苏芳染"，特别是黑柿器物。《广东新语》论及格木成器后的表面处理工艺时称："作成器时，以浓苏木水或臙脂水三四染之，乃以浙中生漆精薄涂之，光莹如玉如紫檀。"苏木，为苏木科（又名云实科）苏木属，多产于南亚、东南亚，中国云南、海南岛也产。《南方草木状》称："苏枋，树类槐。黄花，黑子。出九真。南人以染黄绛。渍以大庚之水则色愈深。"苏木的心材，浸液可作红色染料，而根材却可作黄色染料；心材浸入热水染成鲜艳的桃红色，但加醋则变成黄色，再加碱又复原为红色。

阿瑜陀耶王朝于 1767 年被缅军灭亡。泰族人在华人将军郑信（祖籍广东）的率领下，展开收复失地的战争，不久便统一了暹罗地区并建立了吞武里王朝。

我从泰北一路南下，从公元 7 世纪的拉那泰王朝，经过 13 世纪的素可泰王朝、14 世纪阿瑜陀耶王朝，抵达 18 世纪的吞武里王朝，也算走完了泰国的历史。吞武里与曼谷一江之隔，2019 年 11 月 7 日，我在曼谷拜访了正大管理学院的洪风院长。洪教授热情爽朗，学识渊博，一见面便为我介绍了个人经历及学院概况。近傍晚，他亲自开车穿越拥挤的曼谷城来到他在郊区的别墅，满院花卉嘉木，遍地生机。洪风院长养了几只孔雀和各种鸟，院中栽种着很多树，其中后院有几棵大树，形如笼盖，枝叶叠翠，叶片狭长，光泽明丽。洪风院长的一位来自中国台湾的学生称其为"檀香树"，佛教称之为"旃檀树"，也有人认为是其他珍稀树种，总之都是美言美意。洪风院长问我此树为何？我不是植物学家，也不是树木分类方面的行家，认识的野外树木数量也有限，但檀香为寄生树种，极少能在新建的庭院存活。只能据其树干、树叶，反复辨识，似乎为原产于台湾东南、西太平洋上的兰屿岛之肉桂树，学名为"兰屿肉桂"，樟科樟属之一种，与著名的香樟树同科同属。兰屿岛上的奇树原与珍稀、幽香的蝴蝶兰为伴，不知如何迁徙到千山万水之外的暹罗，不难怪台湾地区的朋友一眼便觉亲切。兰屿肉桂又名平安树、吉祥树，其叶清香，花味如桂，兴旺、吉祥、平安家宅，清新、清洁空气与环境。只是樟科之树种属阴木，多生侧根，且极为发达，容易动摇房屋的根基，不适于种于庭园，且主人种了很多棵。当时我建议洪风院长移走这几棵树，但不能砍掉，属阴的树木如柏树、松树、楠木自古很少栽种于庭院。万物有灵，古人对木材之特性的理解比我们想象中要更丰富。园林、庭院中适宜种何种树，尤其园林中不同的树种在不同位置都有其道理与依据，在古代文献中比比皆是。

　　"名""实"之争已有数千年，庭院中的树到底为何种树，也不必必须有答案。《庄子·天下篇》有"旨不至，至不绝"之说，即概念与所对应的事物并非完全吻合，即"不至"；要完全吻合、一致是没有止境的，客观事物瞬息万变，也是无止境的，即"至不绝"。据说有一客曾问乐广"旨不至"，乐广"不复剖析文句，直以麈尾柄确几曰：'至不？'"客曰："至。"乐广又举麈尾曰："若至者那得去？"故，事物的发展是没有终极的，不可能静止或停留。我们怯怯以求名与实的绝对弥合，还不如与兰屿的树与花一道言语、欢娱。

　　告别时，洪风院长邀请我于 2020 年 2 月在泰国正大管理学院以"中国古代家具审美"为题做一次讲座，但因突如其来的疫情没能实现。2022 年洪教授突然离世，两个月前他还去美国参加了女儿的毕业典礼。人生如寄，我们都不过是这世界的客人罢了，不如浅吟唐代刘商《代人村中悼亡二首》其二：

> 虚室无人乳燕飞，苍苔满地履痕稀。
> 庭前唯有蔷薇在，花似残妆叶似衣。

孔敬府的那棵被伐倒的花梨，立刻被标注了唛头，在清盛港、曼谷贮木场等地，所见一排排、一叠叠的木材均有唛头，标的着木材的身份信息也是树木之死亡的号牌。有时与杨明先生通电话，我也会询问一下他家庭院里的那几株花梨是否开花了？听说他在西双版纳朋友的工厂内栽的几棵花梨现在枝叶繁茂，长势很好，希望他们都不会被留下唛头之印。想起 20 世纪八九十年代我在林业部从事木材的出口工作，日本木材商看好木材、商量好价格、签妥合同后，便用钢锤在原木的两端打上自己个人或株式会社的标记即钢印，即所谓的"唛头"（mark）。故钢锤又叫"号锤"，对所用钢的质量要求极高，不能用几次便崩裂或发卷，要能使用 5 年或更长。不同商人或株式会社的号锤形式或锤把都很有特点，号锤打在原木上，声音干脆而清亮。有的号锤上的数字、字母、文字或图案有可能代表树种、产地、等级等许多信息，一看就能分析出有用的第一手资料。缅甸、老挝及泰国的原木两端则用手写"唛头"，信息量很大，如柚木，从数字与字母组合，便可看出堆号、尺寸、等级、产地等，计算价格与数量，从端头便可看出依据。那时的我非常眼馋，一直想拥有一把象征信用、金钱与权力的号锤。当时国内的钢质量还不行，必须用进口的专门用于号锤锻造的钢。我委托日本朋友为我打造了一把端头椭圆的、非常好看的、以一片榉木树叶的脉纹为底，将我名字拼音置于叶脉之间的号锤，喜欢得不行。1991 年在昆明使用了一次，酒过三巡，回到酒店，号锤不知被哪位有心人顺走了，从此再没有重逢，我差不多伤心了半年仍不能放下。

如今的我，当然不再惦记那把号锤。在这个世界上，没有任何东西应该刻上我的名字。

清盛古城一隅的佛像，他面朝西方，双手合十

29. 散木支离得自全

　　最后一次前往老挝是 2017 年 7 月，我从万象一路向南至靠近柬埔寨的边陲重镇阿速坡（Attapu）。那一次的行程，穿过了整个甘蒙高原和波罗芬高原，似乎看到的都是田间、山巅的枯立木，时常想起东坡先生流放儋州的一句诗："散木支离得自全，交柯蚴蟉欲相缠"。当然这些枯木已经在那里矗立了很久，只是我才关注到他们而已。年轻时看不见枯木，就如同少年时读不懂王维一样。历经百态方见枯木，也才理解东坡先生"不须更说能鸣雁，要以空中得尽年"之意。

干涸的河道上之枯立木，老挝万荣（左）

山巅的枯立木，阿速坡（右）

弃之荒野的黑柿木，琅勃拉邦林区

2016 年冬季，我在老挝的万象与琅勃拉邦等地考察柿科之乌木、黑柿木。在万象一家木材工厂也见到了非常多的花梨枯树树桩、树根，在琅勃拉邦的林区看到伐木工人采伐了很多乌木，却因心材未能形成黑色纹理而被弃之荒野，一片片被剥落、被分解的树皮、树杈、树叶、树桩布满山坡。那般情境恰如《枯木赋》中云："纷披草树，散乱烟霞。"

我有一位老挝的朋友，名本提（Bounthy），是老挝驻中国大使馆的武官（上校），他在其位于万象郊区的豪华别墅招待了我们。本提不仅是一位政府官员，也同时拥有一间木材加工厂。老挝政府鼓励公职人员经商，他的工资每个月约有 250 万老挝币，约合 300 美元。本提喜欢中国，他的儿子从北京第二外国语大学毕业后回到老挝，在本国国防部外事局工作，儿媳妇在黑龙江大学学习了 8 年，法律研究生毕业，女儿则毕业于吉林师范大学。

本提的私宅很大，可谓庄园。他曾经从重庆运回 600 棵小榕树苗，在庭院中种了一些，不成想榕树没几年就长得很大，榕树根四处蔓延。我跟本提说："我们中国人从来不把榕树种在庭院里。"那天晚宴，本提用烤全牛招待我们。这是我生平第一次吃烤全牛，一整头牛放在铁架子上烤，需从中午烤到天黑，不停翻转才能完成。我们一边品尝着外焦里嫩的牛肉和油烤柠檬叶、煮小苦瓜，一边听本提讲"树大有鬼"的故事。

本提所在的村子很大，原来比较荒凉，于是他买下了一块荒地盖房。当时荒地上生长着两棵大树，但其生长的地方正好是规划中地基的位置，本提不得不砍掉这两棵树。伐树的时候，原本晴朗的天空却有如打雷声响，他不敢继续砍了。当地村民都听到了"雷声"，纷纷跑来跟他说："树大有鬼，人美有病。"本提找来一风水先生，也没说出一二。于是他灵机一动，跟村民说："大树上确实有鬼，但只是小鬼而已，我会给小鬼盖一座小庙，请小鬼进去住，他会听话，不会做坏事。"本提果然在村口开始盖庙，村里的人还纷纷出钱支持他将小鬼收摄，为民除害。庙盖好了，本提又开始伐树，这一次非常顺利，即无打雷声也无任何其他怪事发生，本提的房子很快就盖好了。可是有一天，一村民的牛经过这座小庙时突然死了，还正好倒在了小庙的大门前，村民说是小鬼作怪，要找本提赔钱。本提想这牛肯定是病死的，于是将牛解剖，发现牛的胃里有 12 米长的绳子及塑料袋。绳子和塑料袋才是害死牛的凶手，死在小庙门口纯属巧合。本提还借此事号召村民注意环保，保持村里的卫生。自此本提的威信大增，村民也不再来找麻烦。

　　本提的木材加工厂里堆满了不同形态的花梨树桩、树根，经多年的雨水冲刷、风吹日晒，原本粗粝的外皮呈现深深浅浅的灰色，经风雨打磨而温润如玉。其上沟壑纵横，有的自然中空，形成各种形态的窍穴，风过呜呜如奏乐般。有的树桩上长出鲜嫩的小草，在风中摇曳。本提并不稀罕这些树桩、树根，在院子里随意堆叠，却呈现一种毫不矫饰的自然之美。有一些堆放在院中的花梨木、缅茄木经日晒雨淋，除泛白外也不见开裂变形。本提还收藏了很多巨大的花梨瘿木，工厂也加工木果缅茄（*Afzelia xylocarpa*）制作的家具及木雕。木果缅茄的颜色、纹理与花梨木极为神似，其瘿木纹理、图案与花梨木难以分辨。本提的木材厂中没有柿树属的木材，万象虽是乌木、黑柿木的产地之一，但近几年资源几乎枯竭，采伐乌木及

风雨打磨后的树桩、树根

黑柿要深入更远的深山，老挝已禁止出口，故很少见。以前老挝产的黑柿木主要出口到日本、俄罗斯，日本主要用来制作工艺品和家具，俄罗斯主要做汽车的内装饰。近三十年来，则以出口中国为主。黑柿除掉边材后，由人工外运出口，故长度多在两米左右，运输主要依靠大象、人力及少量的运输机械，雨季则停止采伐。

所谓"黑柿木"或"乌木"之称，并不单指一个树种，而是柿树属几个不同树种之集合名词。黑柿木与乌木是同科同属，都含黑色素。不同的是黑柿木心材纹理黑白分明，边际清晰，而乌木心材漆黑如墨，几近无纹，稀见浅色线条或咖啡色，成器后久则消失弥合而呈黑色。

最好的乌木产自印度南部和斯里兰卡，心材几乎全为黑色，其最大特征是有比头发还细的闪光银丝漂浮其中，韧性硬度更高。其次为非洲产的乌木，最著名的是非洲厚瓣乌木（*Diospyros crassiflora*），分布于中非、西非的尼日利亚、喀麦隆、加蓬、赤道几内亚。其心材黑里透灰，经常有瓦灰色，几乎不见生长轮，光泽良好，比重也大但材性脆。其中最特别的是西非乌木，其边材厚度达 23 厘米。使用木材一般取心材而弃边材，但由于西非乌木边材肥厚、坚致，也多用于造船、地板、家具与工艺品，其利用的深度与广度均超过心材，这是木材加工与利用中一个独特的现象。老挝、缅甸所产的乌木其材性比南亚、非洲的等级略差。

西方古代家具中有大量使用乌木的记录，但是古埃及、古希腊并不是乌木的原产地，当时已用乌木制作或镶嵌家具，那么乌木从何而来？几千年前，如此坚硬的木材是用什么锋利的工具采伐的？远隔万水千山，又是如何交易、运输的？古埃及（公元前 27 世纪～公元前 4 世纪）家具所用的木材除乌木外还有刺槐木、冷杉、无花果木、杜松，也有用蒲草、柳条的，家具镶嵌材料则有金、银、宝石、象牙、乌木、河马牙、瓷片。古希腊（公元前 11 世纪～公元前 1 世纪）的家具开启了山毛榉、枫木、白蜡木、乌木及针叶材利用的篇章。榆木、胡桃木、樱桃木、黄杨、椴木、桃花心木家具也相继出现。西方古代家具中某些特定造型的家具也固定用一种木材，如英国的温莎椅，只用产于白金汉郡的山毛榉。1760—1780 年，齐宾代尔

（Thomas Chippendale，1718—1779）的家具设计思想极大地影响了美国。美国人将这一时期带有齐宾代尔装饰风格，且以桃花心木为主制作的家具，称为"美国齐宾代尔式家具"。西方家具历史上某一时期对某一种木材的使用相对稳定，英国家具史学者哈克·玛格特便将英国三百余年的家具发展阶段以木材命名：橡木时代（1500—1660）、胡桃木时代（1660—1720）、桃花心木时代（1720—1770）、椴木时代（1770—19 世纪初）。进入 17—18 世纪，欧洲流行巴洛克（Barrocco）风格家具，法国、荷兰、德国采用漆黑如墨玉的乌木来表现巴洛克风格。此时的乌木除了源于非洲外，一部分也来自斯里兰卡、印度和缅甸。

乌木一片漆黑，始终透着不灭的丝光，却在中国传统家具制作中一直充当着配角。只有在唐宋时期，乌木的古雅沉穆才受到文人的青睐。在绘画及相关资料的记载中，乌木在唐宋用于家具比较普遍，特别是纤细灵动的茶室家具或香室家具，沉静而雅致。明代文献记录及保存下来的实物中，以黄花黎、紫檀和榉木为多。至清代，从雍正时期的造办处档案来看，杉木制作的家具及器物更多，似乎那时更偏爱色浅、直纹的木材，而有关乌木及乌木家具的资料较少，雍正时期似乎只有雍正六年九月二十八日有"乌木边镶檀香面香几一件"的记述，其余则有用于边框、座子或乌木盒、匣的记述。清乾隆时期，紫檀木使用比例最大，乌木只作为装饰用材或制作器物的底座，例如倦勤斋内饰中所有绦环裙板镶嵌均为乌木。如今的中国传统家具制作，更讲究一木一器，追求花纹的绚烂，以木材的贵重、价格论高低。事实上古人更讲究因材制器，从木材的阴阳、色彩的搭配及冷暖关照等方面来考量家具的用材与制作，很少有一木一器。

老挝的乌木、黑柿木的另一个主要产地则在琅勃拉邦。琅勃拉邦是老挝古都、上寮重镇也是佛教中心。琅勃拉邦以北的芒南县（Nan），距离云南磨憨口岸只有 270 公里，这条公路中国修了 80 公里。这一带的林区还生长桧木、紫油木、降真香、酸枝木、柚木等。桧木多生长在海拔较高的凉爽地带，紫油木主要产于山脊或贫瘠地区，降真香则多见于人迹罕至的深山，老挝语意即"藤花梨"。在靠近磨憨的地方偶然得见一株越南黄花梨，让我欣喜不已，她树叶浓密，咖啡色的果夹已经成熟。在琅勃拉邦芒南县一林区，眼前所见只有秃山、树桩及刚砍伐的乌木。漫山遍野都是砍下来废弃的木材，其中一根直径已有 31 厘米，心材仍为白色，不能使用。在利益的驱使下，科学的采伐已经不被关注。乌木自然生长带与紫檀、黄花梨相伴，通常在生长到 15 年左右时心材会逐渐形成黑线，再慢慢延展。如何从黑柿树外表判别是否有黑色纹理呢？黑柿树与沉香相似，要受到伤害心材才会有变化，如雷劈火烧、细菌感染、虫蛀或红蚂蚁、黑蚂蚁、天牛等的危害。如树干有伤口、裂口肯定有花纹；如果叶片很绿且长得很好，树干也没有伤口，那肯定没有花纹。这种树如果没有黑色纹理，木材商是不会购买的。不加任何分辨便肆意砍伐，只能说是肆无忌惮的戕害。如《枯木赋》中云："拔本垂泪，伤根沥血。火入空心，膏流断节。横洞口而敧卧，顿山腰而半折。文斜者百围冰碎，理正者千寻瓦裂。"何况这些倒下的乌木即非"文斜"，亦非"理正"；即无"百围"粗，亦无"千寻"高。

树木荫蔽着人类，人类的历史与树木自古息息相通。1500 年前庾信作《枯木赋》，似乎也是为今人所作：

> 若夫松子、古度、平仲、君迁，森梢百顷，槎枿千年。秦则大夫受

已被砍伐而又无用的乌木（左）

芒南木材加工厂的黑柿木（右）

职，汉则将军坐焉。莫不苔埋菌压，鸟剥虫穿，或低垂于霜露，或撼顿于风烟。东海有白木之庙，西河有枯桑之社，北陆以杨叶为关，南陵以梅根作冶。小山则丛桂留人，扶风则长松系马。岂独城临细柳之上，塞落桃林之下。

秦始皇泰山封禅，遇风雨而避于松树下，于是封松树为"五大夫"；东汉冯异将军战功赫赫，常独坐树下，军中称其为"大树将军"；黄帝葬女的天仙宫种有白松；东汉人张助在干枯的空桑中种李，有患眼疾者在此树下休息后眼疾不治而愈，于是在此处设社祭祀。如今的我们是否仅将此当作神话故事而已？

2017年7月，正是老挝的雨季，我从万象驱车南下前往阿速坡（Attapu）。一路时雨时晴，爬上一座山，乌云密布，下了山太阳又出来了，正应了那句："飘风不终朝，骤雨不终日。"大雨过后，被滋养的草叶在逆光中闪闪发亮。途中见一立于水田中的枯木，我便停车拍照，正在插秧的人们还会挥手跟我们打招呼，这里的田埂连接多用好木材，田间多有蚂蚁绕着树做很大的窝，我企图摘一片硕大的叶子作标本却被蚂蚁咬了几口，

山雨欲来

阿速坡的枯立木

　　不远处还有一间筑于枯树上的房子。途经一个叫作"Ban Mai Na Sa Ath"的小镇，我们停下休息，正好旁边有农贸市场，琳琅满目：黄瓜、玉米、南瓜、春笋，青蛙，撒着各种香料粉的干肉条，榴莲、甜瓜、香蕉以及堆成山的小菠萝……这里的榴莲很出名，香、黏、糯。

　　一路上我拍了很多枯立之木、孤立大树、朽烂空腐之木，弃之水田和山野之树根。那些木头也许因为无用才能安然在山野间停留。拍这些照片我不知有何用，收集了这些年的标本又有何用?《庄子·逍遥游》的一段话一直对我影响很大："今子有大树，患其无用，何不树之于无何有之乡，广莫之野，彷徨乎无为其侧，逍遥乎寝卧其下。不夭斤斧，物无害者，无所可用，安所困苦哉！"在庄子的心中，想必并没有"用"与"无用"之别。古之先贤喜绘枯木者也不在少数，传苏轼唯一存世的一幅绘画作品便是《枯木怪石图》。元代赵子昂绘有《枯木竹石图》，明代亦有老莲绘《枯木茂藤图》。在他们的笔下虽是"枯木"，但在他们的心中恐怕并没有"荣枯"之别。当你靠近并仰视这些或立或伏的枯木，碰触她，你会发现她是有生命的，其身躯布满苔藓、蘑菇，小草、不知名的野花从她的身下探出头来，攀缘植物依附其上，蝴蝶在此逗留，昆虫以此为家，这一切都是她的爱意，她为其他生物创造了更广阔的生存空间——"无用"即为"大用"。

太阳隐入山丘，我们还在波罗芬高原穿行，高山绵延，阿速坡似乎遥不可及。眼看乌云滚滚，暴雨紧跟而至，山路越发难行，根本看不见前方的路。时不时有闪电划破长空，有石块滑下山坡，车顶有小石子坠落的敲击声，在车厢里听起来这声音被放大，如果是大块的石头砸下不知会不会洞穿车顶。我脑海里忽然冒出来黑塞《木之赞》中的一段话：

> 当一棵树被锯倒并把它赤裸裸的致死伤口暴露在阳光下时，你就可以在它的墓碑上、在它的树桩的浅色圆截面上读到它完整的历史。在年轮和各种畸形的枝干上，忠实地记录了所有的争斗，所有的苦痛，所有的疾病，所有的幸福与繁荣，记录了瘦削的年头，茂盛的岁月，经受过的打击，被挺过去的风暴。每一个农家少年都知道，最坚硬、最贵重的木材年轮最密，在高山上，在不断遭遇险情的条件下，会生长出最坚不可摧、最粗壮有力、最堪称楷模的树干。

琅勃拉邦，一棵孤独的树

30. 未知柟树与梅殊

有人认为楠木就是指产于四川之桢楠（*Phoebe zhennan*），不知何时所谓的"金丝楠"成了楠木的代称。近些年也有人将楠木神秘化，将楠木定义为"皇木"——皇家专用之木，"金丝楠"价格因此一路走高，甚至于埋入地下几百年或数千年而形成的楠木阴沉木及一些楠木棺椁的材料也受到极力吹捧，用来制作器物，曾风靡家具市场。北京雍和宫有一尊通高 26 米（地上 18 米，地下 8 米）的弥勒佛立像，20 世纪 80 年代其标示牌注明为楠木，不知何故现已改作"白檀成造"。宋代李龙高有《郑笺》一诗，曰："老郑东都一巨儒，未知柟树与梅殊。平生博识犹如此，何况儿曹不读书。"诗中"老郑"即东汉著名经学家郑玄，潜心学术，遍注群经，曾作《毛诗笺》等，连这样一位堪称"巨儒"的大学问家都分不清楠树与梅树，何况我们这些连书都不想读的人！停留在史料中的学问都是枯瘦的，对于中国古代家具、器物所用木材的认知，必须从接触大量实物标本开始。同一种木材，不同年代、不同产地相互比较研究，才能始有所得。

我查阅过一些资料，雍和宫此尊佛像用材确为来自四川达州万县的楠木，当时由几百人从山里拉出，沿长江放排，再通过京杭大运河运至京郊。待冬天，在道路上泼水结冰，从房山用马拉驴驮至城内。

楠木为樟科桢楠属、润楠属木材之统称，并不专指某一个树种或木材。桢楠属树种约有 94 种，我国有 34 种；润楠属一百多种，我国约 70 种。桢楠属之木材材质明显高于润楠属之木材，传统意义上的"金丝楠木"多源于此属，尤以产于四川之桢楠为上，贵州、湖南、广西也有分布。从实践经验看，润楠属之木材材质逊于桢楠属之木材，心材呈灰白、无金丝者多，光泽及纹理也不能与桢楠属木材比美，所谓的"水楠"也多出自润楠属，滇润楠与其他樟科树木不一样，根系发达如织网罗陈，面积可达数十平方米，根长者可达 20—30 米。

楠木，又称柟。《艺文类聚》引《庄子》曰："腾猿得杉柟，揽蔓枝而生长其间，得便也。"《山海经》曰："瑶碧山，朝歌山，脆山，多柟，负霜停翠。"唐宋诗词在歌咏楠木时也多用"柟木"。

将楠木定义为"皇木"，把和珅被抄家的罪状之一说成是因为其住宅使用了楠木，这些说法无非只是商业炒作。和珅被抄家的罪状第 16 条只是说其房屋"僭侈逾制"，而非因使用楠木。明清法律中从未规定过官员、百姓不能使用楠木。宫廷中确有不少使用楠木的记录，以乾隆朝为多，但楠木多与其他木材搭配使用，非仅以楠木为贵。

恭王府的前身为和珅旧宅，其中锡晋斋内立柱及内檐装饰均使用了楠木。楠木的比重适中，其丝顺直，承重性能好，且木材自然干燥、排水性能好，油性重不易开裂、变形、腐朽，楠木芳香还可防虫。这些优点均是楠木作为建筑用材包括内檐装饰最佳选择的必要条件，主要用于宫殿、寺庙、其他建筑、民舍之立柱与其他建筑构件。除恭王府，故宫、颐和园等建筑的内檐装饰也多采用楠木，如故宫倦勤斋的槅扇、炕罩裙板之内胎、门罩、楼梯及楼梯扶手、栏杆均采用楠木。《圆明园内硬木装修现行则例》中有大量使用楠木的记录。明长陵祾恩殿之梁、柱、枋、鎏金斗拱等大小构件均为优质楠木加工而成，历经五百余年仍丝毫未损。大殿由 60 根楠木支撑，其中 32 根重檐金柱高 12.58 米，底部直径均为 1 米左右。另外，四川许多寺庙或祠堂、民房历史上也多用楠木。

恭王府内的多福轩曾有一架楠木书格。多福轩是恭王府府邸东路建筑群上的第三进院落，恭亲王时期，多福轩是恭亲王的客厅兼书房。在多福轩的北墙，有一排巨大的楠木书架。2005 年我参与多福轩的修复工作，当时多福轩已是空屋，关于楠木书架没有任何档案可查，也没有图片可供参考。既然要修复，那就必须恢复原样，可是书架多高？进深多少？腿足样貌如何？这些都是问题。于是我们在多福轩的墙面、地面反复寻找，不放过任何蛛丝马迹，最后在地面金砖上发现柜足压出来的痕迹，根据压痕计算出书架的进深及书架腿足部的尺寸、形状；在墙面找到曾安装过钩子的孔眼，从而判断书架的高度等，最终推测出原貌并修复完成。几年后恭王府的鲁宁老师在巴黎找到了一张多福轩的照片，与我们修复的几乎一模一样，包括样子和尺寸。

雍正也曾在乾清宫东暖阁楼上做过六架楠木书格。雍正六年七月初五日，副总管太监苏培盛传旨："乾清宫东暖阁楼上着做楠木边书格六架，要安得五百二十套书；每架屉上随纱帘一件，其帘照西暖阁内书架上纱帘一样做。钦此。"（员外郎唐英随量得书格每架通高八尺四寸、宽五尺六寸五分、进深一尺六寸，每架书格做四屉，每屉高一尺七寸六分。）体量如此庞大的书格，承重便是一个大问题，果然陈放书卷后出现了"塌腰"现象。书格做好后，雍正皇帝检视了一番又传旨："添做 64 根杉木见柱。"杉木极轻，竖直承重性能极好，这 64 根杉木柱可以将搁板顶起来，分担书格的承重，避免"塌腰"。

光严禅院 1500 岁的楠木

我国对楠木的利用早在 5000 到 7000 年前的田螺山遗址就有考古发现，那里将楠木作为立柱。柱身为楠木，柱础则为樟木，樟木芳香，防虫性能更好。古人对自然、对木性的认识已经非常科学，对木材的利用也有很多的经验之谈，包括在《周礼》《礼记》当中都有记载。故宫内有些立柱是用黄花松外包楠木，有人说这是当时国力下降，财力不足以购买昂贵的木材的表现，其实类似这种说法是完全错误的。黄花松外包楠木，恰恰是古人科学利用木材的实证：黄花松是直丝木材，很少发生扭曲变形，承重性能优于楠木，而外包楠木则更美观。

如今我们已经很难看到野生的还活着的大径级楠木，包括在偏远山区，一些生长于寺院或被当作"神树"而得以保留的除外。2015—2019 年我曾多次前往四川、贵州和福建寻找楠木。在四川省荥经县云峰寺看到一棵植于西晋的古楠，树龄约一千七百年，树高 36 米，树冠约 23 米，胸径 1.99米，胸围 6.24 米，树根部已生大瘿。据说云峰寺初建时，僧人们便种下一片楠木林，如今只剩下这一棵。所幸寺院住持很注重环境保护，寺周一草一木均保护得很好。位于四川崇州凤栖山的光严禅院，又名"古寺"，也有一棵约一千五百年树龄的楠木。这棵楠木隐于一片森林中，四周是成片的参天古柏、古杉、古槐、古银杏等珍稀树木。在距离成都仅 65 公里的地方仍有一片古树的栖息地实属难得。

楠木有美丽的花纹，尤其瘿木。四川的楠木非常特殊，其纹理走向很难从外表判断。从普遍的经验来看，树木生有包节的一定有花纹，树干笔直的一般没有花纹。但四川所产的一些笔直的楠木，也有非常漂亮的花纹，而一些有包节的却没有特殊纹理。几年中我看了百来棵楠木活立木，依然百思不得其解，所谓经验也不是放之四海而皆准的。福建武夷山的楠木一直被忽略，其纹理含蓄文雅，若有若无，与四川、贵州所产楠木张扬外放的纹理不同。我做过一些试验，如有流出芳香液体的楠木树干，观其洞口深度，此木打开一定有扇形的花纹。人们赋予楠木绚烂的纹理以各种名字：葡萄纹、水波纹、鲤鱼纹等等，但都不及《文木赋》中描绘木纹的美好词句："如龙盘虎踞，复似鸾集凤翔……，重山累嶂，连波叠浪。奔电屯云，

楠木纹理

薄雾浓雾……。"有人认为此段描述应指产于海南岛之黄花黎，但从前后文描述其生长环境的字句来看，肯定不符，因为"丽木离披，生彼高崖……载重雪而梢劲风，将等岁于二仪"。《文木赋》中的"文木"究竟为何种木材，会不会是楠木呢？无论是何种木材，古人在伐木之前，在开锯木材之前都首先要焚香祭拜，因为古人相信树上都住着神灵。明代张岱在《夜航船》中称楠木为"神木"："永乐四年，采楠木于沐川，方欲开道以出之，一夕，楠木自移数里，因封其山为神木山。"除楠木外，樟木、枫木、榉木在各地都有"被视为神木"之说。

但现代人既不信神也不信邪。

四川岷江、金沙江及贵州乌江一带，由于地质运动有很多埋于河道或田地、山脚的楠木，当地人称其为"乌木"，其实是阴沉木之一种，中国并不产乌木。阴沉木是指埋入地下的各种木材，以杉木、楠木为多。民国时期有这样的记录：河床、地表有掩埋之木露出，需以酒、果等供品祭拜。人们认为这些掩埋了几百年甚至更长时间的木材都有神性。20 世纪 90 年代，我在贵州黔东南州看到露出农田的楠木阴沉木，当地农人就围着这些木头种红薯，从不会挖出来自用或变卖。近二十年，尤其 2010 年前后受利益之驱使，采挖阴沉木却成了一种"风潮"。一到枯水期，江水水位下降，挖掘机、挖沙船即刻驶入河道，大型机械船自然不是挖沙，而都在挖阴沉木。当时贵州挖出来一棵金丝楠木阴沉木，售价为 5000 万人民币。用碳 14 的方法可测出阴沉木或硅化木的生长年代，从而准确地分析阴沉木出土之特定地区的森林分布历史、气候变化与水文地质情况。正是如此，才会诞生"树木年轮气候学""树木年轮水文学"等新兴学科。阴沉木在这方面所提供的是第一手的、原始而又鲜活的珍贵资料。这种持续了若干年对阴沉木的采挖既是对生态的破坏，也是对人心的破坏。甚至四川、贵州一带的古老悬棺亦被偷盗。这些悬棺多为楠木，打磨处理后金光灿灿，有人拿来制作家具，售价不菲。但棺材板及阴沉木是否含有害物质、放射性物质都不得而知。在经过科学检测之前，并不适宜用于家具的制作。

楠木为阴木。在古人的观念中，木材分阴阳：春夏生长的属阳木，秋冬生长且四季常青不落叶的树木是阴木，如柏木；南面山坡生长的树木为阳木，生长于北面山坡的则为阴木；一棵树向阳的一面为阳木，背阴的一面为阴木，其纹理也有不同。古文献中关于阴木、阳木的记述很多。《洞天清异录》："盖桐木面阳日照者为阳，不面日者为阴。如不信，但取新旧桐木置之水上，阳面浮之，阴必沈，虽反复之再三，不易也。"《周礼·山虞》："山虞，掌山林之政令，物为之厉，而为之守禁。仲冬斩阳木，仲夏斩阴木。"《本草纲目》："银杏生江南，……其核两头尖，三棱为雄，二棱为雌。其仁嫩时绿色，久则黄。须雌雄同种，其树相望，乃结实；或雌树临水亦可；或凿一孔，内雄木一块泥之亦结。"阴阳相感之妙如此。

因楠木为阴木，古人主要将其作为陵寝的用材或寿材，在内檐装饰及家具制作中要与"阳木"搭配使用。清东陵、清西陵，明十三陵等陵寝都采用了楠木。除楠木外，杉木、柏木、桧木也多用于寿材，除迷信之故，主要还是其具防湿、防虫及内具芳香油而不易腐烂的特性。关于楠木作为寿材，明代谢肇淛有自己独特的见解："柟木生楚、蜀者，深山穷谷，不知年岁，百丈之干半埋沙土，故截以为棺，谓之'沙板'。佳者解之中有文理，坚如铁石。试之者，以暑月作合，盛生肉，经数宿启之，色不变也。然一棺之直，皆百金以上矣。夫葬欲其速朽也，今乃以不朽为贵，使骨肉不得复归于土，魂魄安乎？或以木之佳者，水不能腐，蚁不能穴，故为贵耳，然终俗人之见也。"

古人依据楠木耐腐的特性，也做引水渠、造船。唐武宗会昌二年（842年），李处人在九州长崎县值嘉岛用三个月时间打造楠木大船。《中国古船图谱》记载：平底浅船的成造"采巨木，楠为上，栗次之……"漕船，其用料为"底板楠木三根，栈板楠木三根，出脚楠木一根，梁头杂木三根，前后伏狮、拿狮杂木两根，草鞋底榆木一根，封头楠木连三枋楠木一块，封梢楠木短枋一块，挽脚梁杂木一段，面梁楠木连二枋一块……"遮洋海船，其用料标准是："底板楠木三根，栈板楠木四根，出脚楠木一根。"

楠木作为家具用材料的使用是十分讲究与慎重的，现代人使用楠木做整堂家具，古人肯定不理解。楠木作为家具用材始终应是配角，其绚烂的花纹应为点睛之笔。一般多美丽花纹的木材用得好则是优点，反之则为恶俗，所以更适于椅类靠板镶嵌，桌案心、柜门心、官皮箱的门心板，而不适于制作整件家具。在一件家具中也讲究阴阳搭配，如紫檀、黄花梨这类"阳木"做主要材料，抽屉板或侧板可以用楠木，抽屉经常拉动，用比重大的木材肯定不合适，用轻的芳香的木材才更合适，防虫、耐磨。适量、适宜陈设楠木家具可协调阴阳、改变视觉上的单一效果、净化室内空气，绝不可多、不可乱、不可俗。

前些年，成都文殊院几株楠木古树枯死，一直找不到原因。后经多方研究，发现楠木死于被污染的地下水。楠木的生长条件比较苛刻，喜庇荫环境也喜水，但水质必须纯净，土壤也需洁净，如果周围有了建筑垃圾或矿渣等，或地下水被污染，楠木则无法生存。

唐肃宗上元二年（761年）秋，杜甫在成都作《楠树为风雨所拔叹》一诗。那一年秋天的风雨特别大，飘风动地，江翻石走，那棵曾为行人遮雨避雪的楠木在狂风中拼力一搏，终是根断干斜，雨水不停滴落在楠树的身躯，如泪痕血点，曾经发出蝉鸣般声响的树叶终将枯萎，再不会有行人驻足其下，低回倾听，人树兼悲：

倚江楠树草堂前，故老相传二百年。
诛茅卜居总为此，五月仿佛闻寒蝉。
东南飘风动地至，江翻石走流云气。
干排雷雨犹力争，根断泉源岂天意
沧波老树性所爱，浦上童童一青盖。
野客频留惧雪霜，行人不过听竽籁。
虎倒龙颠委榛棘，泪痕血点垂胸臆。
我有新诗何处吟？草堂自此无颜色！

成都杜甫草堂至今仍有一棵桢楠，不知何时何人栽种。楠木有了，却不会再有深爱她的人在五月蝉鸣般的树叶飒飒声中吟诗作对了。

31. 乾隆的千尺雪与黄杨木

每次到江南都带着嵌入寒山、盘亘洞庭而不肯归的心境，当然也被肥美的河豚、鲌肺汤、素面一碗所吸引，更多的则是留恋江南的园林、山水及悠远深广的文脉。

清高宗爱新觉罗·弘历曾于乾隆十六年、二十二年、二十七年、三十年、四十五年、四十九年六次巡幸江南。乾隆一下江南时便两游苏州寒山岭，在诗中抒发"独爱吴之寒山千尺雪"之情，更将行宫直接安于山脊，凿石勒字，刨根为器，后每次南巡均必到寒山，写下几十首关于寒山与千尺雪的诗文。回京后，以"寒山千尺雪"为蓝本先后于京城西苑、承德热河避暑山庄、蓟县盘山静寄山庄再造三处"千尺雪"。

我曾多次游访寒山，当然没有看到乾隆所见那如洞天仙境之景致，也听不到隐隐的泉水声，那名为"千尺雪"的瀑布早已无踪，甚至当地人都不知有其存在。我只能透过张大纯在《三吴采风类记》中的描述，无限延展自己的想象："凿石为涧、引泉为池，自辟丘壑，花木秀野……千尺雪尤为诸景之最。"如今走遍寒山，也只有晚明高士赵宧光及夫人在崖壁上留下的斑斑笔迹尚存。

赵宧光为宋王室后裔，文学修养深厚，研究文字亦是书法大家，同时也是一位出色的造园师。赵宧光的父亲去世后，遂购山葬父，名寒山，守孝期间依山势造景：云中庐、警虹渡、弛烟驿、澄怀堂等。其中一景便为凿山引泉而成，泉流沿峭壁而下，如千尺飞雪，故名"千尺雪"。后与妻一起隐居于寒山，建"小宛堂"藏书，两人一起读书、一起写作、一起攻书法，不仅写在纸上也写于石上，即如今寒山上尚可见到之笔迹。

乾隆回到京城不久便开始修建热河避暑山庄的千尺雪，选址于山庄平原区西部，在溪畔叠石引流，造"悬流喷瀑"景，又于临水处建回廊、亭及五间小殿，东边一间开窗并延伸出去一间半亭，透过半亭便可看到"千尺雪"。

> 为爱寒山瀑布泉，引流叠石俨神传。
> 楞严蓦地临溪写，离即凭参属偶然。

乾隆写下这首《再题避暑山庄三十六景诗·其二十九·千尺雪》时，也许正在千尺雪旁的亭中看水花飞溅，听水石相荡之声。千尺雪造好后，乾隆并不十分满意，概因地势所限，瀑布只有丈许，实难与寒山气势相比。在《热河千尺雪歌》中可窥其心思："不必以千尺计者，独爱其名。"在《御制盘山千尺雪记》中，乾隆又写道："及秋而驻避暑山庄，乃得飞流漱峡，盈科不已，作室其侧，天然之趣足矣，然尚未得松石古意。"造景不完全称心，乾隆于是在三处千尺雪中陈设了大量家具，均为树根、竹根等天然形态的材料制成：树根桌子、树根宝座，还用白果树、梧桐树根，寒山岭的裸石、朽根，黄杨木雕树根匙箸瓶盒、黄杨木树根花插、黄杨木天然如意座子作为陈设，在《清宫内务府造办处档案》中有载："选好些小炉一件配黄杨木雕竹根瓶盒，在天然香几上安。"可见乾隆想打造一处贴近自然、充满山野气息的场所。乾隆十一年十月二十九日曾题"体物抚时"对贴，用于瀛台逷瞩楼之围屏："体物岂缘夸丽藻，抚时端藉励雄心。"想来他有这份"体物抚时"之心境，则爱好天然之陈设也是必然。树根家具，有人又称为自然木或天然木家具，追近自然，踪迹山野，故然有老庄之气。树根之为

苏州沧浪亭清香馆陈列的清末根雕家具，为榕树根所制

器，多顺势而接气，如苍蒲与老鱼吞花，视之必然。如《文赋》中说："诗缘情而绮靡，赋体物而浏亮。"

黄杨木在我编著的《乾隆家具六十年》中出现过 938 次，当然比起出现了近四万次的"紫檀"还相差很远。黄杨木所成造的器物有：佛像、数珠、香几、围屏、小桌、架、匾、盒、匣、罩笼、木座、匙箸瓶、笔架、笔筒、墨床、如意、鐾子、戥子、梳子、篦子、枪杆、痒痒挠、算盘、西洋箫、伞、木雕陈设等。可见黄杨木并不用来成造大件器物，制作整件家具的例子也很少，古代文献记载其一般用于"木梳及印版之属""可备梳箸之用""作梳剜印"。中国和日本尤喜将其用于印章。黄杨木除用来做一些小件器物外也用来给大件器物做配饰或镶嵌（牙子或绦环板）："悦目赏心西墙上集锦斗方着镶黄杨木边。"黄杨木也多与其他木材搭配使用：紫檀木镶黄杨木罩笼、楠木镶黄杨木牙子香几炕案、紫檀木镶黄杨木牙挑杆书格、乌木边镶黄杨木心小炕屏，乾隆还曾下旨："凡配座子时不可单用紫檀木或黄杨木或乌木配合做。"乾隆用黄杨木与紫檀、乌木等深色木材搭配是非常有道理的。黄杨木心材颜色杏黄，古有"天玄而地黄"之说，黄，本谓土地之色。自古五色配五行五方，土居中，故以黄色为中央之正色。用"黄"，在镶嵌工艺方面十分讲究与之相配的其它木材的天然色彩与比重。一般来说，与之相配的木材比重不能太轻，颜色不能近黄或浅色，如酸枝中的浅黄者、鸡翅木中的浅黄者、黄花黎等均与黄杨不相配；而紫檀、乌木、深色鸡翅木、老红木均可采用黄杨木镶嵌，二者色差明显、比重适宜，可有画龙点睛之妙。档案中的黄杨木很多用来做木雕：雕黄杨木孟浩然骑驴随仆童式陈设，文殊菩萨、观音菩萨等。用黄杨木做宗教造像及其他人物的雕刻，主要使用光滑细腻而又无纹的纯黄木料。这样的黄杨木木质细腻、光滑润泽，用于雕刻可表现人物丰富多彩的感情与局部细微特征，如眼睛、毛发、衣服褶皱、面部所呈现的喜怒哀乐等。黄杨的生长轮不明显，部分国产黄杨几乎不见纹理，有的纹理清晰，弦切面之纹理各具特色。黄杨木的油性强，有明显的滑腻感，老者包浆明亮、干净；而产于越南、老挝的黄杨则木质疏松、油性差。黄杨木色浅而洁，质地硬而润，是雕刻艺术家最喜欢的材料。黄杨木纯色无纹且性脆，故在雕刻中忌镂空、忌承重、忌表现蔓枝薄叶，否则就易受损。黄杨木新材呈杏黄色，经过数十年或数百年的氧化，时间久远则呈现古铜或象牙的质感。所谓"虽非百尺材，岁晚好颜色"，宋代曾肇（1047—1107）的这句诗是对黄杨木材性很好的描述。

　　大抵黄杨木在各朝各代都是稀缺的木材，只能珍惜着用。因为黄杨木生长缓慢，古文献中形容它一年只长一寸且树形矮小，俗称"千年矮"。黄杨不花不实，四时不凋，故也称"万年青"。黄杨木色如骨黄、枝叶上扬，故谓之黄杨。

黄杨木香几（成对）／山东青岛贺培建藏

　　世人关于黄杨有很多离奇的认知，比如"黄杨无火"，实指黄杨质地致密，气干密度大于1者居多，入水即沉，不易燃烧，故"无火"实指"无火性"；又有说黄杨"厄闰——闰年不长反缩"，其实只是黄杨木本就生长缓慢，闰年不长而已，"反缩"是不可能的；"黄杨，不分格漫"是指黄杨的心材与边材区别不明显。唐代段成式撰写的《酉阳杂俎》记录了采伐黄杨木的要求："取此木，必以阴晦夜无一星，则伐之不裂碎。"也许古代木材的采伐、干燥方法等技术手段有限，至于是否在无星无月的阴晦之夜采伐黄杨就能不开裂，就不得而知了。

　　东坡《巫山》诗中云："穷探到峰背，采斫黄杨子。黄杨生石上，坚瘿纹如绮。贪心去不顾，涧谷千寻缒。"——可见黄杨木喜生长于山顶石头缝中。我曾多次前往云南昆明的老青山考察黄杨木，黄杨木也喜生长于喀斯特地貌。老青山海拔2000米左右，黄杨木多生长于山峰之巅或接近于山顶，常与九死还魂草（*Selaginella tamariscina*）一起生长于山之阳坡，在半山腰或山下则不生长。黄杨木根性坚硬，生长不需太多土壤，故长于石缝中，看起来似乎破石而出，所以或有倒垂或横向生长的。老青山之黄杨，枝叶长年翠绿，树皮灰白如鱼鳞开裂，有些主干直径可达10厘米左右，树龄约500—800年，色黄而性脆。有的呈灌木状，材质坚硬、枝叶漫散；也有孤立于峭壁上的黄杨。有研究者认为北宋文学家李鹰有《黄杨林》诗曰："黄杨性坚贞，枝叶亦刚愿。三十六旬久，增生但方寸。今何成修林，

沧浪亭中的瓜子黄杨

网师园中的树木支撑

左右映烟蔓。良材岂一二，所期先愈钝。"最后一次去老青山是 2019 年，黄杨木几乎被挖光了，所剩几棵都长在悬崖峭壁上——人类不易到达的地方。人们采伐黄杨，多做盆景，但黄杨存活几率很低，这种采伐完全是破坏性的。珍稀的野生黄杨木只有在贵州梵净山保护区还能见到。

1036 年，欧阳修在被贬官夷陵（宜昌）途中触景生情而作《黄杨树子赋（并序）》描述了黄杨之生长环境与样貌："夷陵山谷间，多黄杨树子。江行过绝险处，时时从舟中望见之。郁郁山际，有可爱之色。独念此树生穷辟，不得依君子封殖备爱赏，而樵夫野老又不知其惜，作小赋以歌之。……岂知绿藓青苔，苍崖翠壁，枝蓊郁以含雾，根屈盘而带石。落落非松，亭亭似柏，上临千仞之盘薄，下有惊湍之溃激。涧断无路，林高瞑色，偏依最险之处，独立无人之迹。江已转而犹见，峰渐回而稍隔。"

东坡先生诗中所提到黄杨在四川近湖北的巫山，醉翁先生描绘的黄杨在湖北宜昌。黄杨在中欧及地中海沿岸，东南亚、南亚地区及加勒比地区、中美洲也有分布；在国内则主要产于长江以南各省，北方地区有极少分布。江南一带尤其太湖周围的黄杨木与云贵高原的黄杨不同，俗称"瓜子黄杨"。太湖周围生长的黄杨与榉木的分布区域重叠。树形比较高且粗，长得也较快，明代及清前期家具所用黄杨木多为瓜子黄杨。

黄杨喜水，喜阴，喜生山巅之上迎风接雨，故如江南一带生长的瓜子黄杨，直立而干形较大者极少。瓜子黄杨作为重要的观赏树种几乎生长于苏州、杭州的每一个园林，尤以苏州网师园、沧浪亭为最。

民国时期，苏州的园林约有一百多处，现在所剩数十处，且破坏严重，经反复修复，已失去不少本真，但其骨架仍在，精神未散。我尤其喜欢拙政园和寒山寺，前者晨望最佳，后者夜闻动心。在苏州较小的一些园林中，如耦园、艺圃、怡园等，也有黄杨的身影。苏州园林中的瓜子黄杨，多独立成景，或以白墙灰瓦作背景，阳光洒下，将树枝投影于白墙；或与叠石假山为伴，枝叶披散，笼盖石山；或临水而生，枝叶侧卧于水面。

苏州名园网师园始建于南宋淳熙年间（1174—1189 年），为文人史正志的"万卷堂"，其花圃名为"渔隐"。此园后毁，清代乾隆年间，宋宗元购入并重建为"网师园"。园中有两棵黄杨（当地称为"瓜子黄杨"），主干皮薄如鱼鳞开片，枝叶繁茂，树干粗壮，与云南老青山之黄杨迥异，因土壤肥沃，雨水丰沛，阳光充足，其生长速度比生长于岩石山上的黄杨快，密度则不如后者。正契合元人华幼武《咏黄杨》所述："咫尺黄杨树，婆娑枝干重。叶深团翡翠，根古踞蚪龙。岁历风霜久，时雨露浓。未应逢闰厄，坚质比寒松。"

沧浪亭建于北宋庆历五年（1045年），应为苏州园林之模范，楼阁无一不隐于古木且面山而布。未入园，已得景，石桥、清水、锦波，合欢、古榔、枫杨，与其建园之初意"草树郁然，崇阜广水"一一契合。此园"面水轩"之设使人有鼓枻戏波、投竿布网之心。"层轩皆面水，老树饱经霜"，沐浴风霜、雷雨的古合欢在"面水轩"之外，面水而生，俯身探波。而引起我更大兴趣的则是其支撑合欢的方法，用直丝芳香的杉木加软皮托垫，外有红绳相牵。此景让我想起日本名园，金泽古城的"兼六园"——每一棵树之支撑均用软木：杉、松或柏，绑缚之绳则用麻，绳纹与节或一致，或变化，皆为用心而有意，使之成为园林之艺术与大众审美的交集。苏州的园林艺术家如此待物而让我感动，他们使对树木的支撑保护措施成为了园林艺术的一部分。此刻的古园海棠铺地，牡丹正妖，主人问我："牡丹如何？"答曰："当然妍丽，但列阵周正、整齐。"主人听之若有贬意，故会心大笑。楚之屈原形容枯槁游于汨水，自谓"举世皆浊我独清，众人皆醉我独醒"。渔父不以为然："圣人不凝滞于物，而能与世推移。举世混浊，何不随其流而扬其波？众人皆醉，何不哺其糟而啜其醨？"渔父之言并不令屈子之所动："沧浪之水清兮，可以濯吾缨；沧浪之水浊兮，可以濯吾足。"人如清水，则可濯缨正冠；自为浊水，则只能濯足脱泥。苏州可谓我们东方文明之精华。

清代李渔称黄杨为"君子之木"，他的描述可以说是对黄杨最好的总结："黄杨每岁长一寸，不溢分毫，至闰年反缩一寸，是天限之木也。植此宜生怜悯之心。予新授一名曰'知命树'。天不使高，强争无益，故守困厄为当然。冬不改柯，夏不易叶，其素行原如是也。使以他木处此，即不能高，亦将横生而至大矣；再不然，则以才不得展而自瘁，弗复自永其年矣。困于天而能自全其天，非知命君子能若是哉？最可悯者，岁长一寸是己；至闰年反缩一寸，其义何居？岁闰而我不闰，人闰而己不闰，已见天地之私；乃非止不闰，又复从而刻之，是天地之待黄杨，可谓不仁之至，不义之甚者也。乃黄杨不憾天地，枝叶较他木加荣，反似德之者，是知命之中又知命焉。莲为花之君子，此树当为木之君子。莲为之花之君子，茂叔知之；黄杨为木之君子，非稍能格物之笠翁，敦知之哉？"

网师园一隅

第五辑　别无归处

　　儿时的记忆中有一个高大的身影——同村一老汉，影响了我的一生。当年八九岁的我，常常在田间地头见到他，他永远手持一把铁锹，徐步缓行。有时在水塘边遇到他，他一边涮着脚丫一边跟我说："回家不用洗脚喽！"一个盛夏的傍晚，天气突变，大雨倾盆而至，乡亲们纷纷往家狂奔，烂泥巴地里泥水飞溅，几多狼狈！我正跑得气喘吁吁，见老汉拿着那把铁锹，依然徐步缓行，既没穿蓑衣，也没戴斗笠，耳畔只传来他的声音："下这么大的雨你跑什么？上面在下，前后左右都在下，你往哪儿跑呢？"他的声音旋即被雷雨声淹没，但年幼的我停止了奔跑，学着他的样子慢悠悠地走着。是啊，能跑到哪里去呢！

　　往后余生，我也就习惯了不论多大的太阳，都不遮阳，再大的雨也不喜欢撑伞。不遮阳就没有了畏惧，不奔跑也就没有了慌张。烈日或大雨都是自然而然，人之一生只需不疾不徐，慢悠悠行走，按自己的意向、步伐、节奏。而无论在何时何地，我们只需冷静、从容地打开窗户，邀纳寒风和阳光。

在木材抑或古代家具的研究中，我也始终提醒自己保持着"徐步缓行"的节奏。有时一篇文章一下午就写完了，有时写几百个字得花好几天时间，大雨和烈日都不影响我，不管是做学问还是做人。对于同一种木材、同一件家具，每个人基于各自的知识储备、经验以及阅历而持不同的看法，我无非是将古人的经验之谈进行了汇总与提炼。而这一切的所谓"研究"也只是"知识"笼罩下的影子，如何从"知识"的"分别见"中回归活泼的生命体验，才是我们更应思考与关注的问题。"任其自明，故其光不蔽也"，这是老庄思想中的葆光之道，是存养生命之道，亦是做学问之道。

"木"之于我，并不仅仅是物。受邵雍（1011—1077）《皇极经世·观物内篇》启发："夫所以谓之观物者，非以目视之也，非观之以目，而观之以心也，非观之以心，而观之以理也。""以物观物，性也；以我观物，情也。性公而明，情偏而暗。"在《伊川击壤集·序》中，邵雍说："观物之乐复有万万者焉，虽死生荣辱转战于前，曾未入于胸中，则何异四时风花雪月一过乎眼也？诚为能以物观物而不两伤者焉。盖其间情累都忘去尔。"庄子说"物物而不物于物"，让"物"（存在）自我言语，自我呈现，而"我"不在其间。唐诗宋词中更将"木"与人的生命、生活、感情、精神气象联系在一起。一个民族的进步与发展、精神气象的表现即是如何待物，如何看待你身边的蓬蓬生机、花草树木，一个人乃至一个民族的品格与如何待物是一致的。

海德格尔在一次访谈中说过一句话，原文我有些记不清了，大意是：一切真正伟大的创造取决于我们有一个家，并且在某种传统中扎下根来才是可能的。海德格尔所说的"家"自然不是有顶、有户牖的房子，而是人之精神家园。

我用四十年鲜活的生命踏寻了各种树木的故乡，两鬓斑白时，是该回到自己的"故乡"了。"归去来兮！田园将芜胡不归？"渊明并非呼唤我们纷纷离职回到田园养菊种菜，他的"东篱""蓬庐"以及"桃花源"不是逃遁世俗的乌托邦，而是将自己与万物相与相融，同归宇宙大化的觉醒。"山气日夕佳，飞鸟相与还"。于飞鸟，"家"就是飞翔，生命之最终的依归则是"别无归处"。

希望当生命的残灯开始忽闪的时候，还能在某种传统中为这个世界新栽一棵向下扎根、向上生长的小树。

32. 枯树无枝可寄花，童年的苦楝与榔皮粑粑

我的童年在湖南岳阳的一个小山村度过，那是 20 世纪 60 年代。

村后是山，不高不低，连绵起伏伸向远处，山名"蛇尾"，我家住的村子就在这条山脉的末尾。山上满是古老的杉树、楠木、樟树、椿树、刺楸树、榔树、松、柏，遮天蔽日，白天上学穿过其间还会有些害怕。村前是稻田，田边、房前屋后都种着楝树。村旁有一马蹄形大池塘，塘边大片的竹林里有一棵蔽日的榔树，他看着我长大，然后在我上中学时被砍掉，砍了几天几夜才倒下。

周氏一族是明朝从江西铜鼓、修水迁来，翻开族谱第一页便是周敦颐的《爱莲说》。我们家的老房建于明朝洪武年间，砖上刻着年号和制砖者姓

翠竹、云海与远山

名。砖是用黄土、麻绒、稻谷壳、石灰、猪血、糯米等摔打成形，很大，一个人扛不起来，得两个人抬。房子有天井，下面有地道一样的排水系统，猫狗可以自由穿行，即使下过大雨坑道中也不积水，不知水都排到哪里去了。

　　在家乡，楝树都被叫作"苦楝"，大抵因为楝树的果很苦。苦楝为楝科楝属的落叶乔木，也被称作金铃子、紫花树、哑巴树。村里有习俗，谁家生了女儿，都要种上几棵楝树，因其生长得快，待女儿到了出嫁的年纪，楝树也长成材，便可砍了做陪嫁的家具。媒婆看谁家的楝树多就去谁家做媒，因为门前楝树多的，家里女儿多。我家房前也有一棵苦楝，我常在树荫里坐在楝木做成的小板凳上看书。家里有好多书，记忆里苏联的名著最多，可我还是喜欢看《水浒传》和一些小人书，当然《一块银元》是必须跑到无人的田埂上看的："受苦受难的爷爷和奶奶先后都饿死了，爹卖掉了仅有的一块地和一间半破草房，才把老人埋葬。埋葬了老人，还了债，全家就剩下了这一块银元……"每次看到这里总是会哭一次，然后把书塞进书包跑回家去。有时我也会看着楝树翠绿的叶子愣神，风中的树叶像羽毛一样飘舞，或在树上抓一只天牛，天牛最喜欢待在楝树上。春天的末尾，楝花便准时开放，初开时是淡淡的紫色，然后变白、弯曲，吐出紫色圆柱

楝花与楝果

形的花蕊。一场大雨，花瓣细细碎碎落了一地，混合着泥土的香味；秋天的结尾处，知了不叫了，她就结出绿绿的果子，然后变成金黄，如一个个金色的铃铛挂于枝丫，所以苦楝也叫"金铃"。弟弟总是拿楝果子当子弹玩弹弓，我不喜欢，常偷偷跑到后山的水塘边看那棵千年榔榆，那是妈妈不让我去的地方，因为树洞里住着蛇。

　　榔榆很高，年幼的我得使劲儿仰头，方可见其浓密的树冠。树冠遮住了半个水塘，水塘的水在夏季也就无比清凉。榔榆叶子很小，细细密密，一阵风过，水面便洒下一个个晃动的光斑。榔榆很粗，四五个人不知能不能将其合抱。粗壮的树干中空，露一巨穴，妈妈说过有一蟒蛇成精盘踞树洞中，遇夏天山上流水形成瀑布，直泻池塘，蛇精便昂首出没于水中。平日里村里人都不来这里，我倒是觉得这是个难得清净的地方。记忆中似乎见过大蛇缠绕榔树之上，池塘里也有其身影，是否为蟒蛇或蛇精就不得而知了。这棵榔树也就成了周家乃至整个山湾的神树，无人伤害她。记得

榔树与榔树皮，拍摄于苏州寒山寺，家乡的榔树因其材质优良，早已伐尽

1972 年，书记认为周氏家族几百年兴旺不衰，必有神助。故计划将树伐倒，活捉蛇精，并将周家明洪武年间建筑的成片古屋粉碎，异地搬迁，彻底断其"龙脉"。在书记的"号召"下，一些胆大的村民先用火熏洞中的蟒蛇，弄了一上午，也没发现蛇。第二天我偷偷跑去池塘边，看大人们一斧头一斧头砍向榔榆，沉闷的声音冲击着 12 岁的我，好像大地都跟着震动一样，直到看见榔榆露出暗红色的内心，我赶紧跑回家，心脏砰砰跳，久久不能平静。又经过了几天的砍伐，榔榆终于倒下，空洞中依然什么也没有。另一些村民则远远看着，不敢靠近，怕蛇，怕神，怕鬼，怕招报应。有村民说蛇精知道会受到伤害，早已带着小蛇升天了。不由想起宋人释文珦的一首诗："闲房近竺岑，四面是清阴。涉物皆成趣，无因废得吟。蛇蟠枯树腹，雀乳古亭心。倘或游人见，犹疑隐欠深。"妈妈于 2016 年的夏天走了，走之前仍用干枯的双手紧紧拉着我，问我榔树被他们运到哪里去了？为什么要将神树毁灭？将神（民间认为蛇即龙，特别是大蛇，便是神，是不能伤害的）赶到天上去了吗？我也不知如何回答行将西去的妈妈。正如唐人包佶诗曰："更劳今日春风至，枯树无枝可寄花。"

童年的记忆总是欢乐与酸涩相伴，如楝树带着细香的花与苦涩的果，以及饥荒时美味的食物 —— 榔榆皮做的粑粑。长大后离家，越过万川才意识到楝树这么普通的一种树，英文对其的通称却是 Chinaberry Tree，想来楝树带着满满的中国情结。在异乡每每看到苦楝与榔榆，都会想起家乡，想起那卑微觅食的乡亲，以及逝去的贫穷与纯真。比如漫步于杭州西溪湿地，那成片的楝树，树干水红中透着淡青色，在阳光中散着暖意，春末花开，蔚为壮观；在苏州拙政园可以看见榔榆作为观赏树而广布园中，也总会让我想起饥荒时的人们全赖一片榔榆皮而维持着生机。

老家县城里的酒厂，在饥荒时用楝树果酿酒，酒色鲜亮，七毛五分钱一瓶。但苦楝果有毒，猫狗闻其味都会跑开。《本草纲目》中记载了苦楝分雌雄两种：雄者无子，服之使人吐；雌者微毒，入药当用雌者。想来酒厂并不区分其雌雄，因喝了苦楝果酒眼睛瞎了的甚至死了的都有。尽管如此，人们还是想喝上一口。在那个时候，榔皮粑粑已是很好的食物。榔榆皮一撕开就是满满的黏液，将其剁碎与糠米掺在一起做成粑粑，吃上一块一天都不饿，后果是很难消化，几天不解大便。

椰榆（*Ulmus parvifolia* Jacq.），在湖南华容一带又有薄树、薄枝子树、椰树之称。其树皮内侧絮状物发达，黏液丰富，可以食用。边材浅灰白色，心材浅黄或金黄色，有些呈红褐或暗红褐色，浅棕色纹理布满弦切面，生长轮在弦面上呈美丽的抛物线花纹，但不如春榆、白榆那般漂亮。椰榆是榆属木材中比重最大的，加工后极易与榉属木材混淆，二者同科不同属，常有木材商用椰树混在榉木中出售。大叶榉为落叶大乔木，能长到30米高，椰树的树皮与大叶榉非常相似，且越大的椰树越像榉木，木材之颜色、纹理也很难辨识。分辨椰榆与榉木最好的方法就是看其树皮：大叶榉皮厚，灰色或红褐色，不可食用，皮呈块状脱落，易折、无黏质，内皮花纹呈火焰状；而椰榆外皮薄、黄褐色，树皮具黏质，纤维发达，可食用，不易折。

陪伴我长大的椰树最终还是倒下了，家乡的苦楝仍守信地在春天结束时开花。童年的苦涩记忆似乎都刻在了椰树与楝树中，那只是人生苦旅的开始。如何栖居在这块土地上，每个人都有自己的选择。宋朝词人谢逸面对满树楝花，曾吟一首《千秋岁》，也许是关于苦楝最为柔情的一首词：

楝花

　　楝花飘砌，蔌蔌清香细。梅雨过，萍风起。情随湘水远，梦绕吴山翠。琴书倦，鹧鸪唤起南窗睡。

　　密意无人寄，幽恨凭谁洗？修竹畔，疏帘里。歌余尘拂扇，舞罢风掀袂。人散后，一钩新月天如水。

初冬，一树金黄

33. 家乡的野树与红花草

在家乡，儿时所见的柞榛树（柘木）、刺郎子树、椰树、牛樟、楠木均已难寻踪影，多栽上了所谓堪用的树，且树种单一。2016 年，我回到家乡，看到终南山的青青楠竹、洞庭湖畔的芦苇荡漾，姐姐家的稻田、藕田、眉豆和开在稻田里的红花草，在山间行走时也偶见几种野树，除了惊喜之外，更多的是惆怅与无奈。

红花草是一种生长在农田的野草，极易生长，每到春天，坡地、水田、沟港都可遇见。我已有近四十年未见过红花草，因大量使用化肥、农药后，红花草便不再生长。红花草是农田的天然基肥，其所在处出产的稻米香黏味美。乡亲们说，田里长出来的红花草，都是一位叫"周恭敬"的后辈于

不知名的野花倒
映水中

新疆当兵八年后回家务农而种植的。他坚持生态农业，不使用化肥、农药，为恢复地力而广种红花草。

我走遍了老宅附近的山头，只在山脚偶遇了一棵几十年不见的刺郎子树，树根处布满绿苔，与青藤、茅草及忘了名字的野花相伴。看见她如见一直思念的儿时朋友。刺郎子树（俗称，学名即大风子科柞木，与生于北方壳斗科之"柞木"异），顾名思义，其满身长刺，长者约五厘米，坚硬、锐利而极富弹性，是小时候用来恶作剧必不可少的道具。刺郎子树多生于山脚凹处之陡坡，树苑常有腐朽的空洞，内藏毒蛇。小时候常听大人们说，此树能招鬼魂，且经常能看到刺郎子树上聚集着成片的乌鸦。刺郎子树砍伐困难，材不堪用，故得以保全其身，不至于夭折或被戕害。斑鸠也喜栖于刺郎子树上，树冠之树叶密实，针刺外披，不易被人发现，也不会被其他动物伤害或捕捉，但是斑鸠忽略了人类才是真正的天敌。乡人欲捕捉斑鸠，即于漆黑的夜晚用强光手电筒直射鸠眼，斑鸠的两眼会短时失明，立即呆傻，乡人便用长长的鱼叉（又称"排叉"）直插斑鸠，一般一叉就是雌雄一对，而相邻的一对并无知觉，不知祸之将至仍安然而眠。鸟如此，人呢？

在家乡，柘木（*Cudrania tricuspidata*）原是遍地皆生的平常之树，今亦难见其踪迹。2016年10月4号，我特意前往湖北省监利县柘木乡华新村，在欧阳忠元家门口看到了那棵传说中树龄最老的柘木，此树约四百岁，高18米，围径约2米，树冠约有10米宽。柘木为桑科柘树属，土称凿子树、柘骨针、柘桑、角针，亦称柞榛木、柞树，檬子树。其材质坚硬，在农村多用来制作农具、工具柄及榨油房之撞杆、楔子等，乡民也用它代替钢针挑穿脓包。明代李时珍《本草纲目》中有记载："此木坚韧，可为凿柄，故俗名凿子树。方书皆作柞木，盖昧此义也。柞乃橡栎之名，非此木也。"

李时珍也指出了此生长于长江流域的"凿子木"不是北方的柞木。另外，还有一些木材在民间也被称为"柞木"，主要集中在壳斗科之青冈属、水青冈属、麻栎属中的许多木材上，特别是江浙、福建、江西、湖南、湖北等地的木工仍将这些木材称为"柞木"，也有个别匠人或收藏家将这些木材称之为"高丽木"，这是明显错误的。从国外进口的柞木，主要源于欧洲及美国，一般称之为"橡木"，按木材的颜色分为红橡与白橡，这些木材的价格远高于产于中国及俄罗斯的柞木。

《齐民要术》曰："柘叶饲蚕，丝可作琴瑟等弦，清鸣响彻，胜于凡丝远矣。"如今不知是否还有用柘叶养蚕的。柘木材性稳定，心材金黄褐或深黄褐色，纹理变化不大，也是很好的家具用材。柘木也生长于江南一带，明代流传下来一些老柘木家具多集中出现于南通、扬州一带。旧器基本呈咖啡色，金黄色纹理明显，其材色、纹理、光泽及比重与文人家具契合，柘木家具与榉木家具在明代均有很高的地位。

小时候家里烧水、煮饭都是用薪柴，多为松针、油桐叶、干草、野刺、树枝和树根，我的"工作"之一就是拾柴。距离家里两百来米的山脊上有一片樟树林，又称"樟树山"，我常到那儿去拾柴。村民的房前屋后是不种樟树的，因其属于阴木，招乌鸦。但我喜欢去樟树林拾柴，因为有樟树的地方没有虫，甚至连蚂蚁都很少，大概因为樟树掉下来的果子很毒。樟树下面也不长别的植物，只有盘根错节的樟树根，如一张大网，延伸到很远的地方，根的末端都不变细，砍起来挺费力，我常因砍几次砍不动而放弃。有一年冬天，妈妈让我赶在下雪前去挖一些樟树根，我在樟树林遇到几个大人，才知道樟树根不应该砍而应该"撕"。只见一个力气很大的人，名白巴，找到一个大根，用鹰嘴锄斩、劈、撬，然后拎起一片，手向上抬，长长的一条樟树根就被撕了起来。我也试了试，几岁的我当然撕不动，只能捡一些小的、别人不要的拿回家。樟树根作为引火柴，可以点燃一些潮湿的柴，很香。长大后才知道因为樟树含有樟脑油，故容易点燃；也才知道樟脑对人有伤害，樟木其实并不适宜做卧室家具，尤其不能做床，而做窗框比较合适。直到若干年后，在河姆渡遗址、田螺山遗址考察时才发现原来古人在5000—8000年前，就已经利用樟木做柱础，可以防虫蛀。遗址中还有柏木、楠木、榉木、柿木、榆木、杨木等木材，在建筑结构中，不同位置所用木材均不同。古人对自然、对木材的认识和利用似乎比我们更明确。

家乡的山野中遍布乌桕，稀疏的林间、池塘边都有他的身影，到了秋天丹红一片。小时候我并未注意过这种树木，也没有很深的印象，直到有一位同乡以"竹炉篝火曲木床，乌桕为烛枫脂香"之诗句自嘲，我才注意到这种树木。原来乌桕的种子外壳有一蜡质称"桕蜡"，可提炼出油脂，用来制作蜡烛、蜡纸等。

如今每每看到乌桕我便会想起这位同乡——一位睡在牛车上的教授，我一直仰慕和学习的榜样。

出生于1946年的同乡陈可文出身贫寒，15岁参军为首长当勤务兵，因年龄太小，几乎没读几年书，幸好首长是一位学问很好的儒将，每天给他布置学习作业，并指导他背诵、研读马克思三卷本的《资本论》。几年下来，陈兄可以对《资本论》倒背如流。陈兄退伍后回乡务农，但仍天天读书，继续研究《资本论》。家里有两间茅草屋，如遇下雨，满屋皆水，不得不用铁锹挖沟排水。他家没有任何家具，一家五口睡在一辆破旧的牛车上，翻身或起床则牛车游走，吱吱作响。陈兄便以"竹炉篝火曲木床，乌桕为烛枫脂香"自嘲。在如此恶劣的生存环境下，陈兄被褐怀玉，仍存家国情怀。1977年恢复高考，陈兄直接参加了政治经济学研究生的考试，但因外语分数太低（他从未学过外语）而未被录取。第二年自学俄语，居然及格且被湘潭大学毛泽东思想研究中心录取为研究生。陈兄离开老家去湘潭大学报到前，我们多次交谈，他鼓励我多读好书，不负青春，并将他读过的苏联著名的经济学家普列汉诺夫的《政治经济学》签名后送给我。1981年夏天，陈兄来北京查阅资料，我请他吃饭，饭后站在树下，他手撑槐树，与我热谈两个多小时，记得他挥手与我告别时引秦观之词"韶华不为少年留"送我。此后一别，一直未再见面。陈兄后为湖南省委党校经济学教授，广东海洋大学经济管理学院院长，在全国高校中首次开设"海洋经济学"的课程。终于，这位曾经睡在牛车上的同乡，成为了一位享受国务院政府特殊津贴的专家。我想，每一个中国人都如陈可文教授一样于逆境中行走，葆有不灭的光明与春天的种子，一个人或一个民族就是可爱的，是不可战胜的。

我们都可以做一株稻田里的红草花，在长久的动荡中，依然生生不息。

34. 南柯一梦，大槐树与蚂蚁窝

　　唐代李公佐曾著一部传奇小说《南柯太守传》，讲述了一个大槐树与蚂蚁窝的故事，即南柯一梦。这个故事是小时候爸爸讲给我听的，我觉得非常有趣，就又在学校讲给同学听。虽然那时的我并不明白人生怎么会在一个短短的梦里就过完了，只觉得人生还那么漫长，我还那么小——大概人在幼年都着急长大。

　　故事的主人公名淳于棼，家中庭院有一棵根深叶茂的大槐树，他常呼朋唤友在槐树下喝酒。一日与两位朋友饮酒而醉，醉中入梦。梦中有紫衣使者前来迎接他去槐安国，淳于棼整理衣冠上了他们的马车，马车驶出自家大门后却又奔着大槐树的洞穴而去，淳于棼心里一惊却不敢出声。继而，马车驶出洞穴，却见周遭景物与人间不同。随即进入一城门，上有一匾写着"槐安国"。进入都城，拜见国王，还见到与自己饮酒的两位朋友，国王招其为驸马，锦衣玉食，夫妻和美。淳于棼又至槐安国南柯郡任太守二十年，政绩斐然，百姓爱戴，子孙满堂。这年，有檀萝国来犯，淳于棼领命出兵却打了败仗，妻子和两位好友相继离世，他也被国王遣返回乡。返乡时，仍是那前来接他的使者陪同，穿过来时的洞穴。淳于棼醒来，只见杯中剩酒还放在窗台，两个朋友还没离开。淳于棼感叹不止，短短的时间，竟在梦中走完了自己的一生！于是将梦里所历之事都告诉了两位朋友。朋友亦是惊讶不已，三人到庭中大槐树下，果见有一洞穴，忙呼仆人砍去树根上的枝叉，查探洞穴里的情况，又向树旁挖了一丈来许，一个更大的地下洞穴显露出来，足可以放得下一张床。洞穴中俨然就是一座城堡，有城墙、楼台，宛若宫殿，有数不尽的蚂蚁在里面穿梭。中间有一朱红色高台，台上有两只长着红色头、白色翅膀的大蚂蚁，长约三寸，周围有几十个大蚂蚁护卫着，别的蚂蚁都不敢靠近。难道这就是槐安国的都城？两只大蚂蚁就是国王和王后？三人继续查看槐树，树干上布满曲折的通道，沿着通道至槐树南侧高约四丈的树枝上又出现一洞穴，蚂蚁齐聚在中间的方地，四周还有小楼与亭台。这就是淳于梦治理的南柯郡了！在淳于宅东去一里有条山涧，边上有株大檀树，檀树被藤萝缠绕，树旁有个蚂蚁洞，这便是檀萝国了。淳于梦看到这些现实中的蚁穴似乎都与梦中相符，不忍破坏，吩咐仆人照原样掩土堵塞好。可是夜里一场暴风骤雨，洞穴被冲开，蚂蚁也全都不见了。

儿时常常蹲在地上看蚂蚁搬家，尤其夏季也总能看见蚂蚁垒砌的圆锥形高台，上有小孔，那是他们地下堡垒的出入口，大雨时亦不至冲毁地底的巢穴。蚂蚁成群结队而行，队列整齐，一丝不乱，我偶尔也会用水冲散蚂蚁的队伍，不久蚂蚁又会重新集结，恢复原有的队形。虽然很好奇爸爸故事里讲的蚂蚁王国里的都城是不是真的，但一直不敢挖一个蚂蚁窝来求证。少时读唐代段成式《酉阳杂俎》·续集卷三·支诺皋下，其中记载了这样一段故事："忠州垫江县县吏冉端，开成初，父死，有严师者，善山冈，为卜地，云合有生气群聚之物。掘深丈余，遇蚁城，方数丈，外重雉堞皆具，子城谯橹，工若雕刻。城内分径街，小垤相次。每垤有蚁数千，憧憧不绝。径甚净滑，楼中有二蚁，一紫色，长寸余，足作金色；一有羽，细腰，稍小，白翅，翅有经脉，疑是雌者。众蚁约有数斛。城隅小坏，上以坚土为盖，故中楼不损。"不过，后来我才知道段氏所述紫色而长寸余者应为蚁后，白翅、细腰之蚁应为雄蚁，段氏刚好弄反了。

长大后，我看多很多关于蚂蚁筑巢的科学文章，才确信蚂蚁是建筑专家，所造"都城"很大，道路错综复杂，冬暖夏凉，通风、排水系统完备。我也曾不小心在泰国孔敬（Khon Kaen）的一棵花梨树旁，一脚踏碎过一个蚂蚁国。

2017 年 1 月，从曼谷的 Green tower 镇至孔敬，很远便能看见那棵巨大的花梨木独自立于旷野，俯瞰广袤的大地，树干粗大挺拔似乎带着那么一股说不出的倔强，树冠浓密，飘逸又潇洒。在泰北，我看到过非常多的花梨木，基本都生长于平地，在田间地头、水边多丛生，而此棵为独生，且是我所见花梨木中最大的一棵。树高35米，最大围径6米左右。我们赶紧靠边停车，兴奋之情不能言表，我朝她走去。此棵花梨木距离公路有些距离，走过草甸，各种野草高低错落、坑坑洼洼。在靠近大树的地方，我发现有很多蚂蚁窝，地表隆起的小土包上还有新鲜的松土，走到大树底下，浓密的树冠遮住了阳光。我想要近前仔细看看蚂蚁对这棵树的影响，沿着树根往上至树干，都有很多黄泥巴一样的蚂蚁的巢穴，我围着树转，忽然一脚踩空，很大的红蚂蚁瞬间爬满全身，我赶紧后退，一边退一边脱衣服，退回到公路边时已脱到只剩下一条短裤。虽然我对一万多种蚂蚁的种类并不完全了解，但我知道红蚂蚁不是一般的蚂蚁，如果被她们大量叮咬，也许我就可以与这棵花梨木相伴终身了。花梨树旁的草甸下其实已经完全被

生长于泰国孔敬府的花梨，我在这棵树下不小心踏入了蚂蚁窝（左）

测量我所见过最大的花梨活立木（右上）

树干上的蚁道（右下）

柚木虫道，其虫
路如画，也如蜘
蛛结网，环环相
扣，丝纹不乱

掉空，表面却看不出来，原来我不小心摧毁了她们的老巢，她们才如此愤怒。从此我对蚂蚁与树木生长关系之兴趣越发浓厚。

《五杂俎》中载："蚁有黄色者，小而健，与黑者斗，黑必败，僵尸蔽野，死者辄异归穴中，丧乱之世，战骨如麻，人不及蚁多矣。又有黑者长寸许，最强，螫人痛不可忍，亦有翼而飞者。"

有关蚂蚁、白蚁、土蜂、飞鸟对于树木正常生长、材质材色变化影响或木材利用的研究，也是一门有趣味的专门学问。可惜我收集整理了很多这方面的资料，亦收集了一些标本，但还是没能将此课题研究透彻。

几乎所有人类喜欢的优质木材，蚂蚁、白蚁、蜂及其他昆虫也都喜欢，尤其在热带地区生长的树木极易遭受蚁害，不论是印度东南的紫檀、花梨，还是海南的黄花黎，或泰国、老挝的柚木等，凡是好木头，不被虫侵蚀的几乎没有，均与蚁窝、成群的各色大小蚂蚁一起生长，树皮被蚂蚁吃光而变平滑，蚂蚁钻入边材使树木外溢血色汁液，从而形成空洞、包节，改变木材的色泽、纹理，从而影响生长或利用。《广东新语》卷二十四·虫语白蚁中记载，白蚁唯一不食的树木为铁力木与椇木："广多白蚁，以卑湿而生，凡物皆食，虽金银至坚亦食，惟不能食铁力木与椵木耳，然金银虽食，以其渣滓煎之，复为金银，金银之性不变也。性不变，故质亦不变。铁力，金之木也，木中有金，金为木质，故亦不能损。"

　　蚂蚁、白蚁等有阻碍树木正常生长的力量，使得树木生长缓慢，却能提高木材品质。我见过很多满身伤疤仍然向上生长的树木，也见过很多仅剩干枯树干的小树，生命已停止，说明此树种内含蛋白质丰富，为蚂蚁提供了营养。蚂蚁的勤奋工作，对树木的生长特别是意志品质不强者有极大的危害，甚至致命；但也可以使品质优良的树木均衡成长，色泽、纹理更可爱，材质更优。其排泄物或蚁窝、蚁道也为改良林区土壤、自然更替不健康的树木起到了关键性的作用，是生物链的一个重要的、不可或缺的环节。

　　有些树木可以根据蚂蚁爬行规律来预测木材纹理。日本人在购买木材前，通常可以对着一棵有空洞的树观察好几天，反反复复拿尺子量，拿棒子敲打，以判断其内在纹理与特性。有些人不喜欢蚂蚁蛀过的木材，实际上这样的木材材质非常好，包括油性、花纹、比重都不一样。蚂蚁与沉香

虫行给交趾黄檀树干留下的伤口，拍摄于泰国清莱（左）

树干上的蚁道，拍摄于泰国孔敬（右）

的形成及黑柿木如山水纹理的形成，或不少珍稀硬木的材色、纹理的变化都有极大的关系。珍贵的海南黄花黎，伐后便会有"虫蚀过程"——黎人在采伐黄花黎原木后一般并不急于外运，而置于原地，白蚁及黑蚁会很快将其没用的边材吃掉，留下有用的心材，这一过程大约1—3年。同时，木材裸露于自然环境中，由于海南岛特有的雨热同季、旱凉同期季节的不断变换，虫蚀过后的黄花黎心材直接经过反复多次干燥、潮化，油质及芳香物质浸润全身，心材颜色变得深沉醇厚而均匀，玉质感更加鲜明。

土蜂对树木的影响也不可小觑。土蜂能将蚂蚁赶走，然后一点点将树干掏空，在洞壁上筑巢，尤其是榉木较多。在很多地方，乡人取树中的蜂蛹，先用火将土蜂熏晕，拿刀、锯子等工具破开树干，即可取出蜂巢。土蜂在树洞里筑巢后，蜜汁和汁液渗透到木纤维里，影响材质，木材玉化，纹理更加清晰。收藏过一根产自贵州长14米的楠木，中间有空洞，空洞部分有80公分左右，野蜂曾在空洞内壁筑巢，汁液、蜜汁渗透进木材，放置多年，自然风来往其间，裁开后每一片的纹理都不一样，非常漂亮，年轮也更清晰，如玉石般熠熠生辉。

如今回想年幼时爸爸讲的故事，才相信人生一世，不过蚂蚁窠里梦一场，亦如白驹之过隙，忽而即逝。

在杨万里《观蚁二首》诗中似乎还含有当今"不可道"的深意：

> 一骑初来只又双，全军突出阵成行。
> 策勋急报千丈长，渡水还争一苇杭。
>
> 偶尔相逢细问途，不知何故数迁居？
> 微躯所馔能多少？一猎归来满后车。

35. 洞庭湘妃

　　竹，在家乡随处可见，有些地方整座山都长满竹子。老宅的北面山坡就有一片茂密的楠竹林，一望无际，我更愿意称那里为"竹海"。大风起时，竹叶相摩相荡，万叶千声，如波似涛。春天，竹笋破土而出，我最喜欢跟小朋友一起跑到竹林里，蹲在新笋旁等着笋壳脱落，每掉一层笋壳就说明竹子又长高了一截。看着竹笋长大是一件快乐的事，在那个物质条件并不丰厚的年代，竹子以其柔软、坚韧且不易朽的特性，解决了日常所需，似乎生活中的一切日用品都可以用竹子制作。我和小伙伴都会把每天掉落一地的笋壳捡起再整整齐齐摞起来，可以做成斗笠、鞋垫。有笋壳脱落的

家乡的竹林

君山岛的湘妃竹

地方也常能看见蛇蜕下的皮，看见蛇皮我们都会吓得跑开，尽管哥哥命令我要捡回蛇皮，可以有很多用处，但我就是不肯。

除楠竹外，家乡也有湘妃竹、紫竹、桂竹和水竹。小时候便听爸爸讲过尧、舜、禹的故事，舜的二位妃子因舜崩于苍梧之野，攀竹而泣，泪滴成斑，后来二妃投水殉情，为湘江女神，称湘妃。之后便把长满红褐色斑点的竹子称为湘妃竹，在洞庭湖中君山岛上还有湘妃墓。读唐代刘禹锡的《望洞庭》："湖光秋月两相和，潭面无风镜未磨。遥望洞庭山水翠，白银盘里一青螺。"想来诗中的"青螺"便指洞庭湖中的君山岛吧。唐代刘长卿的《斑竹》一诗："苍梧千载后，斑竹对湘沅。欲识湘妃怨，枝枝满泪痕。"长大些又读《九歌·湘夫人》，诗中描绘的情境是那般凄美，秋天的微风吹皱了洞庭水，树叶随风舞至水面，湘夫人亦降临在北边的小岛，踩着秋草远望，只有流水潺湲，相约的人为何还没到来？读过此诗，才懵懵懂懂知道原来"洞庭湘妃"是一个关于爱情的故事。

古往今来的文人雅士都有各自钟情之物，周敦颐爱莲，陶渊明种菊，林和靖以梅为妻、养鹤为子，喜爱竹子的则不可胜数。苏东坡爱竹世人皆知："可使食无肉，不可居无竹。无肉令人瘦，无竹令人俗。人瘦尚可肥，士俗不可医"；唐代王维"独坐幽篁里，弹琴复长啸"；清人板桥则一生画竹。爱竹之人的前辈当属东晋名士王子猷。有一次他到朋友的空宅暂住，人刚到，则令随从种竹，家人不解，便问："暂住何烦尔！"意思是说就小住一阵，何必劳烦呢？王子猷却啸咏良久，指着竹子说："何可一日无此君？"而爱竹的历代帝王当属雍正与乾隆父子为最。

在雍正、乾隆朝的内务府造办处档案中有很多关于以竹成器的记录：竹床、帽架、湘妃竹笔杆、笔筒、云竹笔筒、扇骨、湘妃竹规矩套、罩盖匣等。也可看到竹与木材搭配使用的记录：紫檀木边湘妃竹牙六方纱灯、湘斑竹镶镀金口紫檀木座笔筒、竹宝座楠木靠背椅、包镶毛竹边洋松木活腿桌。雍正时期还很讲究家具的配饰，例如毛竹洋松木活腿桌配新古绒套两件、油单套两件、布套两件、纺丝垫子两个；竹宝座则配石青缎面月白缎里薄棉垫两个。乾隆对湘妃竹的痴迷可在倦勤斋的内檐装饰中略见一斑。

雍正三年六月十九日，雍正有一段朱批，让很多人改变了对其模糊的印象，使人面目清新而向往那个原本美丽的画面："香山外的竹子不要乱栽，配合着栽山内的竹子，菩萨面前要栽得影影绰绰的，露出菩萨面来就罢了。"乾隆四十三年，金玉作，有一条关于家具上拆下来的石面做成插屏的记录，原档大意是：有三块拆下来的石板，其中一块石面花纹有点像一条鱼，但不那么真切，乾隆下旨"将石面往下磨，露真鱼形"；另一块石板上有鱼形二条，下旨："石面上鱼形不真，用细宝砂将鱼形磨真。"磨得像

清代核桃木斑竹面有束腰三弯腿带托泥朱漆香几／山东青岛贺培建藏

鱼之后，在有两条鱼的石板上再添鱼一条，有一条鱼的石板上再添鱼一条，且鱼要添得灵动些。鱼添上了再配水草，然后再刻御制诗，最终成为插屏。从正月三十日至九月二十九日，耗时八个月，磨出三条鱼。

从雍正与乾隆的朱批，看到的是两个完全不同的世界：雍正朱批，简洁而流畅，用语平实而有味道，可以想见雍正骨子里还是讲究"简"与"雅"的，在雍正有关家具的批示里有大量的如"往秀气里收拾""做素净些""做文雅""款式俱蠢"之语；乾隆朱批如其器物一般，繁杂、详细而处处着实，如"省手作""照大斧劈样式成做"等语。但不论是简洁、平实还是繁杂、详细的语言，烙印的都是那个时空的特征，无需评判。禅家说："千人万人中，不向一人，不背一人。"

每次读到雍正与乾隆对竹材的利用与审美，也让我想起小时候的日用之竹。那时的湘妃竹没有如今这般金贵，乡人根据竹的不同特性织竹为器，细细长长又非常柔韧的水竹可以做成笛子、鱼竿、篱笆，楠竹制作的京胡，还有小桌、小竹椅、躺椅、竹床、席子、竹篓、簸箕、筷子、尺子等器，无非日用。他们虽带着粗糙也谈不上雅，但是有一种自然而然的亲切，如诗中云："自有晚风推楚浪，不劳春色染湘烟。"在这些朴素的日用之物中亦可见湘妃竹的不雕而饰、楠竹的秀拔莹润以及紫竹的沉着雅丽。正如《红楼梦》中的探春，一个素喜阔朗的女子，闺房中陈设着一张花梨大理石大案，案上设着大鼎、斗大的汝窑花囊，大案上有宝砚数十方，各色笔筒，一排排毛笔如松林一般码放；另一边的紫檀架上放着一个大观窑（宋徽宗时期之官窑）的大盘。如此陈设闺房的女子却还是要求宝玉到府外的市井，帮她买一些柳枝儿编的小篮子，整竹子根抠的香盒儿，胶泥垛的风炉儿："你拣那朴而不俗、直而不作者，这些东西，你多多的替我带了来。"

想来"雅"与"俗"并没有一个清晰的界定，价格的高低也不是分辨"雅"或"俗"的依据。在中国古代家具艺术发展史中，所谓"文人家具"的概念亦没有明确的界定。不过明末名家文震亨（1585—1645）在其《长物志》一书中对"文人家具"有具体、细致的分类罗列，包括制式、尺寸、用料、颜色、工艺、功能，尤其是雅俗，均有标准。我们从《长物志》中可以听到文人的歌唱，看到名士的风骨。如讲到"榻"，制式如尺寸："榻座高一尺二寸、屏高一尺三寸、长七尺有奇、横三尺五寸，周设木格、中贯湘竹、下座不虚，三面靠背，后背与两傍等，此榻之定式也。""雅"则为"有古断文者，有元螺钿者；元制榻，有长一丈五尺，阔二尺余，上无屏者，盖古人连床夜卧，以足抵足，其制亦古。""俗"乃："忌有四足。或为螳螂腿；近有大理石镶者，有退光朱黑漆、中刻竹树以粉填者，有彩螺钿者，大非雅器；一改长大诸式，虽曰美观，俱落俗套。"用材则有："如花楠、紫檀、乌木、花梨，照旧式制成，俱可用。"文氏在谈及方桌与八仙桌时称："旧漆者最多，须取极方大古朴，列坐可数十人者，以供展玩书画。若近制八仙等式，仅可供宴集，非雅器也。"文氏论及几榻更让人开悟："古人制几榻，虽长短广狭不齐，置之斋室，必古雅可爱，又坐卧依凭，无不便适。燕衎之暇，以之展经史、阅书画、陈鼎彝、罗肴核、施枕簟，何施不可？今人制作，徒取雕绘文饰，以悦俗眼，而古制荡然，令人慨叹实深。"可见文人家具不仅在制式与尺寸、用材等诸方面有其定式，而且其主要功能在于满足文人精神层面的享受，以内心愉悦为上。

《九歌·湘夫人》中描述了在水中修建了一间以荷叶为顶，桂树为栋、辛夷为楣的房屋："筑室兮水中，葺之兮荷盖；荪壁兮紫坛，播芳椒兮成堂；桂栋兮兰橑，辛夷楣兮药房；罔薜荔兮为帷，擗蕙櫋兮既张；白玉兮为镇，疏石兰兮为芳；芷葺兮荷屋，缭之兮杜衡。合百草兮实庭，建芳馨兮庑门。"或许我们今天读之，则如童话故事般不切实际、遥不可及，而古人与自然相合相契的精神亦只成为了童话。

中国古代家具艺术在隋唐以后有两个转折点，也是中国艺术史之转折点。第一次转变是唐末五代时期，风格从繁艳走向了宋的简洁流畅，虽然宋代家具有些结构并不合理；到了明末清初，特别是到了雍正时期发生了第二次转变，从"简"回到"繁"，完全走向了明式家具之反面，家具材料增加了玉石、宝石、象牙、犀牛角等装饰物，同时开始对色彩更加关注。16—18世纪的中国，西风东渐。西方的传教士在中国的各个层面已有很大的影响，如天文历法、数学、水利、绘画诸方面。西方的科学仪器特别是钟表等奇器，都令康熙、雍正、乾隆十分痴迷，尤其雍正对于西方的钟表几乎均配以紫檀或楠木的架、底座、盘子、盒子等，这也是中西合璧的一个例子。圆明园有一部分建筑就是由西方传教士参与设计的，而陈设其中的家具也配合其建筑风格而置。但圆明园的主体风格还是中国的、传统的。

雍正说"香山外的竹子不要乱栽"，选择山内原生品种的竹子栽种，且不要多，影影绰绰就刚好，大体是审美中的"度"与"量"的"中和"之道。从历史上看，每一个时代都有各自的审美特征，人在世界中，都是被时代裹挟，如被困在"概念之网"中的鱼，更甚者制造更多的"网"，自己网住了自己，如何做"透网之鳞"，如何能透脱自在？从网中滑出的路在哪里？多年前的一个深夜，我为一个讲座的题目而纠结，问一位中文系毕业的仁兄："自由的反义词是什么？"他不加思索、信心满满地回答："不自由！"其实，在我们每一个人的生命里，"不自由"的部分占据了很大的空间，中国古代家具的发展史也证明了这一点。我们看到五代两宋以后的家具，"自由"是其共同的审美趣向，从南宋《高阁观荷图》中书屋的建筑与陈设便可见其一叶：室内仅置一榻，通体黑色用材，榻面心纯白，四周不设围屏或栏杆，上下方便自如，无任何多余。简约素朴，宁静而空灵，与观荷之人、高阁、远山、近水、翠荷为一物，浑然而不可分。反观当下，则以繁缛为妙，工艺为上，材之贵重稀有为第一。我们何时又以何种理由抛弃了那份古雅？我想，不受限于某种道德、审美及习以为常的标准，持守心灵的独立，无所依傍——这便是透脱之径。

记得儿时某一年的春天，我的床下冒出七八根竹笋，那时的地面当然没有瓷砖或水泥，只是泥巴地，我赶紧告诉妈妈，生怕笋出成林。竹根密密麻麻，可以一层叠一层地蔓延至很远，竹子的生长是恣意、自由而勃发的。

竹子也让我儿时的生活充满了欢乐。每天4点起床放牛，在晨曦朝雾中坐在石头上对着远山吹笛子，那支和哥哥一起制作的笛子。做竹笛要取后山的水竹或桂竹，哥哥帮我钻孔，我去取新鲜大楠竹的壁膜，手一撕能撕下来一大块，用来封孔。当然我不知道自己是否曾吹出过一支曲子，也不知是什么调，只是风过耳畔就想吹出风的声音，下雨了就想吹一个雨滴的音符。我也帮哥哥做过京胡，那时的乡亲老少皆会吹笛子，是人都会拉京胡。用紫竹做京胡担子，楠竹做筒子，因为楠竹质坚，还要挑选壁厚的，然后用蛇皮蒙在楠竹筒上。放牛归来就跑着去上学，我做作业很快，通常在学校就做完，回家后帮家里干活，吃完晚饭就听爸爸讲故事。

每到夏天，四乡八岭的乡亲都聚在村里的池塘边，大家都把自家的泛着古铜色楠竹榻、躺椅搬来，吹着池塘上的凉风，等着听我爸爸讲《东周列国志》。从西周宣王一直讲到秦始皇，乡亲就在一连串诸如管仲、先轸、郑庄公、齐桓公、晋文公、楚庄王、秦穆公、孙膑、庞涓、苏秦、张仪等响亮威武的名字以及跌宕起伏的故事中过完了闷热的夏日。

在那个动荡的年月，某个秋天，后山的楠竹开花了，开花后楠竹便纷纷死去，全村的人都觉得惶恐不安。也是在那一年，作为乡绅后代的父亲被扣上十多斤重的圆锥形竹质帽子游行，然后就开始"破四旧"，家里上千本书整整烧了两天，剩下一些重要的书被哥哥包上塑料布置于大缸里埋在了竹山。竹子开花是很难遇到的事情，竹子一旦开花，老人就觉得非常不吉利，会有灾难。村民都拿出家里最好的东西，如糯米、酒等去村边祭拜神灵，希望竹子不要再开花了。而我在学校里因家庭出身原因经常被罚站，一站就是一整天，站不好还会被打。幸好我继承了爸爸的优良传统，不仅学习好还会讲故事，我给老师、同学讲《三国演义》《水浒传》，老师同学都喜欢我，这让我少挨了很多打，也有些老师保护我。待我考上大学后，村书记仍坚持说："不可能，他一个出身不好的苗子怎么能考大学？"甚至要把我抓回去。好在，竹子一直都没再开过花。

记忆中，老家简陋的厨房里，总有阳光斜进来，也将斑斑竹影带进来，尤其春日的清晨和秋天的傍晚，土灶上、泥地上总是一片金黄，光斑里灰色的竹影与柴火的青烟一起摇曳。于我，这便是一个无滞无碍、敞亮通透的世界。

药山禅师有一则公案：一日，药山禅师与弟子一起在郊外参禅，看到山上有一棵树枝繁叶茂，另一棵树已然枯死，于是药山禅师问徒弟道吾："荣的好呢？还是枯的好？"道吾答："荣的好。"再问徒弟云岩，云岩答：

"枯的好。"此时正巧走来一位刚入佛门的小沙弥,药山就问他:"树是荣的好呢?还是枯的好?"沙弥说:"荣者从他荣,枯者从他枯。"

不论新生之竹笋,还是开花后死去的楠竹;抑或雍正在香山栽种的竹林、乾隆的"省手作";也不论文震亨如何描述家具的"雅",或探春喜爱的"整竹子根抠的香盒儿",都只是时间碎片中的一个影子。世间的一切都在不停变化,人随之老去,而此变化终究仅是外在现象,超越"荣枯"之分别见,用"荣者从他荣,枯者从他枯"——不随之流转的心态,才能步入生命之宁定,这便是"青山原不动"的世界。正如《九歌·湘夫人》的结尾,洞庭湖畔,相约之人并没有到来:"搴汀洲兮杜若,将以遗兮远者;时不可兮骤得,聊逍遥兮容与!"——尽管如此,我还是在小洲上采摘了一些杜若,等待着有一天能送你啊!美好的时光不可多得,在牵挂中,在羁绊中我还是一样从容悠游!

儿时守着竹笋、观其长大的时光不可能再有,在"成人"的世界里,所谓"逍遥"便是当下自适。

墙角"自适"的
野花

36. 一事能狂便少年

几十年来四处游走，每到一地我都乐意品尝当地的美食，如刚好路过某个乡村的菜市场，我都会去看看当地百姓的日常——这于我，便是考察之外最美好的事情。我想，如果我未曾与木材、家具相遇，一定会去做一个为别人烹饪美食的厨子。

一生如不好吃、不会吃，则寡然而无味；好吃、会吃且会做，则如登泰山之巅而一览众山之小。我一贯好吃、会吃，当然也会做，得益于在洞庭湖边穿行，与野生的鱼虾、野菜相遇；这也得益于我的妈妈，她是当地有名的大厨。妈妈说："只要有火、水、油、盐及山野食材，便为美食。"

前不久，我六十岁生日，老家的堂兄、姐姐及同学带着洞庭湖平原野生的黄鳝、自制的香喷喷的麻油来看我。尤其令我没想到的，他们带来了老家的腌菜。看到腌菜，我泪流满面，想起小时候妈妈用荠菜、萝卜叶制作的腌菜。20世纪中期，几乎只有过年才能吃饱饭，看见少量的肉和鱼。平时则多食粗糙的杂粮如豌豆、红薯及藤叶、黄豆等，很难见到白米饭，且一天只有两顿。当然所谓的菜，也就是地里的青菜。妈妈的腌菜常常伴着我们度过漫长的寒冬及青黄不接的春天。不难怪齐王司马冏的东曹掾张翰（季鹰）久居洛阳，秋风乍起，忽思家乡吴地的莼菜羹、鲈鱼脍，便对人说：人生最可贵的是顺适快活罢了，怎么能远离家乡数千里之外来求取功名爵禄呢？于是命令御者驾车马回归故里，远离洛阳。因此典故，诗文不绝如缕。赵嘏《长安秋望》曰："鲈鱼正美不归去，空戴南冠学楚囚。"李贺更有"鲈鱼千头酒百斛，酒中倒卧南山绿"之豪迈！我们一直飘泊，找不到系锚的枯树，似乎回不到原有之乡，正如范仲淹所述："江上往来人，但爱鲈鱼美。君看一叶舟，出没风波里。"

记得八岁时，我生了一场重病，妈妈在老家找来了一算命先生，卜算一番后认定我能活过六十，但肯定活不过六十一。妈妈大惊，欲加两元钱重算，瞎子策杖而去，头也未回。十八岁的四月，梅雨不歇，又遇另外一位算命先生，得出的结论完全相同，没能更改。我认为生命的长短并不是追问其意义唯一的终极指标，每一天都是一场生死，只是在今天完成今天的任务即可。在人生即将结束的读秒阶段，我还是会以碗盛酒，用盆装肉，下雨不会奔跑亦不会撑伞。

米沃什有一首题为《礼物》的诗，写于 1971 年，那一年他六十岁：

> 如此幸福的一天。
>
> 雾一早就散了，我在花园里干活。蜂鸟停在忍冬花上。
>
> 这世上没有一样东西我想占有。
>
> 我知道没有一个人值得我羡慕。
>
> 任何我曾遭受的不幸，我都已忘记。
>
> 想到故我今我同为一人并不使我难为情。
>
> 在我身上没有痛苦。
>
> 直起腰来，我望见蓝色的大海和帆影。

每每有老家的亲友来京，都会给我带来家乡的土味，或有从东湖撒网而得的野生白条、鳜鱼，自家屋后的茄子、皮薄肉厚的辣椒。有一次，老家晚辈周先念从洞庭湖的华容开车回京，竟给我带来了藕稍！藕稍，仅仅这两个字就使我滋溢口水。"藕稍"是家乡话，其又名藕梢、藕带、藕肠子、藕鞭、藕笋、藕蔤、藕簪、藕心菜、藕苗等，我理解就是藕尖，即藕的"少儿时期"。也有行家说长藕尖的就不长藕，二者同属而不同种。无论如何，藕稍只能一年一遇，粉黄嫩白的颜色那么动人。小时候我总喜欢在池塘边，看大人顺着小荷初露的绿茎即可找到藕尖。藕尖之吃法主要有腌、拌、炒。炒是极简单也极精妙的：

藕尖嫩者用手掐断，约 4 厘米长，千万不可用刀切，即使切，也不能斜切，不能切片，不能切末或短如指甲。用透明油下锅，半冷即入大片姜（带皮）3 片，片姜周围冒泡即将藕尖入锅，猛火快炒，约 3 分钟，放盐翻炒，放少许开水，盖盖焖 3 分钟，然后放一大勺鲜红的湘北剁椒，深红的剁椒汁液浸透藕尖，如斜阳染湖，水天一色。炒好的藕尖入翠色小盘，上撒小葱，即可举杯！我将这道菜取名为"素藕抽条未放莲"，其味嫩、鲜、拙、朴、厚、滑，不是土生土长于洞庭湖的人是不能体玩的。老祖宗有美言曰："予独爱莲之出淤泥而不染，濯清涟而不妖，中通外直，不蔓不枝，香远益清，亭亭净植，可远观而不可亵玩焉！"当下之时代，所谓的心境"不染"，澄澈秋水，应为最高境界或只是我们梦中遥望的南山。

　　某一年的重阳节，我在湄公河畔的一个旅馆醒来，走上阳台，推开窗便是伸手可撩的树和花。恰好此时大哥发来他刚写的《一江风·重阳》（南曲）："恰重阳，扶杖登高望，暮蔼青山障，意茫茫。过尽征鸿，频送流年，空惹人惆怅。庭前桂花香，篱边菊又黄，备酒邻翁访。"大哥喜书法，擅对联，工诗词，在湖南岳阳一带小有名气，拙著《木鉴》之书名二字即为大哥所题。大哥少年苦难，与"文革"纠缠，15岁便入土牢数载，一生坎坷。但他始终坚持读书、书法与写作，寿辞、祭文、墓志铭尤为深沉。其文常含抑郁滞沉，与灰暗的经历粘连。但我喜欢读大哥的文字，无论它把我引向迷离或光明！

　　想起大哥，总会想起他曾用一把竹条，抽醒了那个年少的我。

　　1973年，我从小学升入初中，因家庭出身问题及祖父的所谓历史问题，在校期间一直受到欺侮，但值得骄傲的是学习成绩一直名列前茅。1974年上半年，全县初一初二数千人一起统考，我居然得了第二名，县里奖励了我一本崭新的《雷锋日记》和一支做梦都想得到的黑色"英雄"牌钢笔。小时候能用上钢笔，特别是上海产的"英雄"钢笔，简直是奢望或难以企及的梦想。全校的老师、学生都很羡慕，为我高兴，觉得我为学校及同学们争了光。班主任及校长也得到了县里的表扬和奖励。放学后，我忙不迭拿着奖状及奖品高兴地跑回家给家里人看，却发现全家人都沉默不语，且满脸怒火。大哥历来懦弱胆小，从来不打弟弟妹妹，但这一天他手持一把竹条把我从上到下抽了几遍，直到竹条秃了才肯罢手。原来在我回家前，有一位老师已经登门"告状"，说我本来可以考第一名的，由于骄傲自满、粗心大意，才考了第二名。当晚，刚满13岁的我便将心爱的钢笔与《雷锋日记》藏了起来，将全部的心思用于读书并将那天的血渍与伤痕作为我人生的座右铭，不敢懈怠，不敢偷懒！

　　那天晚上，妈妈破例煮了少许米饭，炒了红苋菜。大人们总说红苋菜有转运、红火之意。我用红苋菜嫣红鲜亮的汤汁拌入白色的米饭，细细品尝着米饭的软糯和苋菜的清甜，我知道妈妈的用心。红苋菜在家乡是常见的野菜，路边、墙根和荒野之地都有她们的身影，妈妈和姐姐也会在菜地里种一些，从春末到秋初都能生长。到北京生活后，很少看到南方如丹的红苋，只有青苋，好在同样有嫣红的汤汁。炒苋菜，用手指摘其嫩叶，无需任何调料，只放少许盐，才可品尝出苋菜本来的甜美。宋代王安石《竹窗》一诗似乎描摹着我儿时的记忆："竹窗红苋两三根，山色遥供水际门。只我近知墙下路，能将屐齿记苔痕。"哥哥手里的竹条和妈妈做的红苋菜，至今仍是我珍贵的回忆。

有一年，我和故宫博物院的胡德生先生在南京芥子园散步，那天正好是比我大五岁的二哥的生日。几年没回老家，也有几年未能与二哥见面。走到芥子园"不系舟"小亭时，想起苏东坡《自题金山画像》中"心似已灰之木，身如不系之舟"之名句，再看到园子里被铁箍、铁钉捆绑的老树，还有胡老师佝偻的身躯、低沉缓慢移动的脚步，脑海里浮现出二哥的影子，心同灰蒙蒙布满鱼鳞云的天空一样，我们没有时间与理由为其勾线、抹色，似乎各种内心的冲动也如古潭寒水，不见波澜。我体会庄子之心如死灰，形容枯槁，据梧而歌，可能就是如此画面。人的一生如不系之舟，如秋叶飘荡，最终不过一捧黄土。又有几个人能如东坡先生响亮地吼出"问汝平生功业，黄州惠州儋州"之句呢？

芥子园是李渔于康熙年间为自己打造的家。李渔，经历了由明到清的改朝换代，可说是生不逢时。他得意过也困顿过，却将普通的甚至稍显贫寒的生活过得精雅，始终认为"以人之一生，他病可有，俗不可有"。按现代的说法，李渔除了是家具设计师、作家、出版人、制片人、建筑学家、美学家外，还是一位绝代美食家，更深谙烹饪之道！关于吃，他有"二十四字真经"：重蔬食，崇俭约，尚真味，主清淡，忌油腻，讲洁美，慎杀生，求食益。李渔虽倡导食清淡，重蔬菜，喜竹笋，但他最爱的还是大闸蟹："独于蟹螯一物，心能嗜之，口能甘之，无论终身一日皆不能忘之。"

而我最不能忘的，是云南保山红旗桥的黄焖鸡。可惜如今桥已焕然一新，"鸡"也远走高飞。

20世纪90年代，我常常去滇西，每次到保山一带，拐着弯也必须到红旗桥吃黄焖鸡，味道至今记忆犹新。而印象最深刻的则是置于黄焖鸡上挽成梅花结的小葱，在腾腾热气中，小葱如朝雾中的新叶，青翠欲滴。这家夫妻小店开在红旗桥的斜坡上，只有两三张矮矮的小桌，几个草编的坐墩。后山是甘蔗地和大片的树林，一山坡的鸡就这么散养着，男子背着小孩在山坡捡鸡蛋，给鸡喂一些玉米，女子负责厨房的工作，抓鸡并加工，从杀鸡到上桌也就四十分钟。女子抓鸡的工具是一根约4—5米长的竹竿，竹竿细细的，呈古铜色，俨然成了老物件，其前端装有一个实心的铜头。女子通常会问："你要哪一只？"答："我要树上那只芦花鸡。"又问："左边的？右边的？还是中间的？"答："中间的。"女子便将竹竿一甩，看都不看一眼，竹竿甩出一道弧线，鸡都没来得及扑腾一下便应声倒地。黄焖鸡上桌，各种佐料，挽成梅花结的小葱置于其上，漂亮得不得了，小葱激发出黄焖鸡的另一种香气。那座红旗桥后来成了危桥，于是建了一新桥，夫妻俩也因小孩长大要上学搬回了永平县。我们曾专门去找这家小店，但是没找到。如今永平县的木瓜鸡、黄焖鸡很出名，可是跟红旗桥边那家小店的味道相去甚远。

2016年8月13日，我不得不去做一个癌症手术。手术的前一天与朋友们喝了一斤上好的茅台才心满意足地躺在手术台上而觉得星空朗澈，此生不必回头。失去意识前的最后记忆是麻醉科主任生气地说："这个家伙酒气醺天，问他贵姓也不知道，怎么能上手术台？"手术后醒来，如同每一天清晨醒来一样，窗外蓝天白云依旧。想起多年前的一个清晨，也曾在老挝大山深处那个以炮弹为立柱的木屋里醒来，而这一次没有了劫后余生的庆幸与窃喜，唯剩一份坦然。唐代德诚禅师于药山惟俨禅师门下悟道，离开药山后在秀州江上来回摆渡，没有人知道他的来历，世人称他为"船子和尚"。一日，善会禅僧找船子和尚问道，互相问答间突然被船子和尚桡击入水，三起三落，在沉浮起落间突然大悟，随口就问："抛纶掷钓，师意如何？"子说："丝浮绿水，浮定有无之意。"善会接着说："语带玄而无路，舌头谈而不谈。"船子和尚会心一笑，说："钓尽江投，金鳞始遇。"人如无磨难与苦痛，似乎人生就并未展开、延伸，行遍江湖或游戏于波涛之间，藏于万里深渊之锦鳞必定于眼前游泳。僧肇禅师曾云："四大原无我，五蕴本来空。将头临白刃，犹似斩春风。"

　　常熟的兄弟得知我手术的消息后，乘飞机于第二天中午便赶到北京，拎着三层保温铝盒，叠满了足足九条还有温度的河豚。打开盖子，奇异的、从未闻过的香味迅速充满了整个病房，漫过走廊。我问："有酒吗？"不过当然不能喝，伤口还在渗血。这是我第一次吃野生的河豚，那种美味是语言无法形容的，正如李元明问苏东坡："（河豚）其味如何？"东坡答曰："直（值）那一死。"常熟的兄弟之所以带着做好的河豚来看我，只因在2003年我与他在云南边境小镇相识，当时听他讲了很多关于河豚之特性、烹饪制作方法及有关河豚之鲜美程度的描述，我不知不觉找了一随身所缚的方巾捂住嘴，生怕口水流出来。当时相约待"春江水暖、蒌蒿满地、河豚欲上时"一起吃一次河豚。兄弟则在我人生"日落西山"之前完成了我们的约定，让我的人生又少了一个遗憾。以免如汪曾祺先生，一生最大的痛苦与后悔同吃有关："六十年来余一恨，不曾拼死吃河鲀。"古时"河鲀"与"河豚"不分，实则二者为不同的两种水下生物。以后我在昆明、在日本的京都等地也品尝过河豚，但2016年8月14日那一天的河豚味道就此消失。

　　食物是对生命的品咂，系着童年的记忆，连着对"家"的感受以及对友人的惦念。

　　四十年，我与树木为伴，"森林"也是我的家；出版了几本不成熟的书，不敢说完成了"作品"；研究了一些史料，做了些田野考察，不敢说自己在"做学问"。或许我只是走了一程"路"，在这条路上做了一些"路标"，而所谓"路"不是固定的，而是可修改的，是可供人继续开拓的。人之一生，执一事而痴醉，便为少年之模样。不论"执一事"之过程有何种苦难与艰辛，都是生命中不可替代的一份美好。博尔赫斯曾说过：

　　　　但是最终，忘记把一切变得美丽。我们的任务，我们的责任，即是将感情、回忆，甚至对于悲伤往事的回忆，转变为美。这就是我们的任务。

The moment we set off in search of it

we set off in search of ourselves

And it saves us

崔憶　绘

标本的记忆——满船清露湿衣裳

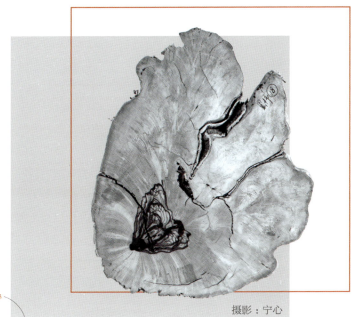

摄影：宁心

1983

2023

标本的记忆·满船清露湿衣裳

一块标本，就是一段记忆，一处山水，一羽阳光。

北京郊外的一间普通民房，是我的标本室，其间所藏木材标本为我四十年来从世界各地一块一块背回，也有很多朋友赠送，历经磨难，集于一室。我有一个"账本"，记录着曾向我提供标本的每一个人的大名、木材名称和日期。每一块标本都如同交往多年而可交心的朋友，不必掩饰自己的情感。

20 世纪 90 年代初，我便开始收集国内外的木材标本。每次回到北京，行李箱里都装满各色木材，被海关没收、罚款也有好几次。记得 2004 年 2 月 11 日，从老挝万象返回昆明，昆明机场发现我带回的木材标本，集结海关、植检及警察，要将标本全部消毒后焚烧。经反复解释并经过一系列复杂程序才得以幸免于难。2009年 10 月，我在旧金山古董市场收集到了不少珍稀的和中国古代家具有关的木材标本与家具残件，准备运回北京。在洛杉矶机场，机场的反恐警察以"反恐"为由扣押了我三大箱标本，无论怎样申述，得到的是声音不断高涨的"NO"。2014 年 9月，准备将在日本和歌山购买的几十斤重的柳杉运回国，与日本海关讲明原因后，他们很爽快地放行了，但须缴纳高昂的超重费。

2016 年，我收到一份最珍贵的礼物 —— 三盒缅甸林业研究所的木材标本，这是我自 1992 年以来一直想得到的。1992 年，我从仰光花了数百美元（相当于当时的两年工资）购买了六盒缅甸木材标本，从仰光经曼谷、香港至长沙。我还要去湘西的永顺、大庸等地，因标本沉重，故寄存于当时湖南省林业厅国营林场处的吴启幌处长处，他答应给我邮寄到北京，我便放心地继续我的行程。回到北京后，一直未能等到心爱的标本，那六盒标本共有六百多种木材，十分珍稀，结果这批标本被朋友弄丢，我几乎与之绝交，痛苦万分，后再去缅甸数次也未找到类似的标本。那天收到好友范育昕送来的礼物，如失而复得，无法言表对老朋友的谢意，这足以成为当晚喝一壶陈年茅台的理由！在林业部工作期间，我约收集了两千多种木材，最后无一块留下，有可能被偷走，有可能被丢弃。这些都是我人生苦难经历的一小部分。

一日，在整理标本时，看到几块珍贵而又让我牵挂的标本，好像又见到了当年引导我找到此标本的尤所长、杨先生、梁先生。曾经有很多古建专家及龙顺成的老师傅问过我能否找到铜糙、铁糙这两种木材的标本，此二种木材究竟是什么木材，产于中国还是国外？但我一直没有找到老的标本，但对铜糙、铁糙的好奇与探究从未停止。古建行不少老师傅、老专家们说铜糙、铁糙主要用于城楼、宫廷和亭子的成造。2019 年 10 月 25 日，在宁波宁海参加中国独木舟研究所的学术研讨会，独木舟专家尤飞君所长带我认识了金鼎装饰的杨奕先生，他用铜糙、铁糙旧船板作为室内装饰材料，质坚、色沉、性稳，广受市场欢迎。我在杨奕先生处取了十数块标本。27 日，尤所长开车渡海陪我去鹤浦，找到当年的海岛老民兵梁有才先生，他那儿有遍地堆成山的旧船材，我集中取了油格、蒙格、铜糙、铁糙随形标本，由梁先生快递回北京。有了这些标本，便可知古代之铜糙、铁糙究竟是什么树种，产地在哪里，对于科学准确地维修古建有着极大的作用与重要的意义。

2011 年，北京大学哲学系的王守常教授从非洲肯尼亚为我背回来的"乌木皇后"标本，足有几公斤重；2016 年，我收到了一份不同寻常的新年礼物 —— 来自广西大学李英健教授 —— 产于老挝的白花崖豆木（亦称鸡翅木），密度极大，硬重如铁，纹理细密如丝，色泽柔和，是近年难得的珍贵稀有标本；2018 年，收到崔憶从西藏快递过来的喜马拉雅红豆杉及北京北部山区的六道木。缅甸或云南，尤其是西藏林芝或怒江大峡谷的红豆杉之新鲜树叶、树皮所含紫杉醇（Taxol）最纯、最丰富。在日本，红豆杉的木材用于建筑，多为镇宅避邪之物，故又称"一位"。红豆杉木材并无任何药用价值，至于国人将其挖制水杯以为"治癌"，实则当今骗人发财的局而已。六道木，隶忍冬科六道木属，又称灵寿木、羊奶子、六道子、降龙木等，产黄河以北地区，人称尤以五台山产为最佳，因受格鲁派祖师宗喀巴加持，其佛法无边，得众生追捧。拙著《雍正家具十三年》已对此木有多处记述，多用于佛珠加工。其名"六道"，还是以其干有六条沟纹而得名，从横切面看有如梅花绽开，秩第有序。又有九道木、十二道木，均从其身沟槽之数来命名；2019 年，朋友送六块珍稀的源于印度神庙的紫檀建筑构件，成为"紫檀是否用于建筑"的答案。海南的朋友特意为我收集了不同地区人工种植的黄花黎标本，对其心材特征变化的跟踪研究很有帮助。

这些难得的标本，对于中国古代家具的研究、材质鉴定，特别是各种木材的特征、来源之认识均有极大的作用。认识木材，熟悉木材，有许多途径，但唯一的途径还是要走进其丰富细腻的内心，视其为长辈、兄弟及朋友，尊重其理想，顺应其自生的生命过程，我们才能说这个世界的文明、和谐与进步已经开始。

那天，收到长沙收藏家余建武先生寄来的两块檀香紫檀琴料（源自日本），兴奋之外心里也有些沉甸甸的。信步至奥林匹克公园，我知道今晚有雨，并未带伞。行至公园南门，雨便稀稀疏疏滴落，不到 5 分钟，雨开始毫无分别、密密麻麻地往下砸，跑，是没有前途的。马路两边都是槐树，槐花为白色，从 4 月一直开到 8 月底，槐花的香味似乎很淡，但走过一路，满身生香，沁人心脾。古人称白色的花为"素馨"，本指来自西域的"那悉茗花"。张元幹《小重山》中便有"谁向晴窗伴素馨"一说，槐花能否也谓"素馨"？雨打槐叶，槐花自落，其花含油，我的头顶发丛，棉织 T 恤上全部粘满了洁白的槐花不肯坠落，脸上、耳朵、脖子里也贴上了槐花，大雨顺着头顶流，但花仍和我浑然一体，不弃不离，可能她们也不想落入泥土或顺水流走。淋着槐花雨，如有"满船清露湿衣裳"之感，那一片片朋友为我而集的标本正如朵朵洁白的槐花，清透中仿佛带着万千叮咛。

槐花可能是北方所有花中最后凋零的，从春接夏，或贯初秋，而唐人诗云："楝花开后风光好。"如果改一字，为何不是"槐花开后风光好"呢？这一美好的祝愿，是给我所有的朋友的。

紫檀 Red sandalwood

中文名：檀香紫檀

拉丁名：*Pterocarpus santalinus* L.F.

别　称：紫檀、紫檀木、小叶紫檀、旃檀、紫旃檀、紫旃木、赤檀、紫榆、酸枝树、紫真檀、金星紫檀、金星金丝紫檀、牛毛纹紫檀、花梨纹紫檀、鸡血紫檀、老紫檀、犀牛角紫檀、紫檀香木

英文或地方语：Red sanders，Red sandalwood，Chandanam，Yerra chandanum，Chandan，Rakta chandan

科　属：豆科　紫檀属

原产地：印度南部、东南部，集中分布于安得拉邦南部及泰米尔纳德邦北部的林区

引种地：印度、斯里兰卡、巴基斯坦、孟加拉国、缅甸、泰国及中国广东、海南岛、云南等地

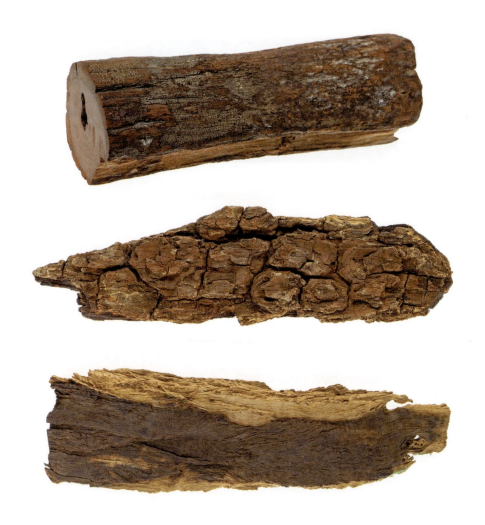

特　征：边材浅白透黄或呈黄色；心材新切面呈橘红色，旧材则色深，久则呈深紫或黑紫，常具浅黄或黑色条纹，也有金黄似琥珀的宽窄不一条纹或形状不一的团块状，心材边材区别明显。人工林心材除密度较差外，网状腐或心腐居多，且心材端面呈红黄相交圆圈形或蜂窝状腐朽特征，有时也有圆状黄色，这些都是紫檀人工林的显著特征。紫檀多数密而无纹，除了前述特征外，最为可爱的便是满布金星金丝，纹理细如发丝，自然卷曲，如用放大镜观察，则如万里星空、流星如雨。这一特征在老旧紫檀中比较明显，而在人工林中极少显现。也有的纹理粗大，颜色浅紫褐色，这是等级较低的紫檀。香气无或很少有，在新伐材及人工林之新切面常有微弱香气。一般紫檀油性强，有湿滑之感；人工林加工后油性差，干涩。光泽可鉴，内敛外透。气干密度：1.05—1.26g/cm³

紫檀建筑构件（印度）

黄花黎 Huanghuali wood

中文名：降香黄檀

拉丁名：*Dalbergia odorifera* T.Chen

别　称：榈、榈木、花榈、花榈树、花榈木；花梨、花梨木、花梨母、老花梨、花黎、花黎木、花黎树、花黎母；花狸；降香、降香木、降香檀、降真、降真香、杠香（广州）；黄花梨、黄花梨木；香红木、香枝木、香玫瑰木、土酸枝；织腊（海南土语）

英　文：Huanghuali wood, Scented rosewood, Fragrant rosewood

科　属：豆科　黄檀属

原产地：中国海南岛

引种地：福建、浙江、广东、海南岛、广西、云南、湖南南部、重庆市、四川以及越南、老挝。另外，海南的降香黄檀已出现变异，可能与从越南引种所谓的东京黄檀与原产于海南的降香黄檀混种有关

特征：边材浅黄或灰黄褐色，与心材区别明显；心材黄、金黄色或红褐、深红褐、紫红褐色，颜色深浅不一，其黑色条纹、黑色素聚集不均匀而产生团块状或不规则带状。生长轮明显，纹理清晰、张扬而不狂乱、交叉或重叠，由不同纹理产生多种生动、天然的图案，如著名的鬼脸纹、水波纹、动物纹等。新切面辛辣香味浓郁，久则减弱。从旧家具或旧材上轻刮一小片，也能闻到辛香味，这往往是鉴别黄花黎的主要经验之一。油性强，特别是产于海南岛西部颜色较深的油黎，手触之而有湿滑润泽之感。晶莹剔透，光芒内敛，由里及表，这是黄花黎与其他黄檀属木材的主要区别。气干密度：0.82—0.94g/cm³

花梨木 Padauk

花梨木为豆科紫檀属中花梨木类木材之统称，主要树种有：大果紫檀、印度紫檀、囊状紫檀、安达曼紫檀

别　　称：刺猬紫檀、花梨、草花梨、缅甸花梨、青龙木、番花梨、洋花梨、蔷薇木、赤血树、羽叶檀

英文及土语别称：Padauk，Narra，Bijasal，Pradoo

原产地：亚洲热带地区，如东南亚、南亚之菲律宾、印度尼西亚、越南、柬埔寨、老挝、泰国、缅甸、印度、斯里兰卡；南太平洋岛国之巴布亚新几内亚、所罗门群岛、斐济、瓦努阿图等；非洲热带地区之赞比亚、刚果（金）、几内亚、安哥拉等

引种地：中国及其他热带国家

印度紫檀 *Pterocarpus indicus* willd.

别称：青龙木、赤血树、羽叶檀、紫檀、蔷薇木等。印度紫檀之活立木板根 2—3 米高或更高，而在地上蔓延的幅面直径 10—15 厘米，其材质、颜色、花纹及气干密度在所有花梨木中变化是最大的，故对其材质的评价、特点的把握也十分困难

特征：边材白色或浅黄色；心材分黄色与红色两种，深色条纹宽窄不一，但十分清晰。生长轮明显，花纹自然生动。活立木树干多数都长瘿，国际市场上"Amboyna 瘿"是专为产于印度尼西亚马鲁古（Muluku）省的中马鲁古（Muluku Tengah）安汶（Amboyna）塞兰岛（Seram）之印度紫檀所生瘿而命名的，花纹瑰丽奇致、流变鲜活。新切面有清香，气干密度：0.39—0.94g/cm³

刺猬紫檀 *Pterocarpus erinaceus* Poir.

贸易名称 Ambila，在塞尔加尔则有"塞尔加尔红木"（Senegal Rosewood）之称，几内亚比绍称为"Pau Sangue"。产于非洲热带地区，特别是贝宁、塞尔加尔、几内亚比绍等中非及西非地区。

特征：树皮灰白色或深灰色，呈不规则长条块形，凹凸不平，沟槽状明显。边材浅黄色或奶白色，心材分深黄色（光泽暗淡）和红褐色或玫瑰紫红色两种。深咖啡色或黑色纹理明显，所形成的图案接近于海南黄花黎，但其最大的缺陷便是木材板面颜色暗淡、光泽差，且杂色较多，略显呆板、黏滞。新切面气味刺鼻难闻，有怪臭味。成器后也难消除。气干密度：0.85g/cm³

大果紫檀 *Pterocarpus macrocarpus Kurz.*

大果紫檀一般被称为缅甸花梨木，因其主产地为缅甸，老挝、泰国也有分布。边材浅白或灰白色，心材分黄色、红色两种。二者的色泽或特点并没有印度紫檀那么鲜明，红者呈浅红色或砖红色多，另有一种金黄色者材色干净，颜色纯，无杂色，光泽强，透明度高。生长轮明显，有深浅不一的带状纹，画面奇巧者鲜。有大瘿，且佛头瘿较多，纹理细密匀称。新切面香气浓郁。气干密度：0.80—0.86g/cm³

注：GB/T18107-2017《红木》标准中"删除了花梨木类的越柬紫檀（大果紫檀的异名）和鸟足紫檀（大果紫檀的异名）。"

老红木 Siam Rosewood

中文名：交趾黄檀

拉丁名：*Dalbergia cochinchinensis* Pierre ex Laness

别　称：老红木、红酸枝、大红酸枝、紫檀（日本、中国台湾及东南亚等地）、帕永、熊木、暹罗玫瑰木、泰国玫瑰木、暹罗巴里桑、南方锦莱、交趾玫瑰木、印度支那玫瑰木、东京巴里桑、火焰木、埋卡永、老挝玫瑰木

英文或地方语别称：Payung，Bearwood，Siam rosewood，Thai rosewood，Palisandro de Siam（泰国）；Trac，Trac nambo，Trac bong，Cam lai nam，Cochin rosewood，Indochina rosewood，Palisandro de Tonkin（越南）；Kranghung，Flamewood（柬埔寨）；Mai kayong，Pa dong khao，Lao's rosewood（老挝）

科　属：豆科　黄檀属

原产地：泰国的东部、中部及东北部、老挝中部及南部、柬埔寨及越南广平省以南地区

引种地：原产地有部分移种及人工种植，中国海南岛、广西及云南有少量人工种

特征：边材浅灰白色，心材新切面呈浅红紫色、艳红、葡萄酒色或金黄褐、深紫褐色，常具宽窄不一的黑色条纹或深褐色条纹。生长轮不明显，纹理变化丰富多彩，除心材颜色呈多样性外，由黑色条纹或深褐色条纹所组成的各种花纹、图案极为生动多变，形式不一、妙趣天成的鬼脸纹清晰可辨。新切面有酸香气，光泽强，由于老红木比重大于1，油性强，故加工打磨后木材表面滑腻、光洁。气干密度：1.01—1.09g/cm³

酸枝木 Burma Tulipwood

中文名：奥氏黄檀

拉丁名：*Dalbergia oliveri* Gamb

别　称：红木、新红木、花酸枝、花枝、白酸枝、白枝、孙枝、酸枝、紫榆、黄酸枝、缅甸酸枝、缅甸郁金香木、缅甸玫瑰木

英文或地方别称：Tamalan，Burma tulipwood，Burma rosewood（缅甸）；Chingchan（泰国）；Cam lai bong（印尼）；Palisander（其他）

科　属：豆科　黄檀属

原产地：缅甸、泰国、老挝

引种地：除原产地有部分人工种植外，柬埔寨、越南也有少量人工种植

特征：边材浅黄白色，心材新切面呈柠檬粉红色、猩红色、朱红色、红棕色或黄色透浅红，有明显的暗色条纹或紫褐色、浅咖啡色斑点，有时近似于鸡翅纹，也称鱼籽纹，斑点形似鱼籽串成有规则的弧形、半弧形而与鸡翅纹相类。生长轮清晰，产于缅甸东北部、缅甸与老挝交界林区的酸枝木花纹明显、清晰，纹理几近于海南产黄花黎（广州也称其为土酸枝），故有"花枝"之称。也有少部分纹理较粗而模糊，多见于缅甸其他地区所产之径大者。新切面有明显的酸香味，久后则弱。刨光打磨后光泽明显，但不如老红木持久，有部分木材表面发暗。气干密度：1.00g/cm³

乌木 Ebony

中文名：乌木

拉丁名：*Diospyros* spp.

别　　称：文木、乌文、乌文木、乌梨木、乌角、角乌、茶乌、土乌、蕃乌、真乌木

英　　文：Ebony，True ebony，Ceylon ebony，Ebene

科　　属：柿树科　柿树属

原产地：主要产于印度南部、斯里兰卡及东南亚；西非及非洲其他热带地区也有分布

引种地：中国南方诸省及台湾地区、东南亚、南亚；非洲热带地区

特征：边材浅黄灰色或浅水红色，具细小黑色条纹；心材全部为乌黑发亮，少部分心材夹有浅灰、浅黄色纹理。产于印度南部、斯里兰卡之乌木应为乌木之王，品质极佳，优于他地，其心材具有细如发丝之银线，在阳光下耀眼可见。生长轮不明显，几乎不见纹理。无香味，油性极佳，手触之有潮湿感，光泽度很好，稍加打磨便光泽可鉴。气干密度：一般在 1.00g/cm³ 左右

格木 Lim

中文名：格木

拉丁名：*Erythrophloeum fordii*

别　称：铁力、铁栗、铁棱、铁木、石盐木、东京木、山椐、斗登凤、孤坟柴、乌鸡骨、赤叶木、鸡眉、大疔癀、潮木

英　文：Ford erythrophloeum，Lim，Lin，Lim Xank（越南土语别称）

科　属：苏木科　格木属

原产地：中国广西、广东西部及越南北部。浙江、福建、台湾、贵州也有分布

引种地：中国南方各省均有少量人工种植，特别是广东和海南岛

特征：边材黄褐色或浅灰白色，心材分黄色与红褐或深褐色两种。格木的生长轮不明显，纹理极易与红豆木、鸡翅木、铁刀木、刀状黑黄檀、坤甸木相混。格木除黄色与褐红色外，也有一种为棕黄、褐红及咖啡色交织。木材端面棕黄似碎金一样斑点密集，黑色环线分布均匀，弦切面深咖啡色的条纹由细密短促的斑点组成峰纹，但不像鸡翅纹连贯明显，也没有坤甸木一贯到底的丝纹。无特殊气味，光泽强，深色者油性足。但格木经过多年使用，其内部油性物质润泽全身，不管黄格、红格还是糠格、油格均油光锃亮、包浆肥厚可爱。气干密度：0.888g/cm^3

鸂鶒木 Xichi Wood

"鸂鶒"作为木材的名称在清早期以前就已出现，宋、明两朝的文献中出现频繁。至清初，则多以鸡翅木取而代之，亦称鸡鹜木、鸡刺。《新增格古要论》谓："鸂鶒木，出西番，其木一半紫褐色，内有蟹爪纹，一半纯黑色，如乌木有距者价高。西番作骆驼鼻中纹子，不染肥腻。尝见有作刀靶者，不见其大者。"《广东新语》则称其"白质黑章如鸡翅"。通过解剖明清两朝的鸂鶒木旧家具残件、建筑残件，发现其构成并不止一个树种，大致包括铁刀木、红豆树属的几个树种及孔雀豆。

铁刀木

中文名：铁刀木

拉丁名：*Senna siamea*

英　文：Siamese senna，Bebusuk Moung

别　称：黑心木、挨刀砍

科　属：豆科　决明属

原产地：南亚、东南亚

特　征：边材浅白至淡黄色，心材为栗褐色或黑褐色，有时呈大块黑褐色或墨黑色，心材底色有时呈黄色或金黄色，具栗褐色或黑褐色条纹。生长轮明显，有细如发丝的鸡翅纹，回转自如，金黄色、咖啡色交织。有时呈大片空白而无图案，仅有绞丝纹或直纹，如径切则咖啡色及金线斑点明显。有一股难闻的臭味，加工打磨后具光泽，光泽持续长久。新切面油性依产地、树龄而不一样，多数油性不够，比重大者则油性重。新切面多数有毛茬，手工打磨困难，且棕眼较长，十分明显。气干密度：0.63—1.01g/cm³，产于福建等地的铁刀木有比重大者

注：GB/T18107-2017《红木》标准中"将鸡翅木类铁刀木属（*Cassia* spp.）改为决明属（*Senna* spp.）。"

红豆木

中文名：红豆木

拉丁名：*Ormosia hosiei*

别　　称：鄂西红豆、黑樟、红豆柴、何氏红豆、胶丝、樟丝

英　　文：Red bean tree

科　　属：蝶形花科　红豆属

原产地：浙江、福建、湖北、四川、广西、陕西

特　　征：边材淡黄褐色，心材呈栗褐色，颜色均匀一致。生长轮不明显，故红豆树之心材鲜有深色或浅色条纹分割。细密的鸡翅纹弯曲有序，若隐若现。无气味，有明显光泽。油性中等，加工成器且长期使用则有明显薄而腻的包浆。新切面毛茬较多，刨光后也有阻手之感。气干密度：0.758g/cm³

白花崖豆木

中文名：白花崖豆木

拉丁名：*Millettia leucantha*

别　　称：丁纹木、缅甸鸡翅木

英　　文：Thinwin，Theng-weng，Sothen

科　　属：豆科　崖豆属

原产地：缅甸、泰国、老挝

特　　征：边材浅黄色或浅灰白色，心材新开面颜色呈浅黄色或浅咖啡色，久则呈黑褐色或栗褐色，黄色也有但偏少，黑色条纹明显，心材颜色比较均匀一致。生长轮不明显，径切面有细长的深色细纹，弦切面则呈满面鸡翅纹，线条较红豆树、铁刀木粗，图案规矩呆板而少有变化。无气味，光泽较之非洲鸡翅木、铁刀木、红豆树、缅甸鸡翅木之光泽鲜亮明丽，这与其比重油性重大有很大关系。新切面油质感强，锯沫潮湿而易手捏成团。手感光洁滑润。气干密度：1.02g/cm³

孔雀豆

中文名：孔雀豆

拉丁名：*Adenanthera pavonina*

别　称：海红豆、相思格、红豆、红金豆、银珠

英　文：Coral pea-tree, Peacock flower fence

科　属：含羞草科　孔雀豆属

原产地：广东、广西、云南、海南岛及喜马拉雅山东部

特　征：心材红褐色或黄褐色，久则呈紫褐色，鸡翅纹不明显，仅局部呈散状鸡翅纹，其余部分并无特别可爱的花纹。孔雀豆呈大片无纹之血红色，久则乌紫，不宜用于高级别的家具制作。孔雀豆的种子殷红鲜亮，可做项链、手镯及其他爱情饰物，王维"红豆生南国，春来发几枝。愿君多采撷，此物最相思"诗中"红豆"即为孔雀豆之种子。气干密度：0.74g/cm³

小叶红豆

中文名：小叶红豆

拉丁名：*Ormosia microphylla*

别　称：紫檀、红心红豆、黄姜丝

科　属：蝶形花科　红豆属

原产地：广西、广东

花楣木

中文名：花楣木

拉丁名：*Ormosia henryi*

别　称：花梨木、亨氏红豆

科　属：蝶形花科　红豆属

原产地：福建（泉州、漳州）、浙江、广东、云南

榉木 Zelkova

榉木是榆科榉属几种木材之统称，一般有大叶榉、光叶榉与大果榉，故不能用某一个拉丁名来命名榉木，榉木也是一个集合名词，即"*Zelkova* spp"。我国传统家具中所使用的榉木多为大叶榉，其学名为 *Zelkova schneideriana*

别　　称：榉柳、榉树、鬼柳、柜柳、柜（柜木）、杞柳、红榉、血榈、血榉、榉榆、红株树、黄榉、白榉、榉、石生树、大叶榉、大叶榆、主脉榉、胖柳、牛筋榔、沙榔、榔树、面皮树、纪株树、椐木、南榆、鸡油树、黄栀树、东京榉、宝杨树、黄栀榆、黄榆树、龙树、训（藏语音译）

英　　文：Zelkova

科　　属：榆科　榉属

原产地：大叶榉一般产于中国秦岭—淮河以南，广东、广西、贵州、云南东南部均有分布

引种地：大叶榉很少用于人工引种，在其原产地有极少量的人工种植

特征：边材黄褐色，有时呈浅黄泛灰；心材：云南东南部文山产榉木一般分为红、黄两种，颜色不同。大叶榉一般生长在酸性土、中性土、石灰岩山地及轻盐碱土上，也有的生长在房前屋后肥沃的土壤之中。文山的土壤多为砖红色，喀斯特地貌明显。云南、广西、贵州、湖南生长榉木的地方多为喀什斯特地貌，故这些地方的榉木靠近根部之心材也常含石灰质。这一特征在榉木心材中表现得尤为明显，而江浙之榉木多数不具此特征，但沿太湖一带也有少量含石灰质，与其特有的地质地貌是相符的。云南产大叶榉心材多为浅栗褐色带黄，木材光泽强。贵州、湖南产大叶榉心材则多为浅黄色，或浅黄色中泛浅褐红色。陈嵘认为所谓"血榉"即"其老龄而木材带赤色者"。生长轮十分清晰，常呈深褐或咖啡色，弦切面常呈别称之"宝塔纹"，也称"峰纹"及灪鹕纹，故又有"灪鹕榉"之称。径切面浅褐色或咖啡色纹理排列有序，深色纹理间夹杂浅黄或浅褐红色。新伐材具甘蔗清香甜气味。光泽性强，但长年使用后之包浆有油腻之感，与其他硬木之包浆有明显区别。气干密度：$0.791g/cm^3$

瘿木 Burl Wood

瘿木即产生美丽花纹的不同树种之包节或有用之树干，并不单指某一树种，故无统一的学名。

别　称：瘿、瘿子、树瘤、影木、赘木、樱子、樱子木

英　文：Burl wood

产　地：分布全球，尤以热带或亚热带的树木所生瘿体量大、花纹美，如著名的花梨瘿、楠木瘿。

比较而言，温带或寒冷地区的树木生瘿较少，体量也小

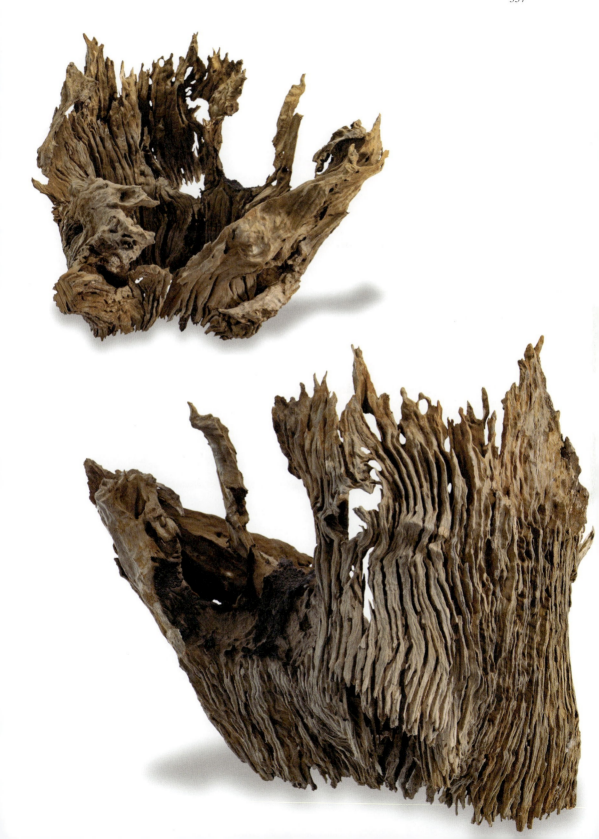

358

樟木影①

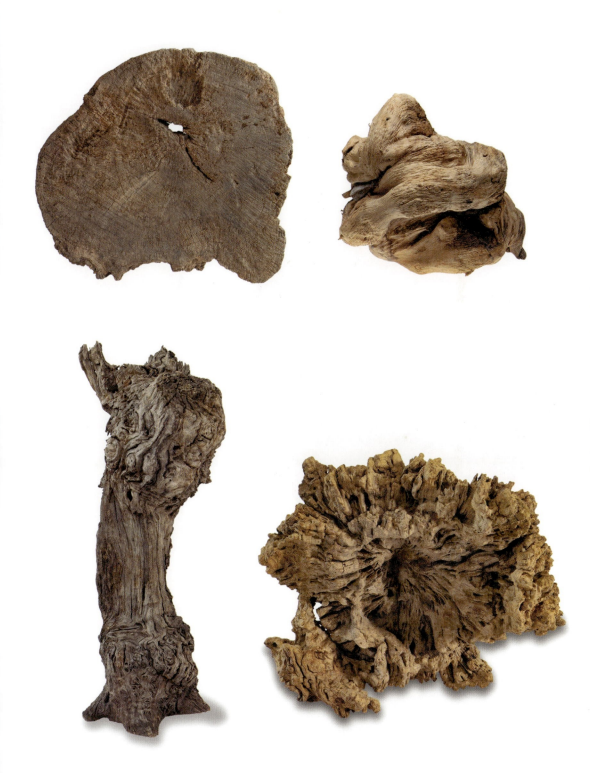

榆木 Elm

中文名：白榆（榆木用于家具最主要的还是白榆）

拉丁名：*Ulmus pumila* L.

别　　称：榆树、榆木、家榆、枌、枌榆、白枌、零榆

英　　文：Elm，Dwarf elm，Siberian elm.

科　　属：榆科　榆属

原产地：中国华北、东北及西北，四川、江苏、浙江、江西、广东，朝鲜、日本及俄罗斯西伯利亚

引种地：白榆是榆木中引种最广的树种，各地均有人工种植

特征：边材浅黄褐色或灰白色；心材浅栗褐色、浅杏黄色，也有的呈暗肉红色或酱褐色。河北、山西产白榆新切材心材金黄者多，特别是旧材之新切面，主要与生长环境有很大关系，容易感染色菌。生长轮十分清晰，宽窄不均匀。早材至晚材急变，轮间呈深色晚材带。榆属木材的花纹均十分近似，与榉属木材也很相似，径切面直纹较多，细长而宽窄不一的纹理整体呈长波形有序扭曲，但波动幅度不大。弦切面有时呈峰纹，多有不规则的美丽花纹。年长久远之旧家具，生长轮之间会形成沟壑状条纹，且十分明显，当然并不排除人工后天作为，以凸显其古朴沧桑。无特殊气味，气干密度：0.630g/cm³

黄杨木 Boxwood

中文名：黄杨

拉丁名：*Buxus* spp.

别　称：豆瓣黄杨、千年矮、万年青、番黄杨（清造办处档案，多从南亚、东南亚进口）

英　文：Box, Boxwood

科　属：黄杨科　黄杨属

原产地：中欧及地中海沿岸、东南亚、南亚地区及加勒比地区、中美洲；中国主要产于长江以南各省，北方地区有极少分布

引种地：作为用材林在热带、亚热带地区均有引种，而作为园林及盆景则遍布全球

特征：心材边材区别不明显，新切面呈杏黄色，以纯净无杂色为上；另有一种间含杂色，底色浅黄泛白，具有浅或深色条纹。经过数十年或数百年的氧化，黄杨木表面呈骨质感很强的褐色或古铜色。生长轮不明显，部分国产黄杨几乎不见纹理，有的纹理清晰，弦切面之纹理各具特色。油性强，有明显的滑腻感，老者包浆明亮、干净；而产于越南、老挝的黄杨则木质疏松、油性差。新切面无特殊气味，有时呈泥土之清新气味。气干密度：（国产黄杨）均接近于 $1.00g/cm^3$

柏木 Cypress

柏木并不指一个树种，是柏科中多个树种的集合名词，主要分类有：柏木、侧柏、圆柏

柏木

中文名：柏木

拉丁名：*Cupressus funebris*

别　称：垂丝柏、香扁柏、花香柏（四川），扫帚柏（湖南），白木树、柏香树、唐柏（湖北），密密松（河南），宋柏、璎珞柏（云南）

英　文：Chinese weeping cypress

科　属：柏科　柏木属

原产地：长江流域及以南地区，尤以四川为盛、为佳

特　征：边材黄白色，浅黄褐色或黄褐色微红；心材草黄褐色或微带红色，与空气氧化久则材色变深，也有的呈白色，久则转为骨白或象牙白色。味苦，光泽较强，有柏木清香。生长轮明显，一般有紫红褐色筋纹，很少有明显的花纹，如遇大的活疤节则产生螺旋纹或连续波浪纹。气干密度：0.562g/cm³

侧柏

中文名：侧柏

拉丁名：*Platycladus orientalis*

别　称：浙江、安徽、四川称"扁柏"，江苏扬州称"扁桧"，河北称"香柏"，湖北称"香树、香柯树"

英　文：Oriental arbor-vitae

科　属：柏科　侧柏属

原产地：中国西北、华北及西南部

特　征：边材黄白至浅黄褐色，心材草黄褐色或至暗黄褐色，久露空气中则转深，老者近象牙黄色。心材油质感强。香气浓郁，光泽强烈，味道微苦。生长轮明显，轮间晚材带色深（紫红褐），侧柏多生瘿，花纹回旋多变，丝丝重叠如涟漪相继。气干密度：0.618g/cm³（山东）

圆柏

中文名：圆柏

拉丁名：*Sabina chinensis*

别　　称：红心柏、刺柏、桧柏（北京），圆松（江苏），真珠板、珠板（云南），桂香、柏树、柏木（福建）

英　　文：Chinese juniper

原产地：内蒙古南部，中国华北及西南、华南各地

科　　属：柏科　圆柏属

特　　征：边材黄白色，心材紫红褐色，久则转暗，有时其内含边材。光泽较强，香气浓郁，味苦。圆柏极易生瘿，胸径大者可达 3.5 米，如主干粗壮而少瘿或无瘿，纹理细密顺直或有弯转自如的"S"纹。如瘿子密布则似梅花有序排列，大瘿者细波推浪，延绵不绝。气干密度：0.609g/cm³（浙江昌化）

川柏建筑构件

檀香木 Sandalwood

檀香有约 18—20 个树种，最有代表性的是产于印度及印度尼西亚、东帝汶的檀香及产于南太平洋岛之斐济檀香、新喀里多尼亚檀香。

中文名：檀香

拉丁名：*Santalum* spp.

别　称：老山香、白皮老山香、地门香、新山香、白檀、旃檀、真檀、震檀

英文：Sanders，Sandal，Sandalwood，White sandalwood，Chandan，Candana，Chandal Gundana

科　属：檀香科　檀香属

原产地：关于檀香的原产地，植物学家有不少争议，认为其真正的原产地是印度尼西亚及东帝汶，印度只是引种地。根据已有的定论，总结如下：

核心区：印度尼西亚、东帝汶

太平洋东部地区：夏威夷及智利胡安·费尔南德斯岛

南太平洋岛国：斐济、所罗门群岛、新喀尼多尼亚、瓦努阿图等国

澳大利亚：集中于新威尔斯南州及以珀斯为营销中心的西部地区

南亚：印度南部的卡纳塔克邦、泰米尔纳德邦、安得拉邦。斯里兰卡也有少量分布

引种地：檀香的引种历史比较悠久，中国的广东、海南、云南、广西、台湾、香港均有一定数量的人工种植。亚洲的泰国、缅甸、孟加拉国、斯里兰卡及东南亚其他国家、非洲、南美洲及南太平洋一些适宜于檀香种植的地方，均有数量不等的人工种植

老山香（*Santalum album*，主产于印度南部）

干形通直、正圆、饱满，极少有节疤。边材淡白透灰或浅黄色，无香气；心材新切面淡黄褐色，久则呈浅褐色，有人称之为"鸡蛋黄"。成器数十年或数百年后檀香木的颜色呈深褐色，包浆薄、透而明亮可爱。新切面檀香味浓郁、醇厚，久则香淡如兰，绵长悠远。纹理顺直或不见纹理，有时局部有波浪纹。光泽强，时间越长，光泽越柔和内敛。手感细润滑腻，油性强，是檀香木中含油量最高的，平均达 4%—6.5%。气干密度：0.84—0.93g/cm³

地门香

地门香（*Santalum album*，主产于印度尼西亚、东帝汶）与印度所产老山香为同一个种，但其干形弯曲者多，较少有正圆饱满者，有少量节疤，故在国际市场上的价格大大低于印度老山香，其余特征与老山香近似。

新喀里多尼亚檀香

南太平洋岛国所产檀香一般称为波利尼西亚檀香（*Santalum austrocaledonicum*，产于瓦努阿图、新喀里多尼亚），历史上几乎每一国家均有檀香木出口的记录。质量精良者尤数斐济檀香（*Santalum yasi*），其含油量与印度老山香一致，即平均为 4%—6.5%；其次为新喀里多尼亚檀香，平均含油量为 3%—6%。径级较小，一般 10 厘米者多，正圆饱满者极少，且多含节疤。边材浅黄或淡白色，无香味，心材杏黄色或浅褐色，纯正者多为象牙黄。部分檀香木心材有红棕色纹理。新切面檀香味浓郁，与老山香之香味近似。较之老山香、地门香，新喀里多尼亚檀香心材呈网状腐的比例约占 30%，对于檀香油的提炼及木材利用均产生十分不利的影响。树龄长者油性强，仅次于老山香及斐济檀香，檀香油占 3%— 6%，但树龄较短者或人工林之油性稍差，且心材颜色呈灰白色。气干密度：据瓦鲁阿图林业局资料称，新喀里多尼亚檀香含水率在 12% 时，气干密度为 9 级，即 0.805—0.9g/cm^3

楠木 Nanmu

中文名：楠木为樟科桢楠属（*Phoebe*，又称楠属）和润楠属（*Machilus*）多个树种之统称

科　属：樟科　桢樟属 / 润楠属

别　称：楠木、水楠、金丝楠、香楠、骰柏楠、斗柏楠、豆瓣楠、斗斑楠

英　文：Nanmu，Phoebe

原产地：润楠属的树种多分布于东南亚及日本南部，中国南方各省均有分布；而桢楠属的树种多集中于中国长江流域，特别是四川、贵州、湖南西部，亚洲热带及亚热带地区也有分布。从材质来讲，桢楠属木材要比润楠属的木材要好。云南、西藏也有桢楠属树种生长，一般以滇楠为主，颜色浅黄至灰白，香味很弱，明显不及四川所产桢楠

引种地：中国南方各省及亚洲热带、亚热带地区

特征：楠木一般为高大乔木。边材浅黄褐色，
心材浅黄褐色中泛绿。阴沉木中的楠木如棺木、
沉入河床沙石中的楠木有时会呈深咖啡色或深
褐色，含金黄色或带绿色之特征尤其明显。生
长轮十分清晰，特别是原木之端面，轮间呈深
色带。新切面有清新悠长之香气，房料及旧家
具料、阴沉木几乎没有香味，但刮开一片仍然
香气醇厚，沁人心脾。光泽性强，新刨光之新
材并不明显，时间长久特别是长期使用，与人
接触，木材光泽如镜，透明润泽。老料特别是
阴沉木或树根部位的光泽更好，置于自然光下，
折光刺眼。纹理清晰而多变。瘿木中最美丽动
人者多出自于楠木，清代谷应泰《博物要览》
称其"木纹有金丝，向明视之，闪烁可爱；楠
之至美者，向明处或结成人物、山水之纹"。楠
木瘿中最为贵重者应为"满面葡萄"或"山水纹"。
气干密度：一般在 0.6g/cm^3 左右

阴沉木 Yinchen Wood

中文名：阴沉木

别　称：阴沉、古木、古沉木、古船木、阴桫、木变石、硅化木、树化玉、树化石、乌木、沉江木

英　文：Yinchen Wood

产　地：世界各地均有分布。中国主产区为四川的岷江、金沙江，广西的桂林、柳州，贵州的乌江，海南岛南渡江，东北的松花江及其他省份均有发现，如新疆沉埋于沙漠中的胡杨、云杉、柏木、梭梭树、松木等

特征：阴沉木碳化程度较高，出水或出土时比较完整，但与空气、阳光接触后便开始龟裂，其深度与范围视其树种、年代、所处环境性质的差异而不同。龟裂或呈粉末状脱落的程度也就是阴沉木碳化的程度，碳化程度越高，其木材属性越不明显，可利用的部分就越小。阴沉木因原有树种的比重、吸收外界物质的程度及所处的特殊环境，其所含有益或有害物质、放射性物质的程度也不一样，即使同一树种也因上述原因不同而程度不一。阴沉木因长期与阳光、空气隔绝而深埋于泥土、矿床或深水之下，除了其木材的物理性能、化学成份发生变化外，其木材颜色也发生明显变化，一般为深褐色、黑灰或乌黑色，其比重也发生了变化。也有的阴沉木如楠木锯开时还有楠木原有的颜色与特征，但氧化后很快会变成咖啡色或深褐色，泛浅绿或暗黄，故色变也是阴沉木的特征之一。阴沉木原有的管孔被其他物质所挤占、堵塞，或已改变了原有木材的本性，干燥时会十分困难，出现翘曲、炸裂、自然粉碎及返潮、含水率不均匀等极端现象。阴沉木一般为油性强或含芳香物质的木材，如楠木、桐木、栎木、苦梓、柏木、稠木、锥木铁杉、桧木、柚木、花梨、坤甸、樟木、格木、红椿等。正因为其原本所含的油脂与芳香物质，打磨及烫蜡后表面如镜、滑腻如玉

柚木 Teak

中文名：柚木

拉丁名：*Tectona grandis* Linn.

别　称：胭脂树、紫柚木、埋尚、埋沙（云南）、麻栗（台湾）

英　文：Teak

科　属：马鞭草科　柚木属

原产地：印度、缅甸、泰国、印度尼西亚、菲律宾

引种地：中国及其他热带国家

特征:颜色一般为暗金黄色,随着树龄的增长,会变成褐色或暗褐色。纹理一般较直,如果生长在干旱地区,其纹理一般呈波浪状,有些心材呈深紫色纹理。大多数纹理结构极粗且不均匀。富含油脂,耐腐、防虫、防水。气干密度:湿材 $0.58g/cm^3$,干材 $0.586\ g/cm^3$

高丽木 Mongolian Oak

中文名：柞木

拉丁名：*Quercus mongolica* Fisch.

别　称：蒙古柞、青杠子、蒙柞、槲柞、柞树、高丽木、小叶槲树、蒙古栎、参母南木（朝语）

英　文：Mongolian oak

科　属：壳斗科　麻栎属

原产地：中国东北、华北及山东、内蒙古东部，俄罗斯西伯利亚、远东沿海地区，库页岛、朝鲜、日本等

特征：边材浅黄褐色，心材与边材区别明显。生长轮明显，略呈波浪状，宽窄均匀。纹理清晰而少有变化。径切面上，宽木射线有光泽，构成极为显明的斑纹。柞木的斑点一般较大或大小不一，颜色较周围木材稍深，光泽极强。弦切面上宽木射线呈线条状，颜色较木材深。无特殊气味。气干密度：0.748g/cm³

桦木 Birch

中文名：白桦

拉丁名：*Betala platyphylla* Suk.

别　称：桦皮树、粉桦、兴安白桦

英　文：Birch, Asian white birch

科　属：桦木科　桦木属

原产地：中国东北、内蒙古及华北。西伯利亚东部及远东地区、朝鲜半岛、日本也有分布

日本岳桦

特征：桦木生长轮分界略明显，无特殊气味，油性好。新切面浅灰白或浅黄白色，很少有特征明显的花纹，光泽较暗，久则骨黄透亮，旧器一片杏黄。桦树易生瘿，其瘿细密、清晰、规矩、匀称，与花梨的佛头瘿齐名。

气干密度：0.607g/cm^3

沉香与沉香木 Chinese Eaglewood

中文名：土沉香

拉丁名：*Aquilaris sinensis*（Lour.）Gilg

别　称：白木香、香树、崖香、女儿香、莞香、香材、国香、琼脂、天香、海南香

英　文：Chinese eaglewood

科　属：沉香科　沉香属

原产地：海南岛 600 米以下的山地、坡地和平原地区。尤以尖峰岭、五指山、黎母山、临高一带品质上乘；
广东电白、东莞、惠州、中山一带均有发现。其中，惠州绿棋楠极有特点。另分布于香港、广西钦州、云南

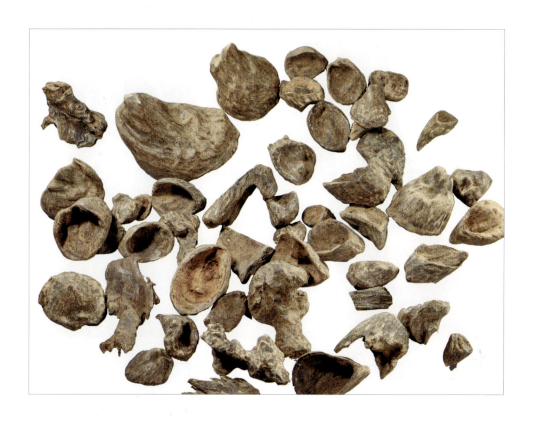

沉香树、沉香木、沉香为三个不同的概念。沉香树是未砍伐的、活着的、生长于野外的树木；而沉香木则是经过砍伐、并按一定规格制材的原木或规格材（如方材、板材等）；沉香则是沉香木中的结晶体，已没有木材的特征。不是每一棵沉香树之树干均能产沉香，只有达到一定条件后才能生香。沉香木黄白色，心材边材无区别，比重约 0.33g/cm³，松软极不耐腐，并不适于雕刻，一般用于绝缘材料，海南一般用于制作米桶、床板等家居日常用品。其本身没有特殊气味或微有甜香气味

海南黄檀 Hainan Rosewood

中文名：海南黄檀

拉丁名：*Dalbergia hainanensis*

别　称：花梨公

英　文：Hainan rosewood

科　属：豆科　黄檀属

原产地：海南岛

特　征：因其树木在生长过程中极易受到病菌、虫害侵蚀，心材多空腐，且多数木材干涩、轻泡，故很少用于建筑或器物制作。其心材、根材枯朽而埋入地下，其比重、颜色、油性均会发生变化。也有好事者将其入香、入药或制器

桄榔木 Sugar Palm

中文名：桄榔

拉丁名：*Arenga saccharifera*

别　称：姑榔木、面木、铁木、董棕、糖树、砂糖椰子

英　文：Sugar palm

科　属：棕榈科　桄榔属

原产地：东南亚、南亚及中国广东、广西、海南岛

特　征："木色类花梨而多综纹，珠晕重重、紫黑斑驳，可以车镟作器。"（《广东新语》）

香樟 True Camphor

中文名：香樟

拉丁名：*Cinnamomum camphora*

别　称：樟树、樟木、小叶樟、红心樟、豫章、血樟

英　文：True camphor，Camphor tree

科　属：樟科　樟木属

原产地：中国长江流域以南各地，台湾、海南岛等地也有分布

特　征：香气扑鼻、文章华美，富含樟脑，可防虫、防潮，多用于制作柜、箱、箧等

圭亚那蛇桑木 Snakewood

中文名：圭亚那蛇桑木

拉丁名：*Piratinera guianense*

别　称：蛇纹木、美洲豹、蛇木

英　文：Letterwood，Snakewood

科　属：桑科　蛇桑属

原产地：南美洲的苏里南、圭亚那、亚马孙地区热带原始丛林

特　征：花纹如蛇如豹，多用于工艺品、装饰及家具镶嵌

绿檀 Green Ironwood

中文名：绿檀（为愈创木属 *Guaiacum* spp. 和维腊木属 *Bulnesia* spp. 两属木材之统称，又有绿铁木、绿斑之别）

英　文：Green ironwood, Verawood

科　属：蒺藜科　愈疮木属、维腊木属

特　征：心材颜色呈深绿或浅灰绿色。主要树种有萨米维腊木、乔木维腊木、愈疮木、圣愈疮木，其中维腊木香气浓郁，愈疮木的香气较淡

榧木 Torreya

中文名：榧木

拉丁名：*Torreya* spp.

别　称：香榧、柏、杉松果、赤果、柀子、玉山果、玉榧

英　文：Torreya

科　属：红豆杉科　榧树属

原产地：日本及中国云南、江浙以及其他南方诸省

特　征：榧木心材杏黄或黄褐色，气味清香，纹理顺直平滑

红豆杉 Yew

中文名：红豆杉

拉丁名：*Taxus* spp.

别　称：紫杉、赤柏松、一位（日）、水松（日）、血柏

英　文：Yew

科　属：红豆杉科　红豆杉属

原产地：日本、朝鲜、中国及欧美等北半球地区。主要树种有：红豆杉、南方红豆杉、东北红豆杉（又称日本红豆杉）、西藏红豆杉、云南红豆杉

特　征：心材橘红黄色或玫瑰红，有的浅黄透红多旋涡纹

山槐 Amur Maackia

中文名：山槐

拉丁名：*Maackii amurensis*

别　称：檃槐、黄色木、犬槐（日）、高丽槐

英　文：Amur maackia

科　属：豆科　槐树属

原产地：东北小兴安岭、长白山，俄罗斯阿穆尔州及朝鲜、日本的北海道、本州中部以北地区也有分布

特　征："心材颜色自髓部向外逐渐变淡，由栗棕色至暗棕褐色或黄棕色，有时带紫红色，纵断面上更为明显。木材纹理直，结构粗，重量及硬度中等，板面颜色花纹美丽，有特殊的气味，似豆腥味"（黄达章主编《东北经济木材志》第100页）。山槐木一般用于家具、木制车辆及小木器，日本将红豆杉、山槐木视为神木，用以镇宅避邪

杉木 Chinese Fir

中文名：杉木

拉丁名：*Cunninghamia lanceolata*

别　称：沙木、沙树、真杉、正杉、正木、香杉、广叶杉（日）

英　文：Chinese fir

科　属：杉科　杉木属

原产地：长江流域

特　征：心材白色泛浅灰，也有呈浅栗褐色；新切面有清香味或浓香味。节疤较多，纹理顺直者多。
王佐在《新增格古要论》称杉木"色白，而其纹理黄稍红，有香甚清。或云南香脑子生此木，中有花纹，
细者如雉鸡斑，甚难。纹粗者亦可爱，直理不花者多"。

日本柳杉

日本所谓"杉"，多指杉科柳杉属日本柳杉（*Cryptomeria japonica*），别名孔雀杉。产本州、四国、北海道等，中国台湾也有引种。树高可达 40 米，胸径 2 米，心材淡红色至暗赤褐或黑赤褐色，边材白色或浅黄白色，心边材区别明显。径切面纹理顺直，弦切面则花纹眩目多变。柳杉在日本的用途十分广泛，园林、绿化、建筑、家具及各种器具如包装盒、食盒、砚盒、手饰盒等。气干密度：0.38g/cm³

胭脂 Tokin Artocarpus

中文名：胭脂

拉丁名：*Artocarpus tonkinensis*

别　称：越南胭脂、胭脂树、狗浪、黑皮、狗肉胭脂

英　文：Tokin artocarpus

科　属：桑科　波罗蜜属

原产地：海南岛、广东、广西、云南

特　征：树皮表面暗褐色，薄皮剥落。其心材为深栗褐色或巧克力色，材质远不及同属的小叶胭脂，海南称其为胭脂、英杜、将军木、二色波罗蜜。《崖州志》指其"色正黄，纹理细腻。状类波罗，中含粉点为异。性涩，难锯"。心材金黄褐色，久则转深呈栗褐色带黄。气干密度：0.560g/cm^3

海红豆 Coral Pea-Tree

中文名：海红豆

拉丁名：*Adenanthera pavonina*

别　名：孔雀豆、银珠、大叶银珠

英　文：Coral pea-tree

科　属：含羞草科　孔雀豆属

原产地：海南岛

特　征：研究中国古代家具的学者也将其误认为"红木"。据其木材特征应归入木类。《崖州志》述及"银珠"称："结质坚实，干多虫孔。色黄红里更夹撒蓝。纹理盘错，实难光泽。"心材黄褐色或红褐色，常具美丽的纹。种子呈椭圆形，鲜红美丽，多作饰物。气干密度：0.74g/cm^3

子京 Hainan Madhuca

中文名：子京

拉丁名：*Madhuca hainanensis*

别　称：海南紫荆木、紫荆、海南马胡卡、毛兰

英　文：Hainan madhuca

科　属：山榄科　子京属

原产地：主产于海南岛南部、西南部林区

特　征：《崖州志》称："紫荆，色紫，产于州东山岭。去肤少许，即纯格。质细致，光润而坚实。重可沉水，理有花纹。道光以前，时或有之。今已罕见。"心材紫褐色，新切面具辛辣滋味；心材泼水后摩擦会生白色汁液。气干密度 1.110g/cm³，是海南岛最坚硬的木材。天然耐腐，抗虫蚁。锯削困难，光洁滑腻，是海南民众最喜用的木材之一

坡垒 Hainan Hopea

中文名：坡垒

拉丁名：*Hopea hainanensis*

别　名：石梓公、红英、海梅

英　文：Hainan hopea

科　属：龙脑香科　坡垒属

原产地：海南岛五指山和尖峰岭林区

特　征：心材深黄褐色。《崖州志》记载："色初白渐紫，久则变乌。质坚而重，纹理紧密。入地久，不朽。为材木冠。"油性大，光泽好，耐磨、耐腐，是古代广东、海南常用的舟船、桥梁、民房及家具用材。气干密度：1.000g/cm³

青皮 Stellatehair Vatica

中文名：青皮

拉丁名：*Vatica astrotricha*

别　名：青梅、青楣、苦叶、苦香

英　文：Stellatehair vatica

科　属：龙脑香科　青皮属

原产地：海南岛及越南

特　征：心材暗黄褐色，久则转深成咖啡色。油性好，光泽明亮。气干密度：0.837g/cm³

母生 Hainan Homaliu

中文名：母生

拉丁名：*Homalium hainanense*

别　称：龙角、高根、天料、麻生、红花天料木、海南天料木

英　文：Hainan homaliu

科　属：天料木科　天料木属

原产地：海南低海拔的密林中

特　征：萌生能力很强，树根部位会萌发很多幼苗，一般有 3—6 株幼树能继续长大，故称之为母生树。

心材红褐至暗红褐色，光泽很好，能抗海生钻木动物危害，耐腐抗蚁。气干密度：0.819g/cm³

荔枝 Lychee

中文名：荔枝

拉丁名：*Litchi chinensis*

别　称：荔枝母、火山、酸枝、格洗

英　文：Lychee

科　属：无患子科　荔枝属

原产地：原产福建东南部，后移植于两广地区、云南及海南岛

特　征：树木高大，心材暗红褐色，光泽好，至美之纹若隐若现。《崖州志》称："荔枝，大可数围，高数丈。一大株，得板数十块。色红，肉细且坚，制器最为光泽。材经久则蛀，咸水浸之则免。"气干密度：1.020g/cm³

坤甸木 Borneo Ironwood

中文名：坤甸铁樟木

拉丁名：*Eusideroxylon zwageri*

别　称：坤甸、坤甸木、铁木

英　文：Borneo,Borneo ironwood（加里曼丹铁木）

科　属：樟科　铁樟属

原产地：印度尼西亚、菲律宾、马来西亚

特　征：坤甸木为高大乔木，枝下高可达 15 米，直径 1.2 米。心材新切面具柠檬味，黄褐色至红褐色，久则墨黑，油性极好。古旧器物多呈光亮的漆黑色，细长的丝纹一贯到底，不会断纹。木材坚硬如铁，敲击如铜器回声。广东、海南等地将坤甸木主要用于民居、舟船、桥梁、码头，也大量用于家具制作，特别是佛寺家具。气干密度：1.198g/cm³

波罗格 Merbau

中文名：帕利印茄

拉丁名：*Intsia palembanica*

别　称：波罗格、菠萝格、Merbau（马来西亚、印度尼西亚）

科　属：豆科　印茄属

原产地：东南亚及南太平洋岛国

特　征：树高可达 45 米，直径可达 1.5 米，大者可达 3 米。心材褐红至暗红褐色，夹杂浅土黄色长条斑纹。波罗格手感粗糙，纹理呆板单一，价格低廉，多为建筑用材，但广东及海南岛也常用波罗格制作日常家具，与其坚硬、耐潮之材性有较大关联

东京黄檀 Mai Dou Lai

中文名：东京黄檀

拉丁名：*Dalbergia tonkinensis*

别　称：越南黄檀、越南黄花梨、老挝称其为 Mai Dou Lai，越南语为 Sua、Súa Do、Súa Vàng

科　属：豆科　黄檀属

原产地：越南与老挝交界的长山山脉两侧

特　征：边材浅黄白色，心材呈浅黄、黄褐色或红褐色、深红褐色，但常有杂色而使木材表面不干
净。具深色条纹，多数条纹模糊不清晰。新切面辛辣酸香浓郁。材质佳者并不逊于海南产降香黄檀。

气干密度：0.70—0.95g/cm³

卢氏黑黄檀 Bois de Rose

中文名：卢氏黑黄檀

拉丁名：*Dalbergia louvelii*

别　称：大叶紫檀、玫瑰木、老紫檀

英　文：Rosewood，Palisander，Bois de Rose

科　属：豆科　黄檀属

原产地：非洲马达加斯加

特　征：边材白透浅灰，心材新切面橘红色艳如玫瑰，久则为深紫、黑紫。成器后呈大面积深咖啡色或灰乌色，有的夹带团状或带状土黄色。新切面有酸香味，木屑浸水呈天蓝色机油状。气干密度：0.95g/cm³，有的大于 1 而沉于水。

染料紫檀 African Red Sanders

中文名：染料紫檀

拉丁名：*Pterocarpus tinctorius*

别　称：血檀、非洲小叶紫檀

英　文：Mukula，Padauk，African Red Sanders

科　属：豆科　紫檀属

原产地：安哥拉、刚果（金）、刚果（布）、坦桑尼亚、赞比亚、贝宁、尼日利亚等非洲国家

特　征：染料紫檀的木材特征变化极大，与产地的不同环境有关，佳者之比重、油性、光泽、颜色与檀香紫檀无异，次者如酸枝一般。木材实心者多，空心极少。新切面呈血红色或粉红色，黑色条纹较少，如所谓鸡血紫檀，久则呈深褐色，色变过程缓慢，致密油重者变色快，轻而色浅者变色慢；木材干涩、油性差，少数油性好；鲜有金星、金丝，即使有，其比例极少，细密程度与檀香紫檀相差较大；成器后，木材表面特征易与老红木、酸枝木相混，香味极难界定，气干密度：0.45—1.30g/cm³

柘树 Cudrania

中文名：柘树

拉丁名：*Cudrania tricuspidata*

别　　称：柞榛木、柘木、柞树、文章树、柘刺等

英　　文：Cudrania, Tricuspid Cudrania

科　　属：桑科　柘树属

原产地：长江流域，特别是江浙一带

特　　征：心材金黄褐或深黄褐色，旧器呈咖啡色，金黄色纹理明显，纹理变化不大，材性稳定。
材色、纹理、光泽及比重与文人家具契合，柘木家具与榉木家具在明代均有很高的地位，集中
出现于南通、扬州一带。气干密度：0.990g/cm³

龙脑香木 Chhoeuteal

中文名：翅龙脑香

拉丁名：*Dipterocarpus alatus*

别　称：龙脑香木、铁力木、粗丝铁力

英　文：Chhoeuteal，Apitong，Gurjun，Keruing

科　属：龙脑香科　龙脑香属

原产地：主产于东南亚、南亚

特　征：边材淡黄白色，心材新切面为灰红褐色，久后呈灰黑色或深咖啡色；具深色宽条纹，纹理少变化；生材时透明的树脂明显且易外溢，木材干燥后油性很好。气干密度：0.75—0.76g/cm³

银杏木 Ginkgo

中文名：银杏木，因其种子形状似杏，外披银色白粉而得名

拉丁名：*Ginkgo biloba*

别　称：白果树、鸭脚树、鸭掌树、公孙树、秦树、秦王火树、赭树

英　文：Maidenhair Tree, Ginkgo

科　属：银杏科　银杏属

特　征：边材淡黄色、浅黄褐或带浅红褐色。心材黄褐或黄中透白，也有红褐色者，尤其旧材或老龄树；气味难闻，尤以新切面更为明显，久则消失。纹理若有若无，素雅沉静。气干密度：0.532g/cm³

木果缅茄 Makharmong

中文名：木果缅茄

拉丁名：*Afzelia xylocarpa*

别　称：缅茄、沔茄、冤枉树、含冤树、老挝红木、老挝花梨、红花梨、草花梨

英　文：Makharmong

科　属：豆科　缅茄属

原产地：缅甸、泰国、老挝

特　征：明代谢肇淛《滇略》称："缅茄，枝叶皆类家茄，结实如荔枝核而有蒂。"边材浅白色或灰白色，心材浅褐至深褐色，有的金黄透红，久则近暗红褐色；色彩艳丽炫目，花纹回旋多变、雅致奇美，特别是缅茄瘿，大者直径 2—3 米，瘿纹布局密实、连绵不已，与花梨瘿近乎一致，故市场上也常将缅茄瘿当作花梨瘿出售，能分辨者鲜。气干密度：0.820g/cm³

黄兰 Sagawa

中文名：黄兰

拉丁名：*Michelia champaca*

别　称：黄心楠、黄心兰、缅甸金丝楠、水楠

英　文：Sagawa，Sagah，Safan，Champapa

科　属：木兰科　白兰属

原产地：缅甸平原及丘陵地区，印度、泰国、越南及中国云南南部地区也有分布

特　征：边材很窄，浅黄泛白或浅灰色；心材浅黄棕色或橄榄绿泛黄，颜色一致而几无变化。少有花纹，根部时有水波纹，其瘿巨大或瘿包大小连串，但瘿纹呆板粘滞，缺少变化与生机。国内常以黄心兰冒充金丝楠或其他楠木。气干密度：0.441g/cm³

印度黄檀 Sisso

中文名：印度黄檀

拉丁名：*Dalbergia sisso*

别　称：印度黄花梨

英　文：Sisso，Shisham

科　属：豆科　黄檀属

原产地：喜马拉雅山南麓干旱、半干旱地区，尼泊尔、印度北部、阿富汗南部、巴基斯坦及伊朗高原

特　征：边材白色、浅褐白色，心材金褐色至深褐色。部分心材纹理与海南产降香黄檀近似，布局奇巧，鬼脸纹稀少；有一部分木材纹理粗宽，混浊不清，但板面底色干净。新切面有酸香味，但香味较略。气干密度：含水率为 12% 的情况下为 0.8—0.85g/cm³

阔叶黄檀 East Indian Rosewood

中文名：阔叶黄檀

拉丁名：*Dalbergia latifolia*

别　称：印度红木、黑木、孟买黑木、东印度玫瑰木

英　文：Blackwood，Bombay Blackwood，East indian rosewood

科　属：豆科　黄檀属

原产地：印度、印度尼西亚爪哇

特　征：阔叶黄檀大径者多，边材浅黄白色，伴有深色窄条纹；心材金黄褐色至玫瑰紫或深紫色，常带黑色条纹，新切面颜色变化差异较大。产于印度的阔叶黄檀心材多为金色带褐、玫瑰紫或深紫色，并带有明显的宽窄不一的黑色条纹；产于印尼爪哇者心材多为土黄或浅红褐色两种，久则呈乌灰色或浅蓝色，有时深玫瑰紫色呈团块或片状分布，鱼鳞纹或鸡翅纹在靠近中心部位十分明显。气干密度：0.75—1.04g/cm³

微凹黄檀 Cocobolo

中文名：微凹黄檀

拉丁名：*Dalbergia retusa*

别　称：南美红酸枝、小叶红酸枝

英　文：Cocobolo

科　属：豆科　黄檀属

原产地：南美及中美洲（据《红木》国家标准，GB/18107-2000）

特　征：干形很差，运至中国的原木有很大一部分开裂或成不规则的长条块；原木表面呈凹槽状，树疱、树节或空洞较多，原木心腐而致空洞者所占比例较大，空洞所占端面面积可达 60~80%，端面呈菊瓣式分裂。边材浅黄白色；心材新切面橘黄色、橘红色或紫玫瑰色、浅红褐色，也有的呈浅黄褐色，杂以黑色或浅褐色条纹；新切面气味辛辣，略带酸味；花纹多变而无定式。由于树木生长的特性，使材色深重、纹理清晰、自然可爱。油性强，锯末几乎可以手捏成团。气干密度：0.98—1.22g/cm³

泡桐木 Paulownia

明代经柜顶板的泡桐木

中文名：泡桐木

拉丁名：*Paulownia* spp.

英　文：Paulownia

科　属：玄参科　泡桐属

原产地:中国及东亚其他地区，如朝鲜半岛、日本。主要树种有白花泡桐、楸叶泡桐、兰考泡桐、毛泡桐（又称日本泡桐、紫花泡桐）、南方泡桐、川泡桐

特　征：树干粗大通直，生长较快，心材色白轻虚是其总体特征。心材边材无区别，木材淡黄白色。如果处理不及时会产生蓝变或色斑，故有时木材偏浅灰或有斑点。新切面有明显的臭味，旧材及干燥好的木材无特殊气味。由于泡桐轻虚，年轮宽，故鲜有美丽的自然纹理，但楸叶泡桐又是例外，其比重稍大，年轮较窄，花纹较之其他泡桐更富有特点,浅灰色或浅红褐色的纹理互不交叉,分布规矩、流畅。气干密度：白花泡桐 0.286g/cm³，毛泡桐 0.360g/cm³，楸叶泡桐 0.341g/cm³，川泡桐 0.269g/cm³

核桃 Walnut

中文名：核桃

拉丁文：*Juglans regia*

别　称：羌胡、胡桃

英　文：Walnut

科　属：核桃科　核桃属

原产地：亚洲西南部

特　征：边材浅黄褐或浅栗褐色，伐后易变色；心材红褐或栗褐色，偶有紫色，具深色条纹，久则呈浅咖啡色；纹理宽窄不一，常带深色条纹，有时大面积没有纹理。连绵密布的细短斑纹或小针点是其重要特征。气干密度：0.686g/cm³

苏木 Sappan

中文名：苏木

拉丁名：*Caesalpinia sappan*

别　称：苏枋、苏芳、赤木

英　文：Sappan

科　属：苏木科（又名云实科）　苏木属

原产地：南亚、东南亚，中国云南、海南岛

特　征：苏木为小径木，为历代海外贡品，主要用于织物染色及药用。用于家具染色，即所谓的"苏芳染"。

《南方草木状》称："苏枋，树类槐。黄花，黑子。出九真。南人以染黄绛。渍以大庾之水则色愈深。"

东非黑黄檀 African Blackwood

中文名：东非黑黄檀

拉丁名：*Dalbergia melanoxylon*

别　称：紫光檀、黑檀、黑酸枝、紫檀木、乌金木、黑金木、非洲黑檀、莫桑比亚黑檀、塞内加尔黑檀

英　文：African blackwood，Mozambique ebony，Senegal ebony

科　属：豆科　黄檀属

原产地：莫桑比克、塞内加尔及坦桑尼亚

特　征：原木外表呈深沟槽，空洞、扭曲、腐朽，包节较多，端头呈菊瓣式开裂，出材率极低，木材新切面似灰乌色带明显的紫色，成器后呈大片黄褐色、深咖啡色或近黑色，黑色条纹清晰，顺滑如丝，打磨后光亮如镜。气干密度：1.00—1.33g/cm³

古夷苏木 Bubinga

中文名：特氏古夷苏木

拉丁名：*Guibourtia tessmannii*

别　称：布宾加、巴花、巴西花梨、红贵宝、非洲花梨、高棉花梨

英　文：Bubinga

科　属：苏木科　古夷苏木属

原产地：喀麦隆、赤道几内亚、加蓬、刚果（金）

特　征：边材浅黄透白，心材红褐色，常具深咖啡色条纹，花纹炫丽，久则暗淡。多数心材不见美丽花纹，极少数具有惊艳的水草纹、贝壳纹、波浪纹，色泽亮丽。气干密度：0.910g/cm³（加蓬）

刀状黑黄檀 Burma Blackwood

中文名：刀状黑黄檀

拉丁名：*Dalbergia cultrate*

别　　称：英黛、黑檀、牛角木、牛筋木、缅甸黑檀

英　　文：Burma blackwood，Indian cocobolo，Yindaik，Zaunyi，Mai-viet

科　　属：豆科　黄檀属

原产地：缅甸、印度

特　　征：心材棕色或如紫葡萄色，局部或大部分有明显的纹，常被黑色或深褐色条纹所分割。新切面颜色深浅不一，具酸香气。大材较少，材色深浅不一，木材干涩，不易加工，成器后色泽趋同，与格木易混。气干密度：0.89—1.14g/cm³

紫油木 Yunnan Pistache

中文名：紫油木

拉丁名：*Pistacia weinmannifolia*

别　称：细叶楷木、四川楷木、昆明乌木、梅江、清香木、对节皮、紫柚木、紫叶、香叶树、虎斑木、广西黄花梨、紫檀、越南紫檀木、黑花梨（越北）、紫花梨（因其色紫褐而纹近似黄花梨）

英　文：Yunnan pistache

科　属：漆树科　黄连木属

原产地：主要分布于中国云南、广西、四川、贵州及越南、老挝、缅甸等地

特　征：心材径级较小，弯曲者多，紫褐色，新切面如紫檀色，久则呈黑褐色、深咖啡色；具酸香气味；弦切面上深黑色带状纹理与紫褐本色交织如彩云飘移、处处惊变，有时色杂或纹理模糊，是其致命之处。油性强，心材富集油脂，且呈紫褐色，故称紫油木。气干密度：1.190g/cm³

后　记

　　六十三年无限事，从头悔恨难追。已知六十二年非，只应今日是，
后日又寻思。

　　少是多非惟有酒，何须过后方知。从今休似去年时，病中留客饮，
醉里和人诗。

　　嘉泰二年（1202年），稼轩翁作《临江仙·壬戌岁生日书怀》，正值他
六十三岁生日。《阅木笔记》付梓，恍惚间发现自己也已六十有三。

　　三十年前一个冬日的夜晚，月光如洗，我与一好友在缅甸密支那菩提
树下饮酒倾谈，希冀将我的田野考察经历整理成册。可惜他最后没能回到
自己的祖国，而沉没于他所认为的"虚幻而明亮的西方"，在我的记忆中只
留下菩提树叶影影绰绰的斑驳光影。不免想起东坡先生被贬黄州时所作《记
承天寺夜游》，记述他与好友张怀民夜游一事："元丰六年十月十二日夜，解
衣欲睡，月色入户，欣然起行。念无与为乐者，遂至承天寺寻张怀民。怀
民亦未寝，相与步于中庭。庭下如积水空明，水中藻荇交横，盖竹柏影也。
何夜无月？何处无竹柏？但少闲人如吾两人者耳。"

东坡先生所记之怀民，为清河人张梦得，当时也贬居黄州，他们同为"闲人"；而那一年于菩提树下与我对饮的朋友，我们同是天涯沦落人。故人已逝，但他仍是我一生中可以与之夜游的"怀民"。从此，"将田野考察经历整理成册"成为我不再提起的愿望。

十多年前，恩师徐天进教授为我的中国古代家具用材标本室题写了一幅字——阅木笔记。想来老师也是希望我能将几十年的田野考察笔记整理成册。三年前，一直协助我整理资料的崔憶老师也提出了同样的建议，并与易文英老师、宁心老师一起将我所收集的一千多块标本——记录、拍摄、归档——那是一个漫长且枯燥的过程。在整理标本时，常常因看到一块标本而勾起我的回忆，于是口述了四十年田野调查的经历，崔憶却能将我涣漫、零碎又无序的记忆梳理出一条线索来，同时从十几本考察笔记中剥茧抽丝，将枯燥的专业知识杂糅进我的故事中，实在是超乎我的想象。用"宁为兰摧玉折，不作萧敷艾荣"来描述最具个性、不与世俗沦游的崔憶老师应最为合适。如果说《阅木笔记》如苏州木渎鲜美的鲃肺汤，我所提供的不过是刚从水中捞出的太湖鲃鱼而已，她才是真正的大厨。

　　钟鼎山林都是梦，人间宠辱休惊。只消闲处过平生。酒杯秋收露，诗句夜裁冰。

　　记取小窗风雨夜，对床灯火多情。问谁千里伴君行？晓山眉样翠，秋水镜般明。

当我完成了《阅木笔记》的最后一次校对，往事历历，却如稼轩翁《临江仙》一词中所述："钟鼎"也好，"山林"也罢，都不过是一场大梦，人间宠辱也是一生之必然。如果能够如稼轩翁一样，秋饮如甘露之美酒，夜吟如冰雪之诗句，生命在当下的体验中自是通透而明亮的。"问谁千里伴君行"，可能只有青山秋水——这也是我一生的写实。

"一松一竹真朋友，山鸟山花好弟兄"是稼轩词中最与我亲近的诗句。每当我容入无人的大山深处，身边的树木、花草、飞鸟、蚂蚁与我并无分别，是弟兄、是朋友、是家人。无论是生长于印度南部的紫檀，还是越南长山山脉的越南黄花梨；无论是印度安达曼群岛枯瘦的白牛，还是斐济兰比岛机灵的小獴……原本他们只存在于我所读的文献中，而当我走到他们身边，看见他们、碰触他们，则有久别重逢的喜悦。在四十年的田野考察中，有不少面临生死抉择或苦痛的片段，《阅木笔记》中所记录的内容可能并非全貌，特别是1994—1999年我在缅甸的特殊经历，几乎时时与死神照面，但也正是这个时候，我读了不少我从未读过的经典，踏遍了东南亚几乎最重要的林区，与著名的泰柚、花梨、酸枝、乌木、黑柿木相遇，这一并未抛入《阅木笔记》的绚烂时光，只有在另外的时空永存。

也是在今年，六十三岁的我完成了《雍正家具十三年》（上、下册）、《乾隆家具六十年》（十卷本）的编撰、整理工作，同时完成了《中国花梨家具图考》的翻译，紧接着要进入"中国古代家具艺术史"的研究，"一丝而累，以至于寸；累寸不已，遂成丈匹。"（《乐羊子妻》，南北朝，范晔）这必然是六十年的日月摩娑而养成的"包浆"。

《程史》"稼轩论词"一条述及稼轩对于学问与写作的态度时称：

> 稼轩以词名。每燕，必命侍妓歌其所作。特好歌《贺新郎》一词。自诵其警句曰："我见青山多妩媚，料青山见我应如是。"又曰："不恨古人吾不见，恨古人不见吾狂耳。"每至此，辄拊髀自笑，顾问坐客何如，皆叹誉如出一口。

> 既而又作一《永遇乐》，序府北事。首章曰："千古江山，英雄无觅孙仲谋处。"又曰："寻常巷陌，人道寄奴曾住。"其寓感慨者则曰："不堪回首，佛狸祠下，一片神鸦社鼓。凭谁问：廉颇老矣，尚能饭否？"特置酒，召数客，使妓选歌，益自击节。遍问客，必使摘其疵，孙谢不可。客或措一二辞，不契其意，又弗答，然挥羽四视不止。余时年少，勇于言。偶坐于席侧，稼轩因诵启语，顾问再四，余率然对曰："待制词句，脱去今古辙辙，……童子何知，而敢有议？然必欲如范文正以千金求《严陵祠记》一字之易，则晚进尚窃有疑也。"稼轩喜，促膝亟使毕其说。余曰："前篇豪视一世，独首尾两腔，警语差相似。新作微觉用事多耳。"于是大喜，酌酒而谓坐中曰："夫君实中予痼。"乃味改其语，日数十易，累月犹未竟，其刻意如此。

稼轩翁如此对待学问的态度与方法，几乎影响了我的一生。

对于中国古代家具所用木材的历史与文化研究，自 19 世纪末开始，至今仍是一门年轻的学问。其研究方法，除了掌握木材学、树木分类学及相关木材检测的知识与方法外，最重要的是重视田野考察。中国古代家具所用木材，特别是所谓"硬木"，如紫檀、乌木、红木、花梨等多生长于南亚、东南亚地区，黄花黎的原产地在海南岛。而所谓"非硬性木材"或柴木，如榉木、楠木、榆木、核桃木、梓木、柞木、柏木、松木、杉木等则散布于全国各地。无论何种木材，其所生长的地域、气候、环境或虫害、人力或非人力影响等，都对树木的正常生长有着明显的干扰。如花梨木类木材，国家红木标准中录入的有五种：安达曼紫檀、刺猬紫檀、印度紫檀、大果紫檀和囊状紫檀。刺猬紫檀分布区域主要在非洲的塞内加尔、几内亚比绍等热带非洲国家，其余四种则多生长于南亚、东南亚，生长区域延伸最广、木材颜色、气干密度变化最大的则属印度紫檀，著名的安波那花梨瘿则源于印度紫檀，也是世界上最美的树木瘿之一。对于中国历史上所用的紫檀木究竟是哪一种，原产地在哪里，从古至今，从西方到中国一直处于激辩之中。黄花黎家具所用的黄花黎之产地、树种历史上并无异议，反而近三十年来歧义丛生。这些问题，除了正常的学术之争外，多因逐利或有意混淆是非而致。故，只有深入树木的原产地并研究其生长环境、采伐与运输、木材加工之全过程，才能掌握第一手有用的、可信的资料。

同时，必须研读中外有关这些木材的论文或著作，尤其是中国古代文献中有关木材的知识、历史和文化，当然分辨文献中关于所述木材的真伪、对错尤其重要。香港商务印书馆出版的《木鉴》及江苏凤凰美术出版社出版的《木典》的关注点并不是如何辨识木材，更多的是追问中国古代家具所用木材"之所以然"。从某种意义上说，《木鉴》或《木典》不仅是研究木材的历史与文化，而更多的是侧向中国古代家具的审美趣向问题。这也是为研究中国古代家具艺术史所做的铺垫，由技入道的必由之路。

梁光玉社长是我的同乡，也是中学的校友，他对《阅木笔记》的整体构思、内容的筛选，包括对书名的最后确定及装帧设计都给出了缜密而完美的建议。责编陈心怡老师功底扎实，学识渊博，对书中的英文名称包括机构名称、数据、时间、地点及文字一一梳理，其细心与认真也是《阅木笔记》可以面世的依据与基础。感谢副总编辑张阳老师，多次提出具体而实用的建议，特别是本书的结构设计，起到了关键性的指导作用。

我的每一本书的书名都是尊敬的徐天进教授题签的，本书的书名反复变化，有过不少名字，最后还是由梁光玉社长决定采用徐天进教授所题的"阅木笔记"。

"我与我周旋久，宁作我。"我不认为六十三年之后的时光会琢磨、切削我已有的美好，我还是不着蓑衣、徐徐而行于秋风冷雨之中，我也坚信枝头好鸟，窗前绿草，水面桃花，始终是可以与之夜游、与之为乐者。

周　默

记于 2023 年 8 月 11 日